D1510478

Pour quelques milliards et une roupie

Vikas Swarup

Pour quelques milliards et une roupie

Traduit de l'anglais (Inde)
par Roxane Azimi

ÉDITIONS FRANCE LOISIRS

Titre original : *The accidental apprentice*
publié par Simon & Schuster UK Ltd, Londres

Vous pouvez consulter le site de l'auteur à l'adresse suivante : www.vikasswarup.net

Éditions du Club France Loisirs,
avec l'autorisation de Belfond

Éditions du Club France Loisirs,
123, boulevard de Grenelle, Paris.
www.franceloisirs.com

ISBN : 978-2-298-09448-0

À Aditya et Varun,
qui ont écouté mes premières histoires

Prologue

Dans la vie, on n'obtient jamais ce qu'on mérite ; on obtient ce qu'on a négocié.

C'est la première chose qu'il m'a enseignée.

Voici trois jours que je tente de mettre ce conseil en pratique, négociant fébrilement avec mes accusateurs et persécuteurs pour essayer désespérément d'échapper à la peine de mort qu'ils me réservent d'un commun accord.

Dehors, les médias guettent comme des vautours. Les chaînes d'information font leurs choux gras de mon histoire, exemple édifiant de ce qui arrive quand une collision entre cupidité et crédulité débouche sur une catastrophe sanglante dite homicide volontaire avec préméditation. Elles diffusent en boucle le cliché pris par la police après mon arrestation. Sunlight TV a même exhumé la photo de classe granuleuse de mon école à Nainital ; je suis assise, raide comme un piquet, au premier rang à côté de Mme Saunders, notre prof de quatrième. Mais Nainital me semble loin maintenant, pays de cocagne aux vertes montagnes et aux lacs argentés où mon optimisme juvénile m'avait jadis amenée à croire que l'horizon était infini et l'esprit humain indomptable.

J'ai envie d'espérer, de rêver, de recouvrer la foi, mais la réalité impitoyable m'écrase comme une chape de plomb. J'ai l'impression de vivre un cauchemar, d'être piégée dans le puits sombre et profond d'un désespoir sans nom, dont personne ne sort.

Confinée dans ma cellule aveugle et étouffante, je repense au jour fatidique où tout a commencé. Bien que cela remonte à plus de six mois déjà, je me souviens de chaque détail aussi clairement que si c'était hier. Je me revois me dirigeant vers le temple d'Hanuman dans Connaught Place par cet après-midi gris et froid...

Nous sommes le vendredi 10 décembre, et dans Baba Kharak Singh Marg c'est le tohu-bohu habituel, mélange chaotique de bruit et de chaleur. S'y croisent des bus bringuebalants, des voitures qui klaxonnent, des scooters pétaradants et des auto-rickshaws hoquetants. Pas un nuage dans le ciel, mais le soleil est masqué par le cocktail toxique de la pollution qui s'abat l'hiver sur la ville.

Prudente, j'ai troqué ma tenue de travail contre un modeste *salvar kameez* bleu ciel, sur lequel j'ai enfilé un cardigan gris. C'est un rituel que j'observe tous les vendredis : je quitte en douce le magasin à l'heure du déjeuner et traverse la place pour me rendre au vieux temple du dieu singe Hanuman.

La plupart des gens vont au temple pour prier ; moi j'y vais pour expier. Je ne me pardonne toujours pas la mort d'Alka. Quelque part, je reste persuadée que c'est arrivé par ma faute. Depuis ce drame affreux, Dieu est mon seul refuge. Et j'entretiens un rapport privilégié avec la déesse Durga qui a son propre sanctuaire à l'intérieur du *mandir* d'Hanuman.

Lauren Lockwood, mon amie américaine, n'en revient toujours pas que nous ayons trois cent trente millions de dieux. « Bon sang, vous autres hindous, vous savez vous entourer. » D'accord, elle exagère, mais il est vrai que tout temple digne de ce nom abrite les autels d'au moins cinq ou six autres divinités.

Chacune d'elles possède des pouvoirs particuliers. La déesse Durga est l'Invincible qui rattrape les situations les plus désespérées. Après la mort d'Alka, alors que ma vie était un tunnel obscur de tristesse, de chagrin et de regret, elle m'a donné la force. Elle est toujours là quand j'ai besoin d'elle.

Le temple est bondé, ce qui est plutôt rare pour un vendredi après-midi, et je me trouve prise dans le flot incessant des fidèles jouant des coudes pour accéder au saint des saints. Le sol de marbre est frais sous mes pieds nus, et l'air embaume le mélange capiteux de sueur, de santal, de fleurs et d'encens.

Je me joins à la file d'attente réservée aux dames, qui est nettement plus courte, et j'arrive à communier avec Durga Ma en moins de dix minutes.

Mon *darshan* – le tête-à-tête avec Dieu – achevé, je m'apprête à descendre les marches quand une main s'abat sur mon épaule. Je pivote et me retrouve face à un homme qui me dévisage intensément.

Lorsqu'un inconnu aborde une jeune femme à Delhi, le premier réflexe de celle-ci est d'attraper la bouteille de spray au poivre qu'elle garde toujours à portée de main. Mais celui qui me fait face n'a rien d'un traîne-savates désœuvré. C'est un monsieur âgé, vêtu d'un pyjama *kurta* en soie blanc cassé, un pashmina blanc drapé négligemment sur les épaules. Grand, la peau claire, il a un nez aquilin, une bouche dure et déterminée, et son visage est encadré d'une crinière blanche comme la neige, coiffée en arrière. Un *tika* vermillon lui orne le front. Ses doigts sont chargés de bagues serties de diamants et d'émeraudes. Mais c'est son regard pénétrant qui me trouble le plus. Il me fixe si franchement que c'en est intimidant. Voici un homme qui a manifestement l'habitude de commander.

— Puis-je vous dire deux mots ? demande-t-il d'une voix saccadée.

— Qu'est-ce que vous voulez ?

Je prends un ton sec, mais moins acerbe que d'ordinaire, eu égard à son âge.

— Je m'appelle Vinay Mohan Acharya, dit-il posément, et je dirige Acharya Business Consortium. Avez-vous entendu parler du groupe ABC ?

Je hausse les sourcils en guise d'assentiment. Il s'agit d'un des plus gros groupes industriels en Inde, qui produit de tout, depuis le dentifrice jusqu'aux turbines.

— J'ai une proposition à vous faire, qui va changer radicalement le cours de votre vie. Donnez-moi dix minutes, et je vous expliquerai.

Ces paroles, je les ai déjà entendues maintes fois. Dans la bouche de courtiers en assurances qui viennent vous relancer chez vous et de représentants de commerce qui font du porte-à-porte pour vendre des produits d'entretien.

— Je n'ai pas dix minutes, dis-je. Il faut que je retourne travailler.

— Écoutez-moi au moins, insiste-t-il.

— Eh bien, allez-y.

— J'aimerais vous offrir la chance de devenir P-DG du groupe ABC. C'est-à-dire la direction d'un empire financier d'une valeur de dix milliards de dollars.

Je sais maintenant qu'il faut se méfier de lui. Il parle comme un escroc, comme ces vendeurs à la sauvette dans Janpath qui cherchent à vous fourguer des ceintures en faux cuir et des paquets de mouchoirs bon marché. Je guette le demi-sourire qui me prouverait qu'il plaisante, mais son visage demeure impassible.

— Ça ne m'intéresse pas, lui dis-je fermement en commençant à descendre.

Il m'emboîte le pas.

— Vous êtes en train de me dire que vous refusez l'offre du siècle, plus d'argent que vous n'en gagneriez en l'espace de sept vies ?

Sa voix est cinglante comme un coup de fouet.

— Écoutez, monsieur Acharya ou qui que vous soyez. J'ignore à quoi vous jouez, mais je vous l'ai dit, ça ne m'intéresse pas. Alors soyez gentil, cessez de me harceler.

Je récupère mes mules Bata auprès de la vieille dame à l'entrée du temple qui garde les chaussures moyennant un petit pourboire.

— Vous devez croire qu'il s'agit d'une blague, déclare-t-il en enfilant une paire de sandales marron.

— Pourquoi, ce n'en est pas une ?

— Je n'ai jamais été aussi sérieux.

— Dans ce cas, vous devez faire partie d'une émission style *Caméra cachée*. Et au moment où je dirai oui, vous me montrerez toutes ces caméras qui vous suivent partout.

— Vous voyez un homme de mon rang participer à des émissions débiles ?

— Ma foi, ce n'est pas plus débile que d'offrir votre empire financier à de parfaits inconnus. Je me demande même si vous êtes bien celui que vous prétendez être.

— Bien vu.

Il hoche la tête.

— Un fond de scepticisme, c'est toujours sain.

Il sort un portefeuille en cuir noir de sa *kurta* et me tend une carte de visite.

— Peut-être que ceci finira de vous convaincre.

J'y jette un rapide coup d'œil. C'est impressionnant, une sorte de plastique translucide avec le logo du groupe ABC en relief et VINAY MOHAN ACHARYA, PRÉSIDENT gravé en gras.

— N'importe qui peut faire imprimer ça pour quelques centaines de roupies, dis-je en lui rendant sa carte.

Il en tire une autre de son portefeuille.

— Et celle-ci ?

C'est une carte Centurion d'American Express, toute noire, au nom de Vinay Mohan Acharya. J'ai rencontré cette espèce rare une seule fois, quand un entrepreneur bling-bling de Noida l'a sortie pour payer un téléviseur Sony LX-900 de 60 pouces qui valait presque quatre cent mille roupies.

— Ça ne change pas grand-chose.

Je hausse les épaules.

— Comment puis-je savoir que ce n'est pas une fausse ?

Nous avons déjà traversé le parvis du temple et nous approchons de la route.

— Voici ma voiture, dit-il en désignant une auto rutilante garée le long du trottoir.

Un chauffeur en casquette et uniforme blancs est assis au volant. Un homme armé en treillis émerge du siège avant et se fige au garde-à-vous. Acharya fait claquer ses doigts, et l'homme se précipite pour ouvrir la portière arrière. Son zèle servile n'a rien de feint : il est le fruit de longues années d'obéissance inconditionnelle. Je note, admirative, que la voiture est une Mercedes CLS-500 gris argenté, dont le prix va chercher dans les neuf millions de roupies.

— Une seconde, dit Acharya en se baissant.

Il attrape un magazine sur le siège arrière et me le tend.

— Je l'avais gardé en dernier recours. Si avec ça vous n'êtes pas convaincue, alors il n'y a plus rien à faire.

C'est un exemplaire du *Business Times* daté de décembre 2008. Avec un portrait en couverture, et le gros titre : « L'homme d'affaires de l'année ». Je regarde son visage, puis l'homme qui se tient en face de moi. Pas de doute : c'est la même crinière blanche rejetée en arrière, le même nez busqué, les mêmes yeux perçants. Je suis bien devant l'industriel Vinay Mohan Acharya.

— OK, je concède. Vous êtes donc M. Acharya. Qu'est-ce que vous me voulez ?

— Je viens de vous le dire. Vous nommer à la tête de mon groupe.

— Et vous imaginez que je vais vous croire ?

— Donnez-moi dix minutes, et vous serez obligée de me croire. Est-ce qu'on peut s'asseoir quelque part pour parler ?

Je consulte ma montre. Il me reste encore vingt minutes de pause déjeuner.

— On n'a qu'à aller au café, là-bas.

Je montre du doigt le bâtiment délabré de l'autre côté de la route qui sert de QG aux amateurs des derniers potins.

— J'aurais préféré le Lobby Lounge au Shangri La, dit-il à contrecœur, comme quelqu'un qui consentirait un sacrifice. Cela ne vous ennuie pas qu'un de mes collaborateurs se joigne à nous ?

Il n'a pas fini sa phrase qu'un homme se matérialise devant nous, tel un fantôme émergeant de la foule de passants. Bien plus jeune, la trentaine vraisemblablement, il porte avec décontraction un survêtement Reebok bleu roi sous lequel se dessine un corps musculeux d'athlète. J'effleure du regard ses cheveux coupés en brosse, ses petits yeux de furet et sa bouche mince et cruelle. Son nez légèrement de travers, comme à la suite d'une fracture, est la seule chose qu'on remarque dans un visage par ailleurs ordinaire. J'imagine qu'il devait suivre discrètement Acharya depuis le début. Ses yeux perçants ne cessent de pivoter à droite et à gauche, scrutant les environs avec le professionnalisme d'un garde du corps, avant de se poser sur moi.

— Je vous présente Rana, mon bras droit.

Je hoche poliment la tête, me ratatinant sous son regard glacé.

— On y va ? demande Rana.

Il a une voix rauque, grinçante, comme des feuilles mortes qui crissent sous les pas. Sans attendre ma réponse, il nous précède vers le passage souterrain.

L'odeur envahissante de *dosas*, galettes de riz et lentilles, en train de frire et de café grillé assaille mes narines dès que je franchis la porte battante du troquet. Je vois Acharya qui fronce le nez, regrettant déjà sa décision de venir ici. C'est l'heure du déjeuner, et la salle est bondée.

— Il faut compter vingt minutes d'attente minimum, nous informe le gérant.

Rana lui glisse un billet plié de cent roupies, et aussitôt on nous dresse une table dans un coin. Acharya et son acolyte s'installent d'un côté, et je prends place sur l'unique chaise en face d'eux. Rana commande d'un ton bref trois cafés filtre, puis Acharya prend le relais. Son regard plonge dans le mien.

— Je vais être franc avec vous. Ceci est un pari hasardeux pour moi. Alors, avant de vous exposer mon projet, j'aimerais que vous me parliez un peu de vous.

— En fait, il n'y a pas grand-chose à dire.

— Commencez par votre nom, déjà.

— Je m'appelle Sapna. Sapna Sinha.

— Sapna.

Il fait rouler le mot sur sa langue avant d'acquiescer, satisfait.

— C'est bien comme nom. Quel âge avez-vous, Sapna, si je puis me permettre ?

— Vingt-trois ans.

— Et que faites-vous dans la vie ? Vous étudiez ?

— J'ai fait mes études à l'université Kumaun à Nainital. Maintenant je travaille comme vendeuse chez Gulati & Fils. Ils ont un magasin d'électronique et d'électroménager dans Connaught Place.

— J'y suis déjà allé. C'est tout près d'ici, non ?

— Exact.

— Et vous y travaillez depuis longtemps ?

— Un peu plus d'un an.

— Parlez-moi de votre famille.

— Je vis avec ma mère et Neha, ma plus jeune sœur. Elle est en licence au Kamala Nehru College.

— Et votre père ?

— Il est décédé, ça fait un an et demi.

— Oh, je suis désolé. C'est donc vous qui faites vivre votre famille, maintenant ?

Je hoche la tête.

— Serait-ce indiscret de vous demander combien vous gagnez par mois ?

— Avec les commissions sur les ventes, environ dix-huit mille roupies.

— C'est tout ? Vous devriez sauter sur l'occasion de diriger une grosse société et de vous constituer une fortune personnelle.

— Écoutez, monsieur Acharya, votre proposition n'est toujours pas claire pour moi. Déjà, pourquoi auriez-vous besoin d'un P-DG ?

— Pourquoi ? Parce que j'ai soixante-huit ans et que je ne rajeunis pas. Dieu a fait du corps humain une machine à obsolescence programmée. J'arrive bientôt à ma date d'expiration. Mais avant de partir, je voudrais assurer une transition en règle à la société que je fais prospérer depuis quarante ans. Je veux passer la main à quelqu'un qui croit aux mêmes valeurs que moi.

— Mais pourquoi moi ? Pourquoi pas votre propre fils ou fille ?

— Pour la simple et bonne raison que je n'ai plus de famille. Ma femme et ma fille sont mortes dans un accident d'avion il y a dix-huit ans.

— Oh ! Et pourquoi pas quelqu'un de votre société ?

— J'ai cherché en long et en large, mais je n'ai trouvé personne qui convienne. Mes cadres sont d'excellents exécutants, mais je n'en vois aucun qui aurait la stature d'un vrai dirigeant.

— Et moi, que voyez-vous en moi ? Je ne connais rien au management. Je n'ai même pas de master en administration des affaires.

— Les diplômes ne sont que des bouts de papier. Ils n'apprennent pas à diriger, mais seulement à gérer le personnel. C'est pour ça que je ne me suis pas adressé à une école de management. J'ai préféré aller au temple.

— Vous n'avez pas répondu à ma question. Pourquoi moi ?

— Il y a un je-ne-sais-quoi dans vos yeux, une étincelle que je n'ai encore vue nulle part ailleurs.

Il cherche mon regard comme en quête de confirmation.

— J'aime bien observer les autres, reprend-il en contemplant la salle et sa clientèle composée de gens venus faire leur shopping et d'employés de bureau. De toutes les personnes que j'ai observées au temple, vous sembliez la plus concentrée. Appelez ça intuition, sixième sens ou ce que vous voulez, mais quelque chose m'a dit que ça pourrait être vous. Vous seule possédiez cet irrésistible mélange de désespoir et de détermination que je recherche.

— J'ignorais que le désespoir était une vertu.

Il secoue la tête.

— Les gens heureux ne font pas de bons P-DG. Le contentement engendre la paresse. C'est l'ambition qui fait parvenir à ses fins. Je veux quelqu'un qui a faim. Une faim née dans le désert de l'insatisfaction. Vous m'avez l'air de l'avoir, cette faim, cette aspiration.

Je me laisse emporter par ses grandes déclarations, ses sentences sans appel. Mais la logique derrière sa rhétorique continue à m'échapper.

— Vous prenez toujours vos décisions sur un coup de tête ?

— Ne sous-estimez jamais le pouvoir de l'intuition. Il y a onze ans, j'ai racheté une usine roumaine en difficulté appelée les Aciers Iancu. Elle perdait de l'argent chaque jour. Mes experts ont tous essayé de me dissuader. Pour eux, c'était jeter l'argent par les fenêtres. Mais je n'ai pas cédé. Ce qui m'avait plu dans cette usine, c'était son nom. Iancu signifie « Dieu est miséricordieux ». Aujourd'hui, cinquante-trois pour cent de nos revenus sidérurgiques proviennent de cette usine en Roumanie. Dieu est réellement miséricordieux.

— Vous croyez donc en Dieu ?

— Cela ne vous suffit pas comme preuve ?

Il désigne la marque vermillon sur son front.

— La principale raison pour laquelle je suis venu chercher mon successeur au temple, c'est parce que je veux quelqu'un de pieux comme moi. Nous vivons au Kali Yuga, l'âge des ténèbres, l'époque du péché et de la corruption. La religion n'est plus à la mode. Les jeunes qui travaillent pour moi ne vivent que pour consommer. Ça doit faire des années qu'ils ne sont pas allés prier au temple. Je ne dis pas qu'ils sont tous athées, mais leur Dieu, c'est l'argent avant tout. Tandis que vous...

Il hoche la tête avec approbation.

— Vous semblez être précisément la personne fervente et pratiquante que je cherche.

— OK, je vois. Vous suivez vos lubies, et la dernière en date, c'est que je suis l'élue. Maintenant dites-moi : où est le piège ?

— Il n'y en a pas. En revanche, il y a certaines conditions. Vous aurez des épreuves à passer.

— Des épreuves ?

— Ne vous inquiétez pas, je ne vous renverrai pas sur les bancs de l'école. L'école fait appel à votre mémoire. La vie, elle, fait appel à votre personnalité. Mes sept épreuves sont des rites de passage destinés à tester votre courage et votre potentiel en tant que P-DG.

— Pourquoi sept ?

— En quarante ans de carrière, j'ai appris une chose : une entreprise n'a d'autre valeur que celle de son dirigeant. J'ai donc dressé le portrait du P-DG idéal à partir de sept critères fondamentaux. Chaque épreuve sera fondée sur l'un d'entre eux.

— Et que dois-je faire au juste pour passer ces épreuves ?

— Rien de plus que ce que vous faites dans la vie de tous les jours. Je ne vous demanderai pas de voler, de tuer, ni de commettre une action illégale. En fait, vous n'allez même pas vous en rendre compte.

— Que voulez-vous dire ?

— Mes épreuves seront dictées par l'école de la vie. Celle-ci nous met à l'épreuve tous les jours, non ? Tous les jours, nous avons des choix à faire. Je me bornerai à évaluer vos choix, vos réactions aux défis du quotidien. On verra ainsi de quel bois vous vous chauffez.

— Et si je rate une de ces épreuves ?

— Eh bien, je serai obligé de chercher quelqu'un d'autre. Mais mon instinct me dit que vous n'échouerez pas. C'est comme si c'était écrit. Le plus gros ticket de loto de tous les temps sera à vous.

— Dans ce cas, ma décision est déjà prise. Je ne suis pas intéressée par votre offre.

Il semble abasourdi.

— Mais pourquoi ?

— Je ne crois pas aux tickets de loto.

— Mais vous croyez en Dieu. Quelquefois, Dieu nous donne bien plus que ce qu'on demande.

— Je ne suis pas aussi gourmande, dis-je en me levant. Merci, monsieur Acharya. Ravie de vous avoir rencontré, mais il faut vraiment que je retourne au magasin.

— Asseyez-vous ! ordonne-t-il, une note métallique dans la voix.

Je déglutis péniblement et me rassois comme une élève docile.

— Écoutez, Sapna.

Son ton se radoucit.

— Il n'y a que deux sortes d'individus au monde : les gagnants et les perdants. Je vous offre la chance d'être une gagnante. Tout ce que je vous demande en retour, c'est de signer ce formulaire de consentement.

Il fait signe à Rana qui sort une feuille de papier imprimée de la poche de son survêtement et la pose devant moi.

Depuis la mort d'Alka, j'ai acquis comme un sixième sens, un signal d'alarme retentit dans ma tête chaque fois qu'une situation ne me paraît pas nette. Je l'entends qui sonne quand je prends le formulaire. Il est court : cinq points seulement.

1. Le signataire accepte d'être considéré comme candidat au poste de P-DG du groupe industriel ABC.

2. Le signataire autorise en conséquence le groupe ABC à procéder à toutes les démarches et vérifications nécessaires pour s'assurer du bien-fondé de sa candidature.

3. Le signataire n'a pas le droit de rompre le contrat alors que les vérifications sont toujours en cours.

4. Le signataire accepte la nature totalement confidentielle de cet accord en s'abstenant d'en discuter avec des tiers.

5. Considérant les termes énoncés ci-dessus, le signataire a reçu une avance non remboursable de cent mille roupies.

— Il est seulement question d'un lakh de roupies ici, fais-je remarquer. Ne vous ai-je pas entendu mentionner le chiffre de dix milliards ?

— Un lakh, c'est juste pour participer aux épreuves. Si vous échouez, vous gardez l'argent. Si vous réussissez, vous décrochez le poste. Soyez assurée que le salaire du P-DG compte bien plus de zéros que ça.

La sonnette d'alarme sonne le tocsin à présent. Je sais que c'est une arnaque, qu'Acharya n'en est pas à son coup d'essai.

— Dites-moi, combien de personnes ont signé ce formulaire jusqu'ici ?

— Vous êtes la candidate numéro sept.

Acharya soupire.

— Mais je sais au fond de moi que vous serez la dernière. Ma quête est terminée.

— Comme ma pause déjeuner.

Je me lève résolument.

— Je n'ai aucune intention de signer ce formulaire ni de participer à des épreuves, quelles qu'elles soient.

En guise de réponse, Rana pose sur la table une liasse de billets de mille roupies. Ils ont l'air flambant neufs, tout juste sortis de la banque. Il veut m'appâter, mais je ne suis pas preneuse.

— Vous croyez pouvoir m'acheter avec votre argent ?

— Ceci est une négociation, après tout, insiste Acharya. N'oubliez pas, en affaires comme dans la vie, on n'obtient jamais ce qu'on mérite ; on obtient seulement ce qu'on a réussi à négocier.

— Je ne négocie pas avec les gens que je connais à peine. Et si c'était un traquenard ?

— Le seul traquenard est le manque d'ambition. Je comprends votre réticence, dit Acharya d'un ton apaisant, se penchant en avant. Mais vous devriez réviser votre piètre opinion de la nature humaine, Sapna. Je désire véritablement et sincèrement faire de vous ma P-DG.

— Vous rendez-vous compte à quel point cette conversation est absurde ? Ces choses-là n'arrivent que dans les romans et les films, pas dans la réalité.

— En tout cas, je suis réel, vous êtes réelle, et mon offre est réelle. Quelqu'un comme moi ne perd pas son temps à faire des blagues.

— Je suis sûre que vous trouverez d'autres candidats qui s'empresseront d'accepter votre proposition. Moi, elle ne m'intéresse pas.

— Vous commettez une grosse erreur.

Acharya agite le doigt sous mon nez.

— Peut-être la pire erreur de votre vie. Mais je ne veux pas vous mettre la pression. Prenez ma carte, et si vous changez d'avis dans les prochaines quarante-huit heures, appelez-moi. L'offre tient toujours.

Il pousse une carte dans ma direction. Rana me fixe comme un épervier.

Je prends la carte, leur adresse un sourire crispé et, sans un regard en arrière, me dirige vers la sortie.

Ma tête tourne plus vite qu'un CD tandis que je presse le pas. Le sentiment qui domine, c'est le soulagement, comme si je venais d'échapper de justesse à un grave danger. Je jette régulièrement un œil derrière moi pour m'assurer que le duo ne m'a pas suivie. Plus je réfléchis à ce que je viens de vivre, plus je suis convaincue qu'Acharya est soit un prédateur pervers, soit un fou furieux. Et je ne veux avoir affaire ni à l'un ni à l'autre.

Je ne retrouve mon souffle qu'une fois en sûreté dans le magasin, dans mon univers climatisé d'écrans plasma, de réfrigérateurs à froid ventilé et de lave-linge à la logique absconse. Chassant Acharya et son offre délirante de mon esprit, j'enfile mon uniforme et je retourne arpenter les allées en quête d'acheteurs potentiels. Les après-midi sont une période creuse, et il n'y a pas grand monde pour solliciter mes services. J'essaie de vanter les mérites du dernier caméscope Full HD de Samsung à un client à la mine perplexe, mais il semble plus intéressé par mes jambes qui dépassent de la courte jupe rouge. Celui qui a conçu cette tenue osée (et mes soupçons se portent sur ce vaurien de Raja Gulati, le fils du patron) voulait que les vendeuses ressemblent à des hôtesses de l'air. Sauf que, comme dit ma collègue Prachi : « On a les propositions, mais pas la paie. »

Pour être honnête, je reçois moins d'avances que les trois autres vendeuses. Qui ont bel et bien l'allure d'hôtesses de l'air avec leur brushing, leur maquillage impeccable et leur teint éclatant. Moi, je ressemble à une pub pour la crème Fair and Lovely, avec mon sourire gauche et une peau qu'on qualifie de « mate » dans les petites annonces matrimoniales, façon polie de dire : « tout sauf claire ». Je suis le vilain petit canard de la famille. Mes deux plus jeunes sœurs, Alka et Neha, ont hérité leur teint laiteux de Ma. Moi, j'ai la peau foncée de mon père. Or, dans cette partie du monde, la couleur de la peau décide de votre destin.

Autre chose que j'ai apprise : ne jamais juger les clients à leur apparence. Prenez cet homme entre deux âges qui entre dans le magasin peu après 15 heures, affublé d'un turban et d'un *dhoti*. Il a l'air d'un haltérophile : énorme torse, bras épais et moustache en guidon de vélo tire-bouchonnée comme une véritable œuvre d'art. Il erre dans les allées tel un enfant perdu, dépassé par toutes ces splendeurs exposées dans les rayons. Voyant que les autres vendeuses ricanent devant sa tenue et ses manières rustiques, il se rabat sur moi. En dix minutes, je connais l'histoire de sa vie. Il s'appelle Kuldip Singh et règne sur une exploitation familiale prospère dans un village nommé Chandangarh, situé dans le district de Karnal, État de l'Haryana, à environ cent quarante kilomètres de Delhi. Sa fille de dix-huit ans, Babli, se marie la semaine prochaine, et il est monté à la capitale pour lui acheter de quoi constituer sa dot.

Le fait est que sa connaissance des machines se limite aux tracteurs et aux puits tubés. Il n'a jamais vu un four à micro-ondes de sa vie et pense que le lave-linge LG top, 15 kg de charge, est un appareil sophistiqué pour brasser du lassi ! Et il veut marchander. J'ai beau lui expliquer que tous nos produits sont vendus à un prix fixe, il n'en démord pas.

— *Dekh chhori.* Écoutez, ma fille, grommelle-t-il dans son patois. On a un dicton chez nous, dans l'Haryana. Même la plus têtue des chèvres finit par donner du lait.

Il insiste tellement que, de guerre lasse, je persuade le directeur de lui accorder une remise de cinq pour cent. Du coup, il achète presque toute la boutique, dont un écran plasma 42 pouces, un frigo trois portes, un lave-linge, un lecteur de DVD et une chaîne hi-fi. Frappées de stupeur, les autres vendeuses le regardent sortir une grosse liasse de billets de mille roupies pour régler ses emplettes. Sous le péquenaud mal dégrossi se cachait un nanti accro du shopping. Et moi, j'ai battu un nouveau record de ventes !

Le reste de la journée passe en un éclair. Je quitte le travail à 18 h 15, comme d'habitude, et prends le métro à la station Rajiv Chowk.

Le trajet de trois quarts d'heure me ramène à Rohini, banlieue tentaculaire au nord-ouest de Delhi, peuplée de classes moyennes. Deuxième plus vaste zone d'habitation dans toute l'Asie, c'est un appendice hideux de la capitale, avec des immeubles sinistres et des marchés chaotiques.

Je descends à Rithala, terminus de la Ligne rouge. De là, il y a vingt minutes de marche jusqu'à la cité HLM où je vis. C'est la plus désolante de tout Rohini. Construites dans les années 1980, les quatre tours de briques rouges ressemblent à des cheminées de four à briques ; leur délabrement témoigne du laisser-aller dans les programmes immobiliers gouvernementaux. Néanmoins, je suis bien contente d'habiter là. Après la mort de Papa, nous n'aurions même pas pu nous payer un de ces trois-pièces cuisine miteux dont le loyer dépasse les douze mille par mois. Par chance, nous ne payons rien pour l'appartement B-29 situé au deuxième étage car il appartient à M. Dinesh Sinha, le frère cadet et fortuné de Papa. L'oncle Deenu a eu pitié de nous et nous a permis d'y résider gratis. Enfin, pas tout à fait. De temps à autre, je suis obligée d'emmener ses deux crétins de fils, Rolu et Golu, dans un restaurant de luxe. Je ne comprends vraiment pas pourquoi ils doivent manger dehors à mes frais alors que leur père possède trois restaurants tandoori.

La première chose qu'on aperçoit en entrant chez nous, c'est la photo encadrée de Papa en noir et blanc, dans le petit vestibule où nous avons installé le frigo. Ornée d'une guirlande de roses craquelées, elle le représente en jeune homme qui n'exerce pas encore son métier de professeur, ni ses responsabilités de père de famille. Charitable, le photographe a gommé les rides d'anxiété qui creusent prématurément son front. Mais il n'a pas retouché le pli perpétuellement austère de sa bouche.

Notre modeste salon-salle à manger est dominé par l'agrandissement d'une photo couleur d'Alka sur le mur central. Coiffée d'un chapeau rouge extravagant, elle pose comme les dames de Royal Ascot. Tête légèrement renversée, yeux grands ouverts, un sourire béat aux lèvres. C'est ainsi qu'elle restera à jamais dans ma mémoire : jeune, belle et insouciante. Chaque fois que je regarde cette photo, j'entends son rire contagieux résonner dans la pièce. « *Didi ! Didi ! Kamaal ho gaya !* Tu n'imagines pas ce qui m'arrive !* » Elle m'accueille avec excitation, impatiente de me raconter la nouvelle blague stupide qu'elle aurait inventée à l'école.

Sous la photo, il y a un canapé vert passé recouvert d'une housse brodée, deux fauteuils en bambou à dossier droit avec des coussins élimés, et un vieux téléviseur perché sur le buffet où nous rangeons la vaisselle et les couverts. Sur la gauche, il y a une table en teck recyclé que j'ai eue pour une bouchée de pain dans une vente aux enchères d'ambassade, avec quatre chaises assorties.

Derrière un rideau de perles se trouve la première chambre, celle de Ma. Elle a un lit entouré de deux *almirahs* pour ses vêtements et un classeur métallique qui sert essentiellement à stocker ses médicaments. Ma a toujours eu une santé fragile ; les morts brutales de sa plus jeune fille et de son mari l'ont complètement anéantie. Retirée dans sa coquille, elle est devenue distante et taciturne, oubliant de manger et ne se souciant plus guère de son apparence. Plus elle s'isolait, plus la maladie prenait possession de son corps. Aujourd'hui, elle souffre de diabète chronique, d'hypertension, d'arthrite et d'asthme, ce qui lui vaut des visites fréquentes à l'hôpital public. Quand on voit sa silhouette décharnée et ses cheveux argentés, on a du mal à imaginer qu'elle n'a que quarante-sept ans.

L'autre chambre, je la partage avec Neha. Ma sœur cadette n'a qu'un but dans la vie : devenir célèbre. Elle a tapissé les murs de notre petite pièce avec des posters de chanteurs, de top models et de stars de cinéma. Un jour, elle espère connaître le même succès qu'eux. Dotée d'un joli minois, d'un corps en forme de sablier et d'un teint de pêche, Neha est parfaitement consciente du potentiel économique de ses atouts génétiques et prête à exploiter sa beauté pour parvenir à ses fins. À cela, il faut ajouter sa formation de chanteuse, sa bonne connaissance de la musique indienne et une voix en or.

Tous les garçons du voisinage en pincent pour Neha, mais elle n'a pas de temps à perdre. Dans sa future vie de star, il n'y a pas de place pour les miséreux. Elle passe ses journées à traîner avec ses copains de fac gosses de riches et ses soirées à rédiger des lettres de candidature pour participer à des émissions de téléréalité, des radio-crochets et des concours de beauté. Neha Sinha est l'exemple type de la fille qui veut réussir.

Elle est également adepte d'une consommation à tout-va, singeant aveuglément la mode du moment. La moitié de mon salaire passe à satisfaire ses caprices : slims, gloss à lèvres, sacs de créateur, téléphones mobiles dernier cri… La liste est sans fin.

Depuis deux mois, elle me harcèle pour que je lui achète un ordinateur portable. Mais là, j'ai dit stop. Une ceinture à huit cents roupies est une chose, mais un gadget à trente mille roupies, c'en est une autre.

— Contente de te voir, *didi*, me salue Neha dès que j'entre dans l'appartement.

Elle arrive même à afficher un sourire au lieu de la moue maussade qui est son expression par défaut chaque fois que je lui refuse quelque chose.

— Tu sais, le portable Acer dont je rêve ?

Elle lève sur moi ce regard de chiot que je connais bien. Cela veut dire qu'elle s'apprête à formuler une nouvelle demande.

— Oui, dis-je, méfiante.

— Figure-toi qu'il est en promo. Il est maintenant à vingt-deux mille seulement. À ce prix-là, tu peux me l'acheter, non ?

— Non, je réponds d'un ton ferme. Ça reste beaucoup trop cher.

— S'il te plaît, *didi*. Je suis la seule dans mon cours à ne pas avoir de portable. Promis, je ne te demanderai plus rien après ça.

— Désolée, Neha, mais c'est au-dessus de nos moyens. On arrive à peine à joindre les deux bouts avec mon salaire.

— Ton employeur, il ne peut pas t'accorder un prêt ?

— Non.

— Tu n'as pas de cœur.

— Je suis réaliste. Il faut t'habituer au fait que nous sommes pauvres, Neha. Et la vie est dure.

— Je préfère mourir plutôt que vivre cette vie-là. J'ai vingt ans, et ça me sert à quoi ? Je ne suis même jamais montée dans un avion.

— Moi non plus.

— Eh bien, tu devrais. Tous mes amis passent leurs vacances en Suisse ou à Singapour. Et nous, on ne peut même pas se payer un séjour à la montagne en Inde.

— On a vécu à la montagne, Neha. De toute façon, vacances et ordinateurs portables n'ont aucune importance. Ta priorité numéro un devrait être d'avoir de bonnes notes.

— Et ça m'avancera à quoi, d'avoir de bonnes notes ? Regarde où tu as échoué à la fin de tes études.

Neha a toujours eu le don d'appuyer là où ça fait mal, que ce soit par ses silences ou par ses propos. Bien que j'aie l'habitude de ses piques, celle-ci m'atteint par sa franchise brutale, me laisse sans voix. Juste à ce moment-là, mon portable se met à sonner.

— Allô ?

C'est l'oncle Deenu, qui n'a pas l'air dans son assiette.

— Sapna, *beti*, j'ai quelque chose d'important à te dire. Une mauvaise nouvelle, hélas.

Je me prépare à apprendre un nouveau décès dans la famille. Peut-être une tante malade ou une grand-mère lointaine. Mais ce qu'il m'annonce me fait l'effet d'une bombe :

— Il faudrait que vous libériez l'appartement d'ici quinze jours.

— Hein ?

— Je regrette, mais j'ai le couteau sous la gorge. Je viens d'investir dans un nouveau restaurant et j'ai besoin de liquidités de toute urgence. Du coup, j'ai décidé de mettre l'appartement de Rohini en location. Un agent m'a appelé aujourd'hui pour me faire une très bonne offre. Dans ces circonstances, je n'ai pas d'autre choix que de vous demander de chercher un autre logement.

— Mais, mon oncle, comment veux-tu qu'on trouve en si peu de temps ?

33

— Je t'aiderai à chercher. La seule chose, c'est que vous serez obligées de payer un loyer.

— Quitte à payer un loyer, autant rester ici.

L'oncle Deenu réfléchit.

— Ce n'est pas bête, acquiesce-t-il à contrecœur. Sauf que mon appartement est bien au-dessus de vos moyens.

— Combien il va te payer, ton nouveau locataire ?

— Nous nous sommes mis d'accord sur la somme de quatorze mille mensuels. C'est deux mille de plus que le tarif normal. Et il me règle un an de loyer d'avance. Si tu acceptes les mêmes conditions, je ne vois aucune objection à ce que vous restiez.

— Tu veux qu'on te paie d'avance cent soixante-huit mille roupies ?

— C'est exact. Tu es toujours aussi bonne en maths, à ce que je vois.

— Mais il nous est impossible de réunir une telle somme, Chacha-ji.

— Dans ce cas, cherchez un autre appartement.

Son ton se durcit.

— Il faut que je pense à ma famille, moi aussi. Je ne dirige pas une œuvre de charité. Déjà, je vous ai logées à l'œil pendant seize mois.

— Mais Papa en a fait autant pour toi, non ? N'as-tu aucune considération pour ton frère défunt ? Tu veux que sa famille finisse à la rue ? Quel genre d'oncle es-tu, Chacha-ji ?

J'essaie de faire appel à sa conscience. Mais ma stratégie se retourne contre moi.

— Vous n'êtes que des parasites ingrats. Et ne me fais pas le coup de l'oncle chéri, veux-tu ? Désormais, nos rapports sont ceux de propriétaire à locataire. Alors soit tu me règles la totalité de la somme d'ici huit jours, soit vous libérez mon appartement.

— Laisse-nous au moins un peu plus de temps pour nous retourner !

— Une semaine, pas un jour de plus. Vous payez ou vous partez.

Et il raccroche.

J'en ai les mains qui tremblent d'indignation. Je prends le temps de souhaiter toutes sortes de morts lentes et douloureuses à l'oncle Deenu avant de répéter notre conversation au reste de la famille. Ma secoue la tête, plus attristée que furieuse. La cruauté du monde est une évidence pour elle.

— Je n'ai jamais eu confiance en cet homme. Dieu voit tout. Un jour, Deenu paiera pour ses péchés.

Neha se montre étonnamment optimiste.

— Écoutez, puisque ce porc nous met à la porte, quittons ce trou à rats. Je suffoque ici.

— Pour aller où ? je rétorque. Tu crois que c'est un jeu d'enfant de trouver un nouveau logement ?

Avant qu'une nouvelle dispute éclate entre nous, notre mère nous ramène à des questions plus terre à terre.

— Où allons-nous trouver tout cet argent ?

L'interrogation plane au-dessus de nos têtes tel un nuage menaçant.

Papa ne nous a pas laissé grand-chose. Il avait vidé son fonds de pension depuis belle lurette pour aider l'oncle Deenu à se lancer dans la restauration. Et ses modestes économies sur son salaire de professeur étaient passées dans le déménagement et l'installation dans une autre ville. Au moment de sa mort, il lui restait à peine dix mille roupies sur son compte en banque.

Ma a déjà trouvé une solution au problème. Elle ouvre sa commode et en sort deux paires de joncs en or.

— Je conservais ces bracelets pour vos mariages respectifs. Mais s'il faut les vendre pour garder l'appartement, eh bien, vendons-les.

Elle me les tend avec un soupir mélancolique.

J'en ai gros sur le cœur. Depuis la mort de Papa, c'est la troisième fois que Ma est forcée de se séparer d'une partie de ses bijoux de famille : d'abord pour payer l'éducation de Neha, puis pour ses propres dépenses de santé, et maintenant pour l'appartement.

Nous nous mettons à table dans un silence pesant. Je suis hantée par un sentiment cuisant d'échec, comme si j'avais failli au moment où les miens avaient le plus besoin de moi. Jamais je n'ai ressenti le manque d'argent d'une manière aussi aiguë. L'espace d'un instant, la vision des billets flambant neufs sur la table du café surgit devant mes yeux, mais je m'empresse de l'évacuer comme s'il s'agissait d'une plaisanterie malsaine. Comment peut-on prendre au sérieux un cinglé tel qu'Acharya ? Pourtant, il continue à tourner dans mon cerveau, aussi agaçant qu'une grosse mouche.

Pour satisfaire ma curiosité, je m'installe devant l'ordinateur après le dîner. C'est une vieille tour Dell que j'ai récupérée au magasin juste avant qu'ils la fourguent à un ferrailleur. Un dinosaure qui fonctionne sous Windows 2000, mais ça me suffit pour surfer sur le Web, lire mon courrier et utiliser le tableur pour calculer les dépenses de la maisonnée à la fin du mois.

Je me connecte à Internet et tape « Vinay Mohan Acharya » dans la fenêtre de recherche. Aussitôt, l'écran affiche 1,9 million de réponses.

L'industriel est omniprésent dans le cyberespace. Il y a des articles sur ses rachats de sociétés, des galeries d'images pour capter ses différentes humeurs, des vidéos de ses discours sur YouTube. Dans la demi-heure qui suit, je découvre sa passion pour le cricket, ses incursions occasionnelles (et ratées) dans la politique, sa rivalité fratricide avec son jumeau Ajay Krishna Acharya, patron de Premier Industries, et ses nombreuses activités de philanthrope. J'ai aussi la confirmation que sa femme et sa fille ont péri dans le crash du vol Thai Airways reliant Bangkok à Katmandou le 31 juillet 1992, où les cent treize passagers ont tous trouvé la mort.

Plus je fouille la masse d'informations le concernant, plus Acharya m'apparaît comme un personnage complexe et pétri de contradictions. Ses admirateurs saluent en lui l'industriel le plus éthique de l'Inde ; ses détracteurs dénoncent ses singularités, son narcissisme et sa mégalomanie. Mais nul ne conteste le génie de l'homme qui, à lui seul, a transformé une start-up en huitième groupe industriel du pays, avec des intérêts dans l'acier, le ciment, le textile, la production d'électricité, l'aluminium, les biens de consommation, les produits chimiques, le matériel informatique, le consulting et même le cinéma.

Au terme de ma recherche, je suis certaine d'une chose : le patron du groupe ABC n'est ni un fou furieux ni un prédateur pervers. En rejetant son offre, aurais-je raté l'occasion du siècle ? Le doute s'insinue dans mon esprit. L'instant d'après, je m'en veux d'avoir cédé à un espoir naïf au détriment du bon sens. Dans ce monde, on n'a rien sans rien. Si une proposition semble trop belle pour être vraie, c'est qu'elle l'est sûrement.

Néanmoins, je vais me coucher avec l'impression de passer à côté de la vie. D'être coincée dans un boulot sans perspectives, mon avenir en permanence en mode veille. Il fut un temps, il n'y a pas si long-temps, où la barque de mon existence avait un cap et un élan qui lui étaient propres. Aujourd'hui, ce n'est plus qu'une épave à la dérive, sans but ni gouvernail : chaque jour ressemble au précédent, et il n'y a aucun changement en vue.

Mes rêves au moins sont différents cette nuit-là. À travers un fatras confus d'images fragmentées, je me souviens nettement d'être assise dans un luxueux jet privé survolant les cimes enneignées de la Suisse. Seul petit problème : le pilote n'est autre que l'industriel Vinay Mohan Acharya.

Le lendemain matin, j'entame le long et tortueux trajet jusqu'à mon travail, l'esprit clair et l'humeur optimiste. Le métro est moins bondé le week-end, mais je garde une main protectrice sur mon sac, cadeau de mon amie Lauren. C'est un sac Nine West tissé, marron clair, avec des finitions imitation peau de ser-pent beige, et il a l'air vraiment classe. Aujourd'hui, il contient en plus les quatre joncs en or qui vont décider du sort de ma famille.

À la station Inderlok, un homme au visage familier, cheveux teints et longues rouflaquettes, fait irruption dans la rame. Il est suivi par un groupe de supporters et un commando de gardes du corps armés qui bousculent les passagers pour dégager le chemin. J'apprends auprès d'un de ses acolytes que c'est notre député local Anwar Noorani, qui prend le métro une fois par semaine pour « aller à la rencontre de l'homme de la rue ». J'ai lu dans les journaux qu'il dirige une chaîne d'hôpitaux privés financés, paraît-il, par un système de racket connu sous le nom de *hawala*.

— S'il y a des questions que vous souhaitez me soumettre, n'hésitez pas à venir me voir au bureau de la circonscription situé derrière l'Institut de technologie de Delhi, annonce-t-il.

Ses yeux fuyants, aux lourdes paupières, balaient le wagon et s'arrêtent sur moi.

— Comment vas-tu, ma sœur ?

Il me gratifie d'un sourire factice. Je détourne la tête et fais mine de regarder par la fenêtre. Dieu merci, il descend à la station d'après.

Delhi est une drôle de ville, me dis-je. Ici, le statut n'a rien à voir avec le fait de s'habiller en Armani, de rouler en Mercedes ou de citer Sartre dans les cocktails. Il dépend plutôt du nombre de règles que vous enfreignez et de gens que vous maltraitez. Cette seule distinction vous hisse au rang de VIP.

Le magasin bourdonne comme une ruche, ce matin. Samedi est notre plus grosse journée. À l'approche de la Coupe du monde de cricket, notre campagne de promotion bat son plein. Les ventes de téléviseurs à écran plat devraient exploser dans les deux prochains mois.

Un couple de jeunes mariés m'aborde pour que je les aide à choisir le bon appareil. Ils hésitent entre un LCD et un écran plasma. Je n'ai pas de mal à les persuader d'opter pour le dernier modèle Sony LED, avec en prime un grille-pain électronique offert dans le cadre de notre promo « deux pour le prix d'un ». Cependant, j'ai l'esprit ailleurs ; j'attends avec impatience l'heure de la pause déjeuner. Dès que l'horloge sonne 13 heures, je m'éclipse par la porte de service et tombe direct sur Raja Gulati, le play-boy le plus détestable de tout Delhi. Bizarrement, il est planté devant Beckett's, un pub irlandais quatre numéros plus loin. Vêtu de son sempiternel blouson de cuir, adossé à sa moto Yamaha, il est en train de compter une liasse de billets. Sitôt qu'il me voit, il range l'argent et me sourit. Petit et replet, les joues mal rasées, les cheveux longs et la moustache en broussaille, Raja a pour unique qualité d'avoir un papa millionnaire, propriétaire de notre magasin. Il passe son temps à boire et à draguer les filles. À en croire les potins de bureau, il est déjà arrivé à ses fins avec l'une des vendeuses. Ces jours-ci, il semble avoir jeté son dévolu sur Prachi et moi. Mais j'aimerais mieux manger des cafards vivants que céder aux avances de cette raclure de bidet.

— Tiens, tiens, qui voilà ? La Reine des neiges en personne !

Avec un sourire carnassier, il tapote la selle de sa Yamaha.

— Je t'emmène faire un tour ?

— Non, merci, je réponds avec froideur.

— Tu as des jambes magnifiques.

Son regard descend le long de mon corps.

— C'est quoi, leurs horaires d'ouverture ?

Je sens la moutarde me monter au nez, mais ce n'est ni le moment ni l'endroit pour faire un esclandre.

— Demandez donc à votre mère, je rétorque en passant devant lui.

Il soupire et s'engouffre dans le pub, sûrement pour noyer sa déception dans l'alcool.

Sans plus tarder, je mets le cap sur Jhaveri Bijoux. Le jeune propriétaire, Prashant Jhaveri, fait partie des anciens étudiants de Papa et m'offre toujours un bon prix. J'espère bien tirer plus de deux cent mille roupies des quatre joncs en or nichés au fond de mon sac.

À l'intersection de Radial Road 6, la circulation est bloquée par une sorte de procession religieuse. Des centaines d'hommes, de femmes et d'enfants drapés dans des étoffes safran dansent et psalmodient au son de tambours et de trompettes. Les automobilistes klaxonnent, exaspérés, et les piétons râlent, mais le joyeux cortège poursuit sa route sans se soucier des perturbations qu'il est en train de causer. Cela arrive presque tous les jours. Delhi est devenue la ville des rassemblements et des barrages routiers.

J'attends toujours que le cortège passe quand quelqu'un me pousse du doigt. C'est un gamin des rues vêtu d'un pull déchiré. Les cheveux crasseux et le visage poussiéreux, il doit avoir huit ans, pas plus. En silence, il se borne à tendre la main, geste commun à tous les mendiants du monde. Ces enfants qui font la manche à un âge où d'autres vont à l'école, ça me rend malade. En général, je ne donne rien pour ne pas les encourager dans la voie de la mendicité qui souvent aboutit à des addictions plus dangereuses comme la colle, l'alcool, voire les drogues. Ce qu'il leur faut, c'est une main tendue, un cadre structurant et une bonne dose d'estime de soi. Et ça, c'est du ressort de Lauren et de sa fondation Asha.

Sauf que ce petit mendiant ne se laisse pas décourager facilement.

— Ça fait deux jours que j'ai pas mangé. Vous avez pas deux ou trois pièces à me donner ? marmonne-t-il en pressant sa main osseuse sur son ventre.

Face à ses grands yeux implorants, je me sens incapable de dire non.

— Je ne te donnerai pas d'argent, lui dis-je, mais je veux bien t'acheter à manger.

Son visage s'illumine. À côté de nous, un marchand ambulant vend des *chhole kulchas*, du pain accompagné de pois chiches, pour dix roupies l'assiette. Je lui demande :

— Ça te va ?

— J'adore les *kulchas*, répond-il en humectant ses lèvres gercées.

J'enlève mon sac de mon épaule et j'ouvre la fermeture Éclair pour prendre l'argent. Au même instant, quelqu'un fond sur moi par-derrière pour m'arracher le sac des mains. Tout se passe si vite que je n'aperçois même pas le visage du voleur. Je ne distingue qu'un éclat safran. La seconde d'après, il a disparu dans la foule qui forme le cortège. Je me retourne : le petit mendiant s'est volatilisé lui aussi. Je suis tombée dans un piège vieux comme le monde.

Tout d'abord, je reste figée, les mains glacées et le souffle coupé.

— Non !

Je pousse un cri de détresse et me précipite dans la mer de safran. Bousculée, écrasée de tous les côtés, je me fraie un passage à travers la marée humaine à la poursuite du voleur.

Je ne retrouve pas le coupable, mais une fois le cortège passé, je découvre mon sac abandonné au bord de la route. Mon téléphone portable et mes clés sont toujours dedans. Tout comme mes papiers d'identité, mon rouge à lèvres, mes lunettes de soleil et mon spray au poivre. Tout est là, excepté les quatre joncs en or.

Hébétée, le cœur au bord des lèvres, je me laisse tomber sur le bitume. Mes bras s'alourdissent, s'amolissent ; ma vue se brouille. Lorsque je recouvre mes esprits, un policier est accroupi à côté de moi.

— Ça va ? me demande-t-il.

Je réponds faiblement :

— Oui. On m'a volé mon sac.

— Et ça, c'est quoi ?

Du bout de sa matraque, il tapote le Nine West sur mes genoux.

— Il… il a pris les bracelets en or de ma mère et jeté le sac.

— Vous avez vu son visage ? Pouvez-vous nous décrire le voleur ?

— Non. Mais la police connaît toutes les bandes qui opèrent dans le secteur, non ? Je suis sûre que vous pouvez l'arrêter.

Je me cramponne à son bras comme à une bouée.

— S'il vous plaît, faites quelque chose. Nous sommes perdues si je ne récupère pas ces bracelets. Si vous voulez, je peux même remplir une déposition.

— Ça ne changera rien. Ces choses-là, ça arrive tous les jours. À moins d'avoir un signalement, nous ne pouvons rien faire. Suivez mon conseil. Ne perdez pas votre temps, et ne nous faites pas perdre le nôtre en allant porter plainte. Et la prochaine fois, faites plus attention à vos affaires.

Il m'aide à me relever, m'adresse un regard amical et s'éloigne en tapotant sa paume avec la matraque.

Je fourrage fébrilement dans le sac en espérant contre toute attente y trouver les joncs, mais les miracles, ça n'arrive qu'au cinéma et dans les contes de fées. Une énorme boule se forme dans ma gorge ; mes larmes se mettent à couler tandis que je mesure l'ampleur de la perte. Tout autour de moi, les gens rient, mangent, font du shopping, se dorent au soleil. Personne n'a conscience du supplice que je vis. Le voleur a pris plus que de l'or : il nous a dépouillées de notre avenir.

Je sanglote toujours sur le trottoir quand mon regard tombe sur un panneau publicitaire géant qui affiche la température et l'heure. Affolée, je me rends compte qu'il est 14 heures passées. Madan, mon horrible chef, ne fait pas de cadeaux aux employés qui prennent leurs aises avec les horaires. Après avoir perdu les bracelets, je risque maintenant de perdre mon boulot.

Je me mets à courir, trébuchant sur mes talons de huit centimètres, et j'arrive essoufflée au magasin... Sauf qu'il s'y passe quelque chose d'anormal. Des éclats de voix, des clients ahuris qu'on raccompagne à la porte avec de plates excuses, le rideau de fer qu'on baisse à demi en toute hâte, équivalent du drapeau en berne en signe de désastre.

Je plonge sous le rideau de fer et découvre une plus grande pagaille à l'intérieur. Des cris, des jurons. Des accusations qui volent comme des avions de papier. Tout le monde est massé autour du guichet de la caisse, y compris M. Gulati en personne, notre vénérable patron, et quelqu'un est en train de hurler de douleur. Je me fraie un chemin entre les garçons de courses, les employés du pôle administratif, les chauffeurs-livreurs et les vendeurs et constate que les cris proviennent de M. Choubey, notre caissier de cinquante-cinq ans au crâne dégarni. Il se roule par terre sous les coups impitoyables de Madan, notre directeur et l'homme le plus haï du magasin.

— *Namak-haram !* Salopard de traître ! fulmine Madan en frappant Choubey à coups de poing et de pied.

Bourru et cassant, Madan n'a que deux passions dans la vie : faire de la lèche à M. Gulati et prendre un plaisir sadique à engueuler les employés du magasin.

— Je ne sais pas comment c'est arrivé. Je ne me suis absenté que vingt minutes pour déjeuner, geint le caissier, ce qui lui vaut une nouvelle torgnole.

Je grimace, compatissante. Je n'ai perdu que quatre joncs en or ; Choubey, lui, a perdu sa fierté et sa dignité.

— Qu'est-ce qui se passe ?

Je pousse Prachi du coude, et elle m'explique ce qui s'est produit en mon absence. Apparemment, M. Gulati a effectué une inspection surprise en début d'après-midi et découvert qu'il manquait presque deux cent mille roupies sur la recette du matin. En tant que responsable direct de la caisse, Choubey était accusé de détournement de fonds.

— Je jure sur la tête de mes trois enfants que ce n'est pas moi, gémit le caissier.

— Dites-moi où est l'argent et peut-être que je vous épargnerai, rétorque M. Gulati.

Ses sourcils froncés ressemblent à deux grosses chenilles qui tenteraient de se rejoindre.

— Madan m'a déjà fouillé. Je ne l'ai pas, cet argent ! crie Choubey.

— L'enfant de salaud a dû le filer à un complice, déclare Madan. Moi, je propose de le remettre à la police. Ils lui feront cracher le morceau vite fait. Depuis le temps que je cultive Goswami, l'inspecteur du commissariat de Connaught Place, c'est le moment ou jamais de faire appel à lui.

— S'il vous plaît, *sahib*, ne faites pas ça.

Choubey s'accroche aux pieds de M. Gulati.

— Voilà trente ans que je travaille dans ce magasin. Ma femme et mes enfants vont mourir sans moi.

— Eh bien, qu'ils meurent.

M. Gulati se dégage avec brusquerie.

— Téléphonez à votre inspecteur, Madan.

Choubey, je ne le connais pas très bien. C'est quelqu'un de discret et d'effacé. Nos rapports se limitent à un échange de civilités, mais je le trouve courtois, appliqué et consciencieux. Il est impensable qu'il puisse voler son employeur. Et même le criminel le plus endurci ne jurerait pas sur la tête de ses enfants. Soudain, une image s'impose à moi : Raja Gulati, adossé à sa moto, en train de compter une liasse de billets. Je sais que Gulati père n'approuve pas son goût pour les femmes et l'alcool. Et que le fils indigne est tout à fait capable de se servir dans la caisse pour financer son train de vie extravagant.

— Attendez ! dis-je à Madan. Comment savez-vous que le coupable est M. Choubey ?

Toutes les têtes se tournent vers moi. Madan me foudroie du regard, mais daigne néanmoins répondre :

— Il est le seul à avoir les clés du coffre.

— Lui et la famille Gulati, non ?

— Qu'insinuez-vous par là ? m'interrompt M. Gulati. Que je me suis cambriolé moi-même ?

— Je ne dis pas que c'est vous, monsieur. Il y a aussi Raja.

Tout le monde retient son souffle. Même moi, je suis sidérée par mon audace.

— Ça ne va pas, non ?

Madan semble friser l'apoplexie.

— Raja-*babu* n'est même pas venu au magasin, aujourd'hui.

— Mais je l'ai croisé dehors il y a une heure à peine, en train de compter une liasse de billets.

M. Gulati est visiblement perturbé. Il se tord les mains, se mordille la lèvre en soupesant le pour et le contre. Finalement, l'amour paternel l'emporte sur le doute.

— Comment osez-vous porter des accusations calomnieuses contre mon fils ? explose-t-il.

Ses yeux lancent des éclairs.

— Un mot de plus, et je vous vire sur-le-champ.

Je me tais. Aucun argument ne peut venir à bout de l'aveuglement d'un père.

Une demi-heure plus tard, une jeep arrive avec l'inspecteur Goswami à son bord, un grand type corpulent qui bénéficie de trente-cinq pour cent de remise sur tous ses achats en magasin. Il empoigne le caissier comme un boucher saisirait un poulet. Visiblement résigné, Choubey se laisse emmener sans protester. J'assiste à cette parodie de justice avec un sentiment de rage impuissante. Choubey a été accusé de vol uniquement parce qu'il est faible et sans défense. Et Raja Gulati n'a pas été inquiété parce qu'il est riche et qu'il a un pedigree. J'ai envie de vomir. Ce qui arrive à Choubey aujourd'hui pourrait très bien m'arriver demain. Acharya avait raison. Le monde se divise en deux catégories : les gagnants et les perdants. Des gens comme Gulati, et des gens comme Choubey et moi.

Lentement mais sûrement, je sens la détermination monter en moi. Je fouille dans mon sac et j'en tire la carte de visite qu'Acharya m'a donnée. La sonnette d'alarme se remet à carillonner dans ma tête, mais ça m'est égal. Une perdante n'a plus rien à perdre. J'inspire profondément et je compose le numéro sur mon téléphone portable.

Une voix féminine soigneusement modulée me répond :

— Groupe ABC, en quoi puis-je vous être utile ?

— Je voudrais parler à M. Vinay Mohan Acharya.

— De la part de qui, je vous prie ?

— Sapna Sinha.

Je m'attends à ce qu'elle demande : « Sapna qui ? » avant de me balader d'un service à l'autre, mais elle dit :

— Ne quittez pas, s'il vous plaît.

Et, presque immédiatement, Acharya prend la communication, comme s'il espérait mon coup de fil.

— Je suis content que vous ayez appelé.

— J'ai décidé d'accepter votre proposition.

— Bien, répond-il simplement, sans rire sous cape ni me faire le coup du « j'en étais sûr ». Rendez-vous dans mon bureau à 18 heures précises. L'adresse est sur ma carte.

— Mais je termine mon travail seulement à...

Il ne me laisse pas finir ma phrase.

— 18 heures précises, répète-t-il avant de raccrocher.

Je regarde l'adresse sur la carte. Le siège d'ABC se trouve à l'Espace Kyoko dans Barakhamba Road, pas très loin de Connaught Place. Il est 15 h 15. Il me reste moins de trois heures pour me préparer à l'entretien susceptible de changer ma vie.

À 17 h 30, j'aborde Madan, notre directeur tyrannique, la mine accablée.

— Monsieur, ma sœur vient de téléphoner. Ma mère a une nouvelle crise d'asthme. Il faut que je l'emmène à l'hôpital. Puis-je partir maintenant ?

Le directeur fronce le nez comme s'il venait de capter une odeur nauséabonde.

— On a déjà un caissier en moins. Je ne peux pas me permettre de me passer d'une vendeuse.

— Mais s'il arrive quoi que ce soit à Ma…

Dans le panthéon indien, la mère est un concept proche de Dieu. Même Madan n'ose pas prendre le risque de passer pour un monstre aux yeux de ses employés.

— Eh bien, vas-y, soupire-t-il, cédant à mon chantage aux bons sentiments.

Dix minutes plus tard, un auto-rickshaw me conduit à Barakhamba Road. J'ai gardé ma tenue de travail, jupe rouge et chemisier blanc. C'est un rendez-vous professionnel, après tout, pas une réunion de famille.

L'Espace Kyoko est un édifice imposant de quinze étages, aux murs de verre. Les mesures de sécurité y sont les mêmes que dans un bâtiment public. Des vigiles surveillent l'entrée, et je dois faire passer mon sac aux rayons X pour pouvoir pénétrer à l'intérieur. Le vestibule ressemble à un élégant hall d'hôtel avec son énorme lustre en cristal et la monumentale sculpture en bronze du taureau Nandi qui a inspiré le logo du groupe ABC. Un homme de haute taille, costume sombre et cravate rouge, m'attend à l'accueil. Il me faut un moment pour reconnaître Rana, le bras droit d'Acharya.

— Pourquoi toute cette surveillance ? je demande.

— C'est indispensable. Nous avons des concurrents qui sont prêts à tout pour nous voler nos secrets, répond-il brièvement.

Il m'escorte jusque dans l'ascenseur qui nous emporte sans bruit au quinzième étage.

Je sors et me retrouve dans un atrium spectaculaire avec des colonnes romaines, un mur d'eau haut de six mètres et une coupole vitrée reflétant le crépuscule qui envahit le ciel du soir. Rana me conduit à travers une double porte en acajou dans une pièce brillamment éclairée qui ressemble à une réception. Ici, tout n'est que marbre et mosaïques. Les murs sont peints en or moucheté, et les dorures font penser à un salon parisien huppé avec ses larges peintures murales, son épaisse moquette et ses statues de bronze. Une autre sculpture du taureau Nandi, dorée celle-là, garde l'entrée des appartements privés d'Acharya.

Je suis surprise de voir une jeune femme blonde assise derrière le bureau.

— Jennifer, la secrétaire particulière de M. Acharya, annonce Rana.

— Vous devez être Sapna, dit-elle en se levant et en me tendant la main.

Elle a le même accent que Lauren ; j'en déduis qu'elle est américaine. La première chose qui me frappe, c'est sa taille. Elle doit mesurer au moins un mètre soixante-quinze et se dresse au-dessus de moi tel un poteau télégraphique. Ses yeux incroyablement bleus sont encadrés par des lunettes rectangulaires, et ses cheveux vaporeux, mi-longs, ne dépareraient pas la couverture d'un magazine. Avec sa veste bleue stylée, portée par-dessus un chemisier crème et un pantalon gris, elle est à mi-chemin entre une présentatrice de CNN au look soigné et une escort girl.

Elle me scrute comme une maîtresse confrontée à l'épouse légitime. Son regard tranquille est à la

51

fois curieux et condescendant. D'emblée, je la trouve antipathique.

L'horloge murale indique 17 h 58. Je patiente encore deux minutes, jusqu'à ce que l'interphone sonne sur le bureau de Jennifer.

— M. Acharya va vous recevoir.

Elle m'adresse un mince sourire et m'introduit dans le saint des saints.

Le bureau d'Acharya est plus imposant encore : table de réunion, bibliothèques chargées de livres, téléviseur mural à écran géant affichant les cours de la Bourse. Les meubles ont l'air massifs, les tapis coûteux.

Une colossale tête de femme dorée attire mon regard. À ses gros yeux globuleux, je reconnais une des sculptures en fibre de verre de Ravinder Reddy que j'ai vues à la National Gallery. Les peintures à l'huile qui ornent les murs habillés d'acajou me paraissent familières également. Il y a là les chevaux d'Husain, les vaches de Manjit Bawa et un nu cubiste qui ressemblerait bien à un Picasso. Si Acharya voulait m'impressionner en me convoquant dans son bureau, je dois dire qu'il a bien réussi son coup.

Lui-même trône dans un fauteuil derrière un bureau ancien en forme de fer à cheval surplombant une grande baie vitrée. Dans son costume rayé agrémenté d'une pochette en soie rose, il est l'image même du grand patron. Et, s'il fallait davantage de preuves, il n'y a qu'à voir les photos encadrées qui tapissent le mur derrière lui. Acharya avec les grands de ce monde, depuis le pape Jean-Paul II et le dalaï-lama jusqu'à Bill Clinton et

Nelson Mandela. J'ai l'impression de visiter un véritable musée privé, hommage d'Acharya à lui-même.

— Alors, comment trouvez-vous mon bureau ? demande-t-il en me faisant signe de m'asseoir.

— Très joli.

J'acquiesce et je m'enfonce dans le fauteuil en cuir face à lui. Alors seulement j'aperçois la plaque en bois sur la table. Elle porte l'inscription : CLAIRVOYANCE, DÉTERMINATION, DISCIPLINE ET DUR LABEUR.

— Ce sont les valeurs fondamentales de notre groupe.

Il tapote sur la plaque.

— J'espère qu'elles deviendront les vôtres une fois que vous en serez la P-DG.

— Vous voulez dire *si* je le suis.

— Cela ne tient qu'à vous. Ma tâche, en tant que président, est de choisir la bonne personne et de la mettre sur la bonne voie, c'est tout. Je suis convaincu que vous êtes la mieux placée pour diriger la société. Mais il faut que vous partagiez la même optique. Rappelez-vous, le premier pas vers la réussite, c'est le désir de réussir. De notre volonté dépend notre destin.

— Je ne crois pas vraiment au destin, lui dis-je.

— Mais peut-être que le destin croit en vous.

— Alors finissons-en. J'imagine que j'ai quelque chose à signer.

— En effet. J'appelle Rana.

Il presse la touche de l'interphone, et Rana entre dans la pièce avec un porte-documents en cuir. Il s'assoit à côté de moi et me tend une feuille de papier. La même que la première fois.

— Avant que vous signiez, dit Acharya, je dois savoir si vous avez discuté de ma proposition avec quelqu'un.

— Non. Je n'en ai parlé à personne.

— Pas même à votre mère et à votre sœur ?

— Non. Mais pourquoi tant de mystère ?

— Eh bien, comme vous pouvez le constater, mes méthodes ne sont pas très… euh, orthodoxes. Je ne veux pas inquiéter inutilement mes actionnaires. Notre accord doit rester strictement confidentiel.

— C'est entendu.

Je hoche la tête.

— Mais c'est quoi, cette clause qui interdit de rompre le contrat en cours de route ?

— Cela veut dire simplement que le contrat reste en vigueur tant que vous n'aurez pas passé les sept épreuves. Vous ne pouvez pas abandonner en chemin.

— Et si je rate une épreuve ?

— C'est moi qui mettrai un terme au contrat, pas vous.

— Signez en bas, s'il vous plaît, dit Rana en me tendant un stylo.

— Avant de signer, moi aussi je veux demander quelque chose.

Acharya fronce les sourcils.

— Quoi ?

— Je veux le double.

— Comment ça ?

— D'après ce contrat, vous allez me verser un lakh de roupies pour participer aux épreuves. Et moi, je vous demande deux lakhs.

— Et qu'est-ce qui vous fait croire que j'accéderai à votre demande ?

— Dans la vie, on n'obtient pas ce qu'on mérite ; on obtient seulement ce qu'on a négocié. N'est-ce pas ce que vous m'avez dit au café ? Je ne fais que suivre votre conseil.

— Bravo !

Acharya applaudit à contrecœur.

— Vous apprenez vite. Mais, pour négocier, il faut avoir des arguments de poids. Dans le cas présent, avez-vous vraiment le choix ?

— Je vous retourne la question. Avez-vous le choix ? Un meilleur candidat en vue ?

— J'aime bien votre audace.

Acharya hoche la tête.

— Mais que comptez-vous faire de tout cet argent ?

— Disons que j'ai une urgence familiale.

Il réfléchit en regardant par la baie vitrée. Il y a quelque chose de magique, de mystique à contempler une ville d'en haut, loin de la crasse et de la poussière, de la chaleur et du tintamarre. Je me contorsionne pour entrevoir le panorama à mon tour, mais je ne vois qu'une bande miroitante sur l'horizon, brouillant la frontière entre terre et ciel.

Au bout de quelques secondes chargées de tension, Acharya lève la tête et acquiesce, comme s'il venait de prendre une décision.

— Rana, donne-lui deux lakhs.

Rana me lance un regard noir et sort de la pièce.

Je me tourne vers Acharya.

— Puis-je vous poser une question ?

— Je vous en prie.

— Pourquoi n'avez-vous pas pensé à Rana pour le poste que vous me proposez ? Il est votre homme de confiance, non ?

— Je ne consulte pas mon coiffeur pour mes placements financiers. Eh bien, là, c'est pareil.

Il se cale dans son fauteuil en jouant avec un presse-papier Ganesha en cristal.

— Rana n'a pas l'étoffe d'un meneur d'hommes. Sa place n'est pas ici.

Il tapote l'accoudoir du fauteuil.

— Mais ça pourrait être la vôtre, si vous réussissez mes sept épreuves.

— Elles m'inquiètent, vos épreuves.

— Il n'y a pas de quoi. Il s'agit moins d'une affaire d'échec ou de réussite que de découverte de soi. À travers chacune des sept épreuves, vous acquerrez les compétences utiles pour diriger une entreprise dans la vraie vie.

Je n'ai jamais eu envie de diriger une entreprise, suis-je tentée de lui répondre. Mais Rana revient et pose une enveloppe kraft devant moi.

— Il y a deux lakhs là-dedans. Vous pouvez vérifier.

J'ouvre l'enveloppe bourrée de billets de mille roupies. Les compter serait malpoli. Je déclare donc :

— Je fais confiance à M. Acharya.

Et je signe le papier avec panache.

Rana remet le contrat dans le porte-documents en cuir.

— Elles commencent quand, les épreuves ? je demande, fourrant l'enveloppe dans mon sac à main.

— Elles ont déjà commencé, réplique Acharya, énigmatique.

Avant que je puisse en savoir plus, l'interphone se met à bourdonner. Il le fixe un moment avant d'appuyer sur la touche rouge.

— Monsieur, les clients de Hong Kong sont en train de monter.

La voix enjouée de Jennifer résonne dans le haut-parleur.

Le regard d'Acharya se pose sur moi.

— Bonne chance, me dit-il, mettant un terme à l'entretien.

Cinq minutes plus tard, je me retrouve dehors, songeant à l'étrangeté de ce qui m'arrive. De ma vie, je n'ai jamais eu autant d'argent sur moi qu'à cet instant ; c'est à la fois exaltant et angoissant. Je sens déjà la main obscure du destin sur mon épaule, comme pour m'avertir que j'ai conclu un pacte faustien et que je dois me préparer à en payer le prix.

Mon premier réflexe est de me rendre au temple d'Hanuman pour remercier la déesse Durga. Elle seule peut m'aider à naviguer dans les eaux dangereuses de l'existence qui m'attend désormais.

Je passe ensuite dans une boutique située sur la place avant de prendre le métro. Mais je ne vais pas jusqu'à Rithala. Je descends à Pitampura et grimpe dans un auto-rickshaw qui me conduit chez l'oncle Deenu. Malgré sa fortune, ce dernier vit toujours dans une maison décrépite jouxtant un canal nauséabond rempli de détritus.

Ma tante Manju Chachi, une grosse femme paresseuse avec un curieux penchant pour les chemisiers sans manches, m'ouvre la porte.

— Hello, Sapna, me salue-t-elle d'un air endormi.

L'oncle Deenu se prélasse au salon, vêtu d'un simple pyjama en raison du chauffage électrique qui semble marcher à fond. Son visage poupin, ses larges épaules et son cou inexistant lui confèrent l'allure d'un lutteur sur le retour. Je jette un œil sur la pièce, sur les canapés effrangés d'un rouge criard, les photos de famille exposées pêle-mêle sur la cheminée, les toiles d'araignée dans les coins. Ça sent la poussière et l'abandon. Ayant toujours considéré l'oncle Deenu à travers le prisme des liens familiaux, je n'avais pas réalisé à quel point il était fruste et vulgaire.

— Si tu viens me supplier de vous laisser l'appartement de Rohini, tu perds ton temps, commence-t-il à peine me suis-je assise. À moins que tu ne m'apportes l'argent, prépare-toi à déménager d'ici quinze jours.

Malgré tous ses défauts, mon père était un homme qui avait des principes. Son frère cadet, c'est tout le contraire. Deenu est un escroc à la petite semaine, hâbleur et opportuniste, qui fraude régulièrement le fisc et trompe aussi probablement bobonne.

Je lui annonce :

— J'ai ici la somme complète.

Et je compte cent soixante-huit mille roupies.

Il a l'air plus sidéré que content.

— Comment as-tu fait pour réunir tant d'argent aussi rapidement ?

Il m'adresse un sourire sournois.

— Tu as cambriolé une banque ?

— Ça ne te regarde pas, je réponds sèchement. Et puisque nous sommes tes locataires maintenant, il serait normal que tu rédiges un bail en règle, que tu répares les canalisations dans le mur de la salle de bains, l'évier de la cuisine qui fuit, et que tu refasses les peintures de l'appartement.

Il me regarde bouche bée comme un singe interdit. Jamais je ne lui ai parlé sur ce ton. En même temps, ce n'est pas moi qui parle. C'est cet argent que j'ai entre les mains qui me donne une voix, une assise. Avec un petit sourire satisfait, je quitte d'un pas nonchalant la maison de Deenu et je hèle un autre auto-rickshaw.

Le temps de rentrer chez moi, il est 19 h 30 passées. Ma est en train de faire à dîner. Neha, affalée sur le canapé, regarde un concours de chant sur Zee TV.

— Combien il t'a donné, le bijoutier ? demande Ma aussitôt. Est-ce que c'était assez ?

— Assez pour payer notre vaurien d'oncle. Maintenant, nous sommes tranquilles pour un an.

— Et que se passera-t-il après ?

— On avisera le moment venu.

Je laisse tomber mon sac à main sur la table et me pose à côté de Neha.

Absorbée dans son émission, elle prête à peine attention à moi et au sac en plastique à mes pieds.

Sur l'écran, une concurrente filiforme chante à pleins poumons une chanson populaire tirée du film *Dabangg*.

— Je chante bien mieux que toi, raille Neha, et je suis beaucoup mieux gaulée.

— Arrête de parler à la télé, lui dis-je, et regarde ce que j'ai pour toi.

Neha se retourne et écarquille les yeux en voyant ce que je viens de sortir du sac en plastique : un ordinateur portable Acer flambant neuf.

— *Didi !* glapit-elle, ravie, en se jetant à mon cou. Tu es la meilleure.

Elle m'arrache l'ordinateur des mains et commence à le tripoter comme un enfant à qui on a offert un nouveau jouet. Ses joues rosissent d'excitation. Ma me presse doucement l'épaule.

— Ton père aurait été si fier de toi, dit-elle en se tamponnant les yeux. C'est la première fois que je vois Neha aussi heureuse.

Et moi, qui va me rendre heureuse ? suis-je tentée de lui demander avant de me laisser aller à savourer ce moment de douceur. Brièvement, la chaleur et l'amour de ma famille me font voir la vie en rose. Mais ces instants-là sont trop rares, trop fugaces. Très vite, Ma va rentrer dans sa coquille ; Neha redeviendra la petite peste qu'elle a toujours été. Et la douleur et le désespoir, mes compagnons de tous les jours, reviendront me hanter.

En attendant, j'ai l'esprit en ébullition, et l'appartement me semble trop petit pour réfléchir à toutes les chances que m'offre la proposition d'Acharya.

Je descends donc au jardin à l'entrée de la cité. « Jardin » est un bien grand mot ; en fait, c'est un bout de terrain délimité par un muret en brique, avec quelques arbustes et arbres fruitiers. Le jour, les gamins du quartier y jouent au cricket, mais à cette heure-ci, l'endroit est calme et désert. Je m'installe sur l'un des bancs en bois. Il fait frisquet, et la terre est humide sous mes pieds. Je resserre mon châle en laine sur mes épaules pour en garder la chaleur.

Je suis là depuis une minute à peine lorsque Kishore Kumar entonne la chanson du film *Amar Akbar Anthony* :

> *Je m'appelle Anthony Gonzalves.*
> *Je suis seul au monde.*
> *Mon cœur est vide, et ma maison aussi,*
> *Celle qui y vivra aura beaucoup de chance.*
> *Chaque fois qu'elle pense à moi, elle devrait venir*
> *Au Palais de la Beauté, ruelle de l'Amour, au*
> *nº 420.*

Je sens le feu me monter aux joues. Non, le chanteur légendaire n'est pas revenu d'entre les morts. Et il n'habite pas non plus au nº 420. Cette voix mélodieuse, c'est celle de Karan Kant qui occupe l'appartement B-35.

Karan a emménagé dans la cité un mois après nous. Et depuis plus d'un an, c'est devenu bien plus qu'un voisin. Il n'a pas de famille et travaille au centre d'appels d'Indus Mobile, le troisième plus gros opérateur de téléphonie mobile en Inde. Il a vingt-cinq ans, mais avec son allure juvénile, on lui donne facilement cinq ans de moins. Sa taille au-dessus de la moyenne, son corps parfaitement sculpté, ses traits ciselés et ses cheveux bouclés en font le plus bel homme de Rohini, sinon de Delhi. Ajoutez-y le sourire en coin et le regard rêveur, et il y aura de quoi faire se pâmer n'importe quelle collégienne. Même les ménagères ménopausées de notre cité ont craqué pour lui. Elles inventent toujours un prétexte pour sortir sur leur balcon afin de le voir rentrer de son travail. Mais Karan n'a d'yeux que pour moi. J'ignore ce qu'il me trouve. Peut-être qu'il voit en moi une âme sœur. Meurtris par la vie, malmenés par le destin, nous n'avons pu réaliser nos rêves ni l'un ni l'autre, malgré un potentiel prometteur. De tous les habitants de la cité, c'est moi qu'il a choisie pour confidente. Nous nous soutenons mutuellement et nous parlons avec franchise.

Il est encore trop tôt pour donner un nom à notre relation. Il suffit de dire qu'il est mon double, ma force, mon rocher. Quelquefois, je le considère comme un frère, à d'autres moments comme un compagnon sur qui je peux compter, et de temps en temps – oserais-je le dire ? – comme un amoureux. Il y a toujours une note de tendresse dans son attitude, même s'il cherche à dissimuler ses sentiments sous un masque de désinvolture et passe son temps à faire le pitre. Karan est un imitateur hors pair : il peut contrefaire la voix de n'importe qui, depuis l'acteur Shahrukh Khan jusqu'au joueur de cricket Sachin Tendulkar.

Mais il a beau faire le clown, je distingue toujours un fond de tristesse dans ses yeux. Souvent, je surprends son regard tourmenté sur moi. Dans ces moments-là, je ressens presque physiquement la solitude qui l'habite, et mon cœur saigne pour lui. Un véritable clown fait rire les autres pendant que lui-même pleure en silence à l'intérieur.

— Pourquoi cet air sérieux, madam-ji ? demande-t-il, se laissant tomber à côté de moi.

— J'ai eu une journée de folie.

— Avez-vous (a) gagné au loto, (b) été cambriolée, (c) trouvé du travail ou (d) rencontré un personnage célèbre ?

Il est en train d'imiter Amitabh Bachchan dans *Qui veut gagner des millions ?*

— Tout cela à la fois, je réponds.

Il plisse les yeux.

— Dans ce cas, voulez-vous appeler un ami ?

J'ai l'impression qu'il lit dans mes pensées. Il s'est passé tant de choses ces dernières vingt-quatre heures que j'ai besoin de vider mon sac. Je n'ai pas oublié l'avertissement d'Acharya, mais si quelqu'un sait garder un secret, c'est bien l'homme assis à côté de moi.

— Si je te raconte, tu ne vas pas me croire.

Là-dessus, je lui parle de la rencontre au temple, du coup de fil de l'oncle Deenu, du vol des bracelets, de la scène au magasin avec Choubey et du rendez-vous final au siège d'ABC avec deux lakhs de roupies en cash à la clé.

Karan écoute, médusé, puis laisse échapper un long sifflement.

— Ça alors, ce sera une histoire à raconter à mes petits-enfants !

— Tu penses qu'Acharya est sérieux en voulant faire de moi sa P-DG ?

Il s'esclaffe.

— Tu rigoles, ou quoi ? C'est une énorme arnaque ou je ne m'y connais pas. Personne n'offre un gros groupe industriel sur un plateau à de parfaits inconnus.

— J'ai fait des recherches sur Acharya. Il a l'air au-dessus de tout soupçon.

— Comme n'importe quel escroc avant qu'il se fasse démasquer. Harshad Mehta était considéré comme un magicien de la finance jusqu'au jour où il a provoqué un krach boursier.

— Mais que peut-il espérer tirer de moi ? Je n'ai pas d'argent à investir dans sa société.

— Peut-être qu'il a un faible pour les beautés ténébreuses.

— Il n'a rien d'un satyre. Et je n'ai pas le physique d'une actrice de Bollywood.

— Et si tu étais sa fille illégitime, perdue de vue depuis des lustres ?

— Ne fais pas l'andouille. On n'est pas dans un film.

— Je vois ça d'ici.

Karan lève les mains comme un réalisateur cherchant à cadrer une prise de vues.

— Il te convoque chez lui tard dans la soirée. Tu ne le trouves pas à la maison, mais tu découvres sa femme qui baigne dans une mare de sang. Elle a été abattue, et l'arme qui l'a tuée porte tes empreintes digitales. Tu te rends compte alors que tout cela faisait partie d'un plan diabolique visant à le débarrasser de sa femme et à te coller le meurtre sur le dos.

Avant que son imagination débordante fasse surgir un autre scénario catastrophe, je réponds laconiquement :

— Acharya n'a pas de femme. Fin de la conspiration.

— Dans ce cas, il doit avoir un autre plan tordu en tête. Tout le monde sait qu'il déteste son frère jumeau Ajay Krishna Acharya. Premier Industries est le plus gros concurrent d'ABC. Peut-être qu'il se sert de toi pour faire une crasse à son frère.

— Acharya n'a fait aucune allusion à son frère. Et je ne suis pas stupide au point de devenir un simple jouet entre les mains de quelqu'un.

— Je ne te reproche rien. C'est tout à fait humain que la promesse d'une fortune inespérée court-circuite à la fois la réflexion et le bon sens. C'est comme ça qu'on a toutes ces chaînes de Ponzi, les escroqueries sur titres, les fraudes sur les exploitations forestières et autres. Je le vois tous les jours au centre d'appels : des clients crédules abusés par des agents de télémarketing véreux qui en général s'évanouissent dans la nature avant l'arrivée des flics.

— Il y a aussi une chose qui s'appelle la prise de risque. Seuls ceux qui prennent le risque d'aller trop loin peuvent découvrir jusqu'où ils peuvent aller.

— C'est Acharya qui dit ça ?

— Non, c'est T. S. Eliot. Et le risque, ce n'est même pas moi qui le prends… c'est Acharya. C'est lui qui parie sur moi. Comment pourrais-je laisser passer la chance de ma vie ? Pour la première fois, j'entrevois une lueur d'espoir à l'horizon.

— Pfff, lâche-t-il, méprisant. L'espoir est une drogue douce qui te fait planer selon la dose d'attentes irréalistes qu'on t'injecte. Reviens sur terre, veux-tu ?

— Et toi, sois un peu plus optimiste. Pourquoi es-tu toujours aussi négatif ?

— Parce que je tiens à toi et que tout cela ne me dit rien qui vaille, Sapna. Tu n'aurais jamais dû accepter cet argent.

— Je n'avais pas le choix.

— J'espère seulement que tu n'auras pas à le regretter. Il doit forcément y avoir un malentendu. Et tu ne sais rien de ces fameuses épreuves. En quoi consistent-elles ? Comment vas-tu les affronter ? Et quand ?

— Oui, j'avoue que moi aussi, ça m'angoisse un peu.

— Je vais te raconter une petite histoire. Celle d'un homme qui voulait grandir à tout prix. Pendant vingt ans, il a prié Dieu, et Dieu a fini par exaucer sa prière. Mais à une condition. Dieu lui a dit : « Je peux te faire grandir, mais chaque centimètre supplémentaire te fera perdre une année de ta vie. » L'homme a accepté. Dieu lui a rajouté dix centimètres… et il est mort sur-le-champ. Moralité : ne jamais conclure un marché sans en connaître les tenants et les aboutissants.

— Je n'ai aucune intention de passer ces épreuves. Il suffit que je rate la première, et je garderai les deux lakhs. Point barre.

— Si seulement c'était aussi simple ! Quelqu'un comme Acharya a dû réfléchir très soigneusement avant de t'aborder.

Le cynisme implacable de Karan finit par me saper le moral. Lorsque je rejoins Ma et Neha à table, je suis convaincue d'avoir commis la plus grosse erreur de ma vie.

Comme chaque fois que j'ai un souci, je cherche le réconfort dans la poésie. Après le dîner, je sors le carnet noir dans lequel je consigne mes pensées et mes émotions depuis l'âge de neuf ans. Je feuillette ses pages écornées jusqu'à ce que mon regard tombe sur un court poème intitulé « Demain ». Il est daté du 14 avril 1999, quand j'étais encore une naïve écolière de douze ans. Peut-être parce qu'il a été écrit à une époque plus simple, plus heureuse, c'est exactement le remontant qu'il me faut. Voici ce que j'avais écrit :

L'espoir est un soleil brillant
Qui éclaire chaque matin.
L'amour est un vent puissant
Qui chasse tous les chagrins.
L'avenir est une route déserte
Et je n'ai pas peur de demain.

Première épreuve

L'amour à l'âge du Khap

— Bienvenue, monsieur, voulez-vous jeter un œil sur nos écrans plasma ? Nous avons pas mal d'offres spéciales en ce moment.

J'adresse au client le sourire engageant de l'animatrice sur une chaîne de téléachat.

Nous sommes le samedi 18 décembre. Il s'est écoulé une semaine depuis mon rendez-vous avec Acharya, et je n'arrête pas de ruminer. Moi qui n'ai jamais eu peur des examens, rien que de penser aux épreuves qu'il m'a réservées, je sens une boule au creux de mon estomac. C'est l'incertitude qui me pèse le plus. Pour couronner le tout, le magasin est sens dessus dessous. Avec la Coupe du monde de cricket, un vent de folie souffle sur le pays, et les ventes de téléviseurs se sont envolées. Ce matin, le personnel ne tient plus en place : on nous a dit que l'actrice Priya Capoorr viendrait nous rendre visite dans quinze jours. Dans le cadre de la campagne de promotion de la marque Sinotron, dont elle se trouve être l'ambassadrice.

Il y a eu d'autres événements, par ailleurs. Nous avons un nouveau caissier, une espèce de gros lard nommé Arjun Soni, qui mange des cacahuètes à longueur de journée et répond aux questions par d'autres questions. Neelam, l'une des vendeuses, nous quitte le mois prochain pour se marier. Son fiancé est un Indien qui vit à Stockholm. Elle trépigne à l'idée de partir vivre en Suède, un pays dont je ne connais rien ou presque.

L'après-midi, le directeur me convoque dans son bureau.

— Sapna, j'étais justement en train de consulter ton chiffre des ventes. Tu es encore une fois en tête de liste.

Son sourire, qui dévoile ses dents jaunies, éveille instantanément ma méfiance. Madan sourit seulement quand il a besoin de demander un service à un employé, comme faire des heures supplémentaires ou venir travailler un dimanche.

— Tu te souviens de Kuldip Singh, l'homme qui nous a acheté la moitié du magasin, la semaine dernière ?

— Vous parlez du paysan de l'Haryana ?

— C'est ça, acquiesce Madan. Il a appelé aujourd'hui pour dire que personne chez lui ne sait faire fonctionner ces appareils. Du coup, il veut que quelqu'un du magasin vienne dans son village lui montrer comment ça marche. Tu comprends ?

— Oui. Vous n'avez qu'à envoyer l'un des vendeurs.

70

— Tout le problème est là, soupire Madan. C'est toi qu'il réclame. Apparemment, tu lui as fait une forte impression. Alors voici ce que je te propose. Tu vas là-bas demain et tu lui expliques le fonctionnement de la télé, du lave-linge, de la chaîne hi-fi et du lecteur de DVD. Nous paierons tous les frais, et tu recevras en plus cinq cents roupies pour le déplacement.

— Je ne vais pas sacrifier mon dimanche pour cinq cents roupies.

— Dis-toi que c'est de l'argent facile. J'ai vu qu'il fallait seulement trois heures pour se rendre à Chandangarh. Tu peux faire l'aller-retour dans la journée. Ça te va ?

— Non, ça ne me va pas. Comment pouvez-vous demander à une femme seule de se rendre dans un village paumé ?

— Je comprends, je comprends.

Madan remue la tête.

— Mais Gulati *sahib* appréciera le geste ! S'il te plaît, juste cette fois, implore-t-il.

— Je ne peux pas y aller dimanche, dis-je gravement. C'est l'anniversaire d'Alka.

— Qui est-ce ?

— Ma sœur, qui est morte il y a deux ans.

— Pourquoi faut-il que les morts se mêlent des affaires des vivants ? marmonne-t-il dans sa barbe avant d'acquiescer, résigné. *Theek hai.* OK. Mais tu peux y aller lundi, non ?

— Ça devrait être possible. Seulement je ne resterai que quelques heures dans ce village. À quelle heure le taxi viendra me chercher, lundi ?

— Le taxi ? Non mais pour qui tu te prends ? Pour Priya Capoorr ? Tu iras en autocar, compris ?

J'ai bien envie de l'envoyer paître, mais je crois que j'ai assez poussé le bouchon pour aujourd'hui.

Si je devais un jour me retrouver à la tête du groupe ABC, la première chose que je ferais, c'est racheter Gulati & Fils et transformer Madan en homme de ménage. En attendant, je me borne à hocher la tête et à ravaler mon amour-propre.

Une atmosphère sombre et mélancolique règne à la maison. Le silence cruel et moqueur du destin. Aujourd'hui, c'est l'anniversaire d'Alka. Elle aurait eu dix-sept ans. Ma se tamponne les yeux. J'ai une boule dans la gorge qui refuse de partir.

Il ne s'est pas passé un jour ces deux dernières années sans que je pense à Alka. Les morts ne meurent pas. Ils se métamorphosent en fantômes, flottent dans l'air, hantent nos pensées, squattent nos rêves. L'absence d'Alka me pèse tout particulièrement aujourd'hui. Il y a quelque chose d'accablant dans le fait d'être en vie le jour de l'anniversaire d'une sœur morte.

Pendant que je contemple sa photo, rongée par la culpabilité des survivants, les souvenirs de Nainital se bousculent dans ma tête.

Nous habitions au n° 17 une vaste maison de cinq pièces sur le campus de la Windsor Academy, un pensionnat de garçons où Papa enseignait les mathématiques. Bâtie dans les années 1870, l'école ressemblait à une forteresse victorienne avec ses tourelles crénelées, ses flèches en pierre et ses anges et gargouilles qui ornent la façade gothique du bâtiment central. Juchée sur une colline verdoyante, elle était entourée de montagnes brumeuses et de forêts de chênes, de pins et de cèdres de l'Himalaya. De notre maison, on voyait même le lac Naini en forme d'œil, dont les eaux noires miroitaient au soleil.

Entre Papa et l'école, c'était une longue histoire. Il avait débuté sa carrière d'enseignant en 1983 et avait travaillé sans interruption pendant plus d'un quart de siècle. Nous étions une famille de classe moyenne, menant une existence paisible et sans histoire. Chez nous, les maîtres mots étaient discipline et responsabilité. Dans l'ensemble, c'était une vie idyllique de solitude tranquille et de travail scolaire assidu, ponctuée d'orages d'été, de balades en barque sur le lac et de visites hivernales dans la maison de nos ancêtres à Hardoi.

Bien que grandissant sous le même toit, nous, les trois sœurs, avions des personnalités très différentes et une vision bien distincte de la vie. Moi, j'étais le rat de bibliothèque, timide et effacée. Neha était snob et prétentieuse. Et Alka était l'électron libre qui n'en faisait qu'à sa tête. Elle était drôle, turbulente, vive, spontanée, parfois même effrontée. Mais il lui suffisait de sourire, espiègle, en disant : *« Kamaal ho gaya ! »* pour qu'on lui pardonne tout. Elle était la prunelle de mes yeux, le boute-en-train et le pivot de notre famille.

Nous suivions notre scolarité dans un cadre strict où les règles primaient les sentiments. Alka, Neha et moi fréquentions le couvent Sainte-Thérèse, un collège privé de filles dirigé par les bonnes sœurs. Nous y étions externes à titre gracieux, privilège dû aux fonctions de Papa à la Windsor Academy, qui avait conclu un accord de réciprocité avec le couvent. Sœur Agnès, notre despotique principale, avait des idées arrêtées sur ce que nous, les filles, devions faire et surtout ne pas faire. C'était la même chose à la maison. Papa avait instauré un code de conduite très rigoureux, avec le couvre-feu à 20 heures. Prof de maths, il réduisait le monde à un schéma binaire, le blanc et le noir, le bien et le mal. Il n'y avait pas de place dans son univers pour les nuances de gris.

L'avenir de ses trois filles était tracé d'avance. Moi, la studieuse, j'étais promise à une carrière de fonctionnaire. Neha la ravissante serait journaliste à la télévision, et Alka au grand cœur ferait des études de médecine.

En fille obéissante, j'ai fait ce que mon père attendait de moi. Après de brillantes études secondaires, je me suis inscrite à l'université de Kumaun. Même si je suivais un cours de littérature anglaise, je lisais tout ce qui me tombait sous la main, depuis le cycle de vie du papillon de nuit jusqu'au cycle de combustion d'une centrale nucléaire en passant par les trous noirs, les nuages bruns et le *cloud* informatique. J'engrangeais un maximum de connaissances afin de parfaire ma culture générale, essentielle pour réussir un concours administratif.

La règle numéro un de mon père concernait évidemment les garçons. Quelques années plus tôt, un de ses collègues, M. Ghildayal, avait été éclaboussé par le scandale d'une liaison secrète entre sa fille Mamta, dix-huit ans, et un élève de terminale, délégué de classe... Liaison qui s'était soldée par une grossesse non désirée. Papa était tétanisé à l'idée qu'une chose semblable arrive à sa famille. « Si j'attrape l'une de vous ne serait-ce qu'en train de regarder un garçon sur le campus, je lui tords le cou », nous menaçait-il. Mais il ne pouvait empêcher les garçons de nous regarder, nous, ou plutôt Neha et Alka. Elles étaient les plus jolies filles sur un campus saturé d'hormones, où chaque jour une âme tourmentée s'éveillait à la sexualité. Les garçons étaient presque tous des fils de famille venant de Delhi, de Mumbai ou de Kolkata ; leurs parents avaient voulu se débarrasser d'eux, et ils avaient bien l'intention de jouir pleinement de leur liberté. Derrière sa façade d'école idéale, la Windsor Academy était un repaire de débauche et de corruption. Toutes sortes de matériel pornographique et de boissons alcoolisées circulaient librement sur le campus. On parlait même d'usage de drogues et de visites de prostituées.

J'étais trop absorbée dans mes études pour prêter attention aux garçons. Neha les traitait avec mépris. Elle avait décidé très tôt qu'elle ne passerait pas sa vie à Nainital, et fuyait les gens de notre entourage comme la peste. Restait notre plus jeune sœur, Alka. Elle avait beau changer physiquement, dans sa tête elle était toujours la gamine qui croyait aux contes de fées. Si les garçons me laissaient indifférente, et si Neha les méprisait, il n'en allait pas de même pour

Alka, qui était friande de romans à l'eau de rose. Les sévères mises en garde de Papa n'entamaient en rien sa fascination pour le monde en carton-pâte des héros bondissants et des demoiselles en détresse. Compte tenu de sa naïve insouciance et de son mépris pour l'autorité, ce n'était qu'une question de temps pour qu'un Roméo de pacotille lui fasse tourner la tête.

C'est arrivé plus vite que je ne le pensais. Je me suis doutée qu'il y avait anguille sous roche le jour de ses quinze ans. Papa ne voulait pas qu'on fête les anniversaires ; il considérait ça un peu comme la Saint-Valentin, une invention occidentale pour faire marcher le commerce. Le jour de notre anniversaire, Neha et moi avions le droit de distribuer des friandises en classe. Mais seule Alka, la chouchoute, pouvait organiser une fête à l'occasion du sien. Une célébration bien modeste, au demeurant : un gâteau, quelques copines de classe et un cadeau bon marché, généralement un livre.

Pour son quinzième anniversaire, il y a eu le gâteau habituel, les rires et les jeux. Sauf que cette fois, il émanait d'elle une sensualité à fleur de peau, jusque-là cachée. Ce soir-là, en examinant ses cadeaux, j'ai trouvé un flacon de Poison de Christian Dior jeté négligemment parmi ses vêtements.

— Waouh, la veinarde ! me suis-je exclamée en levant les yeux au ciel. Qui, à Nainital, peut se permettre de t'offrir ça ?

Alka a haussé les épaules avec un sourire désarmant.

— *Kamaal ho gaya, didi !* Rakhi la radine est soudain devenue généreuse.

Je savais qu'elle mentait. Rakhi Rawat, sa camarade de classe à Sainte-Thérèse, lui avait offert l'année dernière un coffret à bijoux en plastique qui coûtait cinquante roupies. Il était tout simplement impossible qu'elle lui fasse cadeau d'un parfum d'importation qui en valait trois mille.

Il y a eu d'autres signes également. Pendant les vacances de Noël, quand l'école était fermée, j'ai surpris Alka en train d'écrire des missives secrètes qu'elle allait jeter discrètement dans la boîte aux lettres rouge juste derrière le portail. Lorsque je lui ai posé la question, elle a répondu que c'était pour sa correspondante au Brésil. Plus inquiétant, ses notes ont baissé légèrement. Elle avait perdu l'appétit et souffrait d'insomnies.

Mais la preuve concluante, je l'ai eue le jour de la rentrée. Le soir, en revenant de la bibliothèque, j'ai entendu des bruits étouffés derrière le gymnase désert. En m'approchant, j'ai vu une fille et un garçon enlacés dans une étreinte passionnée sous un chêne. La fille avait posé ses mains sur les épaules du garçon, et il l'embrassait sur la bouche. Dès qu'ils ont senti ma présence, le garçon a filé dans la pinède, mais j'ai eu le temps d'apercevoir le blazer vert et le pantalon gris, uniforme de l'école. La fille a voulu se sauver aussi, mais je l'ai attrapée par la main. C'était Alka.

Nous avons fait une longue promenade, ce soir-là. Elle a refusé de me donner le nom du garçon ; j'ai su seulement que c'était le type le plus cool de la planète, fils d'un richissime homme d'affaires de Delhi.

— Je suis amoureuse, *didi,* répétait-elle.

Et elle a même entonné une chanson d'amour ringarde.

— On ne tombe pas amoureux à quinze ans, Alka. C'est une simple passade. Ce garçon cherche à profiter de toi.

— L'amour n'a pas d'âge, *didi,* a-t-elle décrété. Ça vient quand ça vient. Et ça dure toute la vie. Tu verras quand je l'épouserai.

— Et que va dire Papa lorsqu'il apprendra l'existence de ton soupirant ?

— Il ne saura pas. Je suis sûre que tu garderas le secret, *didi.* Tu es la seule personne en qui j'aie entièrement confiance.

— Alors fais-moi confiance quand je te dis que ta conduite est non seulement irresponsable, mais stupide.

J'ai eu beau argumenter, menacer, fulminer, je n'ai pas réussi à convaincre Alka de mettre fin à son histoire avec ce garçon. Elle était aussi têtue que je pouvais être persuasive. Pour finir, nous sommes arrivées à un compromis. Je lui ai extorqué la promesse de cesser de voir momentanément son amoureux, moyennant quoi je n'en parlerais à personne, et surtout pas à Papa.

Même si j'avais confiance en elle, j'ai entrepris de la surveiller discrètement à partir de ce jour, allant jusqu'à fouiller dans ses affaires quand elle n'était pas dans sa chambre. Deux semaines se sont écoulées ainsi, sans incident, puis un soir j'ai découvert un petit paquet dissimulé dans sa chaussure. C'était une enveloppe kraft pliée, avec à l'intérieur un sachet en plastique contenant une sorte de poudre brune. On aurait dit du sucre, mais j'avais vu suffisamment de films pour savoir que c'était de l'héroïne de qualité supérieure.

J'ai appelé Alka dans ma chambre et fermé la porte.

— Où as-tu eu ça ? ai-je demandé froidement en agitant le sachet sous son nez.

— Où l'as-tu trouvé ? a-t-elle balbutié nerveusement.

— Réponds à ma question. Qui t'a donné ça ?

— Mon copain, a-t-elle avoué, les yeux baissés.

— Je croyais que vous ne deviez plus vous voir.

— J'ai essayé, mais je ne peux pas, a-t-elle gémi. Il est mon oxygène. Je mourrai sans lui. Et lui mourra sans moi. Il a failli s'ouvrir les poignets le jour où je lui ai dit que je ne le verrais plus.

— Ça prouve seulement qu'il est timbré, en plus d'être un dealer.

— Ce n'est pas un dealer. Et je ne me drogue pas. On a essayé juste une fois. Et encore, à titre d'expérience.

— Une expérience qui peut te rendre accro, voire te coûter la vie.

— Pourquoi faut-il que tu prennes tout au tragique, *didi* ?

— La drogue, c'est une tragédie, Alka. Tu as trahi ma confiance. C'est la goutte d'eau qui fait déborder le vase. Je vais être obligée d'en parler à Papa.

— Non, *didi,* s'est-elle écriée avec véhémence en se cramponnant à mon bras. Je jure que je me tuerai, si tu le dis à Papa.

— La drogue te tuera avant, Alka, ai-je rétorqué en la repoussant.

Papa était en train de lire le journal quand j'ai fait irruption dans son bureau.

— Ta fille Alka se drogue, ai-je annoncé sans préambule. S'il te plaît, occupe-toi d'elle.

Et j'ai fait tomber le sachet en plastique sur ses genoux comme on jette une peau de banane.

Ce soir-là, il y a eu un énorme esclandre à la maison. Papa était réputé dans toute l'école pour son éthique et sa rigueur. Persuadé qu'il méritait mieux que d'enseigner à des gamins, il passait sa mauvaise humeur sur eux. Les élèves ne pipaient pas en sa présence. Ses interrogations pouvaient faire fondre en larmes n'importe lequel d'entre eux. Son tempérament explosif était connu de ses supérieurs, mais ils fermaient les yeux pour la simple et bonne raison que c'était un professeur hors pair, peut-être le meilleur de sa discipline. Il effectuait les calculs plus vite qu'une machine et pouvait résoudre n'importe quelle équation, démontrer n'importe quel théorème.

En revanche, il n'était pas capable de gérer les doutes et la révolte d'une adolescente de quinze ans. Je pensais qu'il parlerait à Alka, lui ferait entendre raison. Au lieu de quoi, leur altercation a dégénéré en bagarre avec injures et hurlements de part et d'autre.

— Je pourrais t'envoyer en prison pour détention de drogue, a dit Papa à Alka pour lui faire peur.

— Eh bien, fais-le, a-t-elle répliqué du tac au tac. Je serai plus heureuse là-bas que dans cette prison qu'on appelle maison.

Beaucoup de propos inconsidérés ont été échangés dans le feu de l'action. Papa a traité Alka d'enfant gâtée qui faisait honte à sa famille. Elle l'a qualifié de brute.

— Ce que tu demandes aux élèves, c'est juste impossible.

Le pire, c'est quand elle l'a accusé de lâcheté.

— Toute l'école se moque de toi derrière ton dos. Tu n'es qu'un raté sadique et pitoyable, qui ne mérite aucun respect, a-t-elle crié.

C'était comme si une bombe venait d'exploser.

— Comment oses-tu ? a rugi Papa, cramoisi, en bondissant sur ses pieds. Comment *oses*-tu ?

Et il l'a giflée à la volée, l'envoyant valdinguer sur le sol.

Ma, Neha et moi assistions à la scène, pétrifiées d'horreur. C'était la première fois que Papa levait la main sur l'une de nous.

Alka s'est relevée. Elle avait une marque rouge sur la joue et une égratignure sur le bras. Ses yeux noirs lançaient des éclairs. Son regard nous a tous balayés avant de se poser sur moi. Et j'ai senti comme un rayon laser de pure haine qui me transperçait jusqu'au tréfonds de mon être.

— Je te déteste, je vous déteste tous, a-t-elle sifflé entre ses dents.

Elle s'est précipitée dans sa chambre et s'est enfermée à l'intérieur. Je l'ai suppliée de m'écouter, de m'ouvrir la porte, mais elle n'a rien voulu entendre.

Je méritais sa haine. Je méritais tout ce qu'elle m'avait jeté au visage ce soir-là.

— Laissez-la mariner dans son jus, a lâché Papa, dédaigneux. Nous avons été trop indulgents avec elle, et voilà le résultat.

Et tout le monde est allé se coucher sans avoir dîné.

Le lendemain, 26 janvier, était le jour de la fête de la République. L'école s'était parée d'oriflammes safran, vert et blanc. Sur le terrain de sport, les drapeaux tricolores claquaient fièrement au vent. Depuis le début de la matinée, on entendait les élèves répéter les chants patriotiques ; leurs voix ferventes ajoutaient encore à l'humeur festive. Alka, cependant, n'avait toujours pas émergé de sa chambre, et je commençais à m'inquiéter. J'ai frappé à sa porte plusieurs fois, sans succès. Alors j'ai fait le tour de la maison. En voyant sa fenêtre ouverte, j'ai tout de suite pensé qu'elle s'était enfuie. Le chant des garçons me parvenait depuis la cour centrale.

J'ai écarté légèrement le lourd rideau, et un rai de lumière a troué la pénombre qui régnait dans la pièce. Et ce que j'ai vu m'a glacé le sang. Alka était pendue au ventilateur du plafond, la tête penchée de côté. Une *dupatta* jaune était nouée autour de son cou. Sa petite chaise en bois gisait renversée sur le sol.

Prise de vertige, j'ai reculé en hurlant :

— Papa !

La suite, je me souviens de l'avoir vécue au ralenti, à travers un voile de larmes. Papa enfonçant la porte d'Alka, pantelant et se convulsant comme un homme qui aurait pris feu. Ma grimpant sur le lit et soulevant le corps inerte pour alléger la tension du bout d'étoffe qui lui enserrait le cou. Neha courant chercher un couteau pour trancher le tissu.

Trop tard. La vie avait déjà déserté ma petite sœur. Nous l'avons allongée sur le lit et avons défait l'écharpe jaune autour de son cou. Je ne l'avais jamais vue auparavant. Le visage d'Alka était pâle dans la mort. Ses pieds nus étaient bleu violacé… phénomène connu sous le nom de lividité ou hypostase cadavérique. Encore une information totalement inutile puisée dans mon stock de connaissances. Dans sa main droite, elle serrait un bout de papier. Doucement, je l'ai retiré de ses doigts glacés. De son écriture charmante, enfantine, elle avait griffonné : « L'amour ne meurt jamais. Il prend simplement une forme différente. » J'ai reconnu l'accroche d'un film hindi, une tragédie moderne, que nous avions récemment vu à la télé. Et, enfin, elle avait ajouté : « Je vous pardonne à tous. »

Courbée en deux, j'ai bercé ma sœur morte dans mes bras, réalisant que plus jamais nos chemins ne se croiseraient sur cette terre. Elle avait le cœur presque trop gros pour vivre ici-bas. Dans la vie, elle nous avait touchés par sa présence rayonnante, sa gentillesse et sa grâce. Et même dans la mort, elle avait choisi de nous pardonner. Comme sœur Agnès avait tendance à nous le rappeler à propos de Jésus, Alka nous avait rachetés par son sang. Nous ne l'avions jamais vraiment comprise, et voilà qu'elle n'était plus, et nous nous sentions tout petits et impuissants.

La police est venue, puis l'ambulance pour emmener le corps. Les voisins massés à l'entrée de la maison parlaient sur un ton lugubre de la marche inéluctable du destin. Le directeur est arrivé également, ayant abrégé son discours de fête. Il semblait plus contrarié par la perturbation du programme de la journée que par notre deuil. Ma et Neha n'ont pas fait attention à lui. Elles étaient trop occupées à se lamenter. Moi, je ne pleurais pas. J'étais assise là, immobile comme un rocher, le visage figé, le choc se mêlant à une insoutenable douleur. L'ultime image de ma sœur morte était gravée à jamais dans ma mémoire.

Le fantôme d'Alka nous a suivis pas à pas à chaque heure de la journée. La maison n° 17 était imprégnée de son odeur, remplie de sa présence. Le moindre objet dans sa chambre nous faisait penser à elle. Je ne pouvais regarder un ventilateur au plafond sans avoir un haut-le-cœur. La simple vue d'un tissu jaune plongeait Ma dans des crises d'angoisse. Finalement, ne pouvant modifier l'histoire, nous avons décidé de changer la géographie.

C'est Neha qui a suggéré de déménager.

— Partons quelque part loin de Nainital. Je vais mourir si je reste ici.

Papa a accepté la proposition presque avec soulagement. Le parfum de scandale qu'il avait pris tant de soin à éviter s'était répandu bien au-delà du campus. Il voulait fuir l'humiliation quotidienne des regards réprobateurs de ses collègues et des ricanements malveillants des élèves. Nous avons donc entassé nos affaires dans quatre malles et troqué le confort froid de Nainital contre l'air chaud et moite de Delhi, à trois cent vingt kilomètres de distance.

Délivrés de la claustrophobie consanguine de la petite ville, nous avons cherché à nous reconstruire dans le rude anonymat de la métropole. La mort d'Alka m'avait enseigné la fragilité de la vie. Souvent, je me réveillais le matin avec la certitude glaçante que c'était peut-être mon dernier jour sur terre. Et lorsqu'on vit avec la conscience de la mort, on tient à ce que son existence ait un sens. J'ai commencé à donner mon sang à la Croix-Rouge. À l'occasion du premier don, j'ai appris que mon groupe sanguin était extrêmement rare, connu sous le nom de groupe Bombay. On est quatre sur un million à l'avoir. Du coup, en cas d'urgence, la Croix-Rouge m'appelle et envoie une voiture me chercher. Je suis leur donneuse la plus précieuse.

J'intervenais aussi comme bénévole à l'École des aveugles, jusqu'à ce que je trouve du boulot chez Gulati & Fils. Maintenant, n'étant libre que le dimanche, j'enseigne l'anglais à un groupe de gamins du bidonville voisin. Ce qui veut dire que bientôt Suresh, Chunnu, Raju et Aarti viendront frapper à ma porte.

Tandis que les souvenirs refluent, je me mets en quête de *Lecture anglaise facile* que j'utilise comme manuel improvisé pour ma petite classe. Il se trouve qu'il a été annexé par Neha en guise de dessous-de-verre pour son Coca light qu'elle ingurgite avec un plaisir évident. L'anniversaire d'Alka n'a pas l'air de lui peser. Au contraire, elle a du mal à contenir son excitation.

— Lis ça, *didi* !

Ça, c'est une lettre de la production de *Popstar n° 1*, une émission populaire de télé-crochet à laquelle elle s'est présentée. Elle a été sélectionnée parmi cinq cent mille candidats pour l'audition finale à Mumbai, où les vingt meilleurs chanteurs seront désignés pour s'affronter en direct à la télévision. Le jury sera composé de quatre directeurs musicaux de renom.

— C'est l'occasion dont j'ai toujours rêvé. *Bas,* je vais devenir une star, tu vas voir, *didi,* piaille-t-elle.

Je lui souris faiblement. Alka, elle, m'adresse un sourire éclatant depuis le mur central. C'est peut-être elle qui orchestre tout cela de là où elle est, histoire de nous offrir une seconde chance. Je croise son regard chaleureux.

« *Kamaal ho gaya !* C'est incroyable ! »

Sa voix chantante résonne à mes oreilles.

Les morts ne meurent pas. Tant qu'on se souvient d'eux, ils continuent à vivre dans nos cœurs.

*

C'est un lundi matin frisquet : le thermomètre affiche dix degrés Celsius. Par un temps pareil, on a envie de rester blotti sous les couvertures. Au lieu de quoi, je me trouve à la gare routière Maharana Pratap, l'une des plus vieilles et plus importantes de tout le pays. Dans la foule grouillante se croisent cadres, étudiants, pèlerins et touristes en route pour le nord de l'Inde. Moi, je me rends à Karnal, dans la mesure où il n'y a pas d'autocar direct pour aller chez M. Kuldip Singh dans son village de Chandangarh.

J'ai choisi une tenue traditionnelle, *salvar kameez* blanc cassé et *dupatta* drapée autour des épaules, même si elle est à peine visible sous mon pardessus gris foncé. Un petit sac à main contient tout ce dont j'ai besoin pour voyager : quelques friandises sucrées et salées, une bouteille d'eau minérale et un volume jauni de poèmes d'Anna Akhmatova.

Quai n° 18, une bonne surprise m'attend : notre car est un Volvo flambant neuf avec sièges inclinables et accoudoirs réglables. J'ai une place près de la fenêtre, à côté d'une jeune femme en jean et aux cheveux courts, qui semble avoir mon âge. Elle n'est pas jolie à proprement parler avec son visage carré et sa coupe à la garçonne, et cependant sa tête m'est vaguement familière. J'ai envie de lui parler, mais elle est trop occupée à envoyer des textos sur son téléphone portable. Ne voulant pas paraître indiscrète, je me plonge dans mon bouquin à l'instant même où l'autocar quitte la gare, à 9 heures précises.

Tant que nous sommes en ville, nous roulons à une allure d'escargot, mais une fois sur la grande route, le chauffeur appuie sur le champignon. La chaussée à quatre voies serpente à travers le paysage plat et aride, avec quelques fermettes éparses, des fours à briques et, occasionnellement, une zone urbaine. Le mouvement me berce, si bien que je manque de m'assoupir.

Finalement, ma voisine lâche son téléphone, et je me tourne vers elle.

— Excusez-moi, on ne s'est pas déjà rencontrées ?

Elle sourit.

— Je ne crois pas, mais vous avez dû me voir à la télé.

— Vous êtes actrice ?

— Je suis journaliste d'investigation sur Sunlight TV.

— Mais oui, bien sûr.

J'acquiesce lentement. Je ne regarde pas trop Sunlight TV, mais cette chaîne d'information est réputée pour ses enquêtes audacieuses (« Comme le soleil entre dans une pièce obscure, nous dévoilons ce qui est caché », dit son slogan publicitaire).

— Bonjour, Shalini Grover.

Elle me tend la main, et je la serre de bon cœur.

J'apprends que Shalini se rend à Panipat pour couvrir un crime d'honneur vieux de six mois. Mahender et Ragini, un jeune couple, ont été assassinés par leurs parents respectifs et jetés dans un canal d'irrigation simplement pour avoir enfreint le tabou du mariage d'amour entre les membres de la même sous-caste.

— Un crime d'honneur en Inde ?

Je hausse les sourcils.

— Je croyais que c'était réservé aux tribus afghanes.

— Vous n'avez jamais entendu parler des *khap panchayats* ? demande-t-elle.

Je secoue la tête. Une fois mes ambitions de fonctionnaire en herbe envolées, j'ai cessé de me préoccuper de ma culture générale.

— Les *khap panchayats* sont des structures sociales dans l'Haryana et le Rajasthan qui rendent leur propre justice. Ces conseils fondés sur le système des castes se considèrent comme les gardiens d'une morale moyenâgeuse, et l'une de leurs priorités est d'empêcher les unions entre les membres du même *gotra* ou sous-caste. Les jeunes couples qui ont bravé leur *fatwa* sont bannis, battus, forcés de vivre comme frère et sœur, voire tués. Ça n'a de justice que le nom.

— Oui, mais comment des parents peuvent-ils tuer leur propre enfant ?

— Ils peuvent quand l'honneur a plus d'importance que la vie de leur fils ou fille. Ces *khaps* ont trop longtemps sévi en toute impunité. Ils se composent de criminels dont le seul but est de perpétuer un ordre féodal et patriarcal. Même la Cour suprême a réclamé leur éradication pure et simple.

— Vous dites que le meurtre remonte à six mois. Alors pourquoi vous y intéresser maintenant ?

— Il y a beaucoup de Ragini dans nos villages, mais leurs histoires ne sont pas connues. Je veux montrer le sort effroyable des filles dans l'Inde rurale, quand elles font passer l'amour avant la peur.

En écoutant son plaidoyer passionné, je commence à me sentir mal à l'aise, comme à l'école quand le professeur me posait une question à laquelle je ne savais pas répondre. Curieusement, mes yeux ont tendance à survoler dans les journaux les sombres histoires de femmes battues, de jeunes mariées brûlées vives et de collégiennes violées.

Pour changer de sujet, je jette un coup d'œil autour de moi.

— Et où est votre équipe ?

— Je n'en ai pas, répond Shalini. Pour l'instant, il s'agit d'un simple repérage.

— Et si vous tombez sur quelque chose à l'improviste ?

— Ceci me sert de caméra.

Elle brandit son téléphone portable.

— Il est équipé d'un capteur CMOS de douze mégapixels qui me permet de filmer en vidéo 640×480 jusqu'à trente images par seconde. Qui plus est, je peux les transmettre directement à partir de mon portable en me connectant sur notre site web.

Enfin, nous parlons le même langage. Du coup, nous nous lançons dans une discussion sur les mérites des derniers smartphones. Puis nous passons aux films hindis. À l'arrivée à Panipat, nous sommes aussi à l'aise que deux copines de longue date.

— Eh bien, bonne chance, dis-je à Shalini lorsqu'elle s'apprête à descendre.

Nous échangeons nos numéros de téléphone en promettant de rester en contact, le genre de promesse qu'on fait à ses compagnons de voyage tout en sachant qu'on ne les reverra jamais.

Après Panipat, on se retrouve pris dans les embouteillages jusqu'à Karnal. Avec ses marchés animés et ses appartements de luxe nichés dans la verdure, Karnal a l'allure d'un centre provincial prospère. Mais je n'ai pas le temps d'explorer la ville ni d'aller jeter un œil sur les perles creuses en argent qui sont sa spécialité car je dois prendre un autre car pour Chandangarh, situé à quarante kilomètres de là. Cette fois-ci, c'est un vieux Ashok Leyland rouillé, et la route est une piste défoncée, pleine de trous. Le trajet qui dure une heure me barbouille l'estomac et me donne mal au crâne. Mais à midi tapant, me voici rendue au village de Kuldip Singh.

Il est venu en personne m'accueillir à l'arrêt de bus.

— Venez, venez, *beti,* me salue-t-il. Votre venue me réjouit le cœur.

Il porte comme à l'accoutumée une chemise avec un *dhoti,* et sa moustache en guidon de vélo est plus conquérante que jamais. Nous montons dans sa Toyota Innova avec chauffeur et démarrons dans un nuage de poussière.

— Vous êtes déjà venue à la campagne ? me demande Kuldip Singh.

Je secoue la tête. Ayant vécu toute ma vie dans les villes, je n'ai entrevu les villages que par les fenêtres d'un train ou d'un autocar. J'en ai la vision idyllique des films de Bollywood, où de jolies filles chantent des chansons folkloriques au milieu des prés verdoyants et où les gens mènent une existence communautaire simple et heureuse. C'est la première fois que je mets les pieds dans un vrai village.

— Chandangarh compte trois mille habitants, m'informe-t-il.

— C'est moins d'un dixième de la population du Secteur 11 de Rohini, lui fais-je remarquer.

— Je ne comprends pas comment vous autres, gens des villes, pouvez vivre dans des immeubles de plusieurs étages suspendus entre la terre et le ciel, répond-il en s'esclaffant. Ici, on a besoin de sentir un toit au-dessus de nos têtes et un sol ferme sous nos pieds. Notre terre est notre maison.

Nous dépassons plusieurs fermes qui possèdent toutes un tracteur, un puits tubé et une batteuse. Même la route est par endroits pavée de morceaux de granit. Nous doublons un fermier en scooter qui nous adresse un signe de la main.

J'aperçois la flèche d'un temple qui pointe entre les arbres et les lignes à haute tension.

— C'est le temple Amba consacré à la déesse Durga, dit Kuldip Singh. Elle veille sur notre village.

Mon respect pour Chandangarh monte d'un cran tandis que je baisse la tête en signe de dévotion.

Il se trouve que la maison de Kuldip Singh est située tout près du temple. C'est une demeure ancestrale biscornue en brique et ciment avec une foultitude de pièces. J'entre par une cour ensoleillée où des *halwais* ou confiseurs sont en train de préparer des friandises. À gauche, il y a la cuisine où d'autres hommes font bouillir de grosses marmites dans un âtre ouvert. Les femmes en tenue chamarrée du Penjab sont blotties sur un *charpoy*. Curieuses, elles m'observent à la dérobée. La maisonnée tout entière baigne dans l'ambiance festive d'un mariage traditionnel.

— C'est pour quand ? je demande à mon hôte.

— Demain. Franchement, vous devriez y assister. Vous seriez notre invitée d'honneur. Pourquoi êtes-vous si pressée de repartir aujourd'hui même ?

— Le boulot, dis-je brièvement en guise d'explication.

On me conduit dans une grande pièce aux murs blanchis à la chaux, avec seulement une commode et un lit. Une nuée de domestiques me sert ensuite un copieux repas végétarien sur un plateau métallique avec six plats différents. Tout a l'air délicieux. J'accompagne mon déjeuner de deux ou trois verres de lassi sucré.

Une fois que je me suis restaurée, il est temps de me mettre au travail. Une Mahindra Scorpio s'arrête devant la maison, et un homme en descend. Vêtu d'un pantalon et d'un pull noirs par-dessus une chemise blanche, il semble avoir dans les quarante-cinq ans. Il est trapu, rasé de près, et il louche.

— C'est Badan Singh-ji, me dit Kuldip Singh.

Il fait les présentations, puis me précède vers l'arrière de la maison où se trouvent les étables. Je compte une bonne douzaine de vaches et de buffles, tous occupés à ruminer. À côté des étables, il y a une cahute en brique coiffée d'un toit de chaume. Dedans, avec les bottes de foin, sont stockées toutes les marchandises achetées chez nous. La pièce est sombre, avec pour seul éclairage un tube de néon au plafond. Les appareils ont été déballés et soigneusement disposés en rang. Une rallonge relie le téléviseur à une prise électrique.

— Je n'entends goutte à ces nouvelles technologies, confesse mon hôte avec un sourire penaud. Même Chhotan, l'électricien du village, est incapable de faire marcher le lave-linge. C'est pour ça qu'on vous a dérangée. Soyez gentille d'expliquer leur fonctionnement à Badan Singh-ji. Moi, je dois aller voir les décorateurs.

Il sort de la cabane, me laissant seule avec Badan Singh. L'air à l'intérieur est confiné, dense, chargé de l'odeur du foin, et au début j'ai du mal à respirer.

93

— Vous êtes venue de Delhi ? demande Badan Singh.

— Oui.

— Comme tout ça finira par arriver chez nous, j'ai préféré venir moi-même. J'habite à Batauli, à une trentaine de kilomètres d'ici. Notre maison est de l'autre côté du canal.

— Vous êtes le père du marié ?

Il me lance un regard oblique.

— Je *suis* le marié. Pourquoi, vous me trouvez trop vieux ?

— Non, pas du tout, dis-je rapidement, maudissant ma maladresse.

— J'ai appelé mes ouvriers. Vous n'avez plus qu'à nous expliquer comment ça marche, ces gadgets. Chhotan, Nanhey, s'égosille-t-il.

Deux hommes se matérialisent aussitôt à la porte. À leurs habits poussiéreux, leur nervosité, leur mine déférente et leurs ceintures porte-outils, je devine que ce sont respectivement l'électricien et le plombier.

— On commence par la télé ?

Je branche le câble du Samsung sur la rallonge. L'écran plasma s'anime doucement, neigeux et crachotant.

— Je m'y connais en téléviseurs, déclare l'électricien. C'est moi qui ai câblé tout le village. C'est la machine à laver qui me pose problème. Pouvez-vous nous montrer comment l'utiliser d'abord ?

— Bien sûr.

Je hausse les épaules et branche le lave-linge Whirlpool. Mais dès que j'appuie sur le bouton

« Marche », le néon au-dessus de nous se met à clignoter.

— Qu'est-ce qui se passe ?

— Kuldip Singh-ji a un vieux compteur électrique qui a du mal à gérer les surcharges, ricane Badan Singh. Nous, on n'a pas ce problème. On peut faire marcher quatre appareils en même temps.

— À la campagne, le souci, c'est le voltage, dis-je en tirant sur la prise. Vous serez obligé de les brancher sur des stabilisateurs de tension.

Dans l'heure qui suit, je leur explique les cycles de lavage, les options de la chaîne hi-fi, la connexion HDMI entre le téléviseur et le lecteur de DVD, le bon fonctionnement du frigo. Badan Singh et ses deux ouvriers écoutent en hochant la tête, mais je doute qu'ils comprennent vraiment. À voir leur air ahuri, une femme qui s'y connaît en électronique, ça leur en bouche un coin.

À 14 h 30, j'ai enfin terminé. J'ai envie de repartir sur-le-champ. Il n'y a rien qui me retient dans ce trou perdu, sinon que le car pour Karnal ne part qu'à 16 heures. Kuldip Singh essaie toujours de me convaincre de rester.

— Babli est ma fille unique. C'est un mariage dont on se souviendra, dit-il fièrement en me raccompagnant à la chambre d'amis. Vous êtes sûre que vous ne voulez pas prendre part aux festivités ?

— Sûre et certaine. Si ça ne vous ennuie pas, je vais me reposer une petite heure, puis votre chauffeur me ramènera à l'arrêt du car.

Je ferme la porte à clé, j'enlève mon manteau et je m'allonge sur le lit. Dehors, les femmes entonnent une sorte de chant nuptial entraînant. Je m'assoupis en les écoutant.

Je suis réveillée par des sons étouffés quelque part derrière le mur. Je me redresse et alors seulement remarque une porte en bois à l'autre bout de la pièce. C'est de là que vient le bruit.

La porte s'entrouvre légèrement. Une jeune fille risque un coup d'œil dans la chambre. Elle a un beau visage délicat, de grands yeux en amande, des lèvres pulpeuses et d'épais cheveux noirs.

— *Didi, didi,* murmure-t-elle. Je peux vous demander une faveur ?

Son regard furtif me fait penser à un animal traqué.

— Oui, dis-je prudemment en me relevant.

De près, j'aperçois un gros bleu sur sa joue gauche, comme une rose macabre éclose sur sa peau claire. Elle est d'une pâleur inquiétante ; à ses yeux rouges et bouffis, on devine qu'elle était en train de pleurer.

— Vous pourriez me poster ça, s'il vous plaît ?

Elle me tend une feuille de papier pliée.

Je demande :

— Qui êtes-vous ?

— Babli, répond-elle.

— Oh, alors c'est vous, la mariée ?

Elle hoche la tête.

— Eh bien, tous mes vœux de bonheur.

Elle se tait, mais l'expression infiniment triste de ses yeux se passe de paroles.

— Babli ? Qu'est-ce que tu fabriques dans ta chambre ? appelle une femme de l'autre côté.

— Je sais que vous repartez aujourd'hui. Si vous pouviez juste mettre ça dans une enveloppe avec un timbre de cinq roupies, puis la jeter dans une boîte aux lettres, je vous en serais éternellement reconnaissante. L'adresse est écrite dessus. Vous voulez bien ?

— Avec plaisir, dis-je en prenant la feuille de ses mains peintes au henné.

— N'oubliez pas, *didi*. C'est très important pour moi, ajoute-t-elle plaintivement.

Puis, telle une tortue rentrant dans sa carapace, elle recule et verrouille la porte.

J'en suis toujours à essayer de digérer le choc de cette rencontre inopinée quand on frappe à ma porte.

— Vous êtes réveillée, *beti* ?

C'est Kuldip Singh. Dehors, son chauffeur appuie sur le klaxon de l'Innova. C'est l'heure de mon car pour Karnal.

Avec un long regard sur la porte close, comme si je disais adieu à un être cher, j'enfile mon manteau et je sors de la chambre. Kuldip Singh m'attend avec une grosse boîte de *laddoos,* ces boulettes de pâte sucrée qu'on sert dans toutes les fêtes, qu'il me fourre dans les mains.

— Puisque vous ne pouvez pas rester pour le mariage, au moins régalez-vous.

Il m'adresse un large sourire. Je me confonds en remerciements et monte dans l'Innova.

Tandis que la voiture m'emporte loin de la maison, je ne puis m'empêcher de penser à Babli. Quelque chose en elle me rappelle Alka. Son air triste et résigné soulève des tas de questions à propos de ce mariage. Très clairement, une jeune fille de dix-huit ans est mariée à un homme beaucoup plus âgé, probablement contre son gré. Mais ces choses-là arrivent tout le temps dans notre pays, et je n'y peux rien. Je suis une simple passante. Je n'ai pas le droit de m'immiscer dans la vie privée d'une famille.

Presque involontairement, je glisse la main dans la poche de mon manteau et sors la feuille de papier que Babli m'a donnée. Elle est adressée à un certain Sunil Chaudhary qui habite Vaishali, à Ghaziabad, et je ne résiste pas à la tentation d'y jeter un œil. Je découvre un mot rédigé d'une écriture tremblante d'écolière sur du papier ligné arraché d'un bloc-notes. Voici ce qu'il dit dans un chaste hindi :

Mon cher Sunil chéri,
On me marie demain.

Normalement, un mariage, c'est deux êtres qui s'aiment et qui vouent leur vie l'un à l'autre. Mais ce mariage-ci, c'est un renoncement et un sacrifice car, pour ma famille, le statut social passe avant mon bonheur.

J'ai été vendue à Badan Singh. Pour mon père, c'est une transaction commerciale. Pour ma mère, le moyen de se débarrasser de moi. Personne ici ne se soucie de mes sentiments. Ils ont une pierre à la place du cœur.

Pardonne-moi de n'avoir pas pu te contacter ces trois derniers mois. Depuis ton renvoi, je suis retenue prisonnière dans la maison. Je n'ai même pas le droit de mettre un pied dehors. Mais ce soir, je serai libre.

Je veux juste que tu saches que j'ai toujours été tienne et que je resterai tienne à jamais. Sinon dans cette vie, du moins dans la prochaine, c'est sûr.

Ta Babli

Mon sang se glace à la lecture de cette missive. Ce n'est pas une lettre d'amour, mais un mot d'adieu qui fait penser étrangement au billet laissé par Alka avant qu'elle se pende.

Je sais que ce ne sont pas des menaces en l'air. Que Babli passera à l'acte. J'ai vu son regard, le regard de quelqu'un qui n'a plus d'espoir. *Ce soir je serai libre.* J'en ai la chair de poule.

L'autocar pour Karnal attend les retardataires quand nous arrivons à l'arrêt.

— Ç'a été moins une.

Le chauffeur s'éponge le front, soulagé.

— Dépêchez-vous, m'dame.

Il se lève pour ouvrir la portière, mais je reste vissée sur la banquette du monospace, en proie à l'indécision et à l'anxiété.

Le plus simple serait de monter dans le car et d'oublier Babli et ce village. Je peux choisir de poster sa lettre ou de la déchirer en petits morceaux et de la jeter sur le bord de la route comme un ticket de bus usagé. Mais quelque chose me retient. C'est la culpabilité, je le sais, qui me guette comme un vautour. Soudain, une vision surgit devant mes yeux : un corps suspendu au ventilateur du plafond par un bout d'étoffe jaune. Il se balance de gauche à droite. À gauche, c'est Alka. À droite, Babli. Je ferme les paupières, mais les images persistent, ponctuées d'une plainte silencieuse qui assaille mes sens, se réverbère dans tous les pores de ma peau. Lorsque ça s'arrête, je rouvre les yeux et aussitôt j'ai envie de vomir.

— Qu'y a-t-il, m'dame ? demande le chauffeur, inquiet.

— Rien.

Le brouillard de l'incertitude commence à se lever.

— Ramenez-moi à la maison.

— À la maison ?

L'homme marque une pause.

— Oui. Je ne vais pas à Karnal. Je retourne chez Kuldip Singh. Finalement, je crois que je vais assister au mariage.

— Bien, m'dame.

Le chauffeur lève ostensiblement les yeux au ciel et passe la marche arrière.

Un quart d'heure plus tard, je suis de retour dans la propriété de Kuldip Singh, qui m'accueille, surpris et ravi.

— Je suis si content que vous ayez décidé de rester. Ce soir, vous verrez comment c'est, un mariage dans l'Haryana.

J'ai hâte d'entrer en contact avec Babli, mais les femmes de la maison me pressent de me joindre à elles pour la cérémonie du *sangeet*. Je m'assois donc au premier rang et fais mine d'admirer les chants et danses exécutés dans la cour au rythme d'un tambour et d'une cuillère. La mariée est censée assister au *sangeet* des femmes, mais au bout de trois heures Babli n'est toujours pas là. Je me renseigne poliment auprès de l'épouse de Kuldip Singh, une femme replète à l'air peu avenant.

— Babli est à l'institut de beauté, m'informe-t-elle.

— Vous avez même un institut de beauté au village ?

— Qu'est-ce que vous croyez ? réplique-t-elle en ricanant, une lueur triomphante dans l'œil. On n'est pas aussi attardés que vous le pensez, vous autres, gens de la ville.

Il est presque 19 h 30 quand Babli revient, escortée par trois femmes plus âgées. Alors qu'elle traverse la cour, nos regards se croisent brièvement. Elle est étonnée de me voir, étonnée et inquiète. Je la rassure d'un sourire, histoire de lui faire comprendre que je n'ai pas trahi son secret. Et je sens à son expression que le message est passé, comme si nous venions de conclure un pacte tacite.

Ils ont fait du bon travail, à l'institut de beauté. Ses yeux ont dégonflé, et le bleu sur la joue a été camouflé d'une main experte avec du fond de teint. Ses cheveux ont été relevés en un chignon sophistiqué, et sa peau brille d'un éclat artificiel. Vêtue d'un *salvar kameez* fuchsia avec un *chunni* assorti, elle n'a plus rien de l'adolescente en détresse entrevue dans ma chambre. Seul son regard triste laisse entendre que tout cela est une mascarade.

Après un délicieux dîner pris en commun, je suis prête à aller me coucher. Kuldip Singh me propose une chambre plus luxueuse dans une maison adjacente, mais je réponds que je préfère la chambre d'amis où j'ai dormi tantôt.

Une fois dans la chambre, je tire le verrou, m'approche sans bruit de la porte du fond et colle l'oreille contre le battant. J'entends des voix féminines ponctuées de sanglots étouffés. Apparemment, Babli n'est pas seule.

Je me couche, j'éteins la lumière et j'attends patiemment que ses chaperons s'endorment. Mais une maisonnée la veille d'un mariage, c'est comme les urgences à l'hôpital : il y a un va-et-vient permanent. Ajoutez à cela les planchers qui craquent, les vaches qui meuglent, les chiens qui hurlent à la mort, les chaînes qui claquent, les casseroles qui s'entrechoquent et un robinet qui fuit, et il n'en faut pas plus pour que je sois au bord de la crise de nerfs.

Finalement, à 2 heures du matin, je me lève et j'entrouvre les rideaux pour regarder dehors. Un silence profond règne dans la cour. Plus rien ne bouge alentour. La maison a fini par s'endormir.

Je retourne à pas de loup vers la porte de Babli. Je sais qu'elle ne dort pas. Elle doit être à cran comme moi.

— Babli ! Babli ! je chuchote fébrilement. Il faut que je te parle.

Au début, il ne se passe rien. Je suis sur le point de capituler quand j'entends un léger raclement. C'est le verrou qu'on pousse discrètement. La porte s'ouvre, et

Babli se glisse dans ma chambre. Avec son peignoir en soie, à la pâle lueur de la lune, elle ressemble à une fragile poupée de porcelaine. Elle frissonne dans le courant d'air froid. Je m'empresse de fermer les rideaux, plongeant la pièce dans l'obscurité.

L'ambiance entre nous est tendue, chargée de non-dits. Je suis prête à écouter, mais Babli n'est pas encore prête à se livrer. Elle se tait, méfiante.

Alors je me jette à l'eau.

— J'avais une sœur qui s'appelait Alka. Elle s'est suicidée à l'âge de quinze ans.

— Pourquoi ? demande Babli.

— Elle était amoureuse d'un garçon qui se droguait. Nous avons essayé de la pousser à rompre avec lui.

— C'est pour ça que vous êtes revenue ? Pour m'obliger à rompre avec Sunil ?

— Non. Je suis revenue te dire que la vie est précieuse. Et qu'on n'a pas le droit d'y mettre fin, qu'il s'agisse de sa propre vie ou de celle de quelqu'un d'autre.

— Dites ça à mon père et ma mère, qui ont brisé ma vie.

— Nous nous rebellons tous contre nos parents à un moment ou un autre. Mais ce qu'ils veulent, c'est notre bien avant tout.

— Vous êtes mariée ? me demande-t-elle.

— Non.

— Alors comment pouvez-vous comprendre ma douleur ? Demain, ce n'est pas mon mariage, c'est mon enterrement.

— Je sais que tu ne veux pas épouser Badan Singh. Pourquoi tu ne le dis pas à ton père ?

— C'est lui qui a tout arrangé. Moi, j'aime Sunil. Si je ne peux pas me marier avec lui, je mourrai. Cette nuit.

— Qu'est-ce que tu comptes faire ?

— Avaler une bouteille entière de pesticide. Et une fois que je serai là-haut, je demanderai à Dieu pourquoi les filles ne peuvent pas vivre leur vie comme elles l'entendent. Pourquoi je ne peux pas épouser l'homme que j'aime et qui m'aime ?

— Sunil a-t-il parlé à tes parents de son intention de t'épouser ?

— Bien sûr. Et mon père a refusé. Nous allions nous enfuir, mais Bao-ji l'a appris et nous a dénoncés au *khap*. Ce jour-là, le ciel nous est tombé sur la tête. Le *khap* a décrété que, nos deux sous-castes étant liées, ce serait comme un mariage entre frère et sœur. À partir de là, on m'a enfermée dans la maison. Et Sunil a été chassé du village avec l'interdiction de revenir, sinon il risque la mort. Dites-moi, *didi,* quel crime avons-nous commis ? Pourquoi nous traite-t-on comme des criminels ?

— Qui est ce Badan Singh ?

— Un sale type qui me convoite depuis toujours. Je suis sûre qu'il a soudoyé le chef du *khap panchayat* pour qu'ils condamnent Sunil.

— Tu as son numéro de téléphone ?

— Non. Je n'ai même pas de téléphone portable. Le *khap* a proscrit son usage pour les jeunes filles du village. Je vis dans une prison, *didi.*

Je hoche la tête avec une moue compatissante. Alka avait dit la même chose.

— Être née fille est une malédiction, continue-t-elle. On doit se battre depuis avant même notre naissance jusqu'à notre mort. J'espère que dans la prochaine vie, je serai un garçon.

— Ne sois pas aussi pessimiste. Et si je trouvais le moyen d'empêcher ce mariage ?

— Comment ?

— Je ne peux rien te dire pour l'instant. Mais je jure sur le souvenir de ma sœur morte que je mettrai un terme à cette mascarade.

— Même Dieu ne peut pas l'empêcher, maintenant. Seule ma mort l'arrêtera.

Sa voix prend un ton nettement hystérique. Je saisis sa main et la garde dans la mienne.

— Promets-moi, Babli, de ne commettre aucun acte irréfléchi cette nuit. D'ailleurs, je veux que tu me donnes cette bouteille de pesticide.

Babli garde le silence, comme si elle pesait le pour et le contre. Puis elle se baisse et sort de sous mon lit une bouteille en plastique dont l'étiquette fourmille d'avertissements : POISON MORTEL. CONSERVER HORS DE PORTÉE DES ENFANTS. NE PAS AVALER. Je ne me doutais pas que ma chambre lui servait d'entrepôt secret.

— Ma vie est entre vos mains, *didi*.

Elle me tend la bouteille d'un air implorant. Puis s'éclipse sans bruit, comme elle était venue.

La bouteille de pesticide à la main, je suis submergée par une forte sensation de déjà-vu. Cette pensée me hante depuis le suicide d'Alka. Si seulement je n'avais rien dit à Papa... Je n'ai pas pu sauver Alka, mais je pourrai peut-être sauver Babli. Ce serait un moment de grâce, une manière de me racheter. Je ne fais pas ça pour Babli. Je le fais pour moi.

Seul problème, je n'ai aucune idée de la façon dont je vais tenir ma promesse. La nuit porte conseil, me dis-je pour me donner du courage.

Chandangarh est peuplé de lève-tôt. Le soleil pointe à peine à l'horizon, mais les villageois sont déjà debout. Ils tirent de l'eau au puits, traient les vaches ou bien, comme moi, procèdent à leur toilette matinale.

La notion de salle de bains séparée n'existe pas chez Kuldip Singh. Les latrines se trouvent au fond de la cour ; ce sont des toilettes à l'indienne. Et je suis obligée d'emporter un pot d'étain rempli à ras bord car le robinet laisse sortir l'air, pas l'eau. C'est ce que je déteste à la campagne. Chaque hiver, Papa nous emmenait à Hardoi, sa ville natale, où Grand-père possédait une vaste maison au milieu de manguiers. Mais le seul souvenir que j'en garde est le trou dans la terre qui servait de fosse d'aisances. Dans mes cauchemars, je voyais une main désincarnée qui sortait de la cavité et m'entraînait vers le bas, sur le tas de merde.

Après un rapide bain froid, je me mets en quête de Kuldip Singh. Allongé sur un *charpoy* dans un coin de la cour, il se fait masser par une femme maigre aux doigts noueux.

Au centre de la cour, les ouvriers sont en train de dresser un *mandap,* le dais pour la cérémonie du mariage.

Je patiente dans ma chambre jusqu'à ce que le massage soit terminé et que Kuldip Singh ait renfilé sa veste.

— Puis-je vous dire deux mots ?

— *Bilkul,* bien sûr, répond-il avec effusion. Venez vous asseoir près de moi.

Il tapote le *charpoy.* Je me perche sur le bord et dis prudemment :

— J'ai appris hier que le fiancé de Babli est Badan Singh-ji…

— Oui. Badan Singh est le fleuron de notre communauté. Il possède même une rizerie. Babli vivra comme une reine.

— Mais vous ne trouvez pas qu'il y a une grande différence d'âge entre eux ?

— Qui a dit ça, hein ?

Il se raidit brusquement.

— Vous avez parlé à Babli ?

— Non… non. C'est juste de la curiosité.

— L'âge d'un homme n'a pas d'importance. Comme on dit chez nous, une femme, ça reste jeune jusqu'à vingt ou trente ans ; un bœuf, ça travaille pendant neuf ans ; mais l'homme et le cheval, s'ils sont bien nourris, ne vieillissent jamais.

— J'espère seulement que Babli se réjouit de ce mariage autant que vous.

— Mais évidemment, acquiesce-t-il avec emphase. Vous connaissez les filles. Elle est triste de quitter sa

107

famille, ça oui. Mais une fille, c'est *paraya dhan,* le bien d'un autre. Un jour, elle doit partir de la maison de son père pour rejoindre son mari. Vous aussi, vous finirez par vous marier. Si vous voulez, je peux vous présenter quelques beaux garçons de chez nous.

— Non, merci, dis-je en me levant.

— Vous allez où, maintenant ?

— Je voudrais visiter le temple Amba.

— Vous pouvez prendre l'Innova.

— Je préfère marcher, histoire de m'aérer un peu.

Je sors nonchalamment de la maison, avec mes habits de la veille. Après avoir parcouru quelques mètres, je tire mon téléphone portable de ma poche et compose le numéro de Karan.

— Où es-tu ? s'enquiert-il.

— À Chandangarh, un village dans l'Haryana.

— Et qu'est-ce que tu fais là-bas ?

— C'est une longue histoire. Pour le moment, j'ai besoin de toi pour retrouver quelqu'un.

— Qui ? Ton frère jumeau égaré dans la cohue du Kumbh Mela ?

Pour Karan, tout est sujet de plaisanterie. Mais pour moi, la vie d'une personne est en jeu.

— Il s'agit d'un garçon nommé Sunil Chaudhary qui vit à Ghaziabad.

Je lui lis l'adresse de Sunil.

— Il me faudrait son numéro de portable.

— Ne quitte pas.

Deux minutes plus tard, Karan reprend la communication.

— Tu as de la chance. Sunil Chaudhary a un numéro Indus Mobile. Tu as de quoi noter ?

J'appelle aussitôt Sunil et je tombe sur sa boîte vocale.

— Le numéro Indus Mobile que vous avez composé n'est pas disponible actuellement. Veuillez rappeler ultérieurement, débite une voix féminine préenregistrée.

Je rappelle encore et encore, sans résultat. Chaque fois, la voix vaguement jubilante de la bonne femme me donne envie de la claquer.

Pour finir, je compose le numéro du portable de Madan et l'informe que je ne viendrai pas travailler aujourd'hui.

— Je suis bloquée à Chandangarh avec une crise de diarrhée aiguë.

— Qu'est-ce que tu as mangé ?

— Ce que Kuldip Singh m'a donné. Oh, j'ai trop mal au ventre.

Je pousse un gémissement guttural.

— Vous n'auriez jamais dû m'envoyer ici.

— D'accord, d'accord, je suis vraiment désolé. Repose-toi et prends du *pudin hara,* les capsules végétales à base de menthe. Je te les rembourserai.

Je savoure le rare plaisir d'entendre une note de contrition dans la voix hautaine de Madan. Contente de moi, je me dirige vers le temple qui se trouve à un jet de pierre de là. Il se dresse au bord d'un petit étang, avec une ancienne statue de Durga à huit bras à l'intérieur. Je m'incline devant la déesse, lui demande

109

de me donner la force de me battre pour défendre la cause de Babli.

En sortant du temple, je tombe sur une jeep avec un gyrophare rouge et l'inscription dorée sur la plaque minéralogique : BLOCK DEVELOPMENT OFFICER.

Je sais que le BDO est un haut fonctionnaire chargé de faire appliquer les mesures gouvernementales à l'échelle locale. Mes yeux s'illuminent : c'est une chance inespérée. S'il y a quelqu'un ici qui peut tirer Babli de ce pétrin, c'est bien un représentant de la fonction publique.

Le BDO est un sikh enturbanné du nom d'Inderjit Singh, avec une barbe en broussaille poivre et sel. Je lui explique la situation de Babli et sollicite son aide.

Il m'écoute avec sympathie.

— Voyons, je ne suis pas au courant pour Babli et Sunil, mais il y a eu plusieurs cas de représailles contre les couples qui avaient enfreint les diktats du *khap*. Une fois, ils ont forcé le garçon à boire de l'urine. Un autre, ils l'ont promené nu dans tout le village.

— Mais alors, ne devriez-vous pas intervenir pour mettre fin à ces sévices ?

Il secoue lentement la tête.

— Je ne peux rien faire. Personne ne s'oppose au *khap*.

— Même s'ils commettent des actes criminels ?

— Oui. Je sais que certaines de leurs mesures sont discriminatoires, notamment envers les femmes et les pauvres, répond-il avec franchise. Mais se mêler des affaires locales est source d'ennuis.

— Si vous ne m'aidez pas, qui m'aidera ?

— Essayez de comprendre, on est dans un village ici, pas à la Porte de l'Inde où l'on peut manifester et organiser des veillées aux chandelles. Il n'y a pas de militants pour défier le *khap*. Les hommes s'en fichent, les femmes se soumettent.

— Moi, je ne me soumets pas. Je défierai le *khap*. Qui est à la tête du *khap panchayat* ?

— C'est Sultan Singh. Il habite là-bas.

Il désigne une maison en briques rouges un peu plus loin.

— Mais si vous croyez pouvoir le raisonner, vous êtes inconsciente.

— Peut-être. Mais, comme dit le fameux proverbe hindi, maintenant que j'ai décidé de mettre la tête dans le mortier, pourquoi craindre le pilon ?

— Eh bien, bonne chance, dit le BDO avant de repartir dans sa jeep.

Un quart d'heure plus tard, je frappe chez Sultan Singh. Je découvre un vieillard chenu à l'allure imposante. Il m'accueille sur la terrasse de sa demeure délabrée, vêtu d'un gilet noir et avec une canne entre ses mains rabougries.

— Oui, vous désirez ? grommelle-t-il en posant sur moi le regard suspicieux d'un gérant de pension pour jeunes filles.

— Vous êtes le vénérable chef du *khap panchayat* et le porte-drapeau de ses valeurs. Je viens donc vous voir directement pour demander justice pour Babli.

— Babli ? Qui est Babli ?

— La fille de Kuldip Singh.

— Ah, celle-là, lâche-t-il après un silence qui ne présage rien de bon. C'est de la mauvaise graine, et rien d'autre.

— Vous savez qu'elle aime Sunil. Alors pourquoi la condamner à ce mariage sans amour avec Badan Singh ?

— Ignorez-vous que Babli appartient au *gotra* Jorwal et Sunil au *gotra* Jaipal ? Chez nous, les membres de ces deux clans sont liés par des liens fraternels depuis des siècles. Il est hors de question d'accepter une union entre ces deux *gotras*.

— Qui se soucie des *gotras*, à notre époque ? Moi, je ne connais même pas le mien.

— Je plains vos parents. Ils ne vous ont rien transmis de notre glorieux héritage ni de nos traditions.

— Il fut un temps où le *sati* faisait aussi partie des traditions hindoues. Les veuves étaient immolées sur le bûcher funéraire de leur époux. Persécuter et tuer les gens qui s'aiment est tout aussi répréhensible.

— Qui parle de les tuer ? s'exclame-t-il avec véhémence, me plantant presque sa canne dans la figure. C'est une fausse rumeur colportée par les castes inférieures.

— Mais vous avez chassé Sunil du village. Et maintenant Babli menace de se suicider.

— Eh bien, qu'elle meure. Personne ne la pleurera. Une fille sans honneur est un fardeau pour la famille, déclare-t-il sans sourciller.

— L'amour ne signifie donc rien pour vous ?

— Ces notions farfelues n'ont pas leur place dans la tradition. Le *khap* est une institution honorable.

Ne vous mêlez pas de nos coutumes. Allez dire à Babli que, quand on ne peut changer son sort, on doit l'endurer.

— Dites-moi, Sultan Singh-ji, combien de femmes font partie de votre *khap panchayat* ?

— Aucune.

— Les femmes n'ont pas d'autre rôle que de se plier à vos desiderata ?

— Nos décisions sont fondées sur la raison et la logique. Un mariage entre Babli et Sunil équivaudrait à un inceste. Comment pourrions-nous autoriser pareille abomination ?

— Mais la loi sur le mariage hindou reconnaît ce genre d'unions.

— Ceci est mon village, rétorque-t-il. Ici, c'est moi qui décide, pas le gouvernement.

Révoltée par son discours, je prends congé du vieil homme et poursuis mon chemin parmi les prés et les champs en jachère. Le paysage n'a rien à voir avec les images idylliques qu'on voit au cinéma. Il n'est ni riant ni verdoyant, mais uniformément brun. En fait de joyeux villageois, je croise des hommes et des femmes à la mine maussade qui travaillent aux champs. Les vieillards assis sur leur *charpoy* fument le narguilé, tandis que les petits enfants jouent dans la boue.

Cette partie-là du village est beaucoup moins prospère. Les maisons sont principalement des huttes en terre avec des toits de chaume. Les femmes me fusillent du regard sans raison apparente, et personne ne m'offre ne serait-ce qu'un verre d'eau.

113

Soudain, je tombe sur Chhotan l'électricien sur un scooter.

— Qu'est-ce que vous faites ici ? demande-t-il.

— Rien. Je me promène.

Il descend de son scooter pour m'accompagner. C'est par lui que j'apprends que le village est un bastion du communautarisme et de la guerre des castes.

— Il y a treize castes différentes à Chandangarh. Les membres des castes supérieures, comme Kuldip Singh, représentent près de la moitié du village. Les autres sont des intouchables et des membres des autres castes inférieures, comme moi.

— Et où se trouve le poste de police ?

— Pourquoi ? Vous avez quelque chose à lui signaler ?

— Non. Simple curiosité.

— Vers l'est, à la sortie du village, juste avant la rivière.

— J'aimerais beaucoup voir la rivière.

— C'est sur mon chemin. Si vous voulez, je vous emmène.

La minute d'après, nous traversons le village en cahotant sur le chemin de terre. Les gens me regardent bizarrement, comme s'ils n'avaient jamais vu une femme sur un scooter.

Nous passons devant l'école où les élèves se prélassent sous un neem.

— Le maître d'école, c'est comme un dieu, remarque Chhotan, désabusé. On croit à son existence, mais on ne le voit jamais.

Le marché du village est constitué d'épiceries, de quelques quincailleries et de baraques de fortune vendant des légumes, des nouilles Maggi et des œufs durs, plus un vidéoclub avec les derniers succès de Bollywood et même une borne d'accès à Internet. Lentement mais sûrement, le progrès arrive à Chandangarh.

Cahin-caha, nous finissons par atteindre la rivière aux bords accidentés. Chhotan me dépose devant un pont suspendu et repart. Les eaux de la Yamuna scintillent, argentées, à mes pieds. Comme nous sommes en hiver, la rivière est à son niveau le plus bas, laissant apparaître ses bancs de sable.

Il ne me faut pas longtemps pour localiser le poste de police. C'est un local en brique avec une pièce unique et une cour fermée par un portail. L'inspecteur adjoint Inder Varma, en charge du poste, ressemble à un flic de cinéma : ventripotent, mastiquant du bétel, probablement corrompu jusqu'à l'os. Il m'écoute et se met à rigoler.

— Vous êtes quoi, assistante sociale ?

— Peu importe qui je suis. Je viens vous signaler un cas de mariage forcé.

— Comment puis-je savoir que c'est un mariage forcé ? Où est la fille ? Pourquoi n'a-t-elle pas porté plainte en personne ?

— Je vous l'ai dit, ils la gardent enfermée dans la maison.

— Eh bien, faites-la sortir. Amenez-la ici. Qu'elle m'apporte une preuve comme quoi elle a plus de dix-huit ans. Et là, j'agirai.

— Vous le promettez ?

— Écoutez, ma petite dame, mon devoir, c'est d'appliquer la loi. La loi exige de m'assurer que la fille est majeure. Amenez-moi Babli, et je vous promets que justice sera faite.

Pour la première fois, j'entrevois une lueur d'espoir. On ne sait jamais, le personnage peu amène d'inspecteur adjoint pourrait bien se muer en sauveur de Babli.

En sortant du poste, je compose encore une fois le numéro de Sunil. La chance est avec moi. Une voix circonspecte me répond :

— Allô ?

Je me présente et pose la question à un million de dollars :

— Sunil, est-ce que vous aimez toujours Babli ?

— Évidemment.

— Alors pourquoi ne l'épousez-vous pas ?

— Ha !

Il laisse échapper un rire amer.

— Vous ne savez pas ce que le *khap* m'a fait ? Il y a trois mois, ils m'ont humilié en me promenant dans tout le village avec une chaussure dans la bouche. Puis ils m'ont chassé en menaçant de me tuer moi, mais aussi de tuer Babli, si jamais je revenais.

— Ils sont allés plus loin encore. Ce soir, ils marient Babli à Badan Singh !

— Non !

Son gémissement fait grésiller la ligne.

— Écoutez, Sunil, si vous pouviez venir maintenant au village, il y aurait moyen d'empêcher ce mariage. J'ai parlé à la police ; ils vous aideront.

— Si seulement vous m'aviez dit ça hier !

— Je n'ai pas arrêté de vous appeler, mais votre téléphone était éteint. Il n'est pas trop tard. Vous en avez pour deux heures à venir de Ghaziabad.

— Sauf que là, je suis à Chennai, à deux mille kilomètres de distance.

— Oh non !

— Ne vous inquiétez pas, je prendrai l'avion. Je viendrai aussi vite que je peux. Je ferai n'importe quoi pour Babli.

— Parfait. Je vous attendrai. Appelez-moi à ce numéro, quand vous serez à Chandangarh.

— Merci…

Et, après une brève hésitation, il ajoute, comme pour sceller notre complicité :

— … *didi*.

Je n'ai pas encore raccroché que déjà un plan germe dans ma tête. Pour commencer, il me faut un moyen de transport. Un villageois est en train de traverser le pont. Je lui demande :

— Où est-ce que je peux louer une voiture ?

Il me regarde comme si j'arrivais d'une autre planète. Visiblement, c'est une chose qui n'existe pas à Chandangarh.

— Vous ne connaissez personne qui aurait au moins une moto ?

Il hoche la tête.

— Babban Sheikh, le mécanicien, a une Honda Hero.

— Et comment puis-je le joindre ?

— Venez, je vous emmène dans son garage, me dit-il. C'est dans l'Uttar Pradesh, de l'autre côté de la rivière.

Nous traversons le pont, et je me retrouve dans une enclave musulmane. Quelques maisons, une poignée d'échoppes. Un petit groupe de fidèles barbus est massé à l'entrée d'une vieille mosquée.

Le garage est en fait une cabane en tôle. Babban Sheikh est un type trapu et musclé, la quarantaine, le visage grêlé et l'œil vigilant. Vêtu d'un bleu de travail taché de graisse, il est en train de réparer une Bajaj Pulsar. Son employé, un garçon de quinze ou seize ans, habillé de la même façon mais les cheveux teints en châtain clair, est occupé à régler une Kawasaki Ninja.

— Euh… Babban Bhai, puis-je vous dire deux mots ?

Babban Sheikh pose la bougie qu'il nettoyait, s'essuie les mains sur un chiffon et lève la tête.

— Oui, madame, que puis-je pour vous ?

— On m'a dit que vous aviez une Honda Hero.

— C'est exact.

— Eh bien, ce soir il y a un mariage et…

Il écoute mon plan et secoue la tête.

— Nous sommes une entreprise respectable, pas des bandits qui enlèvent les jeunes mariées. Je ne peux pas vous aider.

— C'est l'avenir d'une jeune fille qui est en jeu !

Mais il ne veut rien entendre.

Son employé se montre plus compréhensif.

— Cette dame a raison, *Abbu*.

Il est donc le fils de Babban.

— On doit empêcher ce mariage. Je sais que Salim Ilyasi l'aurait fait. Il a sauvé Priya Capoorr juste au moment où on la mariait à ce vaurien de Prakash Puri dans *L'Amour à Bangkok.*

Peine perdue.

— Alors comme ça, tu regardes à nouveau ces films, hein ? Tu sais bien que l'imam *sahib* a interdit le cinéma hindi et ses chansons obscènes !

— Je sais, *Abbu,* mais c'est plus fort que moi. Surtout quand il y a un nouveau film avec Salim Ilyasi.

— Si tu continues, je te dénonce à l'imam *sahib* et tu passeras le reste de ta vie à nettoyer les tapis de la mosquée.

Soudain, Babban se souvient de ma présence.

— Vous êtes encore là, vous ? Vous nous avez fait perdre assez de temps déjà. Allez-vous-en.

Je rebrousse chemin, le cœur lourd d'avoir manqué à ma promesse à Babli.

Alors que je retraverse le pont, une moto s'arrête en pétaradant à ma hauteur. C'est la Kawasaki Ninja pilotée par le jeune mécano.

— Désolé pour la réaction de mon *abbajan.* Moi, je vais vous aider, dit-il avec un sourire engageant.

— Et que va penser votre père ?

— Il croit que je suis parti livrer la moto au client. Ne vous inquiétez pas, je sais comment le prendre. En revanche, le père de la mariée... Que faire s'il me poursuit ?

— Eh bien, il faudra être plus rapide que lui. Je vous dédommagerai.

— Non, je ne veux pas de votre argent, déclare-t-il en singeant la nonchalance étudiée de Salim Ilyasi. Pour défendre *muhabbat* – l'amour –, Aslam Sheikh ira jusqu'à donner sa vie.

Il propose de me ramener chez Kuldip Singh, et j'accepte avec gratitude. Cette fois, les villageois me dévisagent bouche bée, se demandant qui est cette femme qui chevauche tantôt un scooter, tantôt une moto.

Il me dépose à quelque distance de la maison pour ne pas éveiller de soupçons. Mais cette précaution se révèle inutile. La famille est déjà au courant de ma démarche. Le patriarche est d'une humeur de dogue et m'apostrophe dès que je franchis la porte :

— On vous a fait venir pour montrer comment fonctionne la machine à laver, pas pour laver le linge sale en public. Je vous demande de partir immédiatement. Nous n'avons pas de place pour quelqu'un qui cherche à semer la zizanie chez nous.

— Vous m'avez mal comprise, Kuldip Singh-ji.

Je tente de le raisonner.

— Babli n'ira pas jusqu'au bout de ce mariage. Elle mourra plutôt que d'accepter Badan Singh comme époux.

— Qu'elle le veuille ou non, elle épousera Badan Singh. Et si elle a envie de mourir, elle mourra chez son mari, pas chez nous.

— Quel genre de père êtes-vous donc, pour préférer sacrifier votre fille à une coutume rétrograde ?

— Assez ! rugit-il. Sortez d'ici tout de suite ou je vous fais jeter dehors.

— Je partirai, mais pas seule. Babli vient avec moi.

— Avez-vous perdu la tête ? Babli est ma fille. Elle fera ce que je lui dis de faire.

— Et pourquoi ne pas lui poser la question directement ?

Il relève le défi sans broncher.

— On va régler ça vite fait. Femme ! appelle-t-il. Ramène notre fille ici.

Babli sort dans la cour en tremblant comme une feuille, soutenue par sa mère. Incapable de me regarder en face, elle fixe obstinément ses pieds. Kuldip Singh pointe son pouce dans ma direction.

— Dis-moi, Babli, tu veux partir avec cette femme ?

Babli secoue lentement la tête. Puis elle fond en larmes et s'enfuit dans sa chambre.

— La voilà, votre réponse.

Kuldip Singh tire sur sa moustache en ricanant comme un méchant sorcier.

— Maintenant, allez-vous-en.

— Je ne sais pas si je dois vous mépriser ou vous plaindre, je lui lance en guise d'adieu.

Je retourne au temple Amba, mon QG de crise. Les heures qui suivent sont les plus longues de ma vie. J'essaie de joindre Sunil, mais apparemment son portable est à nouveau coupé. Je regrette que Karan ne soit pas là pour me remonter le moral. Le prêtre du temple m'offre des fruits. Je m'assieds sur les marches à côté de lui et regarde le jour décliner.

Au crépuscule, une cacophonie déchire le silence ; les trompettes mugissent, et un chanteur nasille :

— *Aaj mere yaar ki shaadi hai.* Aujourd'hui c'est le mariage de mon ami.

Il est accompagné par tout un tas de trombones, de saxophones, plus un tuba et un *dhol.* C'est le cortège nuptial de Badan Singh, en route vers la maison de Kuldip Singh, qui brille de mille feux.

Juste à ce moment-là, je reçois un SMS. Sunil me prévient de son arrivée au village. Je lui renvoie un texto lui disant de venir directement au temple.

D'entrée de jeu, Sunil Chaudhary me fait bonne impression. C'est un jeune homme agréable de vingt-quatre ans, au visage doux et aux yeux mélancoliques. Son diplôme d'ingénieur en poche, il a trouvé du travail dans une société d'informatique à Noida ; il est un peu timide, un peu maladroit, il manque de confiance en lui, mais son amour pour Babli ne fait aucun doute. Je sais qu'il fera tout pour la rendre heureuse, qu'il veillera sur elle.

— J'ai pris l'avion, puis un taxi depuis Delhi. Et là, à l'instant, je viens de voir un cortège entrer chez Babli. Suis-je arrivé trop tard ? bredouille-t-il, les traits figés par l'angoisse.

— On le saura bientôt. Venez avec moi.

En chemin, je lui expose mon plan. La vue d'hommes en uniforme devant la maison de Kuldip Singh nous stoppe dans notre élan, puis nous nous rendons compte qu'il ne s'agit pas de gardes armés, mais des membres de la fanfare. Leur tâche terminée, ils se détendent en attendant le banquet. Nous risquons un coup d'œil dans la cour. Babli et Badan Singh sont assis sous le *mandap,* pendant qu'un prêtre allume le feu sacré au centre. Dans les films hindis, le héros apparaît à ce moment-là et proclame : « *Yeh shaadi nahin ho sakti.* Ce mariage ne peut être célébré. » S'il fait ça, c'est parce qu'il a l'aval du réalisateur. Dans la vraie vie, si Sunil s'avisait de l'imiter, il serait lynché sur-le-champ.

Aslam Sheikh est tapi dans l'ombre de la ruelle adjacente, avec sa moto qui ronronne doucement. Il sourit et lève les pouces à mon intention. Je lui présente Sunil, puis contourne discrètement la maison.

J'arrive aux étables sans difficulté. Les vaches et les buffles sont occupés à ruminer, indifférents au vacarme de la fête qui se déroule à côté.

La cabane où est stocké tout l'électroménager est plongée dans l'obscurité. J'appuie sur l'interrupteur, et une lumière blanche inonde la pièce, se reflétant sur les surfaces vernies des appareils auxquels personne n'a touché depuis mon départ. Je branche la télé et l'allume. Puis je fais de même avec le lecteur de DVD, la chaîne hi-fi et le frigo. Le néon commence à clignoter dangereusement. Au moment où j'allume le lave-linge, il émet un petit bruit sec et s'éteint. Simultanément, toute la maisonnée se retrouve dans le noir, comme je l'avais programmé.

Je reviens en courant auprès d'Aslam qui attend sur sa moto. Quelques minutes plus tard, les membres de la fanfare sont tirés de leur somnolence par le bruit de la Ninja qui fonce dans la nuit en emportant trois passagers dont la mariée rebelle. Nous entendons des voix, des gens se précipitent derrière nous, mais ils sont à pied, et nous chevauchons une Kawasaki 250.

Sunil, Babli et moi nous cramponnons les uns aux autres pendant qu'Aslam zigzague avec habileté sur les chemins défoncés du village. L'air glacé me cingle le visage. Heureusement, cinq minutes plus tard, nous arrivons au poste de police. Aslam nous dépose, salue d'un geste théâtral et, sa mission accomplie, se fond dans la nuit.

Babli et Sunil tombent dans les bras l'un de l'autre comme s'il ne leur restait plus qu'un seul jour à vivre.

— Dès que la lumière s'est éteinte et que quelqu'un m'a saisie par le bras, j'ai su que c'était toi.

Les larmes ruissellent sur le visage de Babli, brouillant son maquillage, mais elle est toujours aussi resplendissante dans sa longue jupe écarlate et sa tunique en soie brochée. Tendrement, Sunil essuie ses larmes du bout des doigts. Encore un peu, et ils vont entonner une chanson d'amour.

Cependant, lorsque nous pénétrons dans le poste, l'inspecteur adjoint Varma nous chante un tout autre air.

— Vous avez enfreint la loi. Je vais vous boucler pour enlèvement et séquestration, lance-t-il à Sunil d'un ton menaçant.

— Vous m'avez dit d'amener la jeune fille. C'est ce que j'ai fait.

Je me tourne vers la mariée.

— Babli, explique-lui.

— C'est vrai, *didi* et Sunil m'ont sauvée d'un mariage forcé, déclare-t-elle avec véhémence.

La présence de Sunil semble lui avoir redonné du courage.

— Je ne veux pas épouser Badan Singh. Je veux me marier avec Sunil.

— On n'est pas au bureau des mariages, ici. On est dans un poste de police.

Varma agite le doigt sous son nez.

— Et d'abord, prouvez-moi que vous avez plus de dix-huit ans.

— Vous n'avez qu'à voir mon bulletin scolaire. Il y a ma date de naissance dessus.

— Vous l'avez ici ?

— Comment ça ? Je ne me promène pas avec mon bulletin scolaire sur moi.

— Dans ce cas, je ne peux rien pour vous. Je vais ouvrir une enquête pour enlèvement de mineure. Ram Kumar, dit-il à son agent, placez ce garçon en garde à vue. Appelez le père et dites-lui de venir chercher sa fille. Et prévenez Sultan Singh-ji.

— Vous n'allez pas faire ça ! je crie. C'est une flagrante injustice. Vous trahissez notre confiance.

Il sourit, montrant ses dents tachées de bétel.

— Ne faites jamais confiance à un policier.

— Si vous appelez mon père, Dieu ne vous épargnera pas, ajoute Babli à travers ses larmes.

— Ici, dans ce poste de police, Dieu, c'est moi.

— Écoutez, inspecteur *sahib,* lui dis-je, ce jeune homme et cette jeune fille s'aiment, ils sont adultes tous les deux et veulent se marier. Vous feriez mieux de les aider au lieu de les menacer.

— Rien n'est simple dans la vie, rétorque-t-il, et encore moins en matière de mariage. Vous, restez en dehors de ça, ou je vous boucle pour complicité d'enlèvement.

Toutes nos supplications tombent à plat. En proie à une rage impuissante, je me souviens soudain de Shalini Grover. Pendant que l'inspecteur est occupé avec Babli et Sunil, je m'éclipse aux toilettes et compose le numéro de la journaliste sur mon portable.

— Shalini, je chuchote, vous avez enquêté sur un couple assassiné sur l'ordre du *khap*. Je suis au poste de police de Chandangarh où un jeune couple risque de subir le même sort. Il faudrait que vous veniez immédiatement… Vous seule pouvez les sauver.

— Je suis toujours à Panipat, répond Shalini, étouffant dans l'œuf tous mes espoirs. Je n'arriverai jamais à temps à Chandangarh.

Lorsque je sors des toilettes, Ram Kumar a déjà passé ses coups de fil. Une Innova freine devant le poste dans un crissement de pneus, et Kuldip Singh entre en trombe, suivi de Badan Singh et de cinq ou six membres de la famille, tous armés de fusils. Il me foudroie du regard et se dirige droit vers l'inspecteur. Je vois de l'argent liquide qui change de main et comprends que pour l'inspecteur adjoint Varma, tout cela est une transaction commerciale.

Une fois qu'il a payé le policier, Kuldip Singh attrape Babli par la main.

— Viens ici tout de suite. Tu es pire qu'une putain, une honte pour ta famille.

Babli parvient à se dégager et plonge sous le bureau de l'inspecteur. Kuldip Singh se baisse pour l'empoigner, mais elle s'enroule autour d'un pied en bois.

— Je ne viendrai pas. Il faudra me couper en morceaux, si tu veux que je sorte d'ici ! s'écrie-t-elle.

— C'est ce qu'on va faire, espèce de garce, et on jettera les morceaux dans la Yamuna, déclare Badan Singh, se joignant à son père pour essayer de la tirer de sous le bureau.

— Je dois dire que cette petite est coriace, fait remarquer Ram Kumar.

Et il s'accroupit pour mieux voir ce qui se passe sous le bureau.

— Aidez-la, je l'implore.

Là-dessus, Sultan Singh fait son entrée. Le chef du *khap panchayat* n'a d'yeux que pour Sunil.

— Alors comme ça, tu as eu le culot de revenir ? lui demande-t-il en faisant tournoyer sa canne entre ses mains. Eh bien, on va t'apprendre ce qui arrive à ceux qui violent nos traditions sacrées.

Il n'est pas venu seul ; une bonne cinquantaine de ses partisans encerclent le poste de police en scandant :

— Mort à ceux qui osent défier le *khap* !

Tels les zombies dans un film gore de série B, ils sont assoiffés de sang et n'hésiteront pas à nous mettre en pièces, Babli, Sunil et moi.

À partir de ce moment-là, les événements prennent la tournure inéluctable d'une tragédie grecque. On finit par extirper Babli de sous le bureau. Elle hurle et griffe le plancher, pendant que son père et Badan Singh la traînent vers la porte. L'inspecteur remet Sunil aux zélateurs du *khap*.

— Faites-en ce que vous voulez. Moi, je m'en lave les mains.

Sultan Singh fait virevolter sa canne avec allégresse.

— On va l'achever tout de suite !

— Suivez mon conseil, allez faire ça sur l'autre rive. Que la police de l'Uttar Pradesh se débrouille, lui recommande l'inspecteur, cynique.

— Sunil ! crie Babli, tâchant désespérément d'échapper à son père.

— Babli !

Sunil tente de la rejoindre, mais on l'enveloppe dans une couverture, et les sbires de Sultan Singh s'acharnent sur lui à coups de pied. Sous l'œil impassible de l'inspecteur et de ses agents : on dirait qu'il assiste à un spectacle de rue. J'ai envie de vomir.

C'est Ram Kumar, son bras droit, qui attire son attention sur moi.

— Que fait-on d'elle, monsieur ?

Il me désigne d'un mouvement de tête.

— Elle est la source de tout ce désordre.

L'inspecteur soupire, comme pour dire qu'il se passerait bien de cette complication supplémentaire.

— Quel est exactement votre intérêt dans cette affaire ? Vous êtes un professeur de Babli, la sœur de Sunil ?

— Ni l'un ni l'autre. Je ne suis qu'une citoyenne dotée d'une conscience civique qui essaie de leur venir en aide.

— Je ne connais pas beaucoup de vendeuses dotées d'une conscience civique. Vous me faites plus penser à ces journalistes qui fourrent leur nez partout. Pour quel canard travaillez-vous ? Le *Punjab Kesari* ? Le *Jag Bani* ?

— Je ne suis pas journaliste. Je suis juste…

Varma m'interrompt :

— Savez-vous ce qu'on fait aux journalistes qui viennent nous chercher des poux ? On les liquide, quitte à plaider la bavure.

Et il me gifle sans crier gare.

Je suis plus sidérée qu'offensée. C'est la première fois que quelqu'un me donne une gifle.

— Comment osez-vous… ? je commence, le visage en feu.

Il lève à nouveau la main.

— Fermez votre clapet ou ce sera pire. Ram Kumar, placez-la en garde à vue.

— Pour quel motif ? je proteste.

— Oh, ce ne sont pas les motifs qui manquent. On pourrait trouver de la drogue dans votre sac à main, vous inculper pour association de malfaiteurs ou même vous épingler pour racolage sur la voie publique.

En entendant ces mots, je sens mes forces m'abandonner. Ma vision se brouille, tout devient gris puis noir autour de moi. Soudain, des sirènes lointaines déchirent le silence assourdissant dans ma tête. Il y en a plusieurs, et elles se rapprochent, comme si l'escorte du Premier ministre passait par le village.

Le convoi s'arrête pile à l'entrée du poste de police. Des portières s'ouvrent, et un homme à la prestance d'un haut personnage, vêtu d'un *bandgala*, long pardessus boutonné au col, fait irruption dans la pièce, flanqué d'une demi-douzaine de policiers en uniforme et de fonctionnaires en costume froissé.

Médusé, l'inspecteur Varma se met au garde-à-vous. Ram Kumar, lui, semble trop subjugué par la vue de tous ces hauts gradés pour songer à saluer.

— Embarquez-les, ordonne le nouveau venu.

Un officier de police à l'insigne national, une étoile argentée sur les épaulettes, brandit aussitôt une paire de menottes.

— Que… que se passe-t-il, monsieur ? balbutie Inder Varma pendant que les menottes se referment sur ses poignets.

— Vous n'êtes pas au courant du spectacle diffusé en direct depuis une demi-heure sur Sunlight TV ? aboie un autre gradé.

À en juger par les trois étoiles sur ses épaulettes, il s'agit d'un inspecteur général adjoint de la police.

— Tout le pays vous a vu brutaliser deux jeunes gens innocents et laisser le *khap* faire sa loi, sans parler des fausses accusations portées contre une honnête citoyenne. Vous n'êtes pas digne de faire partie des forces de l'ordre.

— En direct ? Sunlight ? Mais, monsieur, il n'y a pas de caméras ici.

Le regard de Varma fait le tour de la pièce.

L'inspecteur général s'approche de moi et retire doucement le téléphone portable qui dépasse de la poche de mon manteau, la caméra tournée vers l'extérieur.

— Je crois qu'on n'a plus besoin de ça.

Et il l'éteint avant de me le rendre.

Les yeux de Varma lui sortent de la tête. Je lui souris effrontément. Quand j'ai compris que je ne pourrais pas compter sur Shalini, j'ai décidé de recourir moi-même à la méthode de la caméra cachée. À l'aide de mon téléphone portable, j'ai filmé tout ce qui se passait au poste de police, le flux vidéo alimentant le site web de Sunlight TV.

La suite ressemble au dénouement d'un scénario de Bollywood. Inder Varma et Ram Kumar sont arrêtés. La foule déchaînée est dispersée à coups de matraque. Sultan Singh fuit, la queue entre les jambes. Et Kuldip Singh change d'avis comme par enchantement, décidant que Sunil ferait un meilleur parti pour Babli.

Ce soir-là, en regardant les jeunes mariés faire sept fois le tour du feu sacré, je ne résiste pas à la tentation de lever les yeux au ciel. J'adresse un clin d'œil à Alka et je souffle :

— *Kamaal ho gaya.* Tu n'imagines pas ce qui m'arrive !

Je rentre à Delhi le lendemain matin, dans la Toyota Innova de Kuldip Singh qui me dépose devant chez moi. Après une douche rapide et après m'être changée, je reprends le chemin du boulot et le cours normal de ma vie.

— Tu ne m'as pas l'air malade.

Madan me scrute, soupçonneux, à mon arrivée au magasin.

— C'est grâce au *pudin hara.*

Après les événements de la veille, la compagnie des lave-linge et des fours à micro-ondes me paraît

131

bien terne. Mais, à choisir, je préfère vendre des téléviseurs plutôt que risquer de me faire gifler par un flic sadique.

Dans l'après-midi, je reçois un appel de Shalini Grover.

— Chapeau, Sapna. Vous avez réussi. Vous avez été vraiment au top, exulte-t-elle.

— Si vous ne m'aviez pas expliqué comment me connecter au site de Sunlight TV, je n'y serais jamais arrivée.

— Écoutez, je tiens aussi une rubrique dans le *Daily Times.* Pour ma prochaine chronique, je voudrais faire un papier sur vous. Que les femmes indiennes vous prennent pour exemple.

— Non, dis-je fermement. Je n'ai pas besoin de mon quart d'heure de célébrité. Ça va éveiller des jalousies, et les sbires du *khap panchayat* pourraient me prendre pour cible.

— Oui, c'est un risque, admet Shalini. Et si je rédige l'article sans citer votre véritable nom ?

J'acquiesce, dubitative, toujours pas entièrement convaincue que ce soit une bonne idée.

— Sous quel nom voulez-vous figurer ?

— Que diriez-vous de Nisha ?

— C'est pas mal. Mais pourquoi Nisha ?

— Vous ne voyez pas ? C'est l'anagramme parfaite de Sinha !

Deux jours plus tard, je reçois un coup de fil de Rana.

— M. Acharya souhaite vous voir aujourd'hui. 18 heures, à son bureau. Soyez à l'heure.

L'estomac noué, je n'ai même pas la force d'inventer une nouvelle excuse lorsque je vais trouver Madan dans son box vitré.

— Monsieur, ma mère a fait une rechute. Il faut que je la ramène d'urgence à l'hôpital.

Madan lève les mains en signe d'exaspération.

— Ça devient pénible. Pourquoi ne mets-tu pas ta mère définitivement à l'hôpital ? Si tu dois partir plus tôt tous les deux jours, je serai obligé de mettre un terme à ton contrat.

— Si vous voulez, je ferai des heures supplémentaires la semaine prochaine. Mais là, il faut vraiment que j'y aille.

Mes paroles semblent amadouer mon chef, qui accepte de mauvaise grâce. À 17 h 45, je prends donc le chemin de l'Espace Kyoko.

Rana m'accueille dans le hall, et Jennifer m'introduit promptement dans le bureau d'Acharya à 18 heures.

— Félicitations ! me lance l'industriel avec un sourire chaleureux.

— De quoi me félicitez-vous ?

— D'avoir réussi la première épreuve.

— Quelle épreuve ?

— Celle du leadership.

— Je ne vois pas de quoi vous parlez.

— Regardez.

Acharya prend le journal posé sur son bureau. C'est le *Daily Times* d'aujourd'hui. Il pointe le doigt sur l'article de Shalini intitulé : « L'amour à l'âge du *khap* ».

— Vous l'avez lu ?

Je hoche la tête.

— Je sais que vous êtes l'héroïne de cette histoire.

— Qu'est-ce qui vous fait dire ça ? L'article parle d'une téléopératrice nommée Nisha.

— Inutile de faire semblant. L'inspecteur général adjoint qui vous a rendu visite au poste de police de Chandangarh est le fils d'un vieil ami à moi. Et je me suis aussi entretenu avec Sunil et Babli.

— Comment avez-vous su que j'étais allée à Chandangarh ?

— Par le magasin. Mais peu importe comment je l'ai su. L'important, Sapna, est que vous avez réussi la première épreuve. Vous auriez pu abandonner Babli à son sort, or vous avez choisi de combattre l'injustice, alors même que tout semblait se liguer contre vous. Pour moi, c'est ça qui définit un leader.

— J'ignorais que vous étiez derrière tout cela.

— Pas moi, la vie. Que vous ai-je dit ? La vie nous met à l'épreuve jour après jour en nous obligeant à faire des choix. Et vous avez fait le bon dans ce village.

Il laisse tomber le journal sur ses genoux et se frotte le front.

— Le leadership ne s'apprend pas dans les écoles de management, c'est une affaire d'instinct et de conscience.

— Écoutez, monsieur Acharya, ce n'est pas parce que j'ai aidé Babli que je suis devenue un grand leader. Je suis une simple vendeuse.

— Justement. Un leader n'a pas besoin d'être le plus beau, le plus fort ni le plus intelligent. C'est quelqu'un qui montre la voie, qui incite les gens ordinaires à faire des choses extraordinaires. Pour paraphraser Thomas Jefferson, un leader nage dans le sens du courant, mais en matière de principes, il est solide comme un roc. Vous vous êtes montrée solide comme un roc à Chandangarh. Je ne suis pas seulement fier de vous, Sapna, je suis fier d'être votre mentor.

Je n'ai pas entendu autant d'éloges sur mon compte depuis la fac. Terriblement gênée, je réponds :

— Eh bien… je ne sais pas quoi dire.

— Ne dites rien, faites. Continuez à suivre votre conscience, et vous passerez les autres épreuves haut la main.

Force est de me rappeler que tout cela n'est qu'un jeu pour Acharya. Je ne suis pas devenue un leader, et il n'est pas mon mentor. Je suis juste un jouet entre les mains d'un richissime homme d'affaires. Et je n'ai pas d'autre choix parce que je lui ai pris deux cent mille roupies. Je lui adresse donc un sourire reconnaissant. Un sourire à deux lakhs.

Ce soir-là, je rapporte notre entretien à Karan, qui me retrouve comme d'habitude dans le jardin.

— Acharya dit que j'ai réussi la première épreuve. J'ai gagné mes galons de leader.

— Ha ! s'exclame-t-il en riant. Il nous prend vraiment pour des demeurés. Il n'a rien à voir avec ce qui s'est passé au village, et pourtant il en tire parti.

Mais bon, on s'en fiche, d'Acharya ! Je suis fier de ce que tu as fait pour Babli et Sunil.

— Crois-tu qu'ils vont vivre heureux jusqu'à la fin des temps ?

— Je n'en sais rien. Mais au moins, grâce à toi, ils vivront.

Ses traits se crispent légèrement ; son regard se perd au loin. Puis il esquisse un sourire en coin.

— En fait, il n'y a qu'une catégorie de gens qui vivent heureux jusqu'à la fin des temps.

— Qui ça ?

— Les morts.

Deuxième épreuve

Diamants et rouille

Il est 11 heures du matin, le vendredi 31 décembre, dernier jour de l'année, et déjà une file de quinze cents mètres s'est formée devant le magasin. Dans un pays où la moindre bagarre de rue attire au moins cinq cents badauds, il est normal qu'ils soient cinq mille à guetter l'arrivée d'une star.

Aujourd'hui est un grand jour, celui où Priya Capoorr nous honore de sa visite en tant qu'ambassadrice de la marque Sinotron.

Il y a deux jours, une femme aux manières brusques nommée Rosie Mascarenhas, l'attachée de presse de l'actrice, est venue au magasin choisir une « hôtesse » pour Mlle Capoorr. Ses exigences étaient extrêmement précises.

— Cette jeune fille doit parler parfaitement l'anglais, avoir une voix douce et de bonnes manières.

Les quatre vendeuses ont défilé devant elle, et son choix s'est porté sur moi. C'est mon teint qui contrastera sans doute le plus avec celui de Mlle Capoorr, faisant ainsi ressortir son éclat. Passer d'hôtesse de l'air à simple hôtesse me contrarie beaucoup, mais les autres employés se comportent comme si j'avais gagné au loto.

— Comme ça, tu vas côtoyer une star ! La chance que tu as, *yaar,* ma fille, se pâme Prachi. Qui sait, elle va peut-être te proposer un petit rôle dans son prochain film.

J'aime bien le cinéma hindi, mais je ne suis pas une fan de Priya Capoorr. Elle n'a pas de véritable talent ; c'est juste une poupée de luxe dont le seul titre de gloire est d'appartenir à l'une des plus vieilles dynasties de Bollywood. Et ce culte de la célébrité me donne la nausée. Je n'envie pas les stars, je les plains. Je les vois comme des clowns tristes condamnés à amuser le public, vivant dans un aquarium sous les yeux de millions de fans.

Priya Capoorr en est le parfait exemple. Née Priyanka, elle a raccourci son prénom sur les conseils d'un astrologue à la sortie de son premier film qui a fait un carton. Puis, de Kapoor, elle est devenue Capoor. Et enfin, sur les instances de sa numérologue, elle a rajouté un « r » à son nom, afin qu'en le prononçant on ronronne comme un chat. Ce n'est pas tout. À en croire les bruits qui courent dans les studios, elle a subi plus d'opérations esthétiques que Pamela Anderson : lèvres repulpées au collagène, augmentation mammaire et nez refait. Résultat, elle ressemble à une Barbie grandeur nature et fait plus vieille que ses vingt-six ans. Ce qui ne l'a pas empêchée de tourner dans trois blockbusters d'affilée, si bien qu'elle figure aujourd'hui parmi les quatre plus grandes stars de Bollywood.

Sa venue est prévue pour midi, et nous avons travaillé d'arrache-pied pour que tout soit prêt à temps. Le magasin tout entier a été décoré avec des ballons et des serpentins. Les murs sont tapissés d'affiches publicitaires de Sinotron. Une estrade improvisée a été dressée d'un côté de la salle, avec en toile de fond le visage géant de l'actrice, tandis que les haut-parleurs diffusent la musique de ses films, créant une ambiance de discothèque.

À 11 h 30, les portes s'ouvrent, et on laisse entrer le public. En quelques secondes, la salle est pleine à craquer. L'excitation est palpable. Quelqu'un se met à scander :

— Priya ! Priya ! Priya !

D'autres se joignent à lui, dans une atmosphère d'attente fiévreuse.

Priya Capoorr arrive avec un retard classieux d'une heure et demie. Elle n'est pas venue seule. Son escorte se compose de six gardes du corps costauds, de l'attachée de presse, d'un maquilleur et même d'une coiffeuse. Elle entre par la porte de service et est aussitôt conduite dans le bureau du fond converti en loge. Notre propriétaire M. Gulati et son fils Raja sont là pour l'accueillir personnellement, ainsi qu'un homme de type asiatique nommé Robert Lee, qui se trouve être le directeur marketing de Sinotron.

Je dois avouer que Priya est aussi sublime dans la vie qu'à l'écran... Un peu plus petite, peut-être. Ses cheveux châtain clair sont coiffés en boucles qui encadrent son visage ovale et cascadent en vagues rebelles sur ses épaules. Les années de grimaces et de simagrées face aux caméras ont fini par donner à ses yeux de biche une expression prédatrice, troublante d'intensité. Vêtue d'un chemisier blanc froissé et d'une veste marron, jean moulant, bottes en cuir et sac Birkin, elle se comporte avec l'arrogance d'une diva qui sait exactement ce qu'elle vaut. Raja Gulati manque de tomber à genoux pour lui offrir un bouquet de roses.

— Merci, souffle-t-elle avec le sourire de quelqu'un qui vient d'arriver à une soirée et qui a hâte d'en partir.

Les employés se pressent à la porte du bureau, se démanchant le cou pour tenter d'apercevoir la star. Même moi, que normalement les célébrités laissent de marbre, je me sens gagnée par l'excitation générale.

Les gardes du corps finissent par évacuer tout le monde, laissant Priya Capoorr avec son attachée de presse, son maquilleur, sa coiffeuse et moi. Ils s'installent autour d'une table. Je me tiens respectueusement à l'écart, prête à servir le thé, des boissons non alcoolisées et des sandwichs déjà préparés.

L'actrice ne se préoccupe pas de moi pendant que le maquilleur lui repoudre le front. Pour elle, je fais partie des meubles. À la voir régenter tout son petit monde, j'éprouve la même indignation qu'à Chandangarh. Bollywood aussi a son système de castes. Pour une Priya Capoorr, il y a des milliers d'acteurs en herbe qui débarquent chaque jour à Mumbai sans aucun espoir de sortir du rang et de devenir célèbre, à l'exception peut-être de Salim Ilyasi. Et même lui doit sa réussite au soutien financier de l'industriel Ram Mohammad Thomas.

À une époque, Priya a vécu une histoire d'amour torride avec Salim Ilyasi ; des rumeurs couraient sur leur prochain mariage. Puis elle a jeté son dévolu sur Rocky M., fils du magnat du charbon Laxman Mudaliar. Ils sortent ensemble depuis deux ans, et on raconte que Rocky lui a déjà demandé sa main. Si c'est vrai, Priya, prévoyante, a non seulement assuré son présent, mais encore son avenir.

La séance de maquillage terminée, elle ouvre son sac à main et en sort une bague avec un diamant qu'elle glisse à son annulaire gauche. Je vois bien que la bague est trop grande pour son doigt ; Priya la rajuste à plusieurs reprises. Visiblement, elle a envie de l'exhiber, et pourquoi pas ? Je n'ai jamais vu un diamant aussi gros : il doit faire au moins quatre carats, voire plus. Dans la lumière blanche et crue, il brille comme une étoile dans un océan d'or, faisant jaillir des étincelles de toutes les couleurs de l'arc-en-ciel.

Rosie Mascarenhas lève le doigt.

— Vous êtes sûre de vouloir porter ça ici ?

— Oui, répond Priya. Il est grand temps.

— Les gens vont jaser. Les médias vont se jeter sur vous comme une meute de chiens affamés à qui on offre soudain un os à ronger.

— Je sais comment tenir les chiens.

— Je ne sens pas trop cet endroit. Je préférerais une interview exclusive dans *Filmfare* annonçant les fiançailles.

— Le sujet est clos. Je ferai comme bon me semble, déclare Priya, élevant légèrement la voix, histoire de montrer qui est le chef.

La coiffeuse, une fille du Nord-Est au regard triste, effleure délicatement ses boucles. L'actrice jette un dernier coup d'œil dans le miroir que lui tend le maquilleur, et se lève de sa chaise.

— OK, allons-y, finissons-en.

Alors qu'elle s'apprête à gagner la salle, Raja Gulati arrive en courant.

— Désolé, nous avons un problème de sonorisation. Il nous faut dix minutes de plus pour trouver la panne.

Priya commence à s'impatienter.

— Ils n'auraient pas pu prévoir du matériel de rechange ? maugrée-t-elle.

Pour tuer le temps, elle sort son BlackBerry et commence à pianoter. Mais le cœur n'y est pas. Au bout d'un moment, elle le repose avec un air d'ennui profond.

— Vous êtes sur Twitter ? je demande pour meubler le silence.

Elle lève les yeux comme si elle me voyait pour la première fois. Rosie s'empresse de me présenter.

— C'est Sapna, elle est vendeuse au magasin.

Priya me jauge du regard.

— Non, je ne suis pas sur Twitter et je ne tiens pas à y être, déclare-t-elle en agitant les mains d'un geste théâtral. Voyez-vous, je suis une star, et une star – une étoile – est par définition lointaine et mysté-rieuse. Une trop grande proximité tue le mythe. Une marque prestigieuse est unique, et je suis une marque à présent, non ?

Sa question est purement rhétorique : elle n'attend pas de réponse. Je réponds néanmoins :

— Salim Ilyasi dit la même chose dans la nouvelle biographie qui lui est consacrée. Vous l'avez lue ?

— Je ne lis pas, dit-elle sèchement. Je n'ai pas le temps et, franchement, la lecture m'ennuie. À quoi bon perdre une semaine à lire un livre quand on peut voir sa version cinématographique en deux heures ? On tourne plein de films aujourd'hui qui sont tirés d'un livre.

— Qu'avez-vous pensé de *Slumdog Millionaire* ?

— J'ai bien aimé. Mais, parce que c'est un Blanc qui l'a réalisé, les gens d'ici sont jaloux.

Elle me répond spontanément, mais son visage ne s'adoucit pas pour autant. Elle fait juste un effort pour être polie.

— Quel est le dernier de mes films que vous ayez vu ? demande-t-elle de but en blanc.

Je réfléchis un instant. Mon dernier film avec Priya était *Meurtre à Mumbai* – un énorme navet. Je suis même partie avant la fin. Je choisis donc de mentir :

— *La Cité de la poussière*.

Elle hausse ses sourcils impeccablement épilés.

— Il est sorti il y a deux ans.

— Oui, mais je l'ai vu à la télé il y a deux ou trois jours.

— Et qu'en avez-vous pensé ?

— Je l'ai trouvé très bon, vraiment. Et vous avez accepté un rôle à contre-emploi, pour changer.

Elle hoche la tête ; son visage s'anime.

— Oui, jouer une simple villageoise a représenté un vrai challenge, mais je m'en suis sortie. J'ai même failli décrocher le National Award.

— Je dois dire que la fin m'a laissée un peu perplexe.

Son regard froid me fait comprendre que je m'aventure sur un terrain glissant.

— Et qu'est-ce que vous n'avez pas compris, au juste ?

— Eh bien, presque tout le film est fondé sur une critique subtile, postmoderne de la société matérialiste. Or voilà qu'à la fin, on vous voit cabrioler en sarouel dans une danse grotesque. J'ai trouvé ça déplacé, c'est tout.

Elle me toise d'un air sarcastique.

— Vous n'y êtes pas du tout, hein ?

Je la regarde sans comprendre.

— Vous dites que vous avez vu le film il y a deux jours, c'est ça ?

Je hoche la tête.

— Je vous conseille d'y réfléchir cinq jours de plus.

— Je vous demande pardon ?

— Voyez-vous, ce film s'adresse aux élites, pas au grand public. Les gens comme vous ont besoin d'une bonne semaine pour le comprendre vraiment. Le temps que la lumière se fasse dans votre cervelle.

La moutarde me monte au nez. « Les gens comme vous… » Je ne peux laisser passer une insulte aussi grossière. Mais déjà Rosie Mascarenhas me lance un regard où se lit un avertissement muet.

— Et si vous nous serviez une tasse de thé ? dit-elle.

— Bonne idée, acquiesce Priya, histoire d'enfoncer le clou.

Les gens comme moi servent le thé à des gens comme elle. Je lui passe la tasse en fulminant intérieurement.

À partir de cet instant, elle ne daigne plus m'adresser la parole. De toute façon, la sono est bientôt réparée, et elle pénètre dans la salle. Je la suis, l'observant depuis le fond du magasin.

Sa prestation est parfaite : elle vante les mérites incomparables des téléviseurs Sinotron, parade devant leurs modèles phares et pose pour les photographes amateurs.

Quand arrive le moment des questions, les journalistes ne manifestent guère de reconnaissance pour l'hospitalité de Sinotron. Ils n'ont que faire des écrans plasma et des panneaux LED. Tous les regards sont fixés sur l'annulaire de Priya, et une seule question est sur toutes les lèvres :

— Est-ce votre bague de fiançailles ?

— Oui, répond-elle, exhibant fièrement le bijou au milieu des soupirs et des gémissements de la partie masculine de l'assistance, et sous les yeux fascinés des femmes.

— Combien de carats ?

Elle lève les cinq doigts, arrachant des « oh » et des « ah » à son auditoire.

— Quand allez-vous épouser Rocky M. ?

— Nous ne sommes pas pressés. Certainement pas dans les deux ans qui viennent.

— Combien a coûté la bague ?

— Elle n'a pas de prix.

Et, avec une pirouette finale, elle met fin à la séance, ayant terrassé les journalistes comme le public. J'admire son sens des affaires : elle a profité d'une banale campagne de lancement pour braquer les projecteurs des médias sur la marque Priya Capoorr.

Priya regagne la loge avec le sourire satisfait de quelqu'un qui a eu ce qu'il voulait.

— Vous faites quoi pour le réveillon ? me demande-t-elle, peut-être pour se rattraper de la façon dont elle m'a traitée peu avant.

— Rien, lui dis-je. Pour moi, le 31 décembre est un jour comme les autres.

— Ce n'est pas vrai, proteste-t-elle. C'est la fin d'une année et le début d'une autre. La nouvelle année enterre l'ancienne et apporte de nouveaux rêves, de nouveaux espoirs, de nouvelles aspirations.

Elle débite ça si allégrement, avec tant d'entrain, que j'ai l'impression d'entendre une réplique d'un de ses films.

J'ai envie de répondre que la nouvelle année n'enterre pas les détritus du passé. Au lieu de quoi, je lui renvoie la question :

— Et vous, vous faites quoi, ce soir ?

— Oh, Rocky organise une énorme fiesta au Regency… Je pense que ça va durer toute la nuit. En fait, vous n'avez qu'à vous joindre à nous. Venez vers 23 h 30, vous verrez comment s'amuse l'autre moitié.

Cela ressemble à l'une de ces invitations impulsives qu'elle doit déjà regretter. Alarmée, Rosie Mascarenhas se met à tousser. Mais, de toute façon, je n'ai aucune intention de subir à nouveau la hautaine condescendance de l'autre moitié.

— Merci beaucoup, dis-je en souriant à Priya. Mais je viens de me rappeler que j'ai promis à une amie américaine d'aller à sa fête à Mehrauli.

Entre-temps, Rosie et le reste de l'équipe ont fini de rassembler leurs affaires éparpillées un peu partout. L'attachée de presse jette un dernier coup d'œil sur la pièce avant d'annoncer :

— C'est bon, on peut y aller.

Mais Priya reste là à me regarder, comme si j'étais un nouveau jouet dont elle n'avait pas envie de se séparer.

— Vous ne voulez pas un autographe avant que je parte ?

Prise de court, je marmonne :

— Bien sûr.

— Où est votre carnet d'autographes ?

Je n'ai pas de carnet d'autographes. Je n'ai rien qui puisse ressembler de près ou de loin à un carnet d'autographes. Mon regard affolé fait le tour de la pièce. Je ne vois que d'épais livres de comptes alignés sur les étagères par ordre chronologique. Enfin, j'aperçois un mince volume posé sur l'étagère du haut. Je l'attrape, j'époussette sa reliure de cuir. C'est un album de photos vierge aux pages protégées par des feuilles de plastique translucide. Parfait !

J'enlève le plastique de l'une des pages du milieu et je le tends à Priya, qui a déjà sorti un stylo. « À Sapna, cordialement. Priya Capoorr », griffonne-t-elle d'une écriture exubérante. Juste à ce moment-là, il y a un branle-bas de combat à la porte. Je me retourne : un fan tente de faire irruption dans la pièce. Les gardes du corps le repoussent fermement, mais rien de bien grave.

Priya referme l'album, me le rend.

— Tenez, mettez ça en lieu sûr.

Sur ce, Raja Gulati arrive et le repose à la hâte sur l'étagère du haut.

— Merci, Priya-ji, vous avez été extraordinaire, dit-il, se rengorgeant façon Monsieur Loyal.

Cette fois, Priya ne sourit pas. Sans plus se préoccuper de nous, elle monte dans sa limousine. Avec un petit signe de la main poli mais bref, elle remonte la vitre teintée, et la voiture démarre.

Je retourne au magasin, où je suis aussitôt assaillie comme une rock star par les autres vendeuses.

— Raconte, de quoi as-tu parlé avec Priya ? souffle Prachi, hors d'haleine.

— Est-ce qu'elle a eu un appel de Rocky M. ?

Neelam me tire par le bras.

— Elle t'a filé des tuyaux pour se maquiller ? veut savoir Jyoti.

Le magasin tout entier baigne dans l'euphorie, mais l'atmosphère change radicalement à 15 heures, lorsque l'actrice refait son apparition, furieuse et désemparée.

Il s'avère qu'elle ne retrouve plus sa bague de fiançailles de cinq carats. Celle-ci a glissé de son doigt, et elle est convaincue de l'avoir perdue quelque part dans le magasin. Elle nous somme de faire sortir tous les clients et de baisser les stores. Puis, dans l'heure qui suit, elle nous oblige à passer les locaux au peigne fin. Nous regardons dans les moindres recoins, sous les bureaux et les chaises, derrière les téléviseurs et les lave-linge, dans les cuvettes des toilettes et les corbeilles à papier, mais la bague reste introuvable.

La police est appelée à la rescousse avec, à sa tête, l'inspecteur Goswami qui s'est occupé peu de temps avant de notre ancien caissier, Choubey.

— Pour moi, il est évident que c'est l'un de vous qui a la bague, décrète-t-il, menaçant, en scrutant nos visages comme lors d'une parade d'identification au poste de police. Il est encore temps d'avouer. Mlle Capoorr ne portera pas plainte si vous lui rendez le bijou.

Confronté à un mur de silence, il se tourne vers l'actrice.

— Priya-ji, soupçonnez-vous quelqu'un en particulier ?

Le regard froid et dur de Priya balaie le cercle des employés. Lorsqu'il s'arrête sur moi, elle marque une pause et tente de décrypter mon expression. Mon cœur bat si fort que je suis sûre que tout le monde peut l'entendre. Elle pointe un doigt manucuré dans ma direction.

— Voici la fille qui a passé le plus de temps avec moi. À tous les coups, elle sait où est ma bague. Vérifiez son sac !

149

Je la dévisage, bouche bée. Un agent s'approche pour me prendre mon sac Nine West. Je suis trop abasourdie pour protester. D'ailleurs, protester serait admettre tacitement que je suis coupable. Il ouvre le sac et le retourne, éparpillant son contenu sur la table. Je le regarde, tétanisée, passer en revue mes affaires personnelles comme un douanier inspecterait les bagages d'un contrebandier. Inutile de dire que la bague ne se trouve pas parmi les clés, les cartes, les agrafes, les mouchoirs en papier, les tickets usagés, les factures, le baume à lèvres, le spray au poivre et le téléphone portable qui dégringolent du sac.

Mais Priya n'en a pas fini avec moi.

— Fouillez-la, ordonne-t-elle comme si elle était de la police.

Avant même que je puisse émettre un son, je suis propulsée vers les toilettes pour femmes par une policière aux bras tatoués, qui me demande de me déshabiller.

— Hein ?

— Tu m'as entendue, enlève tes vêtements, grogne-t-elle, me poussant brutalement contre le mur, son haleine chaude sur mon visage.

— Lâchez-moi. Il n'est pas question que je me déshabille. Vous ne pouvez pas m'y obliger.

— Je peux même t'obliger à manger de la merde, compris ?

Soudain, elle m'empoigne par les cheveux et m'enfonce la tête dans la cuvette des toilettes, à quelques centimètres de l'eau. Une vague de terreur me submerge ; je romps et m'exécute.

Les minutes qui suivent sont les plus humiliantes de ma vie : la policière arrache ma jupe et mon chemisier, et fourrage dans mon soutien-gorge et ma culotte. Je ferme les yeux en priant pour que la terre s'ouvre et m'engloutisse tout entière.

Lorsque j'émerge des toilettes, mon amour-propre est en miettes, mais ma probité est intacte.

— Elle n'a pas la bague, soupire la policière.

L'actrice est inconsolable.

— Cette bague vaut deux *crores*... deux millions de roupies ! Si on ne la retrouve pas, mon fiancé me tuera. Continuez à chercher jusqu'à ce que vous la trouviez.

— Vous pouvez compter sur nous.

La promesse rassurante de Raja Gulati est aussi solennelle que bidon.

Sitôt Priya Capoorr partie, les stores du magasin se lèvent, et les affaires reprennent, mais pour moi rien n'est plus comme avant. Les regards obliques des employés, entre l'apitoiement et la jubilation, sont tout simplement insupportables. En l'espace de quelques heures, je suis passée du statut de rock star à celui d'une voleuse potentielle.

Juste avant la fermeture, Prachi et Neelam me prennent à part.

— Ce qui t'est arrivé, *yaar,* ce n'est pas bien, dit Prachi en essayant de me consoler. Ces stars du cinéma, elles se croient tout permis.

— Je n'irai plus jamais voir ses films, déclare Neelam. Et si l'occasion se présente, je lui crèverai les yeux, à cette garce.

— Tu dis ça, Neelam, objecte Prachi, mais si demain tu te retrouves dans la même pièce que Priya, je parie que tu lui demanderas un autographe.

C'est alors que je me souviens de l'autographe que Priya m'a signé. Avec tout ce branle-bas de combat pour retrouver la bague disparue, je l'avais carrément oublié.

Discrètement, je me faufile dans le bureau du fond et j'attrape l'album sur l'étagère du haut. « À Sapna, cordialement. » Ces mots me cinglent comme un coup de fouet. Ils sont l'insigne de mon humiliation. La bile me monte à la gorge ; j'arrache la page et je la déchire en petits morceaux, que je jette à la corbeille.

Je m'apprête à refermer l'album quand j'entends un cliquetis de métal à l'intérieur. Interloquée, je l'examine, et mon sang ne fait qu'un tour. Car la bague de Priya est là, nichée dans la spirale de la reliure. Comment le diamant de cinq carats a pu glisser de son doigt et atterrir là-dedans, je n'en ai pas la moindre idée. Il devait y avoir une chance sur un milliard pour que ça arrive, et pourtant, c'est arrivé.

Stupéfaite par ce retournement de situation, j'analyse rapidement les options qui s'offrent à moi. Un, je pourrais laisser la bague dans l'album et faire comme si de rien n'était. Deux, je pourrais la donner à Raja Gulati en expliquant comment je l'ai découverte, pour qu'il la rende à Priya. Le problème, dans un cas comme dans l'autre, est que cela ne me lave pas entièrement de tout soupçon. On va croire que j'ai caché la bague dans l'album et que je me suis dégonflée à la dernière minute.

La troisième option me vient alors à l'esprit. Je pourrais rapporter moi-même la bague à Priya, lui raconter comment je l'ai retrouvée et clore ainsi ce chapitre navrant.

Mais, avant que j'aie le temps d'y réfléchir vraiment, j'entends des pas qui se rapprochent. Presque instinctivement, je laisse tomber la bague dans ma poche. Au même moment, Madan fait irruption dans la pièce.

— Qu'est-ce que tu fais là ? aboie-t-il.

— Rien. Je venais voir si je n'avais pas oublié mon stylo ici.

— Je ne vois aucun stylo, moi.

— J'ai dû le laisser quelque part ailleurs.

Et, le cœur battant la chamade, je me retire précipitamment.

Dans la rame de métro qui me ramène chez moi, je sens encore le rouge de la honte sur mon visage. Je me repasse mentalement la scène des toilettes, puis, pour me distraire, je sors la bague de mon sac. Je la fais tourner entre mes doigts, captivée par ses facettes iridescentes. Priya a estimé sa valeur à deux millions. Rien que d'y songer, j'en ai le souffle coupé. Il faudrait que je travaille presque cent ans pour gagner l'équivalent en salaire. Je jette un coup d'œil furtif autour de moi. La rame est presque déserte ; les fêtards ne sont pas encore de sortie. Les mains tremblantes, j'enfile la bague sur mon annulaire gauche. Elle me va à merveille. Je l'admire un moment, puis

153

finalement, telle une voleuse prise la main dans le sac, je m'empresse de la ranger.

De retour à la maison, j'ai du mal à tenir en place. Neha est déjà partie faire la fête avec ses copains de fac. Ma, allongée sur le lit, fixe le plafond. Retranchée dans sa douleur, elle ne réalise même pas qu'on est le 31 décembre. Je me sens vaguement coupable de la laisser seule. Toutefois, je me change et ressors à la hâte vers 22 heures.

Le trajet pour aller à Dhaula Kuan est compliqué : je dois changer de métro trois fois. À Dhaula Kuan, je prends un auto-rickshaw jusqu'à Bhikaji Cama Place, où se trouve le Grand Regency.

Le portier pose un regard soupçonneux sur mon jean et mon pull gris ostensiblement démodé. Je marque une pause pour admirer la splendeur étincelante du hall, avant de me diriger vers la réception. La réceptionniste m'accueille froidement. Je connais cet air condescendant : c'est celui que mes collègues vendeuses réservent aux gens qui font du lèche-vitrine. Pensant l'impressionner, j'annonce tout de go :

— Je viens voir Mlle Priya Capoorr.

— Je regrette, répond-elle aussitôt, nous n'avons personne de ce nom ici.

— Je parle de l'actrice de cinéma.

— La réponse est la même.

— Vous ne m'avez pas comprise. Mlle Capoorr m'a personnellement invitée à la fête que son fiancé donne ce soir.

— Je vous dis qu'elle n'est pas descendue ici. Si vous voulez, allez voir dans la salle de bal en bas.

En arrivant au vestibule de la salle de bal, je tombe sur une hôtesse d'accueil encore plus pointilleuse. Elle passe en revue avec son doigt la liste des invités sur son bureau et secoue la tête.

— Désolée, votre nom n'est pas sur la liste.

— Vous n'avez qu'à demander à Rosie Mascarenhas. Priya m'a invitée personnellement. Si vous me laissez entrer rien qu'une seconde, je vais tout vous expliquer.

Le poing sous le menton, elle me regarde comme si j'étais transparente.

— Je regrette, ceci est une soirée privée, sur invitation uniquement. Sans le carton d'invitation, je ne peux pas vous laisser entrer.

— OK, pouvez-vous au moins lui dire que Sapna Sinha l'attend dehors ?

— Je ne peux pas faire ça et je ne peux pas vous autoriser à attendre ici. Si vous ne partez pas maintenant, je serai obligée d'appeler la sécurité.

Il est impossible de lui faire entendre raison. Et je n'ai aucun moyen de joindre Priya. Le mur impénétrable érigé autour de l'actrice ne peut être franchi. Au bout d'un quart d'heure de vains efforts, je quitte l'hôtel en fulminant, dépitée et agacée. Je hèle le premier auto-rickshaw qui passe, et lui donne l'adresse de Lauren à Mehrauli. J'aurais pu reprendre le métro à Dhaula Kuan, mais quand on a dans la poche un caillou qui vaut deux millions, on n'est pas à cent roupies près.

J'ai plus que jamais besoin de chaleur et d'amitié, et Lauren est la personne idéale pour cela. En dix-huit mois seulement, elle est devenue une véritable amie.

Notre lien a été forgé dans le creuset de la tragédie. Lauren a été témoin de l'accident de Papa, et c'est elle qui l'a emmené à l'hôpital.

Quand nous sommes arrivés à New Delhi en mars 2009, Papa a loué un petit appartement à RK Puram, et nous avons entrepris de reconstruire notre vie autour du noyau central du sud Delhi. Je me suis inscrite en master d'anglais, Neha en licence. Pendant quelque temps, on a eu l'impression d'avoir surmonté l'épreuve du passé, mais c'était une illusion. Papa n'était plus le même. Finies, la morgue et les fanfaronnades ; il baignait à longueur de temps dans un océan de remords et d'apitoiement sur soi. En fait, un mois après le déménagement, sa main droite, celle dont il s'était servi pour gifler Alka, a été frappée d'une forme de paralysie. Il avait trouvé un poste de prof de maths dans une école de Vasant Kunj, mais il n'était plus apte à enseigner. Rongé par la culpabilité, il évoluait dans la vie à la manière d'un somnambule. Et il est mort comme un somnambule, renversé par un chauffard qui, bien entendu, a pris la fuite.

Le 8 juin 2009 vers minuit, il traversait la route à la sortie du parc aux Cerfs quand il a été heurté par un camion qui roulait à vive allure. À ce jour, nous ignorons ce qu'il faisait là-bas, si loin de la maison et à une heure aussi tardive. Le chauffeur du camion n'a jamais été retrouvé.

Au même moment, Lauren rentrait de l'Institut indien de technologie où son ami enseignait au département génie chimique. Elle a aperçu Papa étendu au bord de la route dans une mare de sang. Plusieurs voitures étaient passées par là, mais personne ne s'était arrêté pour lui porter secours. Lauren a chargé notre père, qui se vidait de son sang, dans sa Maruti 800 et l'a emmené aux urgences de l'hôpital Moolchand. Apparemment, Papa était conscient au début, mais la seule chose qu'elle l'a entendu balbutier ressemblait à *hiran,* « cerf » en hindi. Peut-être essayait-il de faire comprendre ce qu'il faisait au parc aux Cerfs. Nous n'avons pas eu l'occasion de lui poser la question car il est tombé dans le coma peu après son arrivée à l'hôpital et, trois jours plus tard, il est décédé sans avoir repris connaissance.

Si la mort d'Alka nous avait anéantis moralement, la mort de Papa nous a laissées sur la paille. C'est lui qui faisait vivre toute la famille. En tant qu'aînée, c'était maintenant à moi d'assumer ce rôle. J'ai donc dû arrêter mes études et me mettre à chercher du travail.

Papa rêvait que je devienne fonctionnaire, mais moi, depuis toute petite, je voulais devenir écrivain. J'ai postulé pour un job d'assistante dans une grande maison d'édition et, à ma surprise, j'ai été embauchée. L'éditeur était plus impressionné par mes talents de poète amateur que par mon diplôme de premier cycle en littérature anglaise. Mais le salaire qu'il m'offrait n'était que de neuf mille roupies, encore moins que ce que gagne un serviteur de l'État en bas de l'échelle. À contrecœur, j'ai dû faire passer la paie avant ma passion.

Après une série d'emplois temporaires, j'ai décroché un contrat à durée indéterminée chez Gulati & Fils. D'apprentie écrivain, je suis devenue vendeuse. Troquer Tennyson contre les téléviseurs et Fitzgerald contre les frigos a été pénible, mais j'ai décidé de considérer ce travail comme un pis-aller temporaire. Cela fait plus d'un an déjà, et pour l'instant je ne vois rien venir.

Lauren est la seule personne avec qui je peux parler poésie et littérature. Chaque fois que nous prenons un café ensemble, nos quatorze ans d'écart s'effacent comme par miracle. Elle dit que, comme Colomb en Amérique, elle s'est retrouvée en Inde par erreur.

— Dans le cadre de ma thèse de doctorat, j'ai obtenu une bourse pour effectuer une étude sur le terrain. J'ai choisi de faire ça au Népal, mais mon billet d'avion me faisait transiter par l'Inde. Au début, je prévoyais de rester deux jours. Et voilà quinze ans que je suis ici. Je n'ai pas l'intention de repartir. Je suis tombée sous le charme de ce pays étonnant, et mon attachement à l'Inde grandit de jour en jour.

La maison où vit Lauren est aussi étonnante qu'elle-même. Située à proximité du Qutub Minar, il s'agit d'un vieux *haveli*, une demeure princière qui a servi de résidence à un haut dignitaire musulman. Malgré les plâtres fissurés, les meubles anciens noircis et rayés, les tapis tellement élimés qu'on voit le parquet à travers, elle possède un cachet indéniable. Les magnifiques lustres en cristal et les hauts plafonds témoignent de sa splendeur passée. Lauren a arrangé le jardin qui borde l'allée centrale et orné le patio dallé de jasmin et de bougainvillées afin de créer une atmosphère chaleureuse et accueillante. C'est un havre de paix pour quiconque franchit son portail treillissé, notamment les sans-logis et les enfants maltraités qui sont la priorité de la fondation Asha, lancée par Lauren il y a huit ans avec les fonds du milliardaire Ram Mohammad Thomas, lui-même ancien gamin des rues. Aujourd'hui, la fondation soutient plus d'un millier d'enfants : elle leur fournit hébergement, instruction, environnement aimant et sécurisant… et, par-dessus tout, *asha,* espoir.

Réveillon ou pas, Lauren est habillée simplement, comme à l'ordinaire. Ses cheveux blond foncé sont tirés en arrière. Elle porte un châle brodé sur ses épaules, un jean, une tunique blanche et ses éternelles claquettes *kolhapuri.* Ses yeux noisette s'illuminent à ma vue. Elle m'accueille sur les marches du patio avec une chaleureuse accolade et un baiser sur les deux joues.

Dans le spacieux séjour, il y a un feu crépitant et de la bière à la tireuse. Plus une quarantaine de convives, des Indiens majoritairement, avec quelques étrangers par-ci par-là. Les femmes arborent de gros *bindis,* les hommes une barbe en broussaille. Tous sont vêtus uniformément de *kurtas* Fabindia avec un jean délavé et un sac en toile. Tous appartiennent au milieu des ONG. Ils militent en faveur de l'écologie, participent aux forums sur le développement social, perturbent les conférences de presse officielles et défilent avec des banderoles à chaque sommet des grands de ce monde.

— Je te présente James Atlee, dit Lauren en s'approchant d'un grand Anglais à la tignasse blonde et aux yeux incroyablement bleus.

À la manière possessive dont James l'enlace par la taille, je déduis qu'il est son petit ami du moment. J'envie aux Occidentales leur facilité à tomber amoureuses. Il est le troisième en dix-huit mois – preuve qu'elles se lassent tout aussi facilement.

— Alors, vous aussi, vous voulez sauver le monde ? je lui demande.

— Ça, c'est le rôle de Lauren, répond-il en souriant. Moi, je me contente d'essayer de sauver des entreprises.

— C'est-à-dire ?

— Je suis consultant en image de marque.

— Je n'en avais encore jamais rencontré.

— Notre boulot est d'aider les entreprises à créer, changer ou réactualiser leur image de marque. En d'autres termes, à se donner une identité, voire à trouver un nom et un logo.

Je hoche la tête, impressionnée.

— Et où travaillez-vous ? À Londres ?

— J'y ai travaillé, mais maintenant j'habite New Delhi. J'ai un contrat d'un an avec Indus Mobile. Comme ils sont pleins aux as, ils envisagent une expansion à grande échelle.

— J'ai un ami qui bosse chez Indus. Karan Kant. Vous le connaissez ?

— Qu'est-ce qu'il fait ?

— Il est employé dans un centre d'appels.

— Dans ce cas, je ne l'ai pas rencontré. J'ai surtout affaire à la direction… Swapan Karak, le patron, en particulier.

Après avoir bavardé avec James, je passe parmi les autres convives. Un type barbu à lunettes m'aborde, agitant la brochure de la fondation Asha sous mon nez.

— Vous aussi, vous travaillez pour Lauren ?

— Non, nous sommes amies.

— Alors expliquez-moi comment elle a pu se payer ce palais.

— Je vous demande pardon ?

— D'après cette brochure, elle est la responsable de la fondation. Or, par définition, un responsable ne peut tirer aucun bénéfice du fonds qui lui est confié. Ça sent la corruption à plein nez.

Sa propre haleine sent surtout le whisky. Je m'excuse poliment et m'éloigne. Un ivrogne, passe encore, mais un ingrat qui abuse de l'hospitalité de cette maison, ça non.

Je discute de choses et d'autres avec deux ou trois invités, mais le cœur n'y est pas. Je n'ai rien en commun avec ces gens-là. Parler de la pluie et du beau temps m'ennuie. Toutefois, la véritable cause de mon malaise – la bague de Priya – est cachée au fond de mon sac.

— Je ne me sens pas très bien, dis-je à Lauren. Je crois que je vais rentrer. Tu peux m'appeler un auto-rickshaw ?

Elle se montre compréhensive, comme toujours.

— Je te déconseille de prendre un auto-rickshaw à cette heure-ci. Je vais demander à Shantanu de te raccompagner.

Shantanu, le chauffeur dévoué de Lauren, est à ses côtés depuis huit ans. La quarantaine dégingandée, il me ramène dans la Maruti 800 fatiguée, modèle 1999. Alors que nous traversons Hauz Khas, le ciel s'illumine soudain de feux d'artifice : minuit vient de sonner.

— Bonne année, madame ! dit Shantanu avec un coup d'œil dans le rétroviseur.

— À vous aussi. Que tous vos rêves se réalisent dans l'année à venir.

— Gardez vos vœux, ça fait longtemps que je ne rêve plus.

— Pourquoi ?

— Un rêve trop ancien finit par rouiller. Et il n'y a pas plus toxique qu'un rêve rouillé. C'est du poison pour le cœur.

— Et quel était votre rêve ?

— Avoir mon propre garage. Mais ça n'arrivera pas. Je n'en aurai jamais les moyens. Ce garage est rouillé, maintenant. Tout comme mon cerveau.

Sa voix se brise, étouffée par l'amertume et le découragement.

L'espace d'une seconde, je suis tentée de sortir la bague et de la donner à Shantanu. Avec ça, il pourra s'offrir une dizaine de garages. Mais le signal d'alarme retentit dans ma tête – « Non ! Non ! Non ! » –, m'avertissant que la bague n'est pas à moi. J'en suis juste responsable, c'est tout. Or, par définition, un

162

responsable ne peut tirer aucun bénéfice du fonds qui lui est confié.

Aux premières lueurs dorées du nouvel an, j'examine à nouveau la bague. Comme un sort qui se serait dissipé, elle ne me fait plus aucun effet. Je scrute la profondeur de ses facettes, mais cela reste un caillou brillant. J'ai envie de la montrer à Neha qui dort paisiblement dans son lit, puis j'y renonce. Je n'ose partager ce secret coupable avec personne. Même pas avec Karan.

Toutes sortes de plans impossibles défilent dans ma tête. Je pourrais jeter la bague dans la Yamuna, façon *Titanic*. Je pourrais la vendre à un joaillier véreux et reverser l'argent à l'œuvre caritative de Lauren. Je pourrais la glisser dans la poche de Madan afin qu'il se fasse coffrer pour vol. Tout sauf la rendre à Priya Capoorr. Elle ne la mérite pas, vu la manière dont elle m'a traitée.

Rosie Mascarenhas appelle au magasin quatre fois dans la journée pour savoir si nous l'avons retrouvée. Pour finir, Madan ne peut plus faire semblant.

— Non, madame, et ça m'étonnerait qu'on la retrouve.

Lundi 3 janvier, je m'enhardis et pars travailler avec la bague à mon doigt. Je fais pivoter mon poignet, je me ronge les ongles, j'agite la main pour montrer à la foule dans le métro que je porte une babiole à deux millions de roupies. Mais personne ne me regarde, et là, je réalise : les gens ne se rendent pas compte qu'il s'agit d'un vrai diamant. Ils doivent croire que c'est du zirconium bon marché. On ne prend pas le métro quand on a les moyens de s'offrir un vrai diamant. En revanche, même si Priya Capoorr s'affiche avec un faux diamant à son doigt, tout le monde pensera qu'il est vrai. Les choses ont la valeur qu'on leur donne.

Rosie Mascarenhas rappelle encore, mais sans conviction cette fois. Au milieu de la semaine, les appels cessent définitivement. À l'évidence, Priya s'est résignée à l'idée d'avoir perdu sa bague ; je peux la garder en toute tranquillité. Mais plus j'attends, plus sa présence me pèse. Le diamant s'est mué en kryptonite : il me pompe mon énergie, me donne le cafard. Je sens qu'il est temps de m'en séparer.

Je réussis à trouver le numéro de Rosie Mascarenhas dans le carnet d'adresses de Madan et l'appelle à son bureau à Mumbai.

— Je crois que j'ai trouvé la bague.

— Pas possible ! suffoque-t-elle. Je saute dans le premier avion pour venir la chercher.

— Pas vous. Je ne la donnerai qu'à votre patronne.

— Alors là, ce n'est pas...

Je la coupe tout net.

— Écoutez, soit Priya vient chez moi demain matin à 7 heures, soit la bague finit dans la Yamuna. À vous de choisir.

Le 7 janvier à 6 h 45, une BMW noire s'arrête à l'entrée de la résidence. Priya Capoorr est arrivée avec un quart d'heure d'avance. La plupart des habitants dorment encore, y compris Neha. L'actrice qui entre dans notre salon est très différente de celle qui est

164

venue au magasin. Ce n'est plus la star inaccessible que j'ai en face de moi, mais une fiancée désemparée. Elle est montée seule, sans maquilleur, sans coiffeuse ni attachée de presse. Nerveuse et agitée, elle se mordille les ongles et triture son téléphone portable en s'asseyant sur le canapé. On dirait qu'elle a pleuré ; son visage rougi est chiffonné. Ses cheveux sont tout emmêlés. Manifestement, elle a dû picoler. Pas étonnant que le garde à l'entrée ne l'ait pas reconnue.

— C'est vrai que vous avez ma bague ? demande-t-elle d'une voix tremblante.

— Oui. Je l'ai retrouvée le jour même de votre venue au magasin, dans l'album que vous avez signé.

— Je peux… je peux la voir ?

Je sors la bague et la lui tends. Elle l'examine, l'essaie et hoche la tête avec satisfaction.

— Oui, c'est bien elle.

Elle la glisse rapidement dans sa poche et se lève.

— Vous ne voulez pas rester ?

— Non, dit-elle en jetant pour la première fois un regard sur la pièce.

À la vue de la peinture qui s'écaille et des meubles défraîchis, elle prend l'air dégoûté de quelqu'un qui aurait marché dans du vomi.

— Je peux vous offrir au moins une tasse de thé ?

— Pas le temps. Je reprends le premier vol pour Mumbai.

Elle se dirige vers la porte, marque une pause, se retourne.

— Je peux vous poser une question avant de partir ?

— Bien sûr.

— Pourquoi me l'avoir rendue ? Cette bague vaut une fortune. Vous auriez pu la garder, si vous aviez voulu.

— Les diamants, ce n'est pas trop mon truc.

— Mais alors, pourquoi vous a-t-il fallu tout ce temps pour me recontacter, hein ? Vous imaginez ce que vous m'avez fait endurer ?

Le ton reconnaissant a cédé la place à ses manières brusques et autoritaires de toujours.

— Que voulez-vous, madame ? je réponds dans un soupir. Voyez-vous, les gens comme nous, on a besoin d'une bonne semaine pour que la lumière se fasse dans notre cervelle.

Huit jours plus tard, Acharya me convoque à nouveau dans son bureau. Il se montre plus attentionné cette fois et me fixe rendez-vous à 13 h 30, durant ma pause déjeuner.

— Bravo, Sapna, dit-il. Je suis heureux de constater que vous avez réussi la deuxième épreuve. L'épreuve de l'intégrité.

— L'intégrité ? Comment ça ?

— En restituant sa bague de fiançailles à Priya Capoorr.

La tête me tourne. Comment peut-il être au courant ? Cela s'est passé entre l'actrice, moi et les quatre murs de notre salon.

— Comment le savez-vous ?

— J'ai mes sources.

— Vous me faites surveiller, ou quoi ?

166

— Absolument pas. En fait, c'est tout simple. Vous savez que le groupe ABC produit également des films. Priya Capoorr tourne dans notre dernière production. Elle a parlé de l'histoire de la bague au réalisateur, qui en a parlé au producteur, lequel m'a mis au courant à son tour.

J'ignore s'il dit la vérité ou s'il me teste pour voir jusqu'où ira ma crédulité. Dans le doute, je décide de m'en tenir aux faits.

— J'aurais dû la rendre dès le premier jour. La garder une semaine ne m'a procuré aucun plaisir.

— L'intégrité est bien plus importante que la simple honnêteté, Sapna. La véritable épreuve de l'intégrité consiste à se montrer honnête même à l'insu des autres. Vous avez fait la preuve de votre solide sens moral. Rappelez-vous, un bon leader se doit d'être exemplaire.

Il me fait signe d'approcher.

— Venez par ici et regardez en bas. Que voyez-vous ?

Je jette un coup d'œil par la baie vitrée. Le trafic est dense dans Barakhamba Road.

— Des centaines de piétons et de voitures.

— Oui, d'ici on ne voit que leurs têtes, mais pas ce qui est à l'intérieur.

Il soupire, accablé.

— Les gens sont devenus experts dans l'art de camoufler leur vraie nature. Un bon escroc peut facilement déjouer l'épreuve de l'intégrité que nous imposons lors de nos entretiens de pré-embauche. Il peut même berner un détecteur de mensonges.

— Alors comment savez-vous que vous engagez quelqu'un d'honnête ?

— Ça, c'est le plus gros défi pour un P-DG. Aucun logiciel, aucun appareil ne peut révéler les véritables sentiments de l'individu avec une précision absolue. Je me suis toujours fié à mon instinct pour m'entourer de gens intègres et loyaux. Mais parfois, même moi je me trompe.

— Que voulez-vous dire ?

— Nous avons une taupe parmi nous, quelqu'un qui fournit des renseignements confidentiels à la concurrence.

— Mais c'est affreux !

— Rassurez-vous, nous finirons bien par démasquer le félon. Ne vous inquiétez pas pour ça. Songez plutôt à vous préparer à la troisième épreuve.

— Qui consistera en quoi ?

— Qu'est-ce que j'en sais ? C'est la vie qui distribue les cartes, et vous qui jouez. Moi, je ne suis qu'un croupier qui annonce les résultats. Allez, à la prochaine fois.

Ce soir-là, j'empoigne Karan par le bras et je me penche vers son oreille pour chuchoter d'un ton exagérément solennel :

— Il y a un traître chez ABC qui passe des infos confidentielles aux concurrents d'Acharya.

— Ah, ah ! s'exclame-t-il. Le mystère s'épaissit !

Nous sommes assis sur l'un des bancs du jardin et profitons de la fraîcheur nocturne. Je n'ai pas vu Karan depuis une semaine.

— Je me demande pourquoi il m'a confié quelque chose d'aussi délicat.

— Je vais te dire pourquoi. Tout cela est un coup monté pour t'attirer dans ses filets, gagner ta confiance. Il te manipule pour des motifs connus de lui seul.

— Je sais, mais il paraissait tellement sincère, j'ai presque eu envie de le croire.

— Raison de plus pour te méfier. Ne te laisse pas endormir par les mensonges de l'ennemi, Sapna. Réveille-toi avant de te faire aspirer dans l'abîme.

— Je suis tout à fait réveillée. C'est toi qui dormais quand Priya Capoorr est venue chez moi.

— Hein ? Priya Capoorr était ici ?

— Oui, monsieur. Pour une fois, j'ai réussi à rabattre le caquet à une superstar.

Et je lui narre l'épisode de la bague.

— Incroyable ! Tu lui as rendu son diamant qui vaut deux millions ?

— Les diamants ne sont pas mes meilleurs amis. Mon meilleur ami, c'est toi.

Troisième épreuve

Rêves verrouillés

— Répétez après moi : F-R-O-I-D, froid, ce qui veut dire *thanda*. G-R-A-N-D, grand, ce qui veut dire *lamba*.

— F-R-O-I-D, froid, *yani thanda*. G-R-A-N-D, grand, *yani lamba,* reprennent en chœur les élèves en pouffant de rire.

La leçon du dimanche a lieu dans notre salon, et j'ai en face de moi Chunnu, Raju, Aarti et Suresh. Ils ont entre dix et douze ans et habitent le bidonville voisin. Chunnu est le fils de Sohan Lal, qui travaille comme jardinier au Parc japonais. Le père de Raju, Tilak Raj, est garçon de salle dans un hôpital public. Et Aarti et Suresh sont les enfants de Kalawati, une mère célibataire employée à temps partiel comme femme de ménage dans plusieurs immeubles de notre cité.

C'est elle qui m'a convaincue, il y a six mois, de devenir prof d'anglais.

— Aarti et Suresh vont à l'école, mais là-bas tout l'enseignement est en hindi. S'ils n'apprennent pas l'anglais, comment peuvent-ils espérer décrocher un bon job ? s'est-elle lamentée avant de me saisir les mains. Leur avenir est entre vos mains, *didi*. S'il vous plaît, aidez-les.

Incapable de résister à ses supplications, j'ai accepté de donner des leçons hebdomadaires à ses enfants. Très vite, Raju et Chunnu se sont joints à nous.

J'aime bien travailler avec eux, en fait. Ils sont motivés, et leur destin n'est plus scellé par des histoires de castes et de classes. L'étincelle qui brille dans leurs yeux leur permettra de s'élever au-dessus de la condition sociale de leurs parents.

Notre leçon tire à sa fin quand mon portable se met à sonner. C'est Lauren.

— Sapna, ma chérie, je viens juste de recevoir un tuyau anonyme sur une fabrique clandestine de serrures dans le bidonville de Rohini. Ce n'est pas très loin de chez toi, je me trompe ?

— C'est juste à côté ; la cité et le bidonville se touchent.

— On me dit que la fabrique emploie plus d'une vingtaine d'enfants dans des conditions extrêmement précaires.

— Quelle horreur !

— Oui, n'est-ce pas ? Tu veux bien me rendre un service, dis ? Renseigne-toi discrètement auprès des gens du bidonville pour savoir si le tuyau n'est pas bidon. Tu peux faire ça pour moi ?

Sa voix est suppliante, presque désespérée.

— Ne t'inquiète pas. Je te rappelle aujourd'hui même.

Je pose le téléphone et me tourne vers les enfants.

— Y a-t-il une fabrique de serrures dans le bidonville ?

— Oui, *didi,* acquiesce Suresh. C'est Anees Mirza qui la dirige.

— Et qui est Anees Mirza ?

— Un parrain de la mafia. Tout le monde chez nous a peur de lui.

— Tu peux me la montrer, cette fabrique ?

Suresh se gratte la tête.

— Notre mère nous interdit de nous en approcher. Si jamais elle m'attrape...

— Je vous y emmènerai, *didi,* intervient Chunnu. J'habite tout près. Ils m'ont même offert un boulot, me promettant quatre-vingts roupies par jour, mais j'ai dit non. Je préfère aller à l'école.

— Bravo, Chunnu.

Lorsque j'en parle à Lauren, elle réagit au quart de tour.

— Il faut qu'on sauve ces gamins. Il n'y a pas une minute à perdre.

— On ne devrait pas alerter les autorités ?

— Je veux d'abord y jeter un coup d'œil. J'arrive tout de suite. Peux-tu nous trouver un guide sur place ?

— Il est là, à côté de moi, lui dis-je.

Une heure plus tard, Lauren et moi suivons Chunnu à travers le dédale des ruelles crottées du bidonville. Il est plutôt moins sordide que d'autres endroits du même genre. À la place des baraques en tôle ondulée, cartons, bâches et sacs en plastique, il y a des maisons de brique et ciment, même si elles sont petites et exiguës.

Les voies qui bordent le bidonville sont relativement propres, mais dès qu'on s'enfonce à l'intérieur, l'air se charge de l'odeur putride des déchets humains. Nous apercevons des caniveaux qui débordent, des ordures qui s'entassent au bord du chemin. La fumée du pétrole lampant forme une brume qui enveloppe le paysage d'un voile lugubre.

Nous passons devant des gargotes et des étals d'épicerie et arrivons au canal d'évacuation des eaux usées qui marque la frontière nord du bidonville. De l'autre côté, les maisons sont plus grandes et en meilleur état. Chunnu montre du doigt un bâtiment de deux étages peint en jaune pâle.

— C'est ça, la fabrique. Mais ne dites à personne que je vous ai amenées ici.

Et il détale pour regagner sa maison, une cabane composée d'une seule pièce à la périphérie du bidonville.

Je m'approche de la bâtisse anonyme avec les précautions d'un démineur. Lauren, de son côté, piaffe d'impatience.

— OK, voici le plan, déclare-t-elle. Nous sommes perdues. Et nous cherchons la direction de l'École d'ingénieurs de Delhi.

Elle frappe à la porte d'entrée. Après une attente qui semble interminable, la porte métallique s'ouvre : le garçon qui se tient devant nous est âgé d'une dizaine d'années et vêtu d'un short et d'une veste sale. Il dévisage Lauren comme s'il n'avait encore jamais vu une femme blanche.

— Bonjour, petit, pouvons-nous parler à ton père ? demande-t-elle dans un hindi impeccable.

L'espace d'un instant, le gamin reste sans voix. Il ne s'attendait pas à voir une étrangère, et encore moins une étrangère qui parle hindi.

— Anees Bhai est sorti. Il sera là dans une heure, répond-il finalement.

— Dans ce cas, on va l'attendre.

Et Lauren passe en force, m'entraînant à sa suite.

Je n'oublierai jamais le spectacle qui s'offre à mes yeux. Une trentaine de gosses sont entassés dans une salle longue et basse de plafond, à l'atmosphère suffocante. Le sol est en ciment bon marché ; les murs, crasseux. Il n'y a que deux tubes fluorescents pour tout éclairage, et pas de ventilation. Mes oreilles sont assaillies par le vacarme des marteaux qui frappent le métal et les outils électriques bruyants qui bourdonnent et vrombissent au fond. Mes yeux commencent à picoter à cause d'épaisses fumées toxiques qui forment des volutes dans l'air.

Les enfants, qui ont tous entre huit et quatorze ans, exécutent les tâches les plus diverses : cela va du travail sur les presses manuelles au polissage, à la galvanisation et à la peinture à l'aérosol. Personne ne porte de protections. Ils lèvent brièvement la tête à notre arrivée, puis se replongent dans leur tâche. Il n'y a aucun adulte dans la pièce.

— C'est pire que ce que je craignais, chuchote Lauren. Un atelier clandestin à la main-d'œuvre exclusivement enfantine.

Elle sort son portable et se met à prendre des photos.

175

— Eh, qu'est-ce que vous faites ?

Un grand garçon aux allures de chef d'équipe lâche sa bombe aérosol et nous fusille du regard.

— Détends-toi, dit Lauren. Je ne suis pas inspectrice du travail.

— Le patron interdit qu'on fasse des photos ici.

— Ça ne s'applique pas à nous.

— Et qui êtes-vous ? s'enquiert-il, nous toisant avec méfiance.

— Nous sommes dans l'import-export. Nous venons voir la qualité de vos serrures pour éventuellement les vendre en Amérique, répond Lauren sans ciller, l'obligeant à accepter notre présence à contrecœur.

Je lui demande :

— Comment t'appelles-tu ?

— Guddu.

— Dis-moi, vous travaillez jusqu'à quelle heure ?

— Ça dépend d'Anees Bhai. Des fois jusqu'à 20 heures, et des fois jusqu'à 22 heures.

— Et tu fais ça depuis longtemps, Guddu ?

— Depuis cinq ans, quand Anees Bhai est arrivé d'Aligarh et a ouvert cet endroit. J'en ai fabriqué tellement, des clés et des serrures, que je peux ouvrir n'importe quelle porte en moins d'une minute.

J'observe les gamins qui découpent les pièces à l'aide de presses manuelles. Et je remarque que la plupart ont les doigts bandés.

— Ces pauvres mômes se font sectionner le bout des doigts par manque d'attention, parce qu'ils sont tout simplement épuisés, explique Lauren, les larmes aux yeux.

Je m'approche d'un garçon qui travaille sur une meuleuse servant à polir les serrures. Couvert de poudre d'émeri, il ressemble à un mineur de fond. Penché sur la machine en rotation, à une dizaine de centimètres des meules, il est régulièrement secoué par des quintes de toux. Même moi, je suis obligée de me boucher le nez pour éviter d'inhaler la fine poussière de métal.

— Beaucoup seront atteints de troubles respiratoires, d'asthme et de tuberculose, déplore Lauren.

Un autre garçon semble avoir des plaques rouges dans le dos. Je lui effleure doucement la peau et découvre qu'elle est zébrée de marques violacées.

— Comment tu t'es fait ça ? je lui demande.

Le garçon d'à côté répond à sa place :

— Radhua a été puni par Anees Bhai. Le patron n'aime pas qu'on se trompe trop souvent et qu'on arrive en retard par-dessus le marché.

Je frissonne, écœurée.

— Ce type est un sadique, dis-je à Lauren à voix basse. Partons d'ici avant qu'il revienne.

— OK, nous en avons assez vu, lance Lauren à la cantonade en rangeant son téléphone. On s'en va.

Nous sommes déjà à la porte quand Guddu crie :

— Attendez !

— Oui ?

Lauren pivote lentement sur ses talons.

— Vous ne m'avez pas dit qui vous êtes. Si le patron demande, je lui donne quoi comme nom ?

Elle réfléchit un instant.

— Dis-lui que c'était « Ma Barker » de New York.

— Ma… comment ?

— C'est elle, Ma, réplique Lauren en me désignant. Et moi, je suis Barker.

— Ma Barker, ce n'était pas une criminelle célèbre ? je demande à Lauren tandis que nous rebroussons chemin à la hâte. Ça me fait penser à une chanson de Boney M.

— La chanson, c'était *Ma Baker*. Ils ont changé le nom parce que ça sonnait mieux. Mais effectivement, c'est la même. Sauf que ses crimes ne sont rien comparés aux exactions de cet Anees, s'emporte-t-elle. Elle et sa bande se bornaient à voler de l'argent. Cet homme-là a volé l'avenir de ces gosses.

— Et maintenant, on fait quoi ?

— On va voir le magistrat subdivisionnaire. C'est lui qui enverra une équipe sur place pour secourir les enfants et fermer la fabrique. Allons-y tout de suite.

— Nous sommes dimanche, son bureau sera fermé.

— Zut, j'avais complètement oublié. Eh bien, on ira demain matin à la première heure.

Lundi à 9 heures du matin, nous nous présentons au bureau du MSD : murs blancs, portraits de dirigeants nationaux, meubles fonctionnels et piles de dossiers un peu partout. Contrairement à l'agitation qui règne dehors, l'ambiance à l'intérieur est empreinte d'une certaine léthargie. La présence de Lauren, toutefois, éveille l'intérêt de l'employé nommé Keemti Lal, un bonhomme avec des bajoues, une moustache en brosse et des favoris grisonnants.

178

— Oui, madame, en quoi puis-je vous aider ? Vous venez enregistrer un acte de propriété ?

— Je viens signaler l'existence d'un atelier clandestin qui emploie une main-d'œuvre enfantine. Quand le MSD pourra-t-il nous recevoir ?

— Je regrette, le MSD *sahib* ne sera pas là avant 10 h 30. Mais on peut voir ça ensemble.

Pendant la demi-heure qui suit, nous lui expliquons patiemment ce que nous avons vu dans les locaux de la fabrique, le caractère illégal de l'entreprise, les dangers pour la santé des enfants et l'environnement en général. Lauren a même imprimé les photos prises avec son portable. L'employé nous fait rédiger un rapport et signer toutes sortes de formulaires. Ces formalités procédurières commencent à m'énerver. Signaler un abus se révèle plus compliqué que souscrire un prêt à la banque.

— C'est une affaire sérieuse, insiste Lauren. J'espère que vous prendrez des mesures immédiates pour venir en aide à ces malheureux enfants.

Keemti Lal hoche gravement la tête.

— Tout à fait, madame. Mais nous devons suivre le règlement qui s'applique dans ce genre de situation. Il y a d'abord le signalement, puis on ouvre une enquête qui peut donner lieu à une procédure d'appel. Tout cela va prendre du temps. À moins que…

Il ne termine pas sa phrase, mais l'intention se lit clairement dans son regard de fouine. Il nous réclame un dessous-de-table.

Je suis atterrée.

— Mais quel genre d'homme êtes-vous donc, à vouloir vous enrichir sur le dos d'enfants exploités ?

Lauren, cependant, se contente de faire la moue. Fataliste, elle sort son portefeuille et compte cinq billets de mille roupies.

— Ça vous va ?

— Oh, madame, vous me gênez, susurre-t-il tout en fourrant l'argent dans sa poche de poitrine. Soyez assurée que j'en parlerai au MSD *sahib* dès son arrivée. *Namaste*.

Je lui mettrais bien ma main dans la figure pour effacer ce petit sourire matois.

Au moment de sortir dans la rue, je ne peux pas m'empêcher de faire remarquer à Lauren :

— Je ne pensais pas que tu accepterais aussi facilement de graisser la patte à ce porc.

— Ma priorité est de sauver ces enfants. Quitte à donner un petit bakchich, s'il le faut.

— La corruption semble être devenue la règle dans ce pays.

Je secoue la tête avec consternation.

— Si ça peut te rassurer, elle existe en Amérique aussi.

— Ah bon ?

— Oui. Sous une forme plus sophistiquée, c'est tout. On appelle ça le lobbying.

Nous sommes le 26 janvier, jour de la fête de la République. Tout le pays célèbre l'anniversaire de la Constitution de l'Inde. Sauf que, pour nous, c'est l'anniversaire de la mort d'Alka.

Dehors, les haut-parleurs déversent des chants patriotiques à plein volume. Chez nous, dans l'appartement, l'humeur est sombre et contemplative. Ma se réfugie dans la Bhagavad-Gita, les Saintes Écritures. Neha se planque derrière son lecteur MP3 et le rythme obsédant qui lui martèle les oreilles. Moi, j'essaie de me distraire en lisant, mais je n'arrive pas à me concentrer. Du coup, je m'installe devant la télé pour regarder la retransmission du défilé en gribouillant sur un mouchoir en papier. Malgré la grisaille, des milliers de spectateurs sont venus acclamer les bataillons de fantassins et les colonnes de blindés qui relient la colline de Raisina au Fort rouge. Une succession de tableaux illustre notre puissance militaire et notre diversité culturelle. Les tanks et les missiles voisinent avec les traditions soufies du Bihar et les danses festives du Sikkim.

— Tu n'as rien de mieux à faire que regarder ce cirque ? m'apostrophe une voix depuis la porte.

C'est Nirmala Ben, qui occupe l'appartement B-25, sur le même palier. Une femme fluette, la soixantaine, l'œil vif et perçant. Ses cheveux grisonnants sont noués en un petit chignon sur la nuque. Elle est vêtue comme à son habitude d'un simple sari blanc et d'une paire de mules.

L'histoire de Nirmala Ben ressemble d'une certaine façon à la nôtre. Née Nirmala Mukherjee, bengalaise originaire de Kolkata, elle est tombée amoureuse, à l'âge de vingt-quatre ans, d'un comptable du Gujarat nommé Hasmukh Shah. Malgré l'opposition de sa famille, elle l'a épousé et suivi à Surat.

Ils n'ont eu qu'un enfant, un fils prénommé Sumit. Malheureusement, son mari est mort, foudroyé par une crise cardiaque en 1985. Après son décès, elle a reporté tous ses espoirs sur son fils. Elle n'a pas été peu fière lorsque Sumit a intégré l'armée, ralliant le corps d'infanterie de Rajputana. Il a servi à Assam et à Delhi avant d'être envoyé au Cachemire. C'est là qu'il a rejoint les rangs des martyrs, le 13 juin 1999, en combattant l'ennemi sur les pentes glacées du secteur de Drass durant la guerre de Kargil.

Après la mort de Sumit, Nirmala Ben a emménagé à Delhi. Son logement est un temple à la mémoire de son fils, rempli de photos du fringant officier qui a reçu à titre posthume le Maha Vir Chakra, deuxième plus haute distinction militaire du pays. Cependant, à côté des souvenirs du fils, on trouve aussi des rouets miniatures et des bustes du Mahatma Gandhi. Ainsi qu'une étagère avec les *Œuvres complètes* de Gandhi, à savoir près de quatre-vingt-dix volumes.

— J'ai été complètement anéantie par la mort de Sumit, m'a-t-elle confié un jour. Je l'ai pleuré deux ans durant, jusqu'à ce que je découvre Mohandas Karamchand Gandhi. Alors je me suis mise à lire tous ses écrits. Bapu m'a ouvert les yeux sur le véritable sens de la vérité, de la non-violence et du sacrifice de soi.

Depuis lors, Nirmala Ben a voué sa vie à Gandhi et à la diffusion de ses préceptes. De la bonne entente communautaire à la protection des vaches, elle est toujours là pour faire entendre sa voix et prêter main-forte dans toutes les campagnes publiques.

De temps à autre, les habitants de la cité ont droit à un petit sermon sur le combat contre l'injustice, l'amour de ses ennemis et la nécessité de rendre le bien pour le mal. Nirmala Ben est antiguerre, antimondialisation, mais par-dessus tout, elle est anticorruption.

— Mon fils n'a pas été tué par des balles ennemies, ne cesse-t-elle de répéter. Il a été tué par la corruption. Le fusil qu'on lui a donné était défaillant, son gilet pare-balles ne répondait pas aux normes et, quand il est mort, ils se sont même fait de l'argent sur son cercueil. Je vous le dis, la corruption est le cancer qui ronge notre pays de l'intérieur.

Mais elle a beau tempêter et vitupérer à longueur de journée la classe politique indienne, c'est un cœur d'or qui se dissimule sous ces dehors rugueux. *Ben* signifie « sœur » en gujarati, et elle est vraiment une grande sœur pour nous, généreuse et attentionnée.

Il est somme toute logique qu'elle se soit liée avec Susheela Sinha, notre mère, au destin si semblable au sien. Toutes deux ont vécu le deuil traumatisant d'un mari et d'un enfant. Résultat de cette amitié poignante, Nirmala Ben me considère plus ou moins comme sa fille et veille à ce que je mange bien, dorme suffisamment et ne travaille pas jusqu'à l'épuisement.

Elle s'installe à côté de moi, enlève ses lunettes rondes et les essuie sur le pan flottant de son sari.

— Moi aussi, je regardais la télé chez moi, mais je trouve ça trop déprimant, déclare-t-elle.

— Déprimant, la parade de la fête de la République ?

— Je ne parle pas de la parade, mais des actualités. Que des affaires de corruption : une arnaque à la 2G aux télécoms, un scandale dans les mines du Karnataka, une escroquerie au sucre dans le Kerala. Ce qui nous manque, c'est le courage de dénoncer tous ces escrocs. Le courage de démasquer Atlas.

Nirmala Ben fait allusion au fonds d'investissement Atlas, une société écran qu'on soupçonne d'être derrière la plupart des scandales financiers du pays. Elle fait la une de tous les médias, sauf que personne ne sait qui se cache derrière ce nom. Et le gouvernement ne semble pas pressé de le découvrir.

— J'ai fait des recherches sur le sujet. Regarde toutes les notes que j'ai prises.

Et Nirmala Ben sort un calepin dont les pages sont noircies au crayon. Le crayon lui-même est en fin de vie ; à force d'être taillé, il est réduit à l'état de moignon. Elle est comme ça, Nirmala Ben : elle ne jette rien. Son appartement croule sous un bric-à-brac dont une bonne partie ne lui appartient pas. J'ai déjà retrouvé des cuillères et des fourchettes à nous dans sa cuisine. Elle a la curieuse manie de chiper des objets partout où elle passe : une lime à ongles par-ci, un stylo par-là. Y compris des choses dont elle n'a pas l'usage, comme un briquet ou une balle de cricket. Dans le langage psy, ce besoin irrépressible de voler des objets sans grande valeur et dont on ne se sert pas forcément s'appelle la kleptomanie. Du reste, il est fort possible que Nirmala Ben soit la seule kleptomane disciple de Gandhi.

Très vite, il ressort de notre conversation que son intérêt pour l'insaisissable Atlas frise l'obsession.

— Un jour, on nous dit qu'ils sont basés en Suisse ; le lendemain, c'est à Monaco... Quand ce n'est pas à l'île Maurice ou à Chypre. *Arrey,* il nous faut un atlas pour localiser cet Atlas-là ! ironise-t-elle.

— Mais qu'est-ce qu'on peut faire, nous, les citoyens lambda ?

— Lutter contre la corruption. Ce pays a besoin d'une nouvelle révolution gandhienne.

— Et comment on la déclenche, cette révolution ?

— Je ne sais pas. Bapu me montrera la voie. Je lui fais confiance.

Elle jette un œil sur l'horloge murale et se lève à contrecœur.

— Il faut que j'y aille, c'est l'heure de ma prière de midi.

Après son départ, je m'aperçois que le stylo bille, celui avec lequel je griffonnais, a disparu.

À 18 heures, on sonne à la porte, et Neha m'annonce que deux inconnus désirent me voir.

Je les accueille au salon. Tous deux ont entre trente et trente-cinq ans. Le premier est un petit homme basané, rasé de près et coiffé d'un bonnet de laine. Il a l'air sournois d'un vigile à l'entrée d'un bâtiment administratif. Son acolyte est un parfait méchant, plus grand, plus costaud, la mine patibulaire du délinquant tout juste sorti de la prison de Tihar.

— Vous êtes Sapna Sinha ? demande le plus petit des deux.

Je hoche la tête.

— C'est à quel sujet ?

— La plainte que vous et votre amie américaine avez déposée contre les Ferronneries Mirza, il y a deux jours.

— Vous travaillez pour Anees Mirza ?

— Oui et non. Nous sommes là pour régler le problème, c'est tout.

Il se penche et, sur le ton conciliant du négociateur dans une prise d'otages :

— Nous venons vous demander, madame, de retirer votre plainte.

— Et d'abandonner ces pauvres enfants qui souffrent ?

— Qui dit qu'ils souffrent ? Écoutez, ce n'est pas du travail forcé. Ces enfants viennent à nous de leur plein gré. Et en échange, ils touchent un bon salaire.

— Employer des enfants de moins de quatorze ans est contraire à la loi.

— Oubliez la loi. Regardez la réalité en face. S'ils ne travaillent pas pour nous, ces enfants iront travailler ailleurs. À la place des serrures, ils fabriqueront des briques, des tapis ou des bracelets. Pire encore, ils mendieront ou voleront. Nous, au moins, on leur fournit un moyen honorable de gagner leur *izzat ki roti,* leur pain quotidien.

— Il n'y a rien d'honorable à faire trimer des gosses douze heures par jour dans des conditions précaires. Ils seraient bien mieux à l'école.

— Ils n'ont pas envie d'y aller. Ils veulent gagner de l'argent pour aider leur famille.

— C'est parce que personne ne leur en a offert l'occasion.

— Vous voulez le faire, vous, les adopter tous ?

— Mon amie Lauren le fera. Elle dirige une œuvre caritative, la fondation Asha.

— Une fois de plus, je vous supplie de revenir sur votre décision. Vous ne vous attaquez pas à la bonne personne. Anees Bhai n'est pas un homme déraisonnable, mais il peut se montrer très rancunier.

— Vous êtes en train de me menacer ?

— Non, non, pas du tout. Nous ne menaçons pas les honnêtes citoyens comme vous. Considérez ça comme un conseil d'ami. *Accha,* on va vous laisser, maintenant.

Le petit homme se lève, le visage fendu d'un sourire patelin. L'autre, le grand baraqué, ne bouge pas du canapé.

— Viens, Joginder, dit son comparse. On ne va pas abuser de l'hospitalité de madame.

Joginder se lève à son tour et fait jouer ses biceps, comme dans une démonstration de bodybuilding. Puis il passe sa main sur son crâne rasé et me regarde d'un œil torve. Je serre les poings tandis que le duo franchit la porte. Ensemble, ils forment l'équipe idéale : le parleur et l'exécuteur.

Je me rends compte alors que je tremble comme une feuille, de colère ou de peur, je ne saurais le dire. Peut-être les deux. Le goût amer de bile dans ma gorge m'empêche de réfléchir clairement.

Ma et Neha émergent de derrière le rideau de perles et se pressent autour de moi. Apparemment, elles ont entendu toute la conversation. Ma est au bord de l'hystérie.

— *Beti,* va me retirer cette plainte sur-le-champ. Sinon, Dieu sait quelle autre calamité s'abattra sur notre famille !

— Quel besoin as-tu, *didi,* de défendre toujours la veuve et l'orphelin ? glisse Neha, perfide. Tu sais que je dois aller à Mumbai participer à ce concours. L'avenir de notre famille en dépend. Mais toi, il faut absolument que tu te mêles des affaires des autres.

— Comment peux-tu être aussi égoïste, Neha ? je lui assène en retour. Tu n'as aucune compassion pour ces trente enfants condamnés à un travail forcé ?

— Non, persiste-t-elle. C'est le boulot de la police... Une fille respectable n'a pas à se préoccuper de ça.

— Neha a raison, *beti,* renchérit Ma. Débrouille-toi pour que ces *goondas* ne remettent plus jamais les pieds à la maison.

— Je ne vois même pas pourquoi je discute avec vous.

Je lève les bras au ciel et quitte l'appartement en trombe.

J'ai toujours voué une haine viscérale, pathologique à ceux qui profitent de leur carrure, de leur pouvoir ou de leur autorité pour malmener les plus faibles qu'eux. Ces gens-là se croient forts, mais au fond ce sont des minables, des lâches qui reculent devant quiconque leur tient tête. Cette leçon, la vie me l'a enseignée de bonne heure.

Il fut un temps où j'ai été persécutée par un groupe de filles de ma classe à Sainte-Thérèse. Elles se faisaient appeler les Spice Girls, mais leurs véritables prénoms étaient Amrita, Brinda et Chavi, et leur seul talent consistait à faire souffrir les autres. Elles me jugeaient coupable d'être toujours la première de la classe et d'être indépendante, contrairement aux autres filles qui faisaient toutes partie de telle ou telle clique. Elles me tourmentaient et me harcelaient sans cesse, dans les couloirs, pendant les récréations. Mes manuels étaient volés, mes cahiers d'exercices couverts de gribouillis. On retirait ma chaise au moment où j'allais m'asseoir ; on me claquait la porte au nez. Une fois, j'ai été enfermée aux toilettes ; une autre, on a failli mettre le feu à mes cheveux.

J'en suis venue à me détester, à flirter avec l'idée du suicide. Tous les week-ends, je programmais ma mort, jusqu'au jour où j'ai résolu d'en finir une bonne fois pour toutes. Ma décision était prise. J'allais me tuer, mais avant je tuerais mes bourreaux.

Ce matin-là, je suis allée à l'école avec un couteau de cuisine dans mon cartable. Durant la pause déjeuner, je suis montée dans une salle de classe déserte au troisième étage, où les Spice Girls ne manqueraient pas de me débusquer. Effectivement, elles m'ont suivie et ont commencé à m'insulter. Je les ai écoutées calmement pendant une minute, puis j'ai sorti le couteau de cuisine.

— Ça suffit, les garces ! ai-je grondé, montrant les dents et roulant les yeux, la voix aussi rauque et inhumaine que celle de Linda Blair dans *L'Exorciste*. Un mot de plus, et je vous coupe la langue.

Là-dessus, telle une panthère bondissant sur sa proie, j'ai sauté à la gorge d'Amrita, la chef de la bande, et enfoncé mes doigts dans sa trachée, manquant de l'étouffer. Sous les yeux des deux autres qui retenaient leur souffle, lentement, délibérément, j'ai entrepris de couper une mèche de ses cheveux avec le couteau, mue par une force atavique enfouie au plus profond de moi. Elles ne pipaient pas ; le seul bruit que j'entendais était l'adrénaline qui palpitait dans mes veines, le sang qui battait à mes tempes. C'était tout à la fois effrayant et jubilatoire.

La cloche a sonné la fin de la pause déjeuner, nous ramenant brutalement à la réalité. Les trois filles ont hurlé à l'unisson et détalé comme si elles avaient le diable à leurs trousses, me laissant avec le couteau dans une main et une poignée de cheveux dans l'autre. Je savais qu'elles s'étaient précipitées chez sœur Agnès. D'une minute à l'autre, notre tyrannique principale allait franchir la porte de la salle pour m'annoncer mon exclusion. Je lui adresserais un sourire moqueur, puis me plongerais le couteau dans le ventre façon hara-kiri, mort violente dans notre tranquille Nainital.

J'ai attendu longtemps, mais personne n'est venu, ni la principale ni aucun des professeurs. Alors j'ai rangé le couteau et je suis retournée en classe, où le cours d'histoire était sur le point de commencer. À mon arrivée, les Spice Girls se sont tassées sur leurs chaises, faisant mine de regarder ailleurs. J'ai su plus tard qu'elles avaient gardé le silence sur ce qui s'était passé. Elles m'ont surnommée « la Foldingue », mais je n'ai plus jamais été embêtée.

La visite des sbires d'Anees Mirza a ravivé ce souvenir lointain, éveillant les mêmes émotions. Je bouillonne toujours intérieurement quand je tombe sur Karan au rez-de-chaussée.

— J'ai croisé deux types pas très sympathiques qui cherchaient votre appartement, me dit-il. Tout va bien ?

— Non.

Et je lui raconte l'histoire de l'atelier clandestin.

— Comment osent-ils te menacer ? Comment osent-ils ? explose Karan, fou de rage. Si jamais ils remettent les pieds dans la cité, préviens-moi. Je m'occuperai de ces salopards.

— Ce n'est pas pour moi que je m'inquiète, mais pour Neha…

— Tu sais quoi, je te donnerai un bouton d'alarme demain.

— Qu'est-ce que c'est ?

— Un petit appareil électronique : quand tu le presses, il envoie un signal à quelqu'un d'autre pour l'alerter… Moi, en l'occurrence, si bien que, tel Superman, je volerai à ton secours.

Plus je l'écoute, plus je remercie Durga Ma de m'avoir donné un aussi merveilleux voisin. Rien n'est plus rassurant qu'un ami qui est toujours là quand on a besoin de lui, et sur qui on peut compter en toute circonstance.

— Tu prends quelque chose de spécial pour être aussi courageux ? lui dis-je en plaisantant.

— Absolument, répond-il avec un sourire. Je consomme du courage liquide en grande quantité.

— Du courage… liquide ?

— Oui, de l'alcool !

Une semaine passe sans aucune nouvelle des nervis d'Anees Mirza. Peu à peu, je commence à oublier l'incident et à retrouver le sommeil. De toute façon, avec le bouton d'alarme de Karan dans mon sac à main, je me sens plus en sécurité.

Le jeudi 3 février est le jour de l'inventaire et, comme d'habitude, cela se prolonge bien au-delà de l'heure de fermeture. Quand je quitte enfin le magasin, il est déjà 22 h 15. Je sors du métro pour être aussitôt accostée par un jeune vendeur à la sauvette.

— J'ai ici exactement ce qu'il vous faut.

Et il brandit un couteau de cuisine avec un manche en bois et l'inscription KK Thermoware. Je le regarde de près. Vêtu d'un pantalon déchiré et d'un pull crasseux beaucoup trop grand pour lui, il doit avoir dix ans à tout casser. Il a le teint blême, maladif de quelqu'un qui a de la fièvre. Pour couronner le tout, il a le nez qui coule et ne cesse de s'essuyer avec sa manche. Ce qui ne l'empêche pas de pousser la chansonnette en hindi pour vanter les mérites de son couteau :

— *Il coupe, il hache, il taille, il tranche,*
La lame aussi belle que le manche,
Et pas le moindre petit défaut.
Couteau KK, c'est ce qu'il vous faut !

— Écoute, tu ne m'as pas l'air bien, lui dis-je. Je crois que tu ferais mieux de rentrer chez toi.

192

— Je ne peux pas rentrer tant que je n'ai pas vendu tous mes couteaux. Il ne m'en reste plus qu'un. Je vous le fais à cent roupies.

— Je n'ai pas besoin de couteau. J'en ai plein à la maison.

Je m'engage dans Rammurti Passi Marg, mais il ne me lâche pas.

— OK, je vous le laisse à moitié prix, cinquante roupies, mais seulement parce que c'est vous.

— Non.

— Vingt roupies.

— Toujours pas.

— OK, dix roupies. C'est mon dernier prix.

— Je te l'ai dit, je ne veux pas de ton couteau.

— *Didi,* je n'ai rien mangé depuis cet après-midi. Je vous le donne pour cinq roupies. Vous ne trouverez pas mieux dans tout Delhi. S'il vous plaît, achetez-le.

Incapable de résister devant son air implorant, je prends le couteau et lui tends un billet de dix roupies.

— Garde la monnaie. Et file te reposer maintenant.

Il m'arrache presque le billet et disparaît dans l'obscurité.

Je glisse le couteau dans mon sac et j'accélère le pas. Le parc Swarn Jayanti, plus connu sous le nom de Parc japonais, est un immense espace vert aux pelouses impeccables, avec des pièces d'eau conçues pour le canotage, des fontaines flottantes et des pistes de jogging. Si, dans la journée, il fait le bonheur des familles et des adeptes du fitness, le soir, l'endroit est à éviter. L'an dernier, une femme a été assassinée près de l'entrée n° 1, et récemment, un criminel notoire y a été abattu lors d'une fusillade avec la police.

Je viens juste de dépasser l'entrée n° 2 quand soudain trois jeunes sautent du mur d'enceinte. Cheveux longs et chemise largement ouverte sur la poitrine, ils ressemblent à tous ces garçons désœuvrés qui traînent dans les boutiques de *chai,* harcèlent les filles, sifflent bruyamment aux premiers rangs des salles de cinéma. À Nainital, on les appelait les *chavanni chhap*, « ceux qui ne valent qu'un quart de roupie ». Mon appréhension est d'autant plus grande que le lieu est mal éclairé et qu'il n'y a pas âme qui vive alentour. Instinctivement, je plonge la main dans mon sac ; mes doigts se referment sur le bouton d'alarme. Karan sera sûrement hors de portée, mais je le presse quand même.

Mes craintes étaient justifiées : les trois jeunes m'emboîtent le pas. Je marche plus vite ; ils font de même. En quelques longues enjambées, ils me rattrapent et m'encerclent.

— Pourquoi es-tu si pressée, *jaaneman* ? Regarde-nous.

Le voyou derrière moi me tape sur l'épaule. Regard malveillant et petite moustache clairsemée, il semble être le chef de la bande.

J'attrape le spray au poivre dans mon sac et je pivote sur mes talons.

— Un pas de plus, et vous êtes tous aveugles, je siffle en brandissant la bombe.

Désarçonné, le vaurien recule, mais son acolyte à ma droite m'assène un coup sur le bras, et le spray s'échappe de ma main comme un savon mouillé.

— Ha !

Le chef hurle de rire.

— Si tu as d'autres armes sur toi, on voudrait bien les voir. Allez, donne-moi ton sac.

À voir leur expression carnassière, ils n'en veulent pas qu'à mon sac. Pour la première fois de ma vie, je suis confrontée à une menace physique. Ma respiration se bloque. Une boule de terreur froide se love au creux de mon estomac. Je me souviens alors du couteau que je viens d'acquérir.

Le sac dans ma main gauche est déjà ouvert. J'aperçois la lame qui luit faiblement dans la lumière jaune du réverbère. En un éclair, je saisis le couteau et jette le sac sur le trottoir.

— Arrière ! je crie, tournant sur moi-même et fendant l'air avec mon couteau. Le premier qui approche, je le coupe en morceaux.

Malheureusement, ça n'a pas l'air d'impressionner mes agresseurs. Ils s'écartent, certes, mais continuent à me dévisager, méprisants et amusés.

— Vous entendez, laissez-moi tranquille !

Mes doigts se resserrent sur le manche en bois.

— Tu crois nous faire peur avec ton petit couteau ? dit le chef en ricanant. Je vais te montrer quelque chose.

Il sort un pistolet argenté de la poche de son pantalon et le braque sur moi.

— Lâche le couteau, gronde le voyou à ma droite.

Se retrouver face à une arme à feu vous coupe tous vos moyens. Le couteau tombe à terre dans un cliquetis sonore. Le garçon le ramasse en le tenant

195

par la pointe, tel un enquêteur de police sur une scène de crime.

— Il est drôlement tranchant, observe-t-il avant de le jeter dans mon sac.

— Allons dans le parc, chérie, susurre le chef.

Je refuse de bouger. Je sais qu'une fois dans le parc, c'en sera fait de moi.

Je scrute leurs visages en quête de signes distinctifs, cicatrices, tatouages, que je pourrais signaler à la police. Soudain, il me vient à l'esprit que je n'aurai peut-être jamais affaire à la police. Ils me tueront après m'avoir violée. Une infinie tristesse s'empare alors de moi. Que deviendront Ma et Neha lorsque je ne serai plus là ?

Le chef se penche et colle son pistolet sur mon visage, m'imprimant une marque comme un *bindi* sur le front.

— Tu es sourde, ou quoi ?

— S'il vous plaît, laissez-moi partir.

Je laisse échapper un petit gémissement ; je sens que mon cœur va s'arrêter.

— Comment pourrions-nous te laisser partir ? Tu es trop jolie.

Sa voix se fait moins dure. Il regarde ses comparses.

— Qu'en dites-vous, hein ? Il est temps de s'amuser un peu.

Et tous éclatent de rire. Leur jubilation déclenche en moi une irrépressible montée de haine. J'ai été giflée par un policier ; une de ses collègues m'a enfoncé la tête dans la cuvette des toilettes, et maintenant ces trois petites frappes projettent de me violer à tour de rôle. Que suis-je ? Un objet, un animal qu'on mal-traite ? Tout ça parce que je suis une femme. Animée de la même rage primitive qu'avec les Spice Girls, j'envoie mon pied droit dans l'aine du chef de la bande. Il tombe à genoux tel un arbre foudroyé, plié de douleur. Le souvenir de cet après-midi dans la salle de classe déserte me submerge, et je me rue sur les deux autres, frappant à coups de pied, à coups de poing, pinçant, griffant. Un voile rouge me brouille la vue. Aveuglée par la fureur, je ne pense qu'à une chose : les étrangler, leur crever les yeux, les tuer, les tuer, les tuer.

Ma contre-attaque les prend au dépourvu, mais je suis seule, et ils sont trois. Du coin de l'œil, je vois le chef relever la tête. Il me vise avec la crosse de son pistolet. Une douleur fulgurante me transperce l'esto-mac. Je trébuche et m'affaisse. L'un de ses comparses me donne un coup de pied dans le dos.

En quelques minutes, ils me traînent dans les buis-sons du Parc japonais. Le chef me plaque au sol et tire un canif métallique de son pantalon élimé. Il l'ouvre, faisant jaillir une lame fine et longue d'une vingtaine de centimètres.

— Si tu veux faire peur à quelqu'un, ne prends pas un couteau de cuisine. Choisis un Rampuri *chaku* comme le mien.

Il sourit et fait glisser le couteau le long de mon corps pour s'arrêter à la hauteur de mon cou. Je sens son haleine chaude et fétide sur mon visage.

Je lutte pour me dégager, mais il pose un doigt sur ses lèvres.

— Tiens-toi tranquille.

Sa voix s'insinue dans mon oreille.

— Ou je serai obligé de te tuer.

Sans la moindre expression dans ses yeux morts, il effleure ma joue de la pointe de son couteau. Un geste de plus et il me fend la peau, me défigurant pour toujours. J'ai l'impression que mon corps tout entier est en feu et je suis prise d'un tremblement à l'idée que je vais mourir. Je prie pour que cela soit rapide, par balle de préférence. Une seule petite balle en plein dans le cerveau. Je ne veux pas qu'il me taille en pièces avec son couteau, me réduisant en une masse gémissante de sang et d'os, un pitoyable amas de muscles convulsés et de membres secoués de soubresauts. Je n'aurai pas la force de supporter pareille douleur.

— Lâchez-la !

Une voix retentit soudain dans l'obscurité, un baryton tonitruant qui résonne tel un coup de tonnerre dans le parc. Les malfrats regardent autour d'eux, puis se dévisagent, décontenancés. Le chef retire son couteau et s'accroupit comme un chien pour tenter de repérer l'intrus.

— Police ! tonne à nouveau la voix, évoquant les ordres relayés par haut-parleur au cours d'un raid.

Aussitôt, mes agresseurs bondissent et disparaissent dans la nuit. Au même moment, une silhouette émerge de l'ombre. Je m'attends à voir un inspecteur de police, mais ce n'est que Karan. Mon soulagement est indescriptible.

Il se précipite vers moi, m'aide à me relever. Grelottante, je me cramponne à lui. Il murmure mon prénom, et je murmure le sien. Je me serre contre lui, les seins plaqués contre son torse, et une sensation nouvelle et étrange s'empare de moi. Presque malgré moi, je me mets à l'embrasser. Sur le menton, puis sur la joue et, finalement, sur les lèvres. Éperdue, reconnaissante, désespérée, j'ai à peine conscience de ce que je suis en train de faire. Pourtant, j'aspire avec avidité son odeur, son goût, son énergie vitale.

Karan se raidit. Je le sens s'écarter presque imperceptiblement... ce qui me glace le sang. Il se dégage avec douceur et braque un stylo lampe sur mon visage pour s'assurer que je ne suis pas blessée.

— Tu veux voir un médecin ? demande-t-il.

Son pragmatisme me fait redescendre sur terre.

— Non... non, dis-je, encore pantelante. Ça va. Regarde juste si mon sac est quelque part dans les parages.

Il fouille les buissons et confirme ce que je redoutais déjà. Les trois voyous ont pris la tangente avec mon Nine West.

— Tu avais beaucoup d'argent sur toi ?

— Pas vraiment. Le seul objet de valeur, c'était mon portable.

— Ne t'inquiète pas. Je t'en obtiendrai un tout neuf par Indus.

— Comment... comment m'as-tu retrouvée ?

— Grâce au signal du bouton d'alarme. Comme tu n'étais pas chez toi, j'ai pensé que tu étais en train de rentrer du travail. J'ai couru aussi vite que j'ai pu vers la station de métro. Et, quand j'ai entendu des voix dans le parc, j'ai décidé d'aller jeter un coup d'œil.

— Tu es arrivé juste à temps. Je ne sais pas comment j'aurais fini si…

— N'y pense plus. On va aller directement à la police. Il faut qu'on arrête ces racailles.

— Non !

Je secoue la tête avec véhémence.

— Je n'ai pas la force de subir un interrogatoire. Et je sais que la police ne les retrouvera jamais. Ramène-moi à la maison, OK ?

Il hausse les épaules.

— Si c'est ce que tu veux.

— J'ai un autre service à te demander, lui dis-je. Pas un mot de tout ça à Ma ni à Neha.

— Ce sont forcément des hommes d'Anees Mirza, déclare Lauren quand je lui raconte l'incident.

— Mais nous n'avons aucune preuve.

— C'est un peu gros comme coïncidence. Je trouve lamentable que depuis tout ce temps, Mirza n'ait pas été inquiété le moins du monde.

— Et notre plainte, c'en est où ?

— Nulle part. J'ai bien l'impression que Keemti Lal nous a roulées dans la farine. Il n'a pas levé le petit doigt pour faire avancer l'enquête. Ces pauvres enfants continuent à souffrir. J'ai essayé de rencontrer le MSD à plusieurs reprises, mais chaque fois il s'est défilé. Je me suis adressée à la police, mais ils m'ont envoyée chez le MSD. Je ne sais plus quoi faire.

Une note de découragement perce dans sa voix.

— Moi je sais. On va retourner dans le bureau du MSD. Une dernière fois.

Le lendemain matin, j'accompagne Lauren chez le MSD avant d'aller travailler. Il y a un monde fou, et on nous informe que le MSD ne pourra nous recevoir.

— *Sahib* est très occupé. Ce ne sera pas possible aujourd'hui, déclare le sous-fifre de service.

Je suis tout aussi catégorique.

— Dites à votre chef que nous ne partirons pas tant qu'il ne nous aura pas reçues. Quitte à camper ici pendant une semaine.

Mon coup de bluff porte ses fruits. Une heure plus tard, nous sommes convoquées dans le bureau du MSD, un personnage falot au visage sans relief, presque sans traits, qui a la curieuse manie de laisser ses phrases en suspens, comme si c'était à son interlocuteur de les terminer.

— Oui, à propos de votre plainte…, commence-t-il avant de retomber dans le silence.

— Vous avez visité cette fabrique ? réplique Lauren. J'ai même fourni des preuves visuelles.

— Ces choses-là demandent du temps, beaucoup de temps. Il est difficile de…

— Combien de temps, selon vous ?

— Il faut respecter la procédure, comprenez-vous. On ne peut pas simplement…

— Mais ces enfants souffrent jour après jour.

— Ils ne souffrent pas. Ils gagnent leur vie. Comme vous. Comme moi. Devons-nous les empêcher de… ?

— Employer des enfants à des activités qui présentent un risque est interdit par la loi, non ?

— Qu'est-ce que le risque ? L'air que nous respirons dans cette ville présente également un risque. Cela signifie-t-il… ?

— Donc, nous allons laisser ces enfants entre les griffes d'Anees Mirza, c'est bien ça ?

— Anees Mirza n'est pas un mauvais homme. Il est…

C'est comme avoir une conversation à sens unique avec un mur de brique. Lauren bout d'indignation en sortant de son bureau.

— J'ai fait les comptes. Keemti Lal m'a pris un petit bakchich. Et ce type-là a touché un plus gros bakchich de la part d'Anees Mirza.

Il est difficile de la contredire. Cet endroit empeste la corruption. Ça négocie sec dans tous les coins. J'aperçois Keemti Lal à son bureau, absorbé dans une discussion avec un vieux monsieur à qui, sans nul doute, il essaie d'extorquer de l'argent. J'évite soigneusement de le regarder. Mes yeux se posent soudain sur une affiche placardée à l'entrée du bâtiment. Il y est question de la loi sur le droit à l'information.

— Tiens…

Je pousse Lauren du coude.

— On a encore une solution. Servons-nous du droit à l'information.

— Et en quoi ça va nous aider ?

— Selon la loi, un organisme public est tenu de fournir des informations au demandeur sur n'importe quel sujet dans un délai de trente jours maximum, lis-je sur l'affiche. On n'a qu'à remplir une demande à l'intention du MSD pour savoir ce qu'il est advenu de notre plainte. Histoire de lui mettre la pression.

Lauren est sceptique.

— Je doute qu'un bout de papier incite le MSD à passer à l'action.

— Ça ne coûte rien d'essayer. Enfin, pas grand-chose… Vingt-cinq roupies seulement.

Je prends un formulaire sur le comptoir et le remplis, demandant un rapport d'étape sur notre plainte et précisant, pour faire bonne mesure, qu'Anees Mirza a envoyé ses sbires pour tenter de m'intimider. Puis je dis au revoir à Lauren et j'attrape le métro pour me rendre à Connaught Place.

Aujourd'hui, c'est le dernier jour de Neelam parmi nous. Elle se marie la semaine prochaine et juste après, s'envole pour la Suède. Elle semble plus excitée à l'idée de voyager pour la première fois qu'à celle de se marier.

— Et toi, Sapna ? me demande-t-elle. Quand comptes-tu te marier ?

— Tu sais ce qu'on dit à propos du mariage. Ça arrive quand ça doit arriver.

— Mais tu as déjà trouvé ton prince charmant ?

Je ne réponds pas, mais sa question ravive le souvenir de cette soirée où j'ai embrassé Karan. Je sens encore son odeur, son goût sur mes lèvres. Mais il y a désormais une certaine gêne entre nous, comme si j'avais franchi quelque frontière invisible. Je me sens blessée, presque trahie par son attitude réservée ce soir-là. Est-ce qu'il ne m'aime plus ? A-t-il une amoureuse que je ne connais pas ? Ou est-il tout simplement timide ? Je n'ose pas lui en parler car je redoute sa réponse. Tout ce que je sais, c'est que je ne veux pas le perdre. J'ai besoin de temps pour y voir clair. En attendant, je garde mes rêves verrouillés dans mon cœur, là où personne ne peut me les voler.

Quinze jours plus tard, c'est le coup d'envoi de la Coupe du monde de cricket, et tout le reste passe à l'arrière-plan. Comme tous mes concitoyens, je me laisse gagner par l'excitation qui suit la victoire de l'Inde sur le Bangladesh lors du match d'ouverture.

Une autre semaine se termine. J'ai presque oublié le formulaire rempli dans le bureau du MSD lorsque je reçois à l'improviste un coup de fil au magasin. C'est le MSD en personne.

— Madame, je voulais juste vous faire savoir que…

Et il s'arrête abruptement.

— Que quoi ?

— Que nous avons fait une descente dans la fabrique de serrures clandestine et…

— Et quoi ?

— Et nous l'avons fermée. Nous avons secouru trente-cinq enfants. Tous vont recevoir…

— Recevoir quoi, pour l'amour du ciel ?

— Une indemnité de rattrapage scolaire de l'ordre de vingt mille roupies chacun, conformément à la loi sur le travail des enfants. Y a-t-il autre chose… ?

— Rien.

Je raccroche, n'en croyant pas mes oreilles. Cela semble trop beau pour être vrai. Mais les journaux du soir annoncent la fermeture des Ferronneries Mirza. Il y a même des photos d'Anees Mirza en train de se faire embarquer par la police comme un vulgaire criminel, le visage caché sous un foulard.

Lauren est aux anges.

— Vive le droit à l'information ! On m'a toujours dit que l'information, c'était le pouvoir. Maintenant j'en ai la preuve. Aujourd'hui, nous allons façonner l'avenir de ces trente-cinq enfants.

— Oui. Aujourd'hui, nous allons déverrouiller leurs rêves.

— Pourquoi ne m'avez-vous pas dit que vous aviez changé de numéro de portable ? se plaint Acharya, sitôt que je franchis la porte de son bureau.

Nous sommes le jeudi 3 mars, et j'ai été convoquée, comme d'habitude, à la dernière minute.

— Mon vieux Nokia a été volé. J'ai un téléphone Indus Mobile, maintenant.

— C'est mon opérateur. Au moins, ça ne me coûtera rien de vous appeler. Assurez-vous que Rana a votre nouveau numéro. Il est important que je puisse vous joindre à tout moment.

Agacée, j'ai envie de lui rétorquer que je ne suis pas sa chose quand son visage se fend d'un sourire.

— Quoi qu'il en soit, je vous ai fait venir pour vous féliciter d'avoir réussi la troisième épreuve.

— Et c'était quoi, au juste ?

— L'épreuve du courage. Votre combat pour sauver ces enfants, le fait que vous n'ayez pas cédé aux menaces d'Anees Mirza, le parrain de la mafia, et que vous ayez tenu bon jusqu'à obtenir gain de cause, tout cela témoigne d'une attitude courageuse de votre part.

Je réagis au quart de tour.

— C'est bon. Je refuse de continuer à participer à vos épreuves plus longtemps.

Il lève vivement les yeux.

— Pourquoi ? Que se passe-t-il ?

— Vous avez nié m'avoir fait surveiller, mais il est impossible que vous ayez entendu parler de mon bras de fer avec Anees Mirza. Je n'en ai même pas parlé au magasin.

— Mais vous avez rempli un formulaire dans le cadre de la loi sur le droit à l'information, et c'est là-dedans que je l'ai appris, dit-il en brandissant une revue.

Je la lui prends. C'est le numéro de février d'une publication éditée par une ONG appelée Renaissance indienne, et là, page 32, un article relate mon intervention providentielle qui a permis de mettre un terme à l'exploitation de trente-cinq enfants. Comment l'industriel arrive à glaner la moindre bribe d'information me concernant reste un mystère.

— Pour définir une ligne d'action et s'y tenir, un dirigeant doit faire preuve de beaucoup de courage, poursuit Acharya. Rappelez-vous, le courage n'est pas le contraire de la peur : c'est la capacité d'agir *malgré* la peur et face à l'adversité.

Je hoche la tête. Cela m'évoque une citation de Kierkegaard : « Oser, c'est perdre pied momentanément. Ne pas oser, c'est se perdre soi-même. »

— Un dirigeant qui manque de courage est comme une voiture de course sans accélérateur. Elle peut rouler cahin-caha, mais ne franchira jamais la ligne d'arrivée.

Baissant la voix, il ajoute avec une pointe d'amertume :

— Évidemment, même un bolide de Formule 1 peut avoir des ratés, s'il y a un saboteur au sein de l'équipe.

J'en profite pour demander :

— Toujours rien de nouveau à propos de cette taupe dans votre société ?

— Non, soupire-t-il. Mais la semaine dernière, nous avons perdu encore un marché au profit du groupe Premier dans le secteur de la technologie pour la carte nationale d'identité.

— Votre taupe fournit donc des informations au groupe Premier.

— Mon frère, Ajay Krishna, a toujours procédé ainsi. La ruse, la duplicité et la magouille sont sa seconde nature.

— J'espère que vous finirez par démasquer le traître.

— Comptez sur moi, répond-il, d'un air sombre.

Je jette un œil sur ma montre. Il est presque 14 heures.

— Il faut que j'y aille.

Je me lève de ma chaise.

— Je dois aussi vous prévenir que je vais m'absenter jusqu'à la fin du mois.

— Vous partez quelque part ?

— À Mumbai. Ma sœur Neha a été sélectionnée pour la finale de *Popstar n° 1,* et je l'accompagne. J'ai pris deux semaines de congé.

— Dans ce cas, bonne chance à votre sœur. Et à vous aussi.

— Pourquoi moi ?

— Allez savoir. Il y a peut-être une nouvelle épreuve qui vous attend.

— Tu n'as pas envisagé une autre possibilité ? me demande Karan lorsque je lui raconte mon entrevue avec Acharya.

— Laquelle ?

— Ces gars qui t'ont agressée devant le Parc japonais, ils n'étaient peut-être pas de la bande à Mirza.

— Qui les aurait envoyés, alors ?

— Moi, je pencherais pour Acharya. Il a fait ça pour pouvoir te délivrer le certificat de courage.

Choquée par cette idée, je reste momentanément sans voix.

— Pourquoi tu n'arrêtes pas ce délire ? Lâche-le, ce vieux pervers.

Avançant le menton d'un air résolu, je lui prends la main.

— Je te le promets. Si jamais c'est l'œuvre d'Acharya, je coupe les ponts avec lui. Définitivement.

Quatrième épreuve

La célébrité aveugle

Il y a comme une soudaine accalmie dans l'air. Le ciel se colore des teintes opalescentes du jour déclinant, tandis que le disque incandescent du soleil s'enfonce lentement dans l'océan et que les silhouettes des bateaux de pêche se détachent sur l'eau mordorée. Au loin se dessinent les remparts des gratte-ciel et des tours d'habitation. L'incessante clameur du monde s'est tue ; il n'y a pas le moindre souffle de vent. Seulement les vagues qui clapotent à mes pieds, les cris perçants des mouettes et l'odeur astringente du sel.

Pour quelqu'un comme moi, qui n'a encore jamais trempé les orteils dans un océan, tout cela donne l'impression d'une liberté sans limites. Delhi passerait pour un fief du conservatisme à côté de la permissivité décontractée de Mumbai. Derrière moi, des couples se bécotent sur la plage de Chowpatty sans se soucier des gloussements des passants. Les filles, vêtues à la dernière mode, exhibent sans complexe leurs décolletés et leurs nombrils. Même les mendiants qui harcèlent les touristes à la Porte de l'Inde n'hésitent pas à esquisser des pas de danse en public.

En moins de vingt-quatre heures, Neha et moi sommes tombées sous le charme de Mumbai. Cette ville est celle de tous les possibles, de tous les excès : ici, tout est plus grand, plus haut, plus rapide. Pour ses habitants, c'est un monde en soi. Pour le reste de l'Inde, c'est un pays de cocagne aux routes pavées de promesses de fortune et de gloire.

Hier soir, dès notre arrivée à la gare, nous avons été conduites à Colaba, à la pointe sud de la ville. Là, nous avons eu notre premier choc. L'hébergement fourni par la production est une école primaire délabrée. Les salles de classe ont été converties en dortoirs, et nous avons dû partager le nôtre avec sept autres candidats et leurs accompagnants. Neha a été horrifiée à l'idée de dormir dans la même pièce que tous ces inconnus et de devoir utiliser les toilettes communes. Elle croyait probablement qu'on allait nous loger au Taj.

Aujourd'hui nous avions quartier libre pour visiter la ville. Et nous avons tout vu, depuis les Jardins suspendus jusqu'à la mosquée Haji Ali, en passant par Marine Drive. Nous avons entrevu le bidonville de Dharavi et les gratte-ciel de Nariman Point. Nous avons jeté un œil dans les *chawls,* ces habitations à bas prix où les hommes en tricot de corps contemplent la rue grouillante depuis leur balcon. Nous avons mangé des *vada pav,* une sorte de hamburger à l'indienne, à Prabhadevi, et du *bhel puri,* une spécialité à base de légumes et de riz soufflé, à Juhu. Et à présent, nous voici à Chowpatty, notre dernière étape avant de rentrer à Colaba.

Depuis hier, Mumbai compte quarante habitants de plus, les candidats de *Popstar n° 1,* tous âgés de seize à vingt-deux ans, tous animés par le rêve de devenir célèbre du jour au lendemain.

*

Ce soir-là, je fais la connaissance de nos camarades de chambrée.

Gaurav Karmahe est originaire du Jharkhand, tout comme M.S. Dhoni, le capitaine de l'équipe nationale de cricket. Étudiant en troisième année de génie mécanique, il clame qu'il a le chant dans le sang.

— Vous n'avez qu'à m'écouter… On dirait la réincarnation de Mohammed Rafi.

Anita Patel, une jeune fille à lunettes, étudie l'économie familiale à Bhavnagar, dans le Gujarat. Elle est représentée par son père, un homme d'affaires doté d'une calculatrice en lieu et place du cerveau.

— Quand Anita aura remporté le concours, elle signera un contrat avec une maison de disques et touchera quarante lakhs cash. J'ai décidé de placer ces quarante lakhs sur un fonds à taux fixe. Au bout de vingt ans, ça nous fera deux millions minimum, plus une assurance vie gratuite. Pas mal comme investissement, hein ?

Javed Ansari, seize ans, fils d'un conducteur de rickshaw à Lucknow, est tout en charme et aplomb juvénile.

— Je chante depuis l'âge de cinq ans. C'est le destin qui m'a amené à Mumbai, me confie-t-il. Peu importe que je gagne ou pas, je ne retourne pas à Lucknow. C'est ici que je veux faire mes preuves. Et j'y arriverai. Rien ne pourra m'en empêcher.

Koyal Yadav, dix-huit ans, est une autre enfant prodige du fin fond du Bihar.

— Elle a commencé à chanter alors qu'elle avait deux ans à peine. C'est pour ça qu'on l'a appelée Koyal, « coucou », raconte sa maman, toute fière. Son père est lui-même un joueur d'harmonium très connu qui travaille avec une troupe musicale bhojpuri. Ma fille est née sous une bonne étoile. Je sens qu'elle est promise à un grand avenir.

Jasbeer Deol est le seul sikh de la bande. Ce garçon athlétique est le fils d'un prospère fabricant de couvertures en laine à Ludhiana.

— Pourquoi veux-tu devenir chanteur ? je lui demande. Tu n'aurais pas pu réussir dans l'entreprise familiale ?

— L'argent ne m'intéresse pas, répond-il franchement. J'ai besoin de reconnaissance.

— Et pourquoi ça ?

— Imaginez, mon père a trimé trente ans pour bâtir sa fortune, mais pas une fois sa photo n'a paru dans les journaux. Moi, j'ai chanté trois minutes lors de la sélection régionale, et le lendemain ma photo s'étalait dans toute la presse locale. Qu'est-ce que ça prouve ? Que mieux vaut être célèbre que riche.

D'après la liste qu'on nous a fournie, il y a une autre fille dans le dortoir : Mercy, dix-neuf ans, nom de famille non précisé. Je la découvre cachée derrière le rideau, une croix en argent autour du cou. Vêtue d'un sari en coton bon marché, elle est frêle, les cheveux frisottés, les dents de travers et le visage mangé par le vitiligo. La dépigmentation confère à sa peau une pâleur maladive : on dirait de la cire en train de fondre lentement.

— D'où tu viens ? je lui demande avec douceur.

— Goa, répond-elle en fixant ses mules en caoutchouc usées.

— Et qui t'accompagne ? Ton père ?

— Personne.

Elle se tasse sur elle-même, comme pour se faire plus petite qu'elle ne l'est déjà.

Avant que je puisse la questionner davantage, je me retrouve accaparée par Nisar Malik, joli garçon de dix-sept ans venu de Pahalgam, dans le Cachemire.

— *Didda,* pourriez-vous me prêter vingt roupies ?

— Pour quoi faire ?

Je hausse les sourcils.

— Tu n'as pas d'argent sur toi ?

Il secoue la tête.

— Non. J'ai quitté la maison il y a trois jours avec cent roupies en poche. Et il ne me reste plus la moindre petite pièce. Soyez tranquille, je vous les rendrai avec intérêts, quand j'aurai gagné.

Je me sépare à contrecœur d'un billet de vingt roupies.

— Et qu'est-ce qui t'a poussé à participer à ce concours ?

— Une seule chose : l'envie de devenir célèbre, avoue-t-il, mélancolique. Je ne veux pas d'une existence anonyme, *didda.* J'aimerais mieux mourir demain en étant connu que vivre cent ans dans l'obscurité.

Cette obsession de la célébrité me laisse perplexe. La gloire ne vient pas avec le talent, elle est devenue une fin en soi. Et le meilleur moyen d'y parvenir est de passer à la télévision. Les gens sont prêts à tout et n'importe quoi – manger des cafards, insulter leurs parents, faire l'amour, se marier, divorcer, voire accoucher en direct – pour participer à un programme de télé-réalité. Et ça va de plus en plus loin. Aujourd'hui, nous avons une émission consacrée aux régressions dans les vies antérieures, comme si cette vie-ci ne suffisait plus.

Neha ne se pose pas ce genre de questions. Elle est trop occupée à jauger les autres candidats.

— Si tout le monde est comme cette bande d'abrutis…

Elle balaie la salle d'un regard méprisant.

— … je vais gagner haut la main.

J'admire son assurance à toute épreuve. En même temps, j'ai peur de sa réaction en cas d'échec. Comme dans tous les télé-crochets, c'est le public, au final, qui désigne le vainqueur de *Popstar n° 1*. Or, comme nos hommes politiques l'ont appris à leurs dépens, il n'y a rien de plus volage qu'un électeur.

L'émission débute dès le lendemain. On nous conduit au studio Mehboob à Bandra pour la présentation officielle des quarante concurrents.

Le décor rétro chic est celui d'un night-club haut de gamme, comme on en voit dans les films hindis des années 1970. Peint dans les tons rouge-brun, parme et bleu nuit, le plateau est équipé d'une scène tournante qui imite un 78 tours. L'ambiance nocturne est accentuée par l'éclairage, les rouges et les violets vaporeux qui baignent la scène d'une lueur irréelle. Il y a plus de deux cents personnes dans le public : spectateurs lambda, parents et amis des candidats.

Le producteur-réalisateur est un grand type dégingandé aux allures de musicien de reggae, avec dreadlocks et petit bouc. Chrétien syrien du Kerala, il se fait appeler Mathew George. Affublé d'un jean râpé et d'une paire de baskets, il explique les règles de base aux concurrents tel un coach au briefing d'une nouvelle équipe.

— La première chose que vous devez savoir est que *Popstar nᵒ 1* n'est pas une émission musicale. C'est un divertissement à mi-chemin entre *Bigg Boss* et *Indian Idol*. Je ne veux pas seulement vos chansons : je veux aussi votre vie avec ses doutes, ses errances, ses chagrins, sa beauté et sa laideur. Je veux vos larmes, je veux vos peurs. Je veux des prises de bec, des prises de tête, des querelles d'amoureux. Je veux vos secrets inavouables, votre linge sale. Je veux que tout ce que vous avez dans les tripes sorte au grand jour pour prouver au monde que vous, et vous seul, méritez le titre de Popstar nᵒ 1. Rappelez-vous, le public n'aime que les vainqueurs. Il n'y a pas de place pour les seconds couteaux dans l'histoire. Alors bougez-vous, battez-vous et venez chercher la victoire.

Il marque une pause et jette un coup d'œil circulaire sur les candidats massés dans les coulisses. Certains se rongent les ongles nerveusement ou tapotent du pied.

— Vous avez pigé ?

Les autres, je ne sais pas, mais Neha a clairement pigé.

— Ça y est, *didi* !

Elle m'agrippe par la main.

— Je vais gagner, je le sens.

— Comme les trente-neuf autres, dis-je dans un soupir.

Peu après, les membres du jury font leur entrée. Ce sont les quatre « gourous musicaux ». Le massif Bashir Ahmad est le directeur musical le plus en vue de Bollywood : il a composé la musique d'un bon nombre de blockbusters. Et il est imbattable en matière d'autopromotion. Rohit Kalra est un parolier et chanteur de ghazal bien connu, qui s'est essayé au cinéma, mais sans succès. Même s'il n'est plus tout jeune, il a conservé un certain charme canaille que souligne sa longue tignasse indisciplinée. Udita Sapru, c'est la touche glamour : chanteuse nubile à la voix sensuelle, elle-même découverte il y a trois ans dans un télé-crochet. Enfin, il y a Vinayak Raoji Wagh et ses célèbres lunettes noires. Proche de la soixantaine, Raoji apparaît dans presque tous les concours de chant. Considéré comme une légende vivante, ce compositeur-interprète est le seul musicien aveugle de Bollywood. Son visage grêlé porte les traces du mal qui l'a frappé dans son enfance. La cicatrice impressionnante sous l'œil gauche est en revanche le vestige d'un incident sordide qui lui a coûté la vue. Il y a six ans, lors d'un concert, une groupie dérangée l'a agressé à coups de couteau, manquant de lui crever les yeux. Elle s'est ensuite suicidée en plongeant ce même couteau dans son cou. Raoji, de son côté, a continué à écrire de la musique pour films, et il est en passe d'entrer dans le *Guinness des records* comme le compositeur aveugle le plus prolixe du monde.

Une fois le jury installé sur l'estrade, Mathew George explique le déroulement du concours.

— Les quarante candidats seront divisés en quatre équipes de dix, et chaque équipe sera coachée par un gourou musical. Dans les quinze jours qui viennent, nous procéderons à des éliminations en direct pour ne garder que vingt finalistes. Leurs performances seront soumises au vote du public, qui, d'ici la fin de l'année, élira le prétendant au titre de Popstar n° 1.

Il fait claquer ses doigts, et les lumières baissent. Un projecteur unique illumine la scène. Simultanément, l'orchestre se met à jouer la musique du générique de l'émission.

— À présent, chacun de vous va venir interpréter une chanson de son choix, ce qui permettra au jury de constituer les quatre équipes.

C'est le moment que j'attendais pour voir si tous ces jeunes fanfarons savent réellement chanter.

Il est inouï de constater à quel point le fait de se retrouver sur scène, face à un public, vous transforme quelqu'un. Ces paysans, ces étudiants, ces vendeuses, dès qu'ils ont un micro à la main et les projecteurs braqués sur eux, deviennent instantanément des vedettes en puissance.

Pendant trois heures, je les écoute s'égosiller sur tous les tons, accompagnés par un orchestre au grand complet. Mes impressions sont plutôt mitigées. Il y a parmi eux des chanteurs confirmés, capables de tenir une note. Et d'autres qui ne sont vraiment pas doués.

J'en arrive à me demander s'ils n'ont pas payé pour passer le barrage des sélections.

Arrive le tour de Neha. Elle interprète la chanson titre de *La Cité de la poussière*. Les jurés – Raoji en particulier – hochent la tête, impressionnés par ses prouesses vocales comme par sa maîtrise de la scène. Jusqu'ici, elle est de loin la meilleure, mélange rare d'une belle voix, d'un joli minois et d'une prestance altière.

Neha est suivie par Javed. Le fils du chauffeur de rickshaw surprend tout le monde par sa performance impeccable. Il choisit un air populaire de *L'Amour à Bangkok* : le public se déchaîne, et les jurés tapent du pied en cadence.

Neha commence à trépigner. Force lui est de reconnaître qu'elle vient de se faire coiffer au poteau par plus brillant qu'elle.

La foule continue à scander : « Javed ! Javed ! » lorsque s'élève, parmi le vacarme, une délicate mélodie à la beauté irréelle. C'est la dernière candidate, la diaphane Mercy. La voix qui jaillit de son corps frêle est semblable à un torrent d'eau cristalline. Elle monte telle une prière, me touche au plus profond de l'âme, me transporte en un lieu de paix et de béatitude. Un silence presque surnaturel règne maintenant dans la salle, un silence religieux, comme en présence d'un miracle.

Je vois bien que le jury est envoûté par le timbre exceptionnel de cette voix. Seul George secoue lentement la tête. Mercy n'a aucune chance de décrocher le titre de Popstar n° 1. Elle a beau chanter comme un ange, elle a le charisme d'une plante potagère.

Après avoir écouté tous les morceaux, les jurés tiennent un conciliabule. Les candidats sont sur des charbons ardents ; on dirait une bande de lycéens anxieux attendant les résultats de l'examen de fin d'études. Tout le monde, semble-t-il, voudrait être dans l'équipe de Bashir Ahmad ou dans celle de Raoji. Car ils sont les mieux placés pour offrir à un chanteur débutant la chance de tourner dans un film.

Au moment de la proclamation des résultats, certains jubilent tandis que d'autres font grise mine. Javed a été choisi par Bashir Ahmad pour faire partie de son équipe. Mercy va chez Udita ; Nisar Malik le Cachemirien rejoint Rohit Kalra. Quant à ma sœur, c'est l'aveugle Raoji qui la prend sous son aile.

Neha exulte.

— Je n'arrive pas à croire que je vais étudier avec un musicien de la stature de Raoji !

*

Le lendemain, le vieux briscard invite les dix membres de son équipe dans sa luxueuse villa de Juhu, où il possède son propre studio d'enregistrement. Célibataire endurci, Raoji vit seul avec un domestique âgé, qui a l'air à moitié aveugle lui-même. Ultramoderne, le studio d'enregistrement est équipé de toute une gamme de synthétiseurs. Très vite, une répétition s'improvise. Quelqu'un se met à jouer de l'harmonium ; un autre prend une guitare. Je me sens comme une groupie parmi des musiciens réunis dans une loge pour un bœuf.

Raoji écoute patiemment chacun de ses élèves et réserve une mention spéciale à Neha.

— Je sens la présence de la déesse Saraswati dans ta voix. Tu iras très loin, ma fille.

Neha se baisse pour lui toucher les pieds.

— Je veux être votre disciple pour absorber tout votre savoir, Guru-ji.

— Certainement. Mais n'oublie pas ma *guru dakshina,* répond-il en riant, faisant allusion à la coutume qui veut qu'on récompense son maître à la fin de ses études.

Je sais que les aveugles sont dotés d'un sixième sens, mais à la façon dont il le dit, penchant la tête et regardant Neha bien en face, on croirait presque qu'il la voit.

Ce soir-là, Mercy m'aborde à l'heure du dîner.

— Dites à votre sœur de se méfier de Raoji, me glisse-t-elle, énigmatique.

— Pourquoi ?

Elle se mord la lèvre et ne répond pas.

Une fois les équipes formées, les éliminatoires se déroulent sur le même mode fastidieux et prévisible que dans toutes les autres compétitions de téléréalité. À chaque séance, on désigne quatre chanteurs, un par équipe. On leur demande d'interpréter une chanson choisie par leur gourou. Les autres jurés notent sa performance, et les plus faibles sont éliminés. C'est comme une mort subite : il n'y a pas de seconde chance pour les candidats malheureux.

Pankaj Rane, un visiteur médical de vingt-deux ans avec un talent limité et une personnalité plus effacée encore, est le premier à prendre la porte. Il craque et fond en larmes. Les caméras zooment sur son visage ruisselant. Mathew George affiche un grand sourire. C'est exactement ce qu'il voulait.

Je plains ces jeunes gens aux ambitions aveugles. L'émission va couronner un seul vainqueur. Les autres seront broyés et recrachés parmi les débris d'espoirs piétinés et de rêves brisés. Ils sont venus là avec des étoiles plein les yeux ; ils repartiront seuls et oubliés de tous.

George a raison. Ce n'est pas un concours pour dénicher de nouveaux talents, mais un sordide déballage de téléréalité.

*

Deux jours plus tard, Raoji envoie chercher Neha pour une séance de répétition. Je décide de l'accompagner. En arrivant chez lui, nous nous apercevons que nous sommes seules : les autres membres de l'équipe n'ont pas été invités.

— Pourquoi ce traitement de faveur ? je demande gentiment, une fois dans le studio.

— Votre sœur passera sans problème les épreuves éliminatoires, répond-il. Il faut que je la prépare dès maintenant pour le deuxième tour, quand tout le pays va voter. Si Neha choisit la bonne chanson, elle a toutes les chances de devenir la Popstar n° 1.

Exactement ce que Neha a envie d'entendre.

— Quelle chanson me recommandez-vous, Guru-ji ?

Elle bat des cils comme une écolière désireuse de plaire à son professeur.

— Commençons par le classique *Kuhu Kuhu Bole Koyaliya...* « Le chant du coucou ».

Je me souviens vaguement de cette chanson obscure tirée d'un film de 1958, *Suvarna Sundari*. À ma surprise, Neha la connaît. Elle se lance avec son entrain coutumier, mais sa voix bute sur les aigus.

Raoji tape du poing dans sa paume.

— Non, non et non !

Neha s'arrête à mi-mesure.

— Qu'y a-t-il, Guru-ji ?

— Ce morceau est trop difficile pour toi, tranche-t-il d'un ton sans réplique. Les quatre couplets sont basés sur quatre ragas différents. Seul un vocaliste aguerri peut négocier les transitions d'un raga à l'autre sans coupure et sans sortir du ton. Tu n'en es pas encore là pour l'instant. Mais à force de pratique, tu finiras par y arriver.

Après l'avoir douchée, il se radoucit.

— OK, essayons quelque chose de plus facile. Que dirais-tu de *Il pleut* d'Udita ?

Neha se ragaillardit.

— C'est l'une de mes chansons préférées.

Cette fois, elle fait preuve de maîtrise d'un bout à l'autre du morceau rapide et entraînant ; sa voix monte et descend la gamme avec aisance.

Raoji applaudit.

— Waouh ! C'était parfait ! Viens donc près de moi. Je veux te voir.

Neha s'approche, hésitante.

— Mais… vous êtes non voyant, monsieur.

— Un aveugle ne voit pas avec ses yeux, mais avec ses doigts.

Tout doucement, il redessine les contours de son visage comme pour en mémoriser les traits. Avec un sentiment de malaise grandissant, je regarde sa paume descendre le long de son cou jusqu'à la naissance de ses seins.

Pétrifiée, Neha ose à peine respirer. Me voyant prête à intervenir, elle leve la main en signe d'avertissement. Je m'agrippe aux accoudoirs de mon fauteuil et serre les lèvres pour m'empêcher de rompre ce silence effrayant. Raoji finit par retirer sa main.

— Ça y est, je t'ai vue, déclare-t-il. Tu es aussi belle que ta voix.

Neha m'adresse un clin d'œil, un sourire carnassier au coin des lèvres.

Plus tard, tandis que le chauffeur de Raoji nous raccompagne à Colaba, elle éclate d'un rire hystérique.

— C'était pathétique, non ?

— Il n'y a pas de quoi rire, lui dis-je fermement. Il a bel et bien essayé de te tripoter.

— C'est bon, *didi*.

Neha balaie mes craintes d'un geste dédaigneux.

— Ça n'a rien à voir avec la promotion canapé. Le pauvre homme avait juste besoin d'un peu de chaleur humaine. Franchement, je le plains. Tu t'imagines vivre à tâtons dans le noir complet, sans couleurs, sans formes, sans espoir ?

Elle frissonne, comme si cette idée la rendait malade.

— Autant mourir tout de suite.

— Il y a quelque chose qui ne tourne pas rond chez Raoji. À partir de maintenant, il ne faut plus qu'il t'approche.

— Au contraire, je dois rester proche de lui, affirme Neha. Ce n'est pas souvent qu'on a l'occasion d'aider un aveugle. Et sa bénédiction ne sera pas de trop, si je veux gagner ce concours.

Je me borne à secouer la tête devant tant de désinvolture cynique. Désormais, j'ai une double mission sur les bras : protéger Neha de Raoji, et la protéger d'elle-même.

La semaine s'écoule dans un tourbillon de répétitions, performances, changements de garde-robe et séances photo. Ceux qui sont éliminés font mine de sourire à travers leurs larmes. Les survivants remercient leur bonne étoile et échangent des paroles d'encouragement.

Je n'ai pas d'autre occupation qu'applaudir Neha. Avec tout ce temps libre, mes pensées me ramènent invariablement à Karan. Nous nous parlons au téléphone presque un jour sur deux.

— Quand est-ce que tu rentres ? demande-t-il. Je suis carencé en vitamine S.

Chaque fois que j'entends sa voix de velours, mon pouls s'accélère. Les seuls poèmes que j'écris ces jours-ci sont dictés par des moments d'émotion indicible, quand je trempe mon stylo dans l'insoutenable douleur du manque et de la séparation. Est-ce lié à toutes ces chansons sirupeuses que j'entends en permanence ? Ou suis-je vraiment en train de tomber amoureuse ? Karan est drôle. Intelligent. Beau comme un dieu. Il correspond tout à fait à mon idéal masculin. Mais plus je me rapproche de lui, plus j'ai l'impression qu'il me cache quelque chose. Et le doute instille son lent poison dans mon esprit. Suis-je assez bien pour lui ? Ce n'est pas parce que nous passons des soirées entières à discuter qu'il est forcément amoureux de moi. Car si c'était le cas, il m'aurait rendu mes baisers, non ?

Pour me changer les idées, je passe plus de temps en compagnie de Mercy. De tous les candidats, elle est celle qui m'intrigue le plus. Ses aigus cristallins, ses graves moelleux sont gravés dans ma mémoire. Mais au-delà de sa voix, je suis touchée par ses yeux. Ils semblent toujours sur le point de déborder, comme s'il y avait une source intarissable de tristesse au fond de son cœur.

Solitaire, elle semble fuir tout contact avec les autres. Chaque fois que je la vois assise dans son coin, elle me fait penser à un chien battu, tapi dans sa niche.

— Pourquoi as-tu tenu à participer à cette émission ? je lui demande un soir. Pour devenir Popstar nº 1, le physique compte plus que la voix.

Même si elle est très forte pour dissimuler ses sentiments, cette fois j'arrive à lui faire baisser la garde.

— Je suis venue voir Raoji, marmonne-t-elle.

— Venue voir Raoji ? je répète, médusée. C'est bizarre, comme raison.

Bribe par bribe, elle finit par lâcher le morceau, et je découvre l'abominable vérité. La sœur aînée de

Mercy, Gracie Fernandez, est venue à Mumbai il y a huit ans parce qu'elle voulait devenir chanteuse. Elle a pris des cours avec Raoji, qui l'a forcée à avoir des rapports sexuels avec lui. Mais lorsque Gracie est tombée enceinte, il a changé du tout au tout, l'a traitée de pute et a refusé tout net de l'épouser. Elle a eu beau supplier, il n'a rien voulu entendre. Gracie a commis alors l'erreur fatale de le menacer de tout révéler à la presse. Fou de rage, Raoji l'a tabassée à coups de ceinture, promettant de la tuer. Elle a fait une fausse couche et passé six semaines à l'hôpital. À sa sortie, elle n'avait qu'une idée en tête : se venger. C'est elle qui s'est jetée sur Raoji avec un couteau lors de ce fameux concert, il y a six ans.

— Ma sœur n'était pas folle, conclut Mercy, les larmes aux yeux. Cet homme ne lui a pas laissé d'autre choix. Tout le monde pense que Gracie s'est suicidée, mais en fait, c'était un meurtre. Raoji l'a poussée à mettre fin à ses jours.

— Mais alors, pourquoi n'en a-t-on rien su ?

— Parce que ma sœur était une parfaite inconnue, tandis que Raoji est un homme riche et influent. Il a soudoyé la police pour étouffer le scandale.

— Tu es donc venue ici pour venger ta sœur ? Pour le tuer ?

— Non !

Elle frémit, empoigne sa croix.

— Le Christ m'est témoin, je serais incapable de tuer une mouche. La justice et le paiement sont entre les mains de Dieu.

— Quel est ton plan, alors ?

— Je n'en ai pas. Quand j'ai su que Raoji allait faire partie du jury, j'ai décidé de m'inscrire à l'émission. Je voulais juste voir l'homme qui a brisé la vie de ma sœur. Elle était mon professeur : c'est elle qui m'a appris à chanter. Son rêve était que je gagne un concours de chant. Je ne suis pas ici pour la venger, mais pour lui rendre hommage.

— Et Raoji dans tout ça ?

— C'est le tribunal du Christ qui le jugera.

En écoutant son récit tragique, je ne puis m'empêcher d'admirer la mansuétude de Mercy. À sa place, j'aurais été incapable de regarder Raoji en face sans lui cracher au visage. Et je n'aurais pas eu la patience d'attendre le jour du Jugement dernier.

Non seulement l'histoire de Gracie me touche, mais elle renforce ma suspicion croissante vis-à-vis du musicien.

— À partir de maintenant, tu ne dois plus accepter de voir Raoji en tête à tête, dis-je à Neha. Pour moi, une brute reste une brute.

— N'importe quoi ! explose Neha. C'est mon gourou, nom d'un chien. Et il m'a convoquée ce soir pour la répétition finale.

— Dis-lui que tu ne viendras pas.

— Et rater le titre de Popstar n° 1 ? Ne dis pas de bêtises, *didi*. Il est aveugle, que veux-tu qu'il me fasse ? Il est hors de question que je n'aille pas à ce rendez-vous.

— Dans ce cas, je viens avec toi.

Raoji nous accueille sur la terrasse de sa maison. La soirée est fraîche et venteuse. La pleine lune brille dans un ciel sans nuages, illuminant sa demeure imposante.

Vêtu d'une *kurta* en soie, le musicien déploie tout son charme comme à l'accoutumée, mais j'ai du mal à le regarder sans frémir d'aversion en repensant à la sœur de Mercy.

Neha est ravissante dans son costume *salvar* en crêpe rose, acheté la veille à Crawford Market. Rien que la *dupatta* en mousseline m'a coûté huit cents roupies.

Le domestique de Raoji apporte des boissons sur un plateau. J'ai demandé un jus d'orange ; Neha un Coca light. Le poison préféré de Raoji est, semble-t-il, le whisky Talisker single malt.

— Ce soir, je donnerai à Neha ma plus grande leçon, annonce-t-il, mystérieux, emplissant son verre de liquide ambré. Nous sommes pratiquement à la fin du premier tour. Demain auront lieu les dernières éliminatoires. Après ça, Neha, plus rien ne pourra t'arrêter. Santé !

Il lève son verre et le vide en deux gorgées.

Neha et lui se lancent dans une discussion technique sur la pratique du chant. Je m'éloigne vers le bord de la terrasse, m'accoude à la balustrade en pierre sculptée et contemple la cité qui s'étend par-delà le velours mouvant de l'océan. Le panorama est spectaculaire, surtout le soir. Les lumières scintillantes habillent la ville d'une parure féerique. Les enseignes au néon luisent doucement sur les tours du front de mer. Sur les marchés, le commerce bat son plein. Les voitures défilent dans les artères en contrebas. Mumbai est véritablement la ville qui ne dort jamais.

Le jasmin de nuit qui pousse dans un pot embaume l'air de son parfum entêtant. Mêlé aux effluves moites et salés de l'océan, il me berce, me donne envie de dormir. Je bois une autre gorgée de jus. Il a un drôle de goût. Soudain, j'ai mal à la tête ; mes genoux se mettent à flageoler. Prise de nausée, je me précipite aux toilettes à l'autre bout de la terrasse.

Je titube jusqu'au lavabo et jette un œil dans le miroir. Mes paupières sont étrangement lourdes. Je dors debout. Je me sens barbouillée et apathique. Me passer de l'eau sur le visage me demande un effort surhumain. Je cligne des yeux pour essayer d'y voir clair, mais mon cerveau refuse de fonctionner. Je m'adosse au mur, m'efforçant de comprendre ce qui m'arrive.

Une pensée me traverse l'esprit. Raoji a dû dire à son domestique de trafiquer ma boisson. Par la fenêtre, je le vois tapoter Neha dans le dos. Ma vue se brouille : il devient double, puis triple, et continue à se multiplier jusqu'à devenir un Raoji à dix têtes, avec le sourire mauvais du démon Ravana.

— Descendons au studio.

Sa voix me parvient comme un écho lointain.

— Tu veux bien me guider ?

À travers le brouillard, je regarde Neha prendre le bras de Raoji et le conduire vers l'escalier. Pressentant un danger imminent, j'ai envie de crier : « Non ! N'y va pas ! » Mais aucun son ne sort de ma gorge. Comme si on m'avait hypnotisée. Mon cerveau n'est plus du tout connecté à mon corps.

Luttant contre la sensation de paralysie, je sors des toilettes d'un pas chancelant. Raoji et Neha sont déjà partis, laissant derrière eux un bol de noix de cajou salées.

Ma tête est si lourde que j'ai du mal à la tenir droite. Je sens que je ne vais pas tarder à m'écrouler comme la dernière des poivrotes. Mon regard se pose alors sur la bouteille à moitié vide de Talisker qui luit faiblement sur la table. Je l'attrape à deux mains ; on dirait qu'elle pèse une tonne. Dans un suprême effort, je la lève au-dessus de ma tête et la fracasse sur le sol en ciment. L'odeur âcre de whisky monte à mes narines. Il ne me reste plus que le goulot dans la main, aux bords déchiquetés. Toujours flageolante, j'inspire profondément et je plante le tesson dans ma cuisse gauche à la façon d'un poignard. Il traverse la fine étoffe de mon *salvar* et m'entaille la peau. Une douleur brûlante, fulgurante me transperce la jambe, irradie dans tout mon corps. Aussitôt, le brouillard se dissipe, et je reprends mes esprits, tous les sens en éveil.

Sans plus me préoccuper de la blessure qui me fait souffrir atrocement, je descends l'escalier clopin-clopant, fonce à travers le salon et fais irruption dans le studio, où je découvre Neha et Raoji emmêlés sur le canapé. Le musicien lui a immobilisé les bras et tente de l'embrasser tandis qu'elle se débat pour échapper à son étreinte.

— Raoji ! je hurle en lui arrachant ma sœur.

Il la lâche, pantelant comme s'il allait avoir une crise cardiaque. De la bave lui coule de la bouche ; son visage est violacé.

— Va, Neha ! siffle-t-il. Je voulais juste t'aider. Mais tu n'es pas digne de mon attention.

Folle de rage, j'écarte Neha d'une main et je lance ma jambe droite. Raoji se contorsionne de douleur : mon talon l'a atteint au plexus.

— Salope !

Il pousse un gémissement étranglé en se tenant l'estomac.

Ma fureur n'a plus de limites.

— Tu ne mérites pas de vivre, espèce de sale porc !

Je lui envoie un coup de poing, mais avec une rapidité surprenante il intercepte mon geste, me pousse contre le mur et me tord le bras si violemment que j'ai l'impression qu'il va le casser. La douleur est fulgurante.

— Je pourrais t'écraser comme une mouche, me souffle-t-il à l'oreille.

Et il me relâche tout aussi brutalement.

— Finies, les répétitions ! lance-t-il en guise d'adieu. Allez-vous-en, toutes les deux.

Neha est très secouée par ce qu'elle vient de vivre. Dans le taxi qui nous ramène à Colaba, je sens la honte, l'horreur et le dégoût la traverser comme une tempête de sable.

— Il... il a essayé de me t-toucher, bredouille-t-elle. Tu avais raison à son sujet, *didi*.

Elle enfouit son visage dans ses mains et fond en larmes.

— Ne t'inquiète pas. Ça va aller, dis-je, rassurante, en lui caressant les cheveux.

231

Sa main effleure par inadvertance ma cuisse, et elle sent quelque chose d'humide et de visqueux sous ses doigts. Le sang continue à s'écouler de la plaie.

— Oh, mon Dieu, *didi,* mais tu saignes ! s'écrie-t-elle.

La douleur, momentanément supplantée par la poussée d'adrénaline, revient en force. Ma chair me brûle comme si l'on y avait versé de l'acide.

Sans une seconde d'hésitation, Neha arrache sa *dupatta* toute neuve et la transforme en un bandage improvisé qu'elle noue autour de ma cuisse pour arrêter l'hémorragie.

Assises à l'arrière de ce taxi, nous avons l'impression de nous redécouvrir. Pour la première fois de ma vie peut-être, je sens battre un cœur derrière la façade narcissique et superficielle de ma sœur.

— J'ai toujours cru que tu aimais Alka plus que moi.

La voix de Neha trahit toute la tristesse et toute l'amertume accumulées depuis des années.

— Mais plus maintenant.

Décidément, c'est le jour des surprises et des révélations.

— J'ai toujours cru que tu ferais n'importe quoi pour devenir célèbre, je lui réponds avec la même franchise. Mais plus maintenant.

Nous nous étreignons comme deux naufragés dérivant sur le même radeau de fortune.

On ne choisit pas sa famille, mais on a toujours le choix de réparer ce qui a été cassé.

Même bien à l'abri dans le dortoir, Neha continue à se cramponner à moi. Elle a le front brûlant. Mercy m'aide à la mettre au lit. Comme je me tourne pour partir, Neha m'agrippe par le bras.

— Où vas-tu, *didi* ?

— À la police, porter plainte contre Raoji. Il a essayé de me droguer, de te violenter.

— Non, *didi*.

Elle bondit du lit, me barre le passage.

— Je ne te laisserai pas faire ça.

— Mais pourquoi ?

— Ça va ruiner mes chances de gagner le concours.

— Tu es folle, ou quoi ? Tu penses encore au concours après ce qu'il t'a fait ?

— Écoute, je dirai à George de me changer d'équipe. Je ne veux plus avoir affaire à ce salaud de Raoji. Mais je n'ai pas envie de rater ma chance. J'y suis presque. Une fois que je serai en finale, même Raoji ne pourra plus m'arrêter. Ne m'enlève pas mon seul rêve, mon seul espoir, *didi*.

Et elle se remet à sangloter.

— C'est bon, je ne vais pas dénoncer Raoji, si tel est ton souhait.

Mercy, qui assiste à notre conversation, est plus préoccupée par la blessure sur ma cuisse.

— Il faut que vous voyiez un médecin, *didi*. Si vous ne vous faites pas soigner, ça va s'infecter.

Elle m'accompagne à la clinique la plus proche, où une infirmière nettoie et désinfecte la plaie. Sur le chemin du retour, nous croisons un policier en uniforme de la police du Maharashtra, occupé à marchander

233

avec un vendeur de jouets, tandis que sa moto ron-ronne comme un chat sauvage sur le bas-côté.

Mercy essaie de me pousser en douceur vers le fonctionnaire de police.

— Il est encore temps de porter plainte.

— Je ne peux pas. J'ai promis à Neha.

Elle me serre le bras.

— Raoji ne doit pas s'en tirer une fois de plus, *didi* !

Un feu sombre brûle dans ses yeux, telle la lave d'un volcan en éruption.

Je la regarde, je regarde la boutique de jouets, et une idée germe dans mon esprit.

Je lui chuchote :

— J'ai un plan.

— Dites-moi, répond-elle en chuchotant elle aussi.

Il y a de l'électricité dans l'air. C'est le dernier jour des éliminatoires. Aujourd'hui, deux autres chanteurs prendront la porte, et il en restera vingt pour se dis-puter le titre tant convoité.

La tension monte dans la salle, où j'attends avec le reste du public.

Un à un, les jurés proclament les noms des candi-dats du jour. Comme dans une partie d'échecs, il faut anticiper les mouvements de son adversaire. Les jurés avancent leurs pions – leur meilleur candidat contre un concurrent plus faible – pour tenter de mettre en échec les autres équipes.

— J'appelle Javed, annonce Bashir Ahmad.

Un murmure d'excitation parcourt la salle. Jusqu'ici, Javed Ansari est clairement le favori. Bashir a opté pour le gambit dame.

— Je choisis Sujata Meena, dit Udita Sapru.

Sujata est une chanteuse truculente à la voix de gorge. Elle est l'équivalent du cavalier, le joker du jeu, capable de semer la zizanie sur l'échiquier.

— Mon champion est Nisar Malik, déclare Rohit Kalra.

Le Cachemirien n'est pas le meilleur chanteur de son équipe. Ce pion peut être facilement sacrifié.

— Et mon choix à moi, c'est Neha, lance Raoji.

Les exclamations fusent. Un affrontement entre Javed et Neha n'a aucun sens à ce stade préliminaire. Cela revient à opposer deux reines en tout début de partie.

Les quatre concurrents se mettent en rang, et l'épreuve d'élimination commence.

Bashir Ahmad choisit une chanson d'amour pour Javed, et son protégé l'interprète à la perfection : tout le monde est bluffé par le registre, l'intensité et la puissance expressive de sa voix.

Sujata Meena est férue de folklore, et sa coach lui donne carte blanche. La ballade du Rajasthan qu'elle chante à pleins poumons met le public en transe ; son punch et son naturel offrent un contraste saisissant avec la maîtrise calculée du style vocal de Neha.

La prestation de Nisar Malik – une chanson tragique de Kishore Kumar – se révèle étonnamment poignante, tout en mélancolie et désillusion.

Vient enfin le tour de Neha. Tous les regards se tournent vers Raoji. Neha attend sur scène avec un sourire angélique, mais je sais qu'au fond d'elle, elle doit être morte de trac. Son avenir se joue dans les prochaines minutes, le rêve de toute une vie.

Raoji s'éclaircit la voix.

— Neha est mon meilleur élément : je lui propose donc une chanson qui lui permettra de donner la pleine mesure de son talent.

L'air impénétrable derrière ses lunettes noires, il dit à Neha :

— *Beti,* je veux que tu nous interprètes *Kuhu Kuhu Bole Koyaliya.*

Je suis atterrée. À voir la moue crispée de Neha, elle non plus ne s'attendait pas à ça. Raoji lui a tendu un piège qu'il n'y a pas moyen d'éviter. Elle attaque vaillamment le morceau, mais l'incident de la veille l'a durement éprouvée. Elle force sa voix, surtout dans le passage le plus difficile qui s'envole dans les aigus.

Le verdict est sans appel. Aussi bien du côté du jury que dans le public. Neha est le maillon faible de la compétition. Elle est éliminée.

Un silence recueilli règne dans la salle : les spectateurs essaient de se faire à l'idée qu'une des grandes favorites vient de mordre la poussière. Le visage de marbre, Neha accepte son sort avec une résignation stoïque.

L'ultime épreuve éliminatoire débute peu après, opposant Mercy aux trois autres chanteurs, tous beaucoup moins bons qu'elle.

Udita Sapru lui demande de chanter *Aye Mere Watan Ke Logo* (« Ô, peuple de mon pays »), un chant patriotique de Lata Mangeshkar, hommage aux soldats indiens tombés pendant la guerre de 1962 contre la Chine. Aujourd'hui, Mercy se surpasse. Elle sort de sa réserve frigorifique et chante avec un total abandon. Comme libérée de sa coque terrestre, sa voix mélodieuse monte vers le ciel, emportant orchestre, jurés et public sur son passage. J'en ai la chair de poule : jamais, de toute l'histoire de ce concours, je n'ai entendu de notes d'une pureté aussi parfaite.

La chanson terminée, elle rentre dans sa carapace, aussi empourprée que si elle venait de courir un marathon. Les jurés se concertent à voix basse, jetant des regards embarrassés au producteur. Visiblement, ils cherchent un prétexte pour l'éliminer de la compétition.

Bashir Ahmad boit une gorgée d'eau dans le verre posé devant lui.

— C'était… euh… une bonne prestation. Tu as du talent, à l'évidence. Mais tu n'es pas prête à aller au niveau suivant. Ta voix a un côté brut qui a besoin d'être travaillé.

Rohit Kalra s'en prend à son manque d'expressivité et à sa gaucherie.

— Chanter, ce n'est pas seulement égrener des notes. C'est aussi la manière dont tu fais passer ton message au public.

Raoji relève un manque de concentration imaginaire dans l'avant-dernier couplet.

— Ce petit accroc m'a gâché toute l'interprétation. Mais je vais te dire une chose : continue à t'exercer, et tu gagneras le concours l'année prochaine.

— Merci, monsieur, souffle Mercy. J'ai besoin de votre bénédiction.

— Je vais te la donner personnellement.

Raoji descend de la tribune du jury et se dirige vers la scène en tâtonnant avec sa canne. Mathew George l'aide à gravir les marches. Mercy attend, tête baissée. Raoji se rapproche quand soudain elle se redresse d'un bond. Un couteau surgit comme par enchantement dans sa main droite. Sous le faisceau rouge du projecteur, la lame dentée semble dégouliner de sang.

Une clameur horrifiée s'élève dans la salle.

Tandis que Mercy pointe le couteau sur la poitrine de Raoji, le musicien lève instinctivement la main pour se protéger. Abandonnant sa canne, il saute de la scène avec un cri étouffé, le visage figé en un masque de panique.

Cette fois, le public s'exclame de surprise.

— Vous… vous voyez ? constate Bashir Ahmad, bouche bée.

— C'est exact, dis-je en grimpant sur la scène et en m'emparant du micro. Mercy ne cherchait pas à tuer Raoji, mais à le démasquer.

Mercy jette le couteau en plastique que j'ai acheté la veille au marchand de jouets. Sa poitrine se soulève d'émotion. Elle tombe à genoux, se signe et embrasse la croix qu'elle porte autour du cou. Le visage baigné de larmes, elle lève les mains en un geste de prière.

— Seigneur, aie pitié de l'âme de ma sœur.

— Raoji n'est pas aveugle, du moins pas complètement, poursuis-je. Il a continué à faire semblant pour pouvoir tripoter les filles, éveiller leur compassion et

238

pour finir, abuser d'elles, comme il a abusé de la sœur de Mercy, Gracie, la poussant au suicide. Hier soir, il a tenté de s'en prendre à Neha. Ce triste individu mérite d'être fouetté sur la place publique.

Le public rugit en signe d'approbation.

Udita Sapru se lève subitement.

— Je ne supporte pas de respirer le même air que ce monstre, déclare-t-elle d'une voix tremblante.

Elle marque une pause, comme s'il lui en coûtait de s'exprimer.

— Il… il… a fait pareil avec moi, quand j'ai participé au télé-crochet.

Cette annonce est accueillie avec consternation, stupeur et enfin colère par le public. Deux ou trois hommes s'avancent, menaçants, vers Raoji qui se ratatine de peur.

— Coupez !

Mathew George bondit de son fauteuil de réalisateur.

— Quelqu'un peut-il m'expliquer ce qui se passe ? demande-t-il à la cantonade, s'efforçant de garder un air de calme professionnel.

— Je n'aurais jamais dû accepter de faire partie du jury dans ce concours de troisième zone.

Udita le foudroie du regard.

— Je démissionne.

— Moi aussi, dit Bashir Ahmad.

— Idem, dit Rohit Kalra.

Et ils quittent le studio, drapés dans leur dignité, laissant Raoji aux mains de la foule qui se referme autour de lui.

Une demi-heure plus tard, je tombe sur Mathew George assis, accablé, sur un banc, face aux ruines de son décor vandalisé par la meute déchaînée.

— Qu'avez-vous fait ? s'écrie le producteur-réalisateur en me voyant. Raoji est à l'hôpital avec une cinquantaine d'os brisés. Et mon concours est à l'eau avant même d'avoir commencé.

— Je n'y suis pour rien, lui dis-je tranquillement. C'est vous qui l'avez voulu.

— Quoi ? Saborder ma propre émission ? hurle-t-il, tirant comme un malade sur ses dreads.

— Vous vouliez notre linge sale, nos secrets et nos aveux. Eh bien, je vous ai offert un scandale de premier ordre. Profitez-en.

L'après-midi même, Neha et moi prenons le train pour Delhi. Perdues dans nos pensées, nous n'échangeons presque pas un mot pendant les dix-huit heures de voyage. Le visage de Karan me hante comme un rêve fiévreux. Neha, le regard lointain, est anormalement silencieuse.

— Finis, les concours de chant, me confie-t-elle.

Elle a vu le véritable visage du monde, et ses illusions, son ambition de devenir une star, se sont fracassées contre la réalité.

Une agréable surprise nous attend à la gare de Paharganj où nous arrivons le lendemain, à 7 heures du matin. Karan Kant nous accueille sur le quai, un énorme bouquet d'œillets jaunes dans les bras. Je l'avais prévenu de notre arrivée et du fiasco de *Popstar n° 1,* mais jamais je n'aurais cru qu'il viendrait nous chercher à la gare. Les mauvais souvenirs de Mumbai s'estompent comme par magie ; j'ai l'impression d'être sur un petit nuage.

Karan est craquant avec son polo rayé et son pantalon kaki, et mon cœur bondit presque hors de ma poitrine lorsque je m'avance pour recevoir les fleurs.

À ma stupéfaction, il me contourne et remet solennellement le bouquet à Neha.

— Bienvenue à notre diva.

Il lui adresse un sourire éclatant. C'est adorable de sa part de vouloir lui remonter le moral. Mais je n'en éprouve pas moins une bouffée de jalousie en voyant Neha rougir.

Comme s'il avait anticipé ma réaction, Karan se tourne vers moi.

— Et ne croyez pas, ma chère, que je vous ai oubliée.

Il sourit comme un magicien à la fin d'un tour et brandit une rose rouge enveloppée de cellophane qu'il m'offre en inclinant le buste. Devant ma confusion, il se gratte la tête et lève les yeux au ciel.

— Vous n'aimez pas les roses ? Vous auriez préféré une bonne tasse de thé ?

Il plisse le visage et se met à psalmodier d'une voix gutturale en imitant les *chai wallahs* qui assaillaient le train à chaque arrêt :

— *Chai ! Chai garam !*

Je le reconnais bien là, le Karan qui cache ses sentiments sous un masque de pitre. Insaisissable comme toujours. Et maintenant, j'ai une énigme de plus à résoudre : une seule rose rouge vaut-elle une gerbe d'œillets jaunes ?

Le soir même, Vinay Mohan Acharya me convoque dans son bureau.

Dans l'antichambre du quinzième étage, je tombe sur une jeune Indienne d'allure plutôt ordinaire, assise à la place de la secrétaire.

— Bonsoir, mademoiselle Sapna. Je suis Revathi Balasubramaniam.

Elle me sourit timidement, et ses joues se creusent de fossettes. Mais avant même que je puisse la saluer, l'interphone se met à bourdonner, et je suis introduite dans le bureau du patron.

— Qu'est-il arrivé à Jennifer ? je demande à Acharya.

— Je l'ai virée, répond-il avec une grimace.

— Ah bon, pourquoi ?

— C'était elle, la taupe qui transmettait des informations au groupe Premier.

— Oh non !

— Elle a été démasquée par Rana. Il a réussi à obtenir la liste des appels téléphoniques passés depuis son portable personnel. Le numéro privé de mon frère y figure en bonne place. Elle lui a notamment téléphoné le soir où nous avons finalisé notre devis en réponse à l'appel d'offres pour la carte nationale d'identité.

— Et vous lui avez demandé des comptes ?

— Elle a tout nié, évidemment. Quelqu'un aurait trafiqué sa liste d'appels pour la piéger. Mais un voleur nie toujours être un voleur.

Il contemple pensivement le ciel rose pâle par la baie vitrée.

— Je peux pardonner à un ennemi, mais pas à un traître, reprend-il d'une voix sourde, comme submergé par l'émotion. Une erreur, ça se corrige, mais une fois qu'on a trahi la confiance, il n'y a pas de retour en arrière possible.

Je hoche la tête en un assentiment muet.

— Enfin, je ne vous ai pas fait venir pour me plaindre de Jennifer, mais pour vous féliciter. Vous avez réussi la quatrième épreuve haut la main.

— Et quelle était cette épreuve ?

— Celle de la clairvoyance.

— Je ne comprends pas. Quand ai-je fait preuve de clairvoyance ?

Il tapote la pile de journaux sur son bureau. Le scandale Raoji fait presque tous les gros titres.

— Il a fallu un aveugle pour révéler vos facultés de clairvoyance. Vous avez senti qu'il y avait anguille sous roche et vous avez élaboré un plan ingénieux pour démasquer cet imposteur. Bravo.

— Mais comment savez-vous quel rôle j'ai joué dans cette affaire ? Aucun des journaux que j'ai lus ne cite mon nom.

— Ils parlent en revanche d'une certaine Mercy Fernandez. C'est elle qui m'a tout raconté. Vos soupçons à l'égard de Raoji. Et ce que vous avez fait pour sauver votre sœur de ses griffes.

— Comment connaissez-vous Mercy ?

— Nous venons de l'engager comme doublure voix dans notre société de production de films.

— Excellent choix. Mercy a une voix d'ange.

— Oui, mais a-t-elle des dons de visionnaire ? Le seul moyen de préparer l'avenir est de le prévoir. Il y a trente-cinq ans, en voyant mon premier ordinateur, le Commodore PET, j'ai su instinctivement que cette machine allait transformer notre quotidien. De là date ma première incursion dans l'informatique. Aujourd'hui, ABC Informatique détient trente-deux pour cent des parts du marché des ordinateurs en Inde.

Il continue à broder pendant un quart d'heure autour de son sujet de prédilection – lui-même –, mais j'ai décroché depuis un moment déjà. Sa vanité puérile m'affecte moins que sa confiance absolue dans mes capacités. Si seulement j'avais été quelqu'un de clairvoyant ! J'aurais tout fait pour empêcher Alka de mettre fin à ses jours.

Personne ne peut prédire l'avenir. Et la clairvoyance n'est qu'un mot ronflant pour signifier qu'il faut tirer des leçons des échecs et des réussites du passé afin de s'assurer de beaux lendemains. Les hommes poursuivent cet idéal depuis la nuit des temps. Cela s'appelle survivre.

Cinquième épreuve

L'Atlas de la révolution

On se croirait le jour de diwali ou de la fête de l'Indépendance. Feux d'artifice, longues files de voitures qui klaxonnent en signe de liesse, camions remplis de supporters bruyants agitant des drapeaux tricolores et foules qui dansent et qui scandent :

— *Jai Ho !* Vive l'Inde !

Même s'il n'est pas loin de minuit, personne dans la cité n'a envie de dormir. Neha et moi sommes gagnées par l'excitation de la victoire de l'Inde sur le Pakistan lors de la demi-finale de la Coupe du monde de cricket, déjà qualifiée de « match du siècle » par les médias portés sur l'hyperbole. Toute la soirée, nous sommes restées scotchées devant la télé et, lorsque le dernier guichet pakistanais est tombé, la cité entière a croulé sous les sifflements stridents, les acclamations assourdissantes et les applaudissements à tout rompre. M. Aggarwal, le quincaillier fan de cricket qui occupe l'appartement B-27, est aussitôt descendu au marché et en est revenu avec un grand bol de *rasagullas,* boulettes de fromage dégoulinantes de sirop, pour en

245

offrir à tous les voisins de palier. Même Ma, qui trouve le cricket à peu près aussi excitant qu'une séance d'épilation, a pris part aux réjouissances, glissant discrètement une *rasagulla* juteuse dans sa bouche, malgré son diabète chronique et les sévères mises en garde de son médecin traitant, le Dr Mittal.

Une seule voisine reste totalement à l'écart de l'allégresse générale. C'est Nirmala Ben du B-25, notre gandhienne de service. Assise seule dans sa chambre, un livre de citations de Bapu sur les genoux, elle fixe le mur comme un prophète en attente d'une révélation.

— Nirmala Ben, que faites-vous ici alors que toute la cité est en train de fêter la victoire de l'Inde ?

— Épargne-moi ces bêtises, réplique-t-elle sèchement.

— Oh, allez, ne soyez pas aussi rabat-joie ! On va tous monter sur le toit regarder le feu d'artifice.

Elle réagit comme si j'avais touché un nerf à vif.

— As-tu une idée de ce que ça coûte, tous ces pétards ? Alors que des millions de gens se couchent l'estomac vide ; que des milliers d'enfants meurent faute de soins ; que des familles entières vivent sur le trottoir parce qu'elles n'ont pas les moyens de se payer un logement ; tout cet argent qui part en fumée, c'est de la pure folie. Et cette Coupe du monde, elle nous apporte quoi ? Va-t-elle éradiquer la pauvreté et l'illettrisme dans notre pays ? Va-t-elle empêcher les paysans de se suicider ? L'autre jour, Suresh, le fils de Kalawati, m'a dit qu'il priait tous les jours pour que l'Inde gagne la Coupe du monde. Moi, je prie pour que mes compatriotes retrouvent un peu de bon sens !

Désarçonnée par sa virulence, je cherche vainement mes mots pour lui répondre.

— Ce qui se passe dans notre pays est effarant, poursuit-elle. Toutes ces arnaques orchestrées par Atlas, et personne ne sait qui se cache derrière. *Arrey,* il vient de la lune, cet Atlas, d'un autre monde ? Serait-il invisible comme Dieu ?

— Il paraît que l'affaire des prêts immobiliers bidon, c'est aussi Atlas, dis-je, revoyant les gros titres de la presse du jour.

— *Bahut thaigyoo.* En voilà assez, déclare-t-elle. Je ne peux pas rester là les bras croisés, pendant qu'on pille et dilapide le patrimoine national. Ce n'est pas ce pour quoi Bapu a lutté, ce pour quoi il est mort.

— Et que comptez-vous faire ?

— J'y réfléchissais justement quand un voyant de Rishikesh est venu me voir et a éclairé ma lanterne.

— Que vous a-t-il dit ?

— « Secouez le monde en douceur. »

— Et comment pensez-vous vous y prendre ?

— Je vais lancer la révolution du peuple. C'est le seul moyen de vaincre le cancer de la corruption et de démasquer les forces derrière Atlas.

— Vous allez tenir un meeting, ou quoi ?

— Non. J'entamerai un jeûne, quitte à en mourir, jusqu'à ce que le gouvernement accepte d'ouvrir une enquête sur les agissements d'Atlas Investments.

Un signal d'alarme se déclenche immédiatement dans ma tête. Je tente de l'en dissuader.

— Ne faites pas ça, Nirmala Ben. Jeûner jusqu'à la mort n'est pas un acte d'agitation isolé.

247

— Qui a dit ça ? répond-elle, surprise par ma remarque. Il n'y a que deux issues possibles quand un *satyagrahi* recourt à ce type d'action. Soit le gouvernement cède, soit il devra faire évacuer mon cadavre. Chaque révolution a ses martyrs, non ?

— Mais pour faire la révolution, il faut des disciples, une organisation. Or vous n'avez rien de tout ça.

— J'ai moi.

Elle sourit comme si ça coulait de source.

— Quand on a soi-même, on n'a besoin de personne d'autre. Un seul individu suffit à faire la différence.

Et elle se met à chanter doucement :

— *Jodi tor dak shune keu na ashe tobe ekla cholo re.*

« S'ils ne répondent pas à ton appel, marche seul », une chanson bengalaise de Rabindranath Tagore que Gandhi aimait particulièrement.

Sa voix mélancolique emplit la pièce. Reste à espérer qu'elle ne mettra pas son plan à exécution. Car elle a beau savoir chanter, Nirmala Mukherjee Shah, sa voix seule ne suffira pas à secouer le monde en douceur.

*

Le vendredi 1ᵉʳ avril est un jour ouvré comme les autres. Mon premier client de la matinée est un homme d'affaires sikh extrêmement poli, la barbe et la moustache taillées avec soin. Il est à deux doigts

248

de se décider pour un écran plasma Panasonic Viera de 50 pouces.

— C'est pour mon fils Randeep, explique-t-il. Il tient absolument à regarder la finale de la Coupe du monde sur grand écran.

Je hoche la tête, compréhensive, et commence à lui exposer les avantages de l'extension de garantie quand mon portable se met à vibrer.

Je sors le téléphone de la poche de ma jupe et fronce les sourcils. Ces temps-ci, la plupart des appels que je reçois proviennent de centres de télémarketing, et en général je ne prends même pas la peine de décrocher. Là encore, le numéro inconnu commence par +22, l'indicatif de Mumbai. Intriguée, je presse la touche « Répondre ».

— Allô ?

— Bonjour, puis-je parler à Mlle Sapna Sinha ?

La voix me paraît vaguement familière.

— C'est moi-même.

— Sapna-ji, ici Salim Ilyasi, je vous appelle de Mumbai.

Mais bien sûr ! Comment pourrais-je oublier cette voix grave et virile qui a ensorcelé des millions de spectateurs ? Salim Ilyasi, le roi en titre de Bollywood, l'idole de toutes les jeunes filles en Inde. Qu'une mégastar de cinéma daigne me parler à l'improviste semble étrange, mais il m'arrive tant de choses étranges depuis quelque temps que plus rien ne m'étonne vraiment.

— Félicitations ! Vous avez été sélectionnée comme cliente du mois d'Indus Mobile. Cela signifie que vous allez dîner avec moi, en tête à tête, le dimanche 10 avril au Maurya Sheraton à Delhi. Je peux compter sur vous ?

Salim Ilyasi veut dîner avec moi ? *Moi ?* Une vague déferlante d'euphorie me submerge, balayant toute pensée rationnelle sur son passage. Moi, la pragmatique pure et dure, imperméable au culte de la célébrité, j'ai l'impression, en cet instant improbable, que mon cerveau est en train de se liquéfier. Quel était ce concours organisé par Indus ? Comment ai-je fait pour le gagner ? Mais toutes les considérations pratiques partent en fumée : je me pâme comme une collégienne en adoration devant son héros.

— Ou... oui, je bafouille, le visage en feu. Je... je... Avec grand plaisir.

— Alors là, c'est faaabuleux ! jubile-t-il, reprenant l'expression qui l'a rendu célèbre dans *L'Amour à Bangkok.* Il n'y a qu'un problème. Comment vous reconnaîtrai-je ?

— Je... je porterai quelque chose de distinctif.

— Mais oui, faites ça. Ma couleur préférée est le jaune. Vous n'avez rien de jaune ?

Je passe rapidement en revue ma maigre collection de costumes *salvar.*

— Euh... je ne crois pas, mais je peux m'acheter une tenue jaune.

— Pas la peine. J'ai une idée. Mettez ce que vous voulez, mais avec un Post-it jaune par-dessus.

— Un Post-it ?

— Oui, avec les lettres P-O-I-S-S-O-N D'-A-V-R-I-L. Vous avez compris ?

J'ai enfin compris, oui.

— Karan Kant, c'est toi ?

Mon correspondant s'esclaffe de bon cœur.

— Je t'ai bien eue, hein ?

Je l'imagine se tenant les côtes de rire. J'ai honte de ma crédulité, de ma naïveté crasse.

— Je vais te tuer !

— Alors là, ce sera déjà moins faaabuleux.

Sur ce, il raccroche.

Je range mon téléphone et me retourne. Mon client se hâte vers la sortie.

— Attendez, monsieur Singh ! Où allez-vous ?

Il marque un arrêt et me jette un regard apitoyé, comme s'il avait affaire à quelqu'un qui n'a pas toute sa tête. Puis il se précipite dehors.

Karan a l'œil qui frise quand je le croise le soir dans la cour.

— Espèce de fripouille !

Je fais mine de le taper.

— Tu imites tellement bien Salim Ilyasi que pas une seconde je n'ai pensé à un canular.

— Sache, si ça peut te consoler, que j'ai joué le même tour à une dizaine d'autres clientes d'Indus. Tout le monde a marché. On a bien rigolé avec les collègues du centre d'appels.

— Mais comment as-tu fait pour truquer l'indicatif de zone ? C'est parce que l'appel provenait de Mumbai que je t'ai cru.

— Ça s'appelle une usurpation de numéro. Dans la mesure où nous contrôlons le réseau, nous pouvons faire apparaître n'importe quel numéro sur le portable d'un abonné.

À ce moment-là, Neha fait son apparition.

— Qu'est-ce que tu fabriques ? demande-t-elle à Karan. Ils te cherchent partout.

— Qui ça ?

— La police. Un inspecteur avec deux agents.

— Quoi ? répond-il, le visage crispé d'angoisse.

Je m'inquiète à mon tour :

— Qu'est-ce qu'ils te veulent, d'après toi ?

— Aucune idée. Ça… ça doit être une erreur.

— Tu ferais mieux d'aller régler ça, dit Neha. Ils sont en train de cogner à ta porte. Encore un peu, et ils vont la défoncer.

— Non ! gémit Karan. Il ne faut surtout pas qu'ils entrent chez moi.

Et il gravit les marches quatre à quatre, en longues enjambées athlétiques. Neha et moi peinons à le suivre.

Hors d'haleine, nous atteignons le minuscule palier du troisième étage. Karan tourne le coin et se fige. Il n'y a personne dans le couloir.

— On dirait qu'ils sont déjà à l'intérieur, observe Neha.

— Oh non ! murmure Karan, reculant dans l'ombre et se collant au mur.

Je le pousse du doigt.

— Tu ne veux pas aller voir ?

D'un pas incertain, il gagne la porte de l'appartement B-35. Il remarque alors seulement l'affiche placardée sous le judas : un bouffon avec un panneau sur lequel on peut lire : « Poisson d'avril ! »

— Je t'ai eu !

Neha pousse un cri triomphant pendant que Karan se gratte la tête d'un air penaud.

— On peut être deux à jouer à ce petit jeu-là.

Elle lui lance un regard lourd de sens et descend les marches en courant.

— Tu vas me le payer, Neha Sinha, grogne Karan en prenant la voix de Prakash Puri, le fameux méchant.

Et il s'élance à sa poursuite.

Leur badinage me fait sourire. Karan a dû lui faire, à elle aussi, le coup de Salim Ilyasi. Neha a donc voulu se venger. Pourquoi alors ai-je l'impression d'être le dindon de la farce ?

Le soleil qui se lève ce 2 avril symbolise les espoirs d'un milliard d'Indiens. Ce soir, l'Inde rencontre le Sri Lanka en finale de la Coupe du monde de cricket, et le pays tout entier prie pour la victoire de son équipe. On ne parle que de cela au magasin. La ferveur est telle que la moitié du personnel a pris sa journée pour pouvoir regarder le match.

Juste après la pause déjeuner, Madan me convoque dans son box.

— Il faut que tu me rendes un service, annonce-t-il avec un large sourire.

— Une autre virée à la campagne ?

— Non, non, rien de tel. Quelqu'un vient juste de commander un Sony KDL-65. J'ai besoin de toi pour effectuer une LHG en urgence.

LHG est un code interne pour « livraison haut de gamme ». Chez Gulati & Fils, un vendeur accompagne personnellement tout article d'une valeur supérieure à deux cent mille roupies pour s'assurer qu'il a bien été livré et faire signer le formulaire de pré-installation au client.

— Vous savez bien que je ne fais pas de livraisons, je maugrée. Pourquoi ne pas envoyer l'un des garçons ?

— Deux sont à l'extérieur, et les autres en congé. S'il te plaît, ça ne prendra qu'une demi-heure, et tu auras droit à un bonus.

— De quel genre ?

— Après la livraison, tu pourras rentrer chez toi regarder la finale.

L'offre est tentante.

— Et l'adresse ?

Il consulte le bon de commande.

— N 133-C, Poorvi Marg, Vasant Vihar.

— Et le nom du client ?

— On ne me l'a pas communiqué. Apparemment, c'est pour un anniversaire, et ils veulent que ce soit une surprise.

— OK, dis-je. J'y vais.

Dix minutes plus tard, je grimpe à l'avant du véhicule de livraison, un vieux Bajaj Tempo, conduit par Sharad, l'un de nos plus anciens chauffeurs. Le trajet de quarante minutes est bruyant, cahoteux et suffocant, la climatisation ayant rendu l'âme depuis belle lurette.

Vasant Vihar, dans le sud-ouest de Delhi, est l'un des quartiers résidentiels les plus chers du monde : il faut être millionnaire pour habiter ici. Arrivés à destination, nous découvrons cependant que cette adresse-ci est celle d'un milliardaire.

Une équipe de vigiles, veste et lunettes noires, oreillette et talkie-walkie, nous arrête au portail automatique hérissé de caméras de surveillance. Ils examinent soigneusement notre bon de commande avant de nous laisser avancer jusqu'au poste de contrôle. Là, le Tempo est scanné pour voir s'il ne contient pas d'explosifs, et Sharad est obligé d'ouvrir le coffre et le capot pour inspection. Finalement, le portail s'ouvre, et nous pénétrons dans la propriété.

Au loin se dresse un imposant manoir comme on en trouve dans les films de Bollywood. Pour y arriver, nous suivons une longue allée sinueuse bordée de haies taillées au cordeau. Au passage, j'entrevois deux dobermans, l'air méchant, attachés à un tronc d'arbre. À la vue du Tempo, ils se mettent à tirer sur leur laisse. Toutes ces mesures de sécurité me mettent mal à l'aise. Et je me pose des questions sur l'identité du propriétaire. La plaque de marbre à l'entrée n'indiquait que le nom de la maison : *Prarthana,* « prière » en hindi.

La demeure elle-même est un vaste édifice à l'architecture impressionnante, avec colonnes corinthiennes, fenêtres palladiennes et cascades de bougainvillées en fleur dégringolant par-dessus les balcons de style français. Un serviteur en livrée ouvre une porte en bronze sculpté, et j'entre dans un luxueux salon aux meubles dorés, avec des tapis persans et même un piano à queue.

— Ah, vous voilà.

Un homme se lève du canapé.

— Bienvenue à Prarthana.

C'est Vinay Mohan Acharya.

Je ne cache pas ma stupeur.

— Vous ? Que faites-vous ici ?

— Je me fais livrer le téléviseur que j'ai commandé, répond-il sans sourciller.

Je comprends alors que je me trouve à son domicile.

— C'est donc votre anniversaire ?

— Non. La télé n'était qu'un prétexte pour vous faire venir ici.

— Qu'est-ce que c'est, cette fois ? Quelle nouvelle épreuve ai-je réussie… ou ratée ? je demande avec humeur.

— Il ne s'agit pas d'une épreuve. Je vous ai appelée pour que vous assistiez à un rendez-vous d'affaires important.

— Avec qui ?

— Vous n'allez pas tarder à le savoir.

Là-dessus, il congédie Sharad.

— Vous pouvez partir. Je ferai raccompagner Mlle Sinha.

Dans le quart d'heure qui suit, il me fait faire le tour du propriétaire. Je découvre une piscine d'intérieur, une salle de fitness avec tout l'équipement nécessaire, et un temple avec des statues de divinités en ivoire et or. Les pièces se succèdent, remplies d'antiquités provenant du monde entier, sans parler d'une magnifique collection d'art dont une peinture murale dans la salle à manger, œuvre de Tyeb Mehta. Les domestiques en livrée sont partout, prêts à satisfaire le moindre caprice de l'invité.

— Combien de pièces y a-t-il dans cette maison ? je demande, curieuse, à la porte du cabinet de travail.

— Je n'ai jamais compté, mais si on ajoute les quartiers des domestiques dans l'une des ailes, on ne doit pas être loin de cinquante.

Le cabinet de travail est tout aussi fastueux : une pièce haute de plafond, avec boiseries en chêne, parquet et bibliothèque remplie de volumes reliés de cuir à l'ancienne. Les portes-fenêtres donnent sur un luxuriant jardin paysager avec des fontaines en marbre et des statues en travertin.

À l'instant même où je m'enfonce dans un moelleux fauteuil à haut dossier, l'interphone se met à bourdonner. Un agent de sécurité au portail informe mon hôte de l'arrivée de son visiteur.

— Faites-le entrer, dit Acharya.

— Je n'ai jamais vu une résidence privée aussi surveillée, fais-je remarquer, ironique.

— Delhi n'est pas une ville sûre. On est obligé de prendre des mesures pour empêcher les intrus de pénétrer dans la propriété.

— Tant de précautions pour éviter de simples intrusions ?

— Cela n'a pas été rendu public, mais j'ai déjà échappé à deux attentats. Et je soupçonne fortement celui qui vient me voir aujourd'hui de les avoir orchestrés. Cet homme-là est plus dangereux qu'un crotale.

— Alors pourquoi avoir accepté de le recevoir ?

— C'est lui qui m'a demandé un rendez-vous.

— Dites-moi au moins le nom de ce mystérieux personnage.

— Ajay Krishna Acharya, dit AK, mon jumeau. Le patron de Premier Industries.

Une décharge électrique me parcourt de la tête aux pieds, me faisant bondir du fauteuil.

— Il n'est pas question que j'assiste à ce rendez-vous.

— Pourquoi ?

— Je ne trouve pas que ce soit une bonne idée de m'impliquer dans vos conflits.

J'entends encore la voix de Karan : « Acharya va se servir de toi pour se venger de son frère. »

Acharya presse ses tempes avec ses doigts. Son visage s'allonge. Manifestement, il ne s'attendait pas à cette réaction de ma part.

— « Connais ton ennemi » est la règle de base en stratégie et dans les affaires, déclare-t-il. Je voulais vous faire connaître le principal ennemi du groupe ABC. L'homme qui a tenté d'infiltrer ma société. L'homme qui, depuis trente ans, cherche à me détruire par tous les moyens.

Juste à ce moment-là, la sonnette retentit, et j'entends la porte d'entrée qui s'ouvre.

— Vite !

Il me propulse vers une porte sur le côté.

— Si vous ne voulez pas assister à cette entrevue, au moins soyez là en observatrice.

Et je me retrouve, presque à mon corps défendant, dans la pièce adjacente qui se révèle être la chambre à coucher. Un lit en acajou trône au milieu, avec une tête de lit finement sculptée et une literie violet foncé. Le mur de gauche est orné d'un massif miroir en onyx de forme ovale. Sur le mur de droite, j'aperçois le portrait d'un vieillard austère avec une moustache de morse, habillé dans le style années 1940… Probablement le père d'Acharya. Sur la console juste au-dessous sont exposées des photos de famille.

Intimidée, mal à l'aise, je rapproche une chaise en tapisserie de la porte qu'Acharya a laissée entrouverte pour me permettre de voir ce qui se passe à côté.

L'homme qui entre dans le cabinet est la copie conforme d'Acharya : même taille, même carrure, mêmes traits. Il est étrange de les voir côte à côte, en miroir, avec les mêmes yeux perçants, le même nez aquilin, la même bouche ferme. Seules leurs coiffures diffèrent véritablement. AK arbore un bouc soigneusement taillé, et ses cheveux pommadés, noirs comme jais, sont visiblement teints. Contrairement à Acharya, il a une allure de dandy, tout de noir vêtu : chemise en soie, pantalon moulant et chaussures à bout pointu. Son visage bronzé semble fraîchement botoxé – ou embaumé, selon les goûts. Bref, j'ai devant moi un play-boy vieillissant, un homme âgé qui fait tout pour paraître jeune.

Il s'assied dans un fauteuil en face d'Acharya, qui sonne un domestique.

— Qu'est-ce que tu bois, AK ?

— Un martini *on the rocks*.

Même sa voix est étrangement semblable à celle d'Acharya.

— Désolé, on ne sert pas d'alcool chez moi.

259

— Toujours aussi coincé, hein ? Bon, alors ce sera une limonade.

Pendant qu'Acharya donne des ordres au domestique, AK sort un cigare de sa poche de poitrine et l'allume. Allongeant les jambes, il souffle la fumée vers le plafond.

Acharya fronce les sourcils.

— Tu ne peux pas fumer ici. Prarthana est une zone non-fumeur.

— Et ça, c'est pour quoi faire ?

AK pointe un doigt dédaigneux sur le cendrier en marbre posé sur la table centrale. D'un geste rapide, brutal, il écrase son cigare et exhale un dernier rond de fumée.

— De quoi voulais-tu me parler ? demande Acharya.

— Du groupe ABC. De son mauvais état de santé.

— Nous nous portons très bien, je te remercie.

— Vraiment ? Je me suis laissé dire que les résultats du premier trimestre sont plus que décevants : les bénéfices ont chuté de 8,52 % en janvier et de 4,7 % en février.

— Les résultats du premier trimestre n'ont pas encore été publiés. Où as-tu eu ces chiffres ?

— J'ai mes sources.

— Serait-ce la même taupe qui t'a fourni des informations confidentielles et t'a permis d'emporter le marché du logiciel pour la carte nationale d'identité à une roupie près ?

AK ne relève pas.

— Et ce n'est pas tout. Tu es à court de nouvelles ressources, tes activités financières ne te rapportent rien et tes frais généraux ne cessent de croître à cause de ton refus obstiné de réduire tes effectifs.

— Tu es venu m'apprendre comment gérer ma société ?

— Non. Je suis venu pour essayer de te faire entendre raison. Que tu le veuilles ou non, c'est la vérité. Regarde les choses en face : tu es en train de perdre la main, Vinay. Le groupe ABC a perdu sept marchés consécutifs au profit de Premier Industries. Ton accord de participation avec Nippon Steel est en péril. Ton offre de rachat de Clemantis Windpower risque d'être rejetée par les actionnaires.

— Tu lis trop de potins économiques. Viens-en au fait, AK, répond Acharya, agacé.

— Parfait. Je sais que le groupe ABC est confronté à un sérieux problème de liquidités et qu'il renégocie sa ligne de crédit avec les banques. Je peux te fournir les fonds qui te manquent.

— Je regrette, nous n'avons pas d'actions à vendre.

— Je ne veux pas de tes actions, je veux racheter ta société. Vends-la-moi. Je suis prêt à te faire une offre raisonnable : cinq milliards de dollars, qu'en dis-tu ?

— Jamais !

Acharya bondit presque de son fauteuil.

— Je connais ton sens des affaires, AK. Tu es un voyou sans foi ni loi qui rachète les entreprises pour les saigner à blanc. Jamais je ne laisserai une canaille comme toi prendre la tête d'ABC.

— Calme-toi, Vinay. On parle affaires, cela n'a rien de personnel.

L'atmosphère dans la pièce se charge d'électricité. On pourrait presque voir les étincelles jaillir entre les deux frères. Acharya et son jumeau ont beau être génétiquement identiques, tout semble les séparer. L'un est un despote dont le règne repose sur des convictions et des intuitions ; l'autre un opportuniste recourant à la ruse et à la tromperie. On dirait deux taureaux front contre front ; leurs personnalités opposées se heurtent comme des nuages d'orage, et la pièce tremble sous leurs coups de boutoir.

AK ne désarme pas.

— Écoute-moi, mon frère.

Penché en avant, il prend une voix suave.

— Nous sommes unis par les liens du sang. Nous avons vécu l'un et l'autre un drame personnel. Tu as perdu ta femme et ta fille. Mon fils unique s'est suicidé. Pourquoi ne pas enterrer la hache de guerre ? L'union fait la force, non ?

— Il me semble me souvenir que tu as tenu le même discours, il y a des années, à notre mère. Pauvre Amma a vendu ses parts et tu as dilapidé tout l'argent en femmes faciles et en chevaux de course.

— C'est de l'histoire ancienne. Évite, s'il te plaît, de mêler notre mère à cette discussion.

— Et toi, évite d'y mêler le groupe ABC.

— Si je ne le fais pas, quelqu'un d'autre s'en chargera. Il paraît que tu as eu des soucis de santé, dernièrement.

— Mensonge. Pur mensonge !

— N'empêche, as-tu envisagé l'avenir du groupe, une fois que tu ne seras plus là ?

— J'ai déjà mon plan de succession.

— Et qui est ce successeur, si je puis me permettre ?

— Quelqu'un qui croit aux mêmes valeurs que moi. Quelqu'un qui préservera ABC des prédateurs dans ton genre.

— Ce n'est pas un plan de succession qu'il te faut, mais un plan de sauvetage. Je suis attaché aux liens du sang, et mon offre de rachat tient toujours. Tu ferais bien de l'accepter. Sinon, crois-moi, Vinay, tu risques vraiment de le regretter.

— Ça suffit, maintenant.

Acharya hausse la voix.

— Je te suggère de partir sur-le-champ.

— Très bien.

AK se lève, tire sur sa chemise.

— La prochaine fois que je te verrai, ce sera à ton enterrement.

À peine est-il sorti qu'Acharya fait irruption dans la chambre, les narines palpitantes, la mâchoire crispée.

— Non mais pour qui se prend-il, ce butor ? Pour le roi d'Angleterre ?

J'adopte l'attitude impartiale d'un juge dans une procédure de divorce particulièrement pénible.

— AK est peut-être un type détestable, mais les faits et les chiffres qu'il avance sont-ils véridiques ? Le groupe ABC connaît-il des difficultés ?

— Absolument pas, rétorque Acharya avec force. Comme tous les acteurs économiques, nous avons été impactés par le ralentissement mondial. Mais la situation est loin d'être aussi catastrophique qu'AK le prétend. Notre bilan est parfaitement équilibré, et notre ratio endettement sur fonds propres est inférieur à un. C'est pour ça qu'il veut nous racheter.

— Mais vous avez refusé son offre. Parce qu'elle n'était pas assez intéressante ?

— Je vais vous poser une question. Accepteriez-vous d'épouser un coureur de jupons impénitent, ivrogne et voleur par-dessus le marché ?

— Certainement pas.

— Eh bien, voilà pourquoi je ne vendrai jamais ma société au groupe Premier, même pas pour vingt milliards. Parce qu'il est dirigé par une coterie de truands avec, à leur tête, le pire d'entre eux, AK.

— Je croyais que tous les grands groupes industriels étaient mus par la recherche du profit à tout prix.

— Traditionnellement, oui. On ne mélange pas les affaires et les sentiments. J'ai débuté comme ça, avant de me rendre compte de mon erreur. Aujourd'hui, mes convictions viennent en premier, et le profit en second.

Il marque une pause, me regarde.

— Savez-vous qui m'a enseigné cette vérité-là ?

— Votre père ?

— Non, ma fille Maya. Elle était d'une sagesse peu commune pour son âge. C'est pour ça que Dieu l'a rappelée à lui alors qu'elle n'avait que vingt-cinq ans.

Je m'approche de la console et j'examine la photo d'une adolescente assise dans un fauteuil, ses yeux bridés plissés dans un sourire.

— C'est elle, sur la photo ?

— Oui. Elle me manque terriblement.

Je scrute les traits de la jeune fille à la recherche d'une quelconque ressemblance avec moi. Une chose est sûre : Acharya ne m'a pas choisie parce que je lui rappelais Maya.

— Elle n'a pas vraiment le physique d'une Indienne, fais-je remarquer.

— Oui, sa mère – ma femme – était japonaise.

— Où l'avez-vous rencontrée ?

— À Nagasaki. J'étais parti étudier au Japon et j'y ai vécu dix ans. Je suis tombé amoureux de leur culture et d'une jeune fille nommée Kyoko.

Je prends une autre photo, celle d'une femme frêle au visage doux, vêtue d'un kimono.

— C'est Kyoko ?

Il hoche la tête.

— Elle est morte dans la même catastrophe aérienne que Maya.

Il me prend la photo des mains et la contemple d'un air nostalgique.

— Les Japonaises sont très semblables aux femmes de chez nous. Elles sont douces, sincères, généreuses et dévouées à leur famille. Comme les épouses indiennes, elles ont le sens de la hiérarchie.

Je prends ça comme un message subliminal. Il faut que j'apprenne à respecter la hiérarchie.

Tandis qu'il replace le cadre sur la console, je vois une larme perler au coin de son œil. C'est bien la première fois qu'il tombe le masque pour se dévoiler sous un jour plus vulnérable. Malgré mes réticences vis-à-vis de tout le projet, j'éprouve un élan de compassion pour cet homme. On devine les ravages de la solitude dans son regard las. Je me rends compte maintenant que son égoïsme monumental est en fait une parade pour cacher sa souffrance. Il a certes réussi dans les affaires, mais son immense fortune ne suffira jamais à combler le vide dans son cœur.

Il surprend mon regard et détourne la tête en rougissant légèrement, comme s'il avait honte de sa faiblesse passagère.

— Maintenant que vous avez vu AK, vous comprenez mieux pourquoi je dois le tenir à distance, dit-il, très clairement pour changer de sujet.

— J'avoue que je l'ai trouvé extrêmement rude et arrogant.

— Le véritable problème n'est pas son arrogance, mais son instabilité. Vous ne vous êtes jamais demandé pourquoi le logo de Premier Industries est un taureau en train de charger ? Parce qu'il est comme ça, AK : un taureau qui saccage tout sur son passage. Il est prêt à tout pour arriver à ses fins.

— Il est si fort que ça ?

— Sa force résulte de la collusion et de la corruption. Je vais vous confier quelque chose de strictement confidentiel. Avez-vous entendu parler d'Atlas Investments ?

— La société écran derrière la plupart des scandales financiers ? Et comment !

— Eh bien, je soupçonne AK d'être le cerveau de l'opération Atlas.

— Quoi ?

Je lève la tête d'un geste brusque.

— L'accusation est grave.

— Oui. Je n'ai pas de preuves matérielles, mais j'ai soigneusement analysé le schéma des investissements récents du groupe Premier, et il correspond à la chronologie des scandales financiers. Qui plus est, comme vous l'avez remarqué, il dispose d'un fonds illimité de liquidités. Pas besoin d'être devin pour comprendre d'où vient cet argent.

— Dans ce cas, pourquoi n'est-il pas inquiété ?

— Parce que tout le monde est embarqué sur le même bateau. Pour le coincer, il nous faudrait des preuves de versements sur ses comptes bancaires occultes.

— Une dame âgée dans notre cité, une gandhienne nommée Nirmala Ben, menace de lancer une révolution populaire pour obliger le gouvernement à révéler l'identité de l'escroc qui se cache derrière Atlas.

Acharya esquisse un geste dédaigneux.

— Dites-lui de ne pas perdre son temps. Le réseau mafieux a des racines si profondes qu'il faudra plus qu'une analyse structurelle pour découvrir le vrai coupable. Et ça ne va pas se faire en deux coups de cuillère à pot.

À cet instant, Rana entre dans la pièce, un gros classeur sous le bras. Il est visiblement surpris de me trouver avec M. Acharya.

— Je vous apporte le contrat Avantha à signer, monsieur.

Je me sens soudain très gauche, plantée au milieu de la chambre à coucher.

267

— Je peux y aller, maintenant ? J'aimerais bien voir au moins un bout de la finale.

Acharya fait signe à Rana.

— Tu peux la faire raccompagner chez elle ?

De mauvaise grâce, Rana m'escorte dans le garage au sous-sol, conçu pour six voitures. Il y a là une BMW, une Mercedes, une Jaguar, une Porsche et, chose surprenante, une Tata Indica.

— Que fait une Indica au milieu de toutes ces voitures de luxe ? je demande à Rana.

Il se renfrogne de plus belle.

— C'est mon véhicule personnel. Je n'aime pas dépendre des autres pour mes déplacements, lâche-t-il froidement en appelant d'un geste un chauffeur en uniforme.

Deux minutes plus tard, je quitte la propriété dans une Mercedes-Benz, une première pour moi. Prenant mes aises, je regarde la ville défiler derrière la vitre teintée, et je me sens revigorée et ragaillardie. La banquette moelleuse, l'air conditionné, la voix apaisante de Jagjit Singh qui filtre par les haut-parleurs y sont certainement pour quelque chose. Mais c'est surtout l'idée qu'un jour peut-être, cette voiture sera à moi.

Le temps de rentrer à Rohini, il est presque 17 heures. Comme par hasard, Karan arrive au même moment et, me voyant descendre de la Mercedes, se met au garde-à-vous.

— Attention, tenez-vous prêts, voici venir l'impératrice des Indes, entonne-t-il, telle une sentinelle médiévale annonçant l'arrivée d'une reine moghole.

— *Takhliya,* rompez, je réponds avec hauteur.

Et je me mets à glousser.

— Alors, à partir de maintenant, ça va être ton moyen de transport habituel ? demande-t-il, pointant le pouce vers la Mercedes qui s'éloigne.

— Si seulement… Acharya m'a juste fait raccompagner depuis sa résidence à Vasant Vihar.

Karan lève les yeux au ciel.

— Et que faisais-tu chez lui ?

— J'ai assisté à une drôle de rencontre.

Et je lui relate l'entrevue houleuse entre Acharya et son frère jumeau.

— Donc, AK entre enfin en scène, souffle-t-il. Comment l'as-tu trouvé ?

— Il y a visiblement un vieux contentieux entre les deux. « On parle affaires, a dit AK, ça n'a rien de personnel. » Mais moi, j'ai l'impression que c'est le contraire. Ce dont j'ai été témoin n'a rien à voir avec les affaires ; c'était purement personnel.

— Qu'ils aillent se faire pendre tous les deux, déclare Karan. Je monte regarder le match. À tout à l'heure.

La cour qui d'ordinaire grouille de monde est totalement déserte. L'Inde est sur le point de batter, et toute la cité est scotchée devant le petit écran. En passant devant chez Nirmala Ben, je remarque un cadenas sur sa porte, ce qui n'est pas bon signe.

— Tu n'as pas vu Nirmala Ben ? je demande à Ma, laquelle est agréablement surprise de me voir rentrer de bonne heure.

— Elle est venue rendre les ciseaux qu'elle m'avait empruntés en disant qu'elle allait s'absenter pendant quelque temps.

— Elle t'a dit où elle allait ?

— Non, mais je l'ai trouvée bizarre… Elle m'a embrassée comme si on n'allait plus se revoir.

Dhiman Singh, le gardien, confirme mes craintes. Nirmala Ben a été vue vers 14 heures avec une petite valise et deux banderoles. Il ignore où elle se rendait, mais moi, j'ai ma petite idée. Je hèle un auto-rickshaw et demande au chauffeur de m'emmener à Jantar Mantar.

*

Situé dans Parliament Street, Jantar Mantar est un observatoire astronomique construit par le rajah Jai Singh II de Jaipur il y a près de trois siècles. Aujourd'hui, il est plus connu sous le nom de Hyde Park de Delhi, le seul endroit où partis politiques, groupes militants et citoyens ordinaires ont le droit d'organiser des sit-in au moment des sessions parlementaires.

Les véritables manifestations ont lieu dans Jantar Mantar Road, une artère ombragée près de Connaught Place, où les gens affluent de tout le pays dans l'espoir de se faire entendre ou au moins d'obtenir une couverture médiatique. J'évite généralement cette vitrine bruyante et chaotique de notre démocratie avec ses manifestants qui scandent des slogans en brandissant des banderoles. Certains groupes campent sur le trottoir des semaines durant… Cela devient presque leur seconde maison.

Ce soir, les manifestants sont peu nombreux et clairsemés. Un couple du Madhya Pradesh est blotti sous une tente de fortune. Un écriteau rédigé à la main dénonce l'inertie de la police, incapable de retrouver Parvati, leur fille disparue depuis le 6 janvier. À côté d'eux, une association de commerçants demande au gouvernement d'interdire l'entrée de multinationales et de grands groupes dans le commerce de détail. Des étudiants de l'université de Delhi, avec des masques à gaz, se sont réunis pour dénoncer la pollution de la rivière Yamuna. Et, enfin, une femme solitaire en sari blanc est assise sur le trottoir poussiéreux avec, en toile de fond, un drap usé transformé en banderole sur lequel on peut lire en lettres rouges : GRÈVE DE LA FAIM ILLIMITÉE CONTRE LA CORRUPTION. Dans chaque main, elle tient une pancarte sur un manche en bois avec DÉMASQUEZ ATLAS d'un côté et SAUVEZ L'INDE de l'autre.

Son regard s'illumine à ma vue.

— Sapna, *beti,* tu viens te joindre à mon action ?

— Non, Nirmala Ben. Je viens vous ramener à la maison.

— Pas question, déclare-t-elle en secouant la tête d'un air résolu. Je te l'ai déjà dit, je ne partirai d'ici que quand le gouvernement se sera engagé à démasquer les dirigeants d'Atlas. Sans quoi, je continuerai à jeûner jusqu'à la mort.

— Vous voyez quelqu'un ici pour vous soutenir ?

J'ai du mal à cacher mon exaspération.

— Vous avez choisi la pire journée pour manifester. Tout le monde regarde le match de cricket.

— J'ai des amis de l'association Durga Pooja qui m'ont promis de venir.

— Alors pourquoi ne sont-ils pas là ? Pourquoi ne pas accepter le fait que votre cause ne les intéresse pas ?

— Ça n'a pas d'importance. Un *satyagrahi* qui entreprend de jeûner doit s'en tenir à sa décision, qu'elle porte ses fruits ou non. *Barobar chhe ne ?* Pas vrai ?

Aucun argument ne peut convaincre Nirmala Ben de renoncer à son plan. Elle est aussi têtue qu'une adolescente… Elle me fait penser à Alka. Mi-dépitée, mi-inquiète, je m'assieds à côté d'elle, espérant que la raison finira par l'emporter.

Vers 21 heures, je commence à avoir faim. Je me tourne vers Nirmala Ben.

— Vous ne voulez pas manger quelque chose ?

— Manger alors que je suis en train de jeûner ? Vas-y, va te chercher un casse-croûte. Moi, je me contenterai de ça.

Elle sort une bouteille d'eau minérale de sa valise et avale une gorgée.

Une heure plus tard, un agent de police vient à passer par là. Corpulent, avec une tête de fouine, il nous regarde avec suspicion.

— C'est quoi, ça ?

Du bout de sa matraque, il tapote la pancarte dans la main de Nirmala Ben.

— Ça s'appelle un acte de protestation, dis-je d'un ton plus sarcastique que je ne l'aurais voulu.

— Vous avez une autorisation ? Montrez-la-moi.

— Je ne savais pas qu'il fallait une autorisation pour manifester. Nous sommes dans une démocratie, non ?

— Venez avec moi au poste, répond-il en ricanant, et je vais vous l'apprendre, la démocratie.

— Voyons, mon fils, nous ne cherchons pas à vous créer d'ennuis, intervient Nirmala Ben. C'est une action pacifique pour le bien de notre pays.

— Écoutez, *budhiya,* gronde l'agent. Vous n'êtes pas chez vous pour accrocher vos banderoles comme bon vous semble. Allez, montrez-moi votre autorisation ou je vous fais dégager par la force.

— Je n'ai pas besoin d'autorisation, déclare Nirmala Ben. Et je ne bougerai pas d'ici.

— Espèce de vieille folle, on voudrait me tenir tête ?

Il grince des dents et lève sa matraque pour la frapper. Je m'interpose à la hâte entre eux deux.

— On va régler ça entre gens civilisés, d'accord ? J'irai chercher l'autorisation demain. Permettez-nous de rester juste pour cette nuit. Tenez, pour vous exprimer notre reconnaissance…

Je sors mon portefeuille et lui tends un billet de cinquante roupies. Il me l'arrache et le glisse dans sa poche de poitrine.

— OK, c'est bon. Va pour ce soir, vu que toute la ville est devant la Coupe du monde. Mais demain il faudra plier bagage.

Et il s'éloigne d'un pas nonchalant.

— Pourquoi as-tu graissé la patte à ce policier ? me réprimande Nirmala Ben. C'est exactement ce contre quoi je lutte.

— Si je ne l'avais pas fait, cette brute vous aurait frappée.

— Et alors ? réplique-t-elle en souriant. L'essence du *satyagraha* est d'opposer la force de l'âme à la force physique. C'est le seul moyen de détourner les êtres comme lui de la voie de la haine et de la violence.

Je suis touchée malgré moi par son sourire courageux, empreint d'amour et de bonté. Et je comprends en mon for intérieur que nous sommes sur le même bateau. Je ne crois pas en sa méthode, mais je crois en sa cause. Et je serai à ses côtés, quitte à être la seule à la suivre.

Il fait nuit noire, à présent ; il est temps que je rentre. Je n'ai pas envie de laisser Nirmala Ben, mais dormir sur le trottoir est au-dessus de mes forces. Je lui dis au revoir à contrecœur et prends le dernier métro pour Rohini.

Je suis encore dans la rame quand mon portable sonne. C'est Neha qui hurle de joie.

— *Didi,* où es-tu ?

— Pourquoi ? Qu'est-ce qui se passe ?

— L'Inde vient de gagner la Coupe du monde, pour la première fois en vingt-huit ans !

Une grande fanfare au complet m'accueille à ma descente à Rohini. Une cacophonie de klaxons et de trompettes, un jeune garçon au visage peint de trois couleurs qui fait la roue. Les rues grouillent de monde ; le ciel explose de feux d'artifice. Mais je n'ai pas le cœur à faire la fête car il nous manque quelqu'un. Le pays tout entier a acclamé l'équipe de cricket qui s'est battue contre le Sri Lanka, mais personne ne soutient la femme héroïque qui livre une bataille autrement plus cruciale.

Ma est la seule à se faire du souci pour Nirmala Ben.

— Emmène-moi auprès d'elle, *beti*. Je la convaincrai de rentrer.

— Elle n'écoute personne.

— Alors je resterai là-bas et je jeûnerai avec elle.

— Ne sois pas ridicule.

— Je n'en ai jamais parlé, mais je lui dois la vie.

J'écarquille les yeux de surprise.

— Qu'est-ce que tu dis ?

— Il y a six semaines, mon taux de sucre a chuté brutalement, et je me suis écroulée dans la cuisine. Si Nirmala Ben ne m'avait pas emmenée à l'hôpital, je serais peut-être morte à l'heure qu'il est.

— Et c'est maintenant que tu me le dis ?

— Je ne voulais pas vous alarmer inutilement, Neha et toi.

— Pourquoi faut-il que tu portes toujours le poids du monde sur tes épaules ?

Je feins l'agacement pour masquer mon inquiétude.

— Vous êtes pareilles, Nirmala Ben et toi, taillées dans une même étoffe.

Ma se tord les mains.

— Je ne peux pas dormir en sachant que je devrais être avec Nirmala.

Moi non plus, je n'arrive pas à dormir. La pensée de Nirmala Ben couchée seule sur le trottoir me tient éveillée toute la nuit. Je lui dois bien plus que ce que j'imaginais.

Ma et moi nous levons toutes deux avant l'aube et prenons le premier métro pour retourner dans Jantar Mantar Road.

Les manifestants d'hier dorment encore, enroulés dans des couvertures sous leurs tentes improvisées. Ce ramassis disparate de commerçants, d'étudiants et de ménagères n'inspire pas vraiment confiance. Au fond, ce tronçon de la rue ressemble moins à une vitrine de la démocratie qu'à un musée de l'impuissance.

Nirmala Ben est la seule à être réveillée. Elle a déjà fini ses ablutions dans les toilettes publiques les plus proches et est en train de chanter *Raghupati Raghav Raja Ram* quand nous arrivons.

— Ben, oubliez tout cela et rentrez à la maison avec nous, supplie Ma.

Mais Nirmala Ben se contente de sourire.

— Combien de temps pourrez-vous tenir sans nourriture ? tente Ma à nouveau.

— Aussi longtemps que j'en aurai la force. Et aussi longtemps que le gouvernement n'accédera pas à ma requête.

— Mais le gouvernement n'est même pas au courant de votre requête ! je crie. Et, sans parler du gouvernement, l'homme de la rue non plus. Un laitier vient juste de passer sur son vélo. Je lui ai demandé s'il soutenait votre cause. Il m'a répondu qu'il n'avait jamais entendu parler d'Atlas Investments.

— Si tu lui avais parlé de corruption, sa réponse aurait été différente. Bapu dit que la vérité saute aux yeux par nature. Sitôt qu'on la débarrasse de la toile d'araignée qu'est l'ignorance, elle resplendit de tout son éclat. Mon *satyagraha* vise à réveiller les impuissants et faire honte aux puissants. Tu verras, mon action va donner naissance à un mouvement qui changera le cours de l'histoire.

Je comprends alors que Nirmala Ben ne retournera pas dans la cité. Tout à sa vision grandiose de la révolution, elle se laissera littéralement mourir de faim. Mais sa mort sera vaine. Les impuissants de ce monde ne peuvent pas changer l'histoire, ni l'écrire. Nous sommes condamnés à l'étudier, c'est tout.

— Sa tension artérielle est en train de monter et son rythme cardiaque s'est accéléré. Sa vie n'est pas encore en danger, mais je doute qu'elle puisse tenir longtemps sans s'alimenter. Elle devrait arrêter le jeûne, dit le médecin en rangeant son stéthoscope.

Je place un billet de cent roupies dans sa main tendue, et il retourne dans son cabinet miteux.

Nous sommes le mercredi 6 avril, et Nirmala Ben n'a rien mangé depuis quatre jours. Plus inquiétant encore, son action ne rencontre aucun écho auprès du public. Mis à part quelques curieux, elle aurait aussi bien pu jeûner sur la lune. Même la police a cessé de l'importuner, estimant avoir affaire à une vieille excentrique. En fait, sans une équipe de supporters scandant des slogans et des disciples brandissant des banderoles, elle ressemble moins à une protestataire qu'à une femme sans domicile fixe échouée sur le trottoir.

— Fais quelque chose, *beti,* avant qu'il soit trop tard, me dit Ma, inquiète.

Nous nous sommes organisées : elle tient compagnie à Nirmala Ben dans la journée, et moi je passe la voir dès que j'ai un moment de libre, le magasin étant à deux pas.

Nirmala Ben a perdu du poids, mais sa ferveur militante et sa foi en l'humanité restent intactes.

— Les gens finiront par venir, répète-t-elle, pleine d'espoir.

Personne ne vient, bien entendu, mais durant la pause déjeuner je tombe sur Shalini Grover, mon amie de Sunlight TV. L'un des étudiants aux masques à gaz qui manifestent contre la pollution de la Yamuna se trouve être son neveu.

J'en profite pour lui demander conseil.

— Comment faire pour créer un buzz autour du jeûne de Nirmala Ben ?

— Il faudrait faire venir les caméras de télévision, répond-elle. C'est le seul moyen de déclencher une réaction en chaîne.

— Vous pourriez revenir avec votre équipe ?

— Nous sommes une chaîne d'investigation, pas une chaîne généraliste. Mais même les actus ne couvrent que les manifestations significatives.

— C'est quoi, une manifestation significative ?

— Eh bien, soit le thème est porteur, soit elle draine beaucoup de monde. À votre avis, pourquoi un millier de journalistes se pressent autour des podiums durant la Fashion Week, alors que j'étais toute seule pour couvrir le suicide de paysans à Vidarbha ? Le combat de Nirmala Ben contre une société écran nébuleuse n'est pas suffisamment sexy. Mais si, mettons, elle encourageait les femmes de Delhi à organiser une marche de protestation style SlutWalk, comme celle qui a eu lieu à Toronto il y a quelques jours, alors là, ça deviendrait un événement médiatique.

— Atlas Investments n'est qu'un symbole. Ce qu'elle vise, c'est la corruption dans les hautes sphères.

— Oh, je vous en prie ! Tout le monde s'en fiche, de la corruption. Chez les classes moyennes, la moitié prend des pots-de-vin, et l'autre moitié n'est pas assez motivée pour descendre dans la rue et dénoncer cet état de fait.

Le lendemain, il n'y a toujours personne pour rallier la cause de Nirmala Ben. En revanche, son état de santé, lui, continue à se dégrader. Elle a perdu plus de trois kilos en six jours. Son teint est plus foncé à cause de la déshydratation, et ses cernes noirs soulignent l'aspect décharné de son visage. Elle n'a plus la force de rester assise. La plupart du temps, elle est roulée en boule sur un drap. Mais son esprit est toujours aussi vif et tranchant.

Je ne cesse de la supplier :

— Nirmala Ben, s'il vous plaît, arrêtez cette folie. D'accord, on a perdu cette bataille. Mais vous devez vivre pour poursuivre votre combat.

— Non, répond-elle fermement. Maintenant, c'est mon cadavre qui repartira d'ici.

Sa détermination obsessionnelle me glace le sang.

Vinay Mohan Acharya passe nous voir à l'heure du déjeuner. Il dit avoir entendu parler du jeûne de Nirmala Ben sur Sunlight TV.

— C'est ça, la révolution populaire que vous m'avez promise ?

Il contemple la silhouette recroquevillée sur le trottoir.

— Mais où est le peuple ?

— Nirmala Ben est en train de mourir.

Je me tords les mains.

— Et personne n'a l'air de s'en soucier.

— Je vous ai dit qu'elle perdait son temps.

Il renifle avec un dédain ironique.

— L'histoire nous enseigne que, pour réussir une révolution, il faut soit une figure de dirigeant universellement haï, soit une figure d'opposant universellement aimé. Or, en Inde, nous n'avons ni l'un ni l'autre.

Là-dessus, l'industriel tourne les talons, mais je ne désarme pas. De retour au magasin, je me creuse la cervelle pour trouver une solution. Je sais qu'il est temps de changer de méthode. Les gens ne viendront pas soutenir une inconnue sans aucune structure logistique autour d'elle. La règle de base du marketing est qu'il faut créer une présence dans l'esprit du consommateur avant de lui proposer un produit. C'est le principe même de la publicité. Mais comment vend-on une action politique ?

Mon regard se pose alors sur une affiche géante qui domine Jantar Mantar. Priya Capoorr, le visage éclatant, tient un tube de crème pour le visage Amla. La réponse me vient en un éclair : Nirmala Ben a besoin du soutien d'une célébrité.

J'ai toujours le numéro de Rosie Mascarenhas, l'attachée de presse de l'actrice. Je l'appelle et lui explique la situation.

— Pensez-vous que Priya accepterait de dire quelques mots en faveur de Nirmala Ben ? Il s'agit d'une noble cause.

L'attachée de presse ne trouve pas ça drôle.

— Vous êtes gonflée de me téléphoner, vu la façon dont vous vous êtes comportée avec Priya.

Et elle ajoute :

— Qui a entendu parler de cette Nirmala Ben ? Nous ne nous associons jamais avec des marques inconnues.

Sans me décourager, je passe au plan B et me tourne vers Karan.

— Puisque Priya Capoorr ne veut pas soutenir Nirmala Ben, c'est Salim Ilyasi qui va s'en charger.

— Mais comment fait-on pour le joindre ? Je n'ai pas le numéro de son secrétaire.

— Tu *es* Salim Ilyasi. Rappelle-toi le coup du poisson d'avril. Je veux que tu fasses la même chose pour Nirmala Ben.

— Explique-toi.

— Tu vas enregistrer un message avec la voix de Salim Ilyasi invitant les gens à rejoindre Nirmala Ben, et tu l'enverras par MMS aux clients d'Indus.

— Attends une minute ! Tu veux m'expédier en prison ? Imagine que Salim porte plainte.

— On ne citera pas son nom. Si quelqu'un a la même voix que lui, on n'y est pour rien, si ?

— Et mon boulot ? Si mon patron découvre que j'ai envoyé ce MMS groupé aux frais de la princesse, je vais me faire virer.

— Il y a un risque, je sais, mais c'est notre seule chance. Sans ça, Nirmala Ben va mourir.

Je mets du temps à convaincre Karan, mais une fois qu'il est lancé, il s'en donne à cœur joie. J'ai déjà préparé le texte, et il l'enregistre en reproduisant à la perfection le timbre de Salim Ilyasi. Lui-même n'en revient pas.

— Les cent millions d'abonnés d'Indus vont avoir une sacrée surprise, dit-il en riant.

Trois heures plus tard, un bip m'avertit de l'arrivée d'un message sur mon portable. Le numéro porte l'indicatif de Mumbai. D'emblée, je suis captivée par le baryton profond de Salim Ilyasi. « Mes amis, notre pays traverse une période troublée. Les innombrables scandales financiers ont ébranlé la confiance du peuple. Nous ne pouvons plus rester les bras croisés. Pour ma part, j'ai décidé de rejoindre la courageuse croisade de Nirmala Ben contre la corruption. Je serai là pour la soutenir à Jantar Mantar le samedi 9 avril. Venez nombreux. Ensemble, nous pouvons changer le cours de l'histoire. Ça va être faaabuleux. »

J'appelle aussitôt Karan.

— C'est génial ! Sauf que ce numéro de Mumbai m'inquiète un peu. Est-ce le véritable numéro de Salim Ilyasi ?

— Tu es folle, ou quoi ? Si je fais ça, je suis mort.

— Mais alors, c'est le numéro de qui ?

— C'est un numéro inexistant, mais si tu remplaces le dernier chiffre – zéro – par un, tu seras mise en relation.

— Avec qui ?

— L'hôpital psychiatrique d'Andheri !

Le plan fonctionne mieux que je ne l'aurais imaginé. Le MMS du faux Salim Ilyasi se propage à la manière d'un virus. L'histoire de Nirmala Ben est relayée sur des blogs, sur Twitter, Facebook, MySpace et YouTube, jusqu'à atteindre une masse critique. Les gens commencent à affluer sur le lieu du sit-in tôt le samedi matin. Ils viennent pour voir Salim Ilyasi, mais au bout d'un moment, il se passe quelque chose de bizarre. Ils découvrent Nirmala Ben, cette vieille dame fluette qui a cessé de s'alimenter depuis une semaine, et ils restent, à la fois fascinés par sa volonté de fer et excités à l'idée de rencontrer une grande star de Bollywood.

L'après-midi, on compte au moins huit mille personnes sur place, peut-être plus. Il se produit alors une autre chose étonnante. Un noyau de bénévoles se forme presque de lui-même. Ils commencent à dresser une estrade. Quelqu'un lance une collecte en faisant passer un seau à la ronde, et les dons pleuvent. Le propriétaire d'un magasin de tentes nous prête un énorme barnum qui offre une protection salutaire contre le soleil brûlant. Quelqu'un d'autre apporte un générateur portatif ; un autre encore, une sono. Un groupe de chanteurs et de musiciens rejoint Nirmala Ben sur l'estrade, d'où s'élèvent bientôt *bhajans* et chants patriotiques.

Rien de tel pour ravigoter un gréviste de la faim qu'une foule de supporters enthousiastes. Nirmala Ben trouve un second souffle. Elle parvient même à se relever pour se lancer dans une diatribe passionnée, appelant les masses à une nouvelle révolution afin de débarrasser le pays de la corruption.

— En démasquant Atlas, vous porterez un coup à la collusion dans l'économie industrielle, déclare-t-elle sous un tonnerre d'applaudissements, la voix vibrante de ferveur et d'autorité maternelle.

Il n'en faut pas plus pour que les médias se mettent en branle. Reporters, photographes et équipes de télévision convergent vers Jantar Mantar comme des requins flairant du sang frais en mer.

On parle du jeûne au journal télévisé, et l'affluence se transforme en raz de marée. Nirmala Ben monopolise les ondes radio, au détriment même de la fête de la Ligue nationale de cricket qui a débuté la veille. Des débats sont organisés à la hâte, et quiconque porte un nom tant soit peu connu s'exprime sur le sujet, dénonçant la corruption en général et Atlas en particulier.

Dimanche, le rassemblement tourne à l'avalanche. Jantar Mantar Road est envahie de manifestants qui agitent des drapeaux tricolores et chantent et dansent au son des tambours, dans une ambiance de carnaval. Une centaine de personnes décident de suivre l'exemple de Nirmala Ben, dont un ancien résistant de quatre-vingt-douze ans, prêt à donner sa vie si le gouvernement ne cède pas. Des inconnus s'embrassent dans la rue et acclament Nirmala Ben comme un nouveau Gandhi.

Le flot des sympathisants ne tarit pas de la journée. Les gens arrivent en métro et en bus, à vélo et à pied. Ils viennent des villages éloignés et des faubourgs poussiéreux, des centres commerciaux huppés et des bureaux climatisés. Il y a des paysans gujjars de l'Haryana, de jeunes chômeurs de Noida, des lycéens de RK Puram, des ménagères de Chittaranjan Park, des ouvriers d'une laiterie de Jind, des religieux d'une medersa à Nangloi, des tailleurs de Ghaziabad, des eunuques de Yusuf Sarai et des cadres d'un centre d'appels à Gurgaon. Difficile d'imaginer une foule plus hétéroclite, unie seulement par l'indignation vis-à-vis d'un système qui cultive la concussion et le népotisme. Tous autant qu'ils sont, ils ont déjà eu affaire à la corruption dans leur vie quotidienne, depuis le père contraint de faire un « don » à une école privée pour pouvoir y inscrire son fils jusqu'à l'ouvrier du bâtiment obligé de soudoyer un employé de bureau pour obtenir une carte de rationnement. C'est une coalition spontanée de spoliés et de mécontents. Nirmala Ben est devenue le porte-drapeau de leurs désillusions et de leurs ambitions inassouvies. Et « Démasquez Atlas » le cri de ralliement d'un peuple qui donne enfin libre cours à sa colère.

En regardant cette mer de poings brandis à l'unisson, en entendant crier à tue-tête : « Nirmala Ben *zindabad* ! Longue vie à Nirmala Ben ! », je me tourne vers Karan qui se tient à côté de moi dans un coin un peu moins bondé.

— Merci.

Je lui presse la main avec gratitude.

— Aurais-tu imaginé ce spectacle quand tu as envoyé ton message enregistré ?

— Tu veux dire que c'est moi qui ai provoqué cette pagaille ?

Karan contemple, médusé, la masse compacte qui se bouscule pour essayer d'entrevoir Nirmala Ben.

De l'estrade nous parvient soudain un bruit de percussions, suivi de glapissements stridents.

— Oh, mon Dieu ! s'exclame Karan. On dirait Desi Nirvana.

— Oui, ils donnent un concert gratuit en soutien à Nirmala Ben.

— Passer un dimanche au milieu d'une foule mal lavée qui s'éclate au son d'un groupe de rock n'est pas franchement ma tasse de thé. Mais bon, c'est peut-être la première et la dernière fois que ça m'arrive. Allez, viens.

Et il s'enfonce dans la cohue.

— Vas-y, lui dis-je. Je ne suis pas fan de hard rock. Et puis j'attends le Dr Motwani de l'hôpital Apollo. Ce cardiologue, le mieux payé de toute l'Inde, a offert de suivre Nirmala Ben à titre gracieux.

L'ampleur du phénomène est telle que même James Atlee, le spécialiste des marques et petit ami de Lauren, vient faire un tour à Jantar Mantar.

— J'ai beaucoup à apprendre de vous, dit l'Anglais, stupéfait. Vous avez réussi là où j'ai toujours échoué.

Vous avez transformé une parfaite inconnue en icône planétaire.

— Avec un petit coup de pouce de Salim Ilyasi.

Je lui adresse un clin d'œil.

— La moitié de mon bureau est là, semble-t-il, pour soutenir la manifestation. J'ai même aperçu le fils du patron dans la foule.

— Le fils de votre patron ? Vous parlez du propriétaire d'Indus Mobile ?

— Oui, Karak junior. Il n'a que vingt ans, mais c'est un grand malade. Complètement allumé, je vous le dis. Je suis sûr qu'il se drogue, par-dessus le marché.

— Que vient-il faire ici ?

— Ça, c'est facile à deviner. Tout le monde cherche à savoir comment ce MMS de Salim Ilyasi a été diffusé sur l'ensemble du réseau.

Aussitôt, la sonnette d'alarme se déclenche dans ma tête. Je me précipite à la recherche de Karan et finis par le retrouver vingt minutes plus tard, en train de manger un esquimau à côté du marchand de glaces.

— Tu en veux un ? me demande-t-il avec un sourire.

— Je viens de croiser James, le petit ami de Lauren. Il dit qu'il a repéré le fils de ton patron, Karak junior, dans la foule.

— Quoi ?

Karan blêmit, et son sourire s'évanouit. Il jette l'esquimau dans une poubelle et se tord nerveusement les mains.

— Je suis cuit, marmonne-t-il. Ça veut dire que Salim Ilyasi s'est plaint et que la société a ouvert une enquête. Et merde !

— Peut-être que le fils du patron est juste venu voir la manifestation.

— Tu ne le connais pas, rétorque Karan. C'est un fou furieux. Quand il a quelqu'un dans le collimateur, il ne le lâche plus.

— Tu crois que tu risques de perdre ton boulot ?

— J'ai fait ce qu'il fallait pour brouiller les pistes. J'espère seulement que mes potes du centre d'appels, qui connaissent mes talents d'imitateur, ne vendront pas la mèche. Bon, il vaut mieux que je file.

Il pivote sur ses talons et disparaît sans même prendre la peine de me dire au revoir.

Je regagne l'estrade où Ma s'occupe de Nirmala Ben allongée sur le dos. Elle est faible et d'une maigreur alarmante. Le Dr Motwani, qui l'a examinée, lui a interdit de parler et de se fatiguer. Il dit qu'elle ne tiendra pas plus de deux jours sans se réalimenter. Selon ses propres termes, « toute l'adulation du monde ne remplace pas la nourriture ».

Tard dans la soirée, le gouvernement dépêche enfin un émissaire sur place, un obscur sous-secrétaire du ministère chargé des entreprises.

— Nous faisons notre possible pour remonter jusqu'aux instances dirigeantes d'Atlas, déclare-t-il. Mais ce processus est complexe et demande du temps.

Nirmala Ben l'écoute et lève deux doigts.

— Qu'est-ce que cela veut dire ?

Le fonctionnaire se tourne vers Ma, qui, bon gré mal gré, est devenue sa porte-parole officieuse.

— Qu'elle vous donne deux mois, ce qui fait soixante jours, répond Ma.

— Ce n'est pas suffisant.

L'homme secoue la tête.

— Il nous faut entre huit mois et un an minimum.

Nirmala Ben le congédie d'un geste de la main.

— Allez-vous-en alors, traduit Ma. Nous ne négocierons pas.

*

Lundi arrive, et la foule refuse de quitter Jantar Mantar, créant des embouteillages monstres dans Connaught Place.

Au-delà de sa connotation politique, le jeûne de Nirmala Ben est devenu un phénomène culturel. Les calottes blanches à la Gandhi disparaissent des étals de Khadi Bhandar. Le sari blanc de Nirmala Ben acquiert un statut de manifeste et brille dans les défilés de mode. Rohit Kalra, le parolier de Bollywood, lance un remix grivois avec la rengaine : « Ma femme refuse d'embrasser, vu qu'Atlas n'est toujours pas coincé », qui très vite fait fureur sur YouTube. Aux quatre coins de l'Inde, des organisations citoyennes allument des feux de joie pour brûler symboliquement des atlas scolaires.

Mardi en fin de journée, il n'y en a que pour Nirmala Ben. Son visage est partout : dans les journaux, à la télévision, sur des affiches, des tee-shirts, des calottes et les ongles des femmes. Tout comme Amitabh Bachchan est affectueusement surnommé « Big B », Nirmala Ben hérite du sobriquet « Big Ben ». Même Priya Capoorr prend le train en marche.

289

Je tire une certaine satisfaction maligne de sa prestation sur Star News où elle égrène des clichés, clamant
son admiration pour Nirmala Ben qu'elle aurait bien
rejointe pour jeûner, si seulement elle n'était pas en
train de tourner à Istanbul.

Prise dans le tourbillon grisant de la révolution
populaire, je tombe des nues en découvrant le dernier bulletin de santé fourni par le Dr Motwani. Vers
minuit, le cardiologue annonce, pessimiste, que l'état
de Nirmala Ben s'est dégradé considérablement : elle
risque la mort si elle n'est pas placée sous perfusion
à très court terme.

Comme il fallait s'y attendre, Nirmala Ben refuse
de rompre le jeûne ou de se faire perfuser.

— Si mon fils a pu donner sa vie pour son pays,
moi aussi je peux le faire, déclare-t-elle, luttant pour
reprendre son souffle.

Dans une ville où la mort peut survenir de manière
aussi brutale qu'anonyme, l'idée d'un martyre public
semble exercer sur elle une sorte d'attrait macabre.

La nouvelle de la fin imminente de Nirmala Ben se
propage comme une traînée de poudre. Le mouvement,
jusque-là pacifique, sombre dans la violence. Les
foules en colère incendient des bus et des véhicules
officiels. Partout dans le pays, des heurts se produisent
entre police et manifestants. Les partis d'opposition
appellent à une grève nationale.

Face à l'hostilité montante de son électorat, le
gouvernement reprend la main par le truchement du
ministre de l'Industrie en personne, qui, dans une
déclaration écrite adressée à Nirmala Ben, promet

de faire toute la lumière sur Atlas dans un délai de soixante jours.

— Cela n'est pas une capitulation, affirme-t-il lors d'une conférence de presse donnée à cette occasion. C'est du pragmatisme fondé sur le sens de l'intérêt de la nation.

À 00 h 01, le mercredi 13 avril, Nirmala Ben met fin à son jeûne en direct devant les caméras en acceptant un verre de jus de fruits des mains d'une écolière, sous les acclamations de tout le pays.

Elle est aussitôt transportée à l'hôpital Apollo, escortée par une cohorte de fidèles admirateurs et une petite armée de médecins. Ma et moi sommes chargées de clore le chapitre et de rapporter ses effets personnels à la maison.

Le soir même, en rangeant ses affaires dans l'appartement B-25, j'ouvre la vieille valise qu'elle avait emportée à Jantar Mantar. Celle-ci contient le drap qui lui a servi de banderole et deux de ses saris tout simples, mais sous les vêtements, je découvre tout un tas de mouchoirs, cuillères, assiettes, verres, bandeaux, bracelets, briquets et stylos. Plus un stéthoscope et une montre d'homme en titane.

Big Ben a beau être devenue une icône nationale, cela ne l'a pas guérie de sa kleptomanie.

Quand Acharya me convoque jeudi soir, je ne suis pas vraiment surprise.

— C'est au sujet du jeûne de Nirmala Ben ? je lâche à l'instant même où Revathi m'introduit dans son bureau.

— Exact. Vous avez réussi la cinquième épreuve, celle de l'ingéniosité, en vous montrant capable de résoudre n'importe quelle situation. Pour ce faire, vous avez même navigué dans les eaux troubles de la politique de masse, ce qui n'est pas une mince affaire.

— Il est vrai que ça n'a pas été facile.

— Justement. Un P-DG est avant tout un stratège, un joueur d'échecs qui anticipe tous les mouvements de ses adversaires. Il ne baisse jamais les bras. Si un mur est trop haut pour l'escalader, il trouve le moyen de le contourner.

— Tout ce que j'ai fait, c'était pour Nirmala Ben. Je ne pouvais quand même pas la laisser mourir !

— Vous avez également senti que Nirmala Ben canalisait la colère du public vis-à-vis de la corruption à travers son symbole le plus visible, Atlas. Et vous avez convaincu les gens que son action méritait d'être soutenue. La stratégie dont vous avez usé pour transformer une obscure disciple de Gandhi en une héroïne nationale est celle que vous emploierez demain pour ériger un produit en marque. Cela pourrait bien être votre arme secrète, le jour où vous prendrez la tête du groupe ABC.

— En fait, j'ai eu de la chance, dis-je en souriant.

— La chance n'a rien à voir là-dedans. Vous avez même obtenu de Salim Ilyasi qu'il apporte son soutien à Nirmala Ben. J'ai reçu le message vocal qu'il a enregistré sur mon téléphone. Comment diable avez-vous fait ça ?

— J'ai une arme secrète que je ne peux révéler à personne !

*

Depuis trois jours, Karan semble m'éviter. Chaque fois que je le croise, il prend l'air absorbé d'un étudiant à la veille d'un examen, qui n'a pas une minute à perdre. Du coup, ce soir-là, quand je le vois arriver au jardin d'un pas nonchalant, je ne sais à quoi m'attendre.

Pour commencer, je lui raconte mon entrevue avec Acharya.

— Plus que deux, hein ? remarque-t-il.

— Écoute, tu sais aussi bien que moi qu'Acharya me mène en bateau. J'ai autant de chances de diriger un grand groupe industriel que d'être élue Miss Univers.

— Je ne suis pas d'accord pour Miss Univers, mais peu importe. Le principal est que tu aies toujours une longueur d'avance sur Acharya.

— Et toi, où en es-tu ? Ils continuent à enquêter sur ce MMS de Salim Ilyasi ?

— Le patron d'Indus, Swapan Karak, en a fait une affaire personnelle, répond-il d'un ton grave.

Je cesse de respirer.

— Il a découvert quelque chose ?

— Je m'en suis tiré, répond-il en souriant. Swapan Karak ne se doute pas le moins du monde que je suis à l'origine de ce MMS. L'enquête s'est arrêtée

293

aujourd'hui. Ils ont conclu à un « canular d'utilité publique » perpétré par un groupe de hackers.

Je pousse un soupir de soulagement.

— Waouh ! On a eu chaud. Tu n'as pas idée à quel point je me suis sentie coupable ces jours-ci.

Il me tapote gentiment le dos.

— J'imagine. C'est même pour ça que j'ai failli t'envoyer un autre MMS, cette fois avec la voix d'Aamir Khan dans *Trois idiots*.

— Pour dire quoi ?

— Trois mots seulement. Tout va biengg.

Sixième épreuve

150 grammes de sacrifice

Notre cité fonctionne, comme toutes les classes moyennes en Inde, sur un réseau complexe de liens, relations, obligations et services. Tout le monde connaît quelqu'un qui connaît quelqu'un. M. Gupta du A-49, par exemple, est ami avec un expert en informatique qui s'occupe de tous les ordinateurs de la résidence. M. J.P. Aggarwal du B-27 est l'homme auquel il faut s'adresser pour l'équipement de la maison. Mme Lalita du C-18 est imbattable pour flairer les bonnes affaires, surtout dans le prêt-à-porter. Nirmala Ben du B-25 est la sœur aînée de chacun et de tous (promue depuis au rang de leader universel). Et le Dr Dheeraj Mittal du D-58 est notre médecin généraliste.

Tous les trois mois, nous profitons de notre connexion avec le Dr Mittal pour envoyer Ma faire un check-up à l'hôpital public où il exerce comme néphrologue. Il pourrait facilement habiter un logement de meilleur standing, mais il préfère vivre dans la cité pour des raisons pratiques. Avec sa Ford Fiesta, il est à l'hôpital en moins de dix minutes.

J'ai les mêmes rapports avec les hôpitaux qu'une femme battue qui chaque fois retourne chez son mari violent. Je les déteste. Une seule visite à l'hôpital public suffit à faire de vous un athée. Comment un Dieu miséricordieux peut-il tolérer tant de douleur et de souffrance ? Et cependant, il est impossible de s'en passer. Un hôpital, c'est un vaisseau qui transporte les âmes en peine d'une rive à l'autre du fleuve de la maladie. Il nous donne le certificat trimestriel garantissant que Ma va bien et que le monde tourne rond.

La procédure est désormais bien rodée. J'emmène Ma à l'hôpital tôt le dimanche matin. On lui fait une analyse de sang et d'urine. On s'assure qu'elle ne souffre pas d'une carence en fer et en vitamine B12, ni d'anémie. On lui fait passer une radio des poumons et un examen du fond de l'œil. Puis le Dr Mittal nous reçoit en consultation, armé des comptes rendus des résultats d'analyses. Il exhorte Ma à suivre son régime sans sucre et à bien prendre ses médicaments, avant de renouveler son traitement contre le diabète, l'asthme, l'arthrite et l'hypertension.

— Votre mère se porte bien.

Généralement, il dit ça en levant le pouce.

— On se revoit dans trois mois.

Le délai s'est écoulé début avril. Sur le moment, nous étions tous préoccupés par le jeûne historique de Nirmala Ben. Mais le dimanche qui a suivi, j'ai accompagné Ma à l'hôpital public.

Dehors, le soleil brille dans un ciel sans nuages, mais à l'intérieur, l'atmosphère est sombre et morose.

La plupart des néons sont grillés, et seule la lumière du jour qui pénètre par les croisées éclaire le hall d'accueil. Les murs sont défraîchis ; c'est bruyant et ça sent la sueur. Accroupie dans un coin, une jeune mère en sari bleu pleure à chaudes larmes. De longues files d'attente se forment devant les guichets de réception. Sans piston ni influence, il faut bien trois heures pour obtenir un ticket d'admission.

Tandis que nous traversons les couloirs pour nous rendre au service de néphrologie, l'odeur âcre, chimique de l'hôpital me monte à la gorge, et j'accélère le pas. Le cabinet du Dr Mittal, au troisième étage, est tout aussi bondé. La plupart des patients sont des personnes âgées souffrant d'une maladie chronique, engoncées dans les fauteuils en plastique dur qui meublent la salle d'attente. Ma s'attire des regards curieux : ils doivent se dire qu'ils l'ont déjà vue quelque part. Certains reconnaîtront peut-être la femme qui est apparue aux côtés de Nirmala Ben lors des retransmissions au journal télévisé.

Comme d'habitude, l'infirmière de garde nous fait passer en priorité, et dix minutes plus tard, nous nous retrouvons face au Dr Dheeraj Mittal. Petit homme âgé d'une quarantaine d'années, il a l'allure légèrement débraillée d'un professeur distrait, avec sa crinière indisciplinée et ses lunettes sans monture. Mais il n'en reste pas moins affable et surtout extrêmement compétent.

— Bienvenue, Maa-ji, accueille-t-il Ma. Il paraît que grâce à Nirmala Ben, vous voilà célèbre.

— Nirmala Ben a de la chance, répond ma mère, ironique. Elle n'a pas besoin de subir ces interminables visites à l'hôpital.

— Si seulement votre poids se stabilisait, vous non plus ne seriez pas obligée de revenir tous les trois mois. Mais chaque fois que je vous vois, vous avez maigri un peu plus.

— Que voulez-vous que j'y fasse ? soupire Ma. Nirmala Ben se porte comme un charme après deux semaines de jeûne. Moi, je mange trois fois par jour et je ne prends pas un gramme.

Le Dr Mittal lève les yeux sur moi.

— Vous êtes au courant qu'il y a deux mois, Maa-ji a fait un coma hypoglycémique ?

— Ma ne m'en a jamais parlé, docteur. Je viens juste de l'apprendre.

— On va lui faire passer des examens plus approfondis, cette fois.

Et le Dr Mittal se met à gribouiller sur son carnet.

Il prescrit une batterie de nouveaux tests : Hba1C, fructosamine, 1.5-anhydroglucitol, microalbuminurie, bilan métabolique, BUN, cystatine C, peptide C… Premier signe que ce check-up ne suit pas le protocole habituel.

Les examens durent toute la journée, et les résultats tombent une semaine plus tard. Comme toujours, ils sont envoyés directement au Dr Mittal. Un médecin est comme un mécano. L'un et l'autre travaillent sous le capot, sans qu'on sache exactement ce qui se trame dans le tréfonds du corps humain ou dans les rouages du moteur. Si bien que, quand le Dr Mittal me convoque à l'hôpital le dimanche 24 avril à 11 heures, j'entre dans son bureau avec l'appréhension d'un cancre qui vient chercher son bulletin scolaire.

À peine assise sur la chaise, je demande :

— Tout va bien, docteur ?

À la vue de sa mine sombre, ma poitrine se contracte.

— J'ai toujours été pour la totale transparence avec mes patients, commence-t-il. C'est pourquoi…

— S'il vous plaît, ne me dites pas qu'elle a un cancer, je l'interromps plaintivement.

— Non, ce n'est pas un cancer.

— Dieu soit loué !

— Attendez avant de remercier Dieu. Votre mère souffre d'IRC, ce qui n'est pas mieux.

— Qu'est-ce que c'est ?

— Une insuffisance rénale chronique. Le diabète et l'hypertension sont les causes les plus fréquentes de cette maladie, or votre mère a les deux. Ces pathologies affectent les vaisseaux sanguins et empêchent les reins de filtrer correctement le sang et de réguler les fluides dans l'organisme. Au stade terminal, les reins fonctionnent à moins de quinze pour cent de leur capacité.

Je suis sous le choc.

— Mais… mais elle n'a pas l'air malade. Il doit y avoir une erreur quelque part.

— J'ai les résultats des analyses sous les yeux, et celles-ci ne mentent pas.

Il prend une feuille de papier imprimée et commence à énumérer :

— Hémoglobine, six grammes. Glycémie à jeun, quatre-vingts. Glycémie postprandiale, cent dix. Créatinine sérique, sept milligrammes et demi. Protéinurie, trois croix, et sucre dans le sang, idem.

Il enlève ses lunettes et se gratte le front.

— Si ce ne sont pas des marqueurs d'IRC, alors qu'est-ce que c'est ?

— Mais comment se fait-il qu'on le découvre seulement maintenant ?

— L'insuffisance rénale avance masquée pendant de longues années, sans aucun symptôme décelable chez le patient. Et, en cas de diagnostic tardif comme chez votre mère, l'issue peut être fatale.

Fatale. Ce mot me glace le sang.

— Les seuls traitements connus à ce jour sont la dialyse et la transplantation, poursuit-il. Une dialyse continue étant au-dessus de vos moyens, il ne vous reste qu'une solution.

— Laquelle ?

— Une greffe. Votre mère a besoin d'un nouveau rein, et vite.

— Et combien ça coûte, un nouveau rein ?

— Zéro.

— Zéro ? Comment ça ?

— Parce que ce rein sera le vôtre. Ou celui de votre sœur.

— Je… je ne comprends pas.

— D'après la loi de 1994 sur la transplantation d'organes humains, seuls des donneurs vivants et faisant partie de la famille proche peuvent fournir un organe à un patient. Autrement dit, le père, la mère et les membres de la fratrie.

— Donner son sang est une chose. Mais comment peut-on donner un organe tel qu'un rein ?

— Cela s'appelle une greffe avec donneur vivant. L'avantage des reins, voyez-vous, c'est qu'il y en a deux. Le second est en trop, il ne sert pas à grand-chose. Certains disent même qu'il pompe les ressources de l'organisme. Un être humain en bonne santé peut très bien vivre avec un seul rein. Le tout est de savoir si vous et Neha seriez prêtes à franchir le pas.

Je fixe le sol, luttant de toutes mes forces pour ne pas vomir. Puis je hoche faiblement la tête.

— Comment procède-t-on ?

— Eh bien, il faudrait que vous fassiez une prise de sang, aujourd'hui même de préférence. La bonne nouvelle, c'est que votre mère est du groupe sanguin AB, ce qui fait d'elle un receveur universel. Je dois juste effectuer un crossmatch lymphocytaire pour vérifier la compatibilité finale en cas de don d'organe.

— Et si jamais Neha et moi n'étions pas compatibles ?

— On verra ça le moment venu.

Il m'adresse un sourire éclatant, mais je ne me sens pas mieux pour autant.

Dans sa salle d'attente, une vieille affiche représente l'appareil urinaire. Jusqu'ici, je n'y ai pas prêté attention, mais aujourd'hui elle m'attire comme un aimant. J'étudie les deux organes en forme de haricot de part et d'autre de la colonne vertébrale comme s'il s'agissait des clés d'un trésor caché. Ils n'ont pas l'air plus grands qu'un poing fermé. À mes yeux, le rein gauche est identique au rein droit. Et rien sur ce schéma n'indique que l'un des deux est en trop.

Le temps de rentrer à la maison, je nage en pleine confusion, l'esprit fourmillant de scénarios catastrophe. Ma est dans la cuisine, en train de préparer le déjeuner. Elle ne prend même pas la peine de m'interroger sur les résultats des examens. Pour elle, la mort est inéluctable, et aucun antibiotique au monde ne pourra la retarder, lorsque son heure aura sonné. Une seule chose la rattache encore à la vie.

— J'attends de voir mes deux filles mariées et bien installées, dit-elle souvent à Nirmala Ben. Après ça, je pourrai mourir en paix.

Neha ne se préoccupe que de sa petite personne, comme toujours. Quand j'entre dans la chambre, elle prend des poses devant la glace, imitant Priya Capoorr dans *L'Amour à Bangkok*.

— J'ai décidé de postuler au concours de Miss Inde, *didi,* m'informe-t-elle. Une voix, ça peut avoir des hauts et des bas, mais un beau visage, ça ne bouge pas. Après tout, une rose est une rose, n'est-ce pas ?

— Pourrais-tu, pour une fois, penser à autre chose que les concours de beauté ? Le Dr Mittal a eu les résultats des examens de Ma : il dit qu'elle souffre d'une insuffisance rénale chronique. Il lui faut un nouveau rein.

— Un nouveau rein ? Et ça s'achète où ? Au Grand Bazar ?

— Je ne plaisante pas, Neha. Un rein ne s'achète pas, il se donne. Le Dr Mittal nous demande de venir faire une prise de sang pour voir si l'une de nous pourrait servir de donneur à Ma.

Neha recule comme si je l'avais giflée.

— De donneur ? Ça ne va pas, *didi* ? Il n'est pas question que je donne un rein à qui que ce soit.

— Parfait. Alors va dire à Ma qu'elle est à deux doigts de mourir.

Au moins, elle a suffisamment honte pour accepter de m'accompagner à l'hôpital. Nous traversons le hall d'entrée sans nous arrêter à l'accueil et montons directement au labo situé au premier étage.

L'infirmière qui nous reçoit, une femme entre deux âges à la mine renfrognée, engoncée dans un uniforme blanc amidonné, a déjà été prévenue par le Dr Mittal. Avec une froide efficacité, elle repère une veine dans la saignée de mon coude et s'apprête à y planter l'aiguille lorsque mon portable sonne. C'est la Croix-Rouge qui m'appelle pour me parler de la journée mondiale du don du sang fixée au 14 juin.

— Le centre de transfusion commence à être à court de groupe Bombay, m'annonce une collaboratrice. Voudriez-vous venir pour votre don trimestriel ? Nous pouvons même envoyer une voiture vous chercher.

Il n'y a pas à dire, ils ont bien choisi leur moment !

— Désolée, je suis à l'hôpital… Je dois donner du sang pour ma mère. Je ne peux pas vous aider, cette fois.

L'infirmière fronce les sourcils et enfonce l'aiguille dans ma veine. J'ai beau avoir l'habitude, ce coup-ci je sens que c'est différent. Tandis que la seringue se remplit de liquide rouge sombre, une sourde angoisse m'envahit, un monstre protéiforme façonné par mes craintes enfouies. Le prélèvement sera bientôt analysé et révélera ses secrets, ses antigènes et ses anticorps. Pour être honnête, voilà une épreuve que je serais heureuse de rater.

Neha, dont c'est la toute première prise de sang, se mordille la lèvre, serre les poings et évite de regarder la seringue quand arrive son tour. Dès que l'aiguille lui transperce la peau, elle commence à hyperventiler, se plaint de faiblesse et d'étourdissements.

— Arrêtez votre cinéma, grogne l'infirmière en continuant à lui prélever du sang.

Neha serre les dents, la fusille du regard et vomit tout de suite après.

S'ensuivent trois heures d'attente pénibles avant que le Dr Mittal nous appelle dans son bureau.

— J'ai une bonne nouvelle, dit-il en s'adressant à moi. L'analyse HLA révèle une compatibilité parfaite de six sur six pour Neha, et une semi-compatibilité, à savoir trois sur six, pour vous. Ce qui est tout aussi bien car un rejet partiel peut être surmonté à l'aide d'immunosuppresseurs. Et dans les deux cas, le cross-match est négatif.

— Négatif ?

Neha, qui s'agrippait à sa chaise, desserre brusquement les doigts, une lueur de soulagement dans le regard.

— Ça veut dire que nous sommes incompatibles avec le groupe sanguin de Ma ?

— Au contraire, cela signifie une compatibilité totale. Ce test consiste à combiner les globules blancs du donneur avec le sang du receveur. Si les globules blancs sont attaqués et tués, on dit que le crossmatch est positif : le système immunitaire du receveur ne pourra pas accepter le transplant. Un crossmatch négatif veut dire que les antigènes du donneur sont compatibles avec ceux du receveur. L'une et l'autre, vous êtes bien placées pour donner un rein à votre mère. À vous de décider maintenant laquelle des deux l'aime le plus.

Neha et moi échangeons un regard. La tension est si palpable entre nous que le Dr Mittal s'en aperçoit.

— Je sais, ce n'est pas une décision facile. Je veux donc que vous y réfléchissiez soigneusement et que vous reveniez me voir dans soixante-douze heures, c'est-à-dire dans trois jours.

Nous rentrons chez nous en silence, ne sachant que dire ou que faire. Mais nous sommes d'accord sur un point : ne pas souffler un mot de tout cela à Ma.

Cette nuit-là, couchée dans le noir, j'entends Neha qui se tourne et se retourne dans son lit. Je sais qu'elle pense la même chose que moi. Tout notre amour filial se réduit finalement à cet étrange dilemme : qui j'aime le plus... ma mère ou mon rein ?

Pour m'occuper, je fais des recherches sur Internet. Sur l'insuffisance rénale et la greffe du rein. Je surfe sur la Toile en quête de témoignages de ceux qui, ayant donné un rein à un proche, continuent à mener une vie saine et heureuse.

Neha, elle, passe son temps à chercher des échappatoires et à faire des messes basses pendant que Ma dort.

— Donner un rein, ce n'est pas comme offrir un iPod à une copine, chuchote-t-elle. L'intervention est lourde et comporte des risques à long terme pour la santé. Après l'opération, on peut dire adieu au sport et aux activités physiques. Et puis je ne crois pas un instant à cette histoire comme quoi le second rein est en trop. Je croise les doigts, mais si un jour il m'arrive quelque chose, un accident, mettons, ou une maladie grave, je serai bien contente de l'avoir.

Il y a du vrai dans ce qu'elle dit. Mes recherches m'ont appris que les gens qui vivent avec un seul rein souffrent d'un certain nombre de pathologies – hypertension, protéinurie ou excès de protéines dans l'urine, ou encore taux réduit de filtration glomérulaire –, c'est-à-dire qu'un seul rein est moins efficace pour éliminer les déchets de l'organisme.

— Sachant tout cela, penses-tu que nous devrions accepter d'aller plus loin ? demande Neha.

— Nous n'avons pas le choix. Sans un nouveau rein, Ma va mourir. Le sang a un prix. L'amour exige des sacrifices.

— Alors fais-le, toi, rétorque-t-elle avec sa désinvolture coutumière. Je dois participer à la sélection régionale du concours Miss Inde. Je ne peux pas y aller en ayant l'air malade. Et puis c'est toi, l'aînée.

Neha m'a déjà blessée dans le passé, mais là j'ai l'impression de recevoir un coup de poignard dans le dos. J'explose, en proie à un juste courroux :

— Pourquoi ? Qu'avez-vous fait pour moi, toutes autant que vous êtes ? Qui a dit que l'aînée doit souffrir pour tous les autres ? J'ai renoncé à mes rêves, j'ai abandonné mes études, et maintenant tu veux que je me fasse charcuter par-dessus le marché ?

Pour une fois, Neha reste sans voix. Incrédule, elle fait un pas en arrière. Puis, avec une exclamation contrite, elle tombe à mes pieds.

— Pardonne-moi, *didi,* s'écrie-t-elle en enlaçant mes jambes. Je retire ce que j'ai dit. Comment puis-je me montrer aussi ingrate après tout ce que tu as fait pour moi ? Je ne mérite pas de vivre.

Il n'en faut pas plus pour que je fonde en larmes. Je la relève en marmonnant :

— Nous sommes sur le même bateau, andouille.

Et nous nous cramponnons désespérément l'une à l'autre, comme pour trouver le courage de passer à l'acte.

Quand le concept moral d'amour filial se heurte à l'instinct de conservation, le premier à souffrir est le pouvoir de décision. Nous essayons de repousser l'inéluctable en nous immergeant corps et âme dans le train-train quotidien. Je vais religieusement à mon travail ; Neha à la fac. Le soir, cloîtrées dans la même chambre, la gorge serrée par l'angoisse, nous nous parlons à peine.

Pendant quarante-huit heures, nous faisons du sur-place, rongées par l'incertitude comme des jurés incapables de se mettre d'accord sur un verdict.

C'est Neha qui suggère un moyen de sortir de l'impasse, le matin du troisième jour.

— On n'a qu'à le jouer à pile ou face, comme au cricket. Pile, c'est moi. Face, c'est toi. OK ?

J'acquiesce. Quelquefois, les grandes décisions de la vie doivent être laissées à la froide et impartiale volonté du hasard.

Neha fouille dans son tiroir à linge et en sort une vieille pièce de une roupie ternie par le temps. Nous nous plaçons au milieu de la chambre, tels deux duellistes face à leur destinée. Neha me montre les deux faces pour prouver que la pièce n'est pas truquée. Puis elle la lance en l'air. Malgré l'usure des ans, la pièce miroite au soleil en tournoyant. Neha la rattrape expertement et la plaque sur le dos de sa main sans la dévoiler.

— Notre décision est prise. Il n'y aura pas de seconde chance, d'accord ? demande-t-elle d'une voix tremblante.

— D'accord. Pile ou face, c'est Dieu qui décidera.

Neha hoche la tête.

— Je répète : pile, c'est moi ; face, c'est toi.

— Enlève ta main.

Je déglutis péniblement.

— Voyons ce que le sort nous réserve.

Tout doucement, Neha retire sa main. Le soleil illumine la pièce de monnaie et les trois têtes de lion de notre blason national.

Le visage de ma sœur se décompose. Un sanglot monte dans sa gorge, mais elle se ressaisit rapidement, avec la même résignation stoïque qu'à Mumbai.

— Eh bien, ce sera moi. Je serai heureuse de donner mon rein à Ma.

Nous avons enfin abouti à un accord, mais au lieu de me sentir soulagée, j'ai le cœur lourd. J'ai envie de la serrer dans mes bras, de lui dire : « Ce n'est pas à toi de le faire. Je remplirai mon devoir de fille aînée. » Mais tout ce qui sort de ma bouche, c'est :

— Désolée ! Pas de chance !

Peu après, nous nous rendons à l'hôpital pour voir le Dr Mittal. Comme c'est un jour de semaine, il y a moins de monde, mais l'odeur de sang et d'antiseptique me donne la nausée.

Un homme à la peau foncée nous aborde sur le palier du troisième étage. Je le reconnais : c'est Tilak Raj, qui travaille ici comme garçon de salle. Son fils Raju vient à mes cours d'anglais, le dimanche.

— Puis-je vous dire un mot, madam-ji ? chuchote-t-il en nous entraînant dans un coin sombre.

— Oui ? dis-je avec méfiance.

— Il paraît que votre mère a besoin d'un nouveau rein.

— En effet. Comment le savez-vous ?

— J'ai entendu le Dr Mittal parler à l'infirmière de garde. Alors, comment allez-vous faire ?

— Neha va lui donner le sien.

— Tss-tss.

Il secoue la tête.

— Ça ne va pas du tout. Une si jolie fille. Vous voulez ruiner son avenir, ou quoi ? Après l'opération, elle s'étiolera comme une fleur fanée. Suivez mon conseil, ne faites pas ça.

— Mais que faire d'autre ? Nous n'avons pas de quoi lui payer une dialyse.

— Il y a une solution, annonce-t-il avec un clin d'œil.

— Dites-moi !

Neha lui agrippe presque le bras.

— Un rein, ça s'achète.

— Acheter un rein ? Mais c'est illégal, fais-je remarquer.

— Qu'est-ce qui vous importe le plus, la loi ou l'avenir de votre sœur ? Si vous voulez un rein, je peux vous en trouver un, et pour pas cher.

— Combien ? demande Neha.

— Vous le saurez en allant à cette adresse.

Il sort un bout de papier de sa poche et me le tend. Ce sont les coordonnées d'un certain Dr J.K. Nath, néphrologue travaillant à l'Institut du rein, clinique privée située dans le Secteur 15 de Rohini.

— Cette clinique, elle n'appartient pas à notre député local, Anwar Noorani ?

Je revois le politicien aux cheveux teints et aux longues rouflaquettes que j'ai croisé dans le métro.

— Exact, répond Tilak Raj. Le député *sahib* est très généreux. C'est lui qui m'a trouvé ce boulot. Et il aidera votre mère aussi. Sa clinique est spécialisée dans la greffe du rein.

— Oui, mais à quel prix ?

— Dites au Dr Nath que vous venez de ma part. Il vous fera une ristourne.

Tilak Raj sourit d'un air entendu et se glisse sans bruit dans l'escalier.

— J'ignorais que Tilak Raj était un rabatteur mêlé à un trafic d'organes, dis-je, pensive, en le suivant des yeux.

— Tant pis si c'est illégal, *didi,* affirme Neha. J'aimerais rencontrer le Dr Nath.

— À mon sens, ce serait une erreur. Nous devrions en parler au Dr Mittal d'abord.

— Parce que c'est mon rein et pas le tien, hein ? rétorque Neha avec une soudaine véhémence.

Sa façade bravache se fissure. Elle s'affaisse sur le sol et éclate en sanglots, inconsolable.

J'éprouve une bouffée de compassion envers elle.

— Je n'irai pas travailler aujourd'hui, lui dis-je. Allez, viens. On va voir le Dr Nath.

Nous quittons l'hôpital et hélons un auto-rickshaw. Trente roupies et quinze minutes plus tard, nous voici au portail de l'Institut du rein.

De l'extérieur, on dirait un immeuble de bureaux aux parois vitrées. À l'intérieur, on se croirait dans le hall d'un hôtel tout en pierre et marbre, d'une propreté impeccable.

L'accueil est géré avec l'efficacité d'un QG des armées. Je suis surprise de voir un certain nombre d'étrangers dans la file d'attente. La jeune et fringante réceptionniste nous adresse un sourire éclatant.

— Oui, que puis-je pour vous ?

— Nous venons voir le Dr J.K. Nath, dis-je.

— Vous aviez rendez-vous ?

— Non. Vous pouvez nous en donner un ?

Le Dr Nath nous reçoit après une heure d'attente. C'est un petit homme chauve, la cinquantaine, avec un visage joufflu rasé de près et des dents jaunes. Malgré sa blouse blanche, il me fait penser à Keemti Lal, le clerc sournois dans le bureau du magistrat subdivisionnaire. Il nous sourit avec gentillesse, mais son regard avide me met aussitôt la puce à l'oreille.

Je me lance, hésitante :

— C'est Tilak Raj qui nous envoie. Il travaille à l'hôpital public du Secteur 17.

— Bien.

Il hoche la tête.

— Cela veut dire que vous avez besoin d'un rein. C'est pour elle ?

Il pointe son pouce vers Neha.

— Non, pour notre mère. Elle souffre d'insuffisance rénale chronique.

— Vous avez frappé à la bonne porte. Une fois que je connaîtrai le profil sanguin de votre mère, je pourrai vous trouver un rein de rechange.

— Provenant d'un donneur décédé ?

— Non, vivant. C'est le grand avantage de l'économie de marché au XXIe siècle. On achète un rein aussi facilement qu'une voiture. Tout est question d'offre et de demande.

— Mais n'est-ce pas contraire à la loi ? J'ai cru comprendre que seuls les parents proches pouvaient donner un rein.

— Visiblement, vous n'avez pas bien lu la loi de 1994. La clause du don altruiste permet à n'importe qui d'être le donneur, à condition d'avoir un lien affectif avec le receveur.

— Mais nous ne connaissons personne qui réponde à ce critère-là.

— Ne vous occupez pas de ça. Je vous trouverai un donneur en toute légalité. Un lien affectif, ça se crée très vite, vous verrez, quand l'argent entre en jeu.

— Et ce serait de quel ordre, alors ?

— Ici, à l'Institut, une greffe de rein revient à six lakhs, tout compris.

— Six lakhs ? C'est largement au-dessus de nos moyens.

Il passe la main sur son crâne dégarni.

— Dans ce cas, allez voir ailleurs. Sachez seulement que plus de cent cinquante mille Indiens ont besoin d'une greffe de rein tous les ans, alors qu'il n'y a que trois mille cinq cents reins à disposition. D'où le coût relativement élevé. Et nous avons assez de patients en Inde comme à l'étranger qui sont prêts à payer ce prix. Six lakhs, c'est donné. Ça représente moins de quinze mille dollars. En Amérique, vous paieriez dix fois plus.

À l'évidence, c'est moins un médecin qu'un homme d'affaires véreux que nous avons en face de nous. Et ses tarifs fantaisistes dépassent de loin notre budget.

— Allez, on y va.

Je tire Neha par le bras.

— Inutile de perdre notre temps ici. Le Dr Mittal nous attend.

— Non, *didi,* répond Neha en secouant fermement la tête. Quoi qu'il arrive, je ne retourne pas à l'hôpital public.

313

Sa soudaine et absurde détermination me laisse sans voix. Neha est décidée à acheter un rein, coûte que coûte.

À partir de là, elle prend les négociations en main.

— Je suis encore étudiante. Vous ne pourriez pas me faire une réduction ? demande-t-elle au Dr Nath avec un sourire mi-mutin, mi-implorant.

Il tombe instantanément sous le charme.

— OK, juste pour vous, je baisserai le prix d'un lakh. Cinq lakhs, hein, qu'en dites-vous ?

— C'est encore beaucoup trop cher, dit Neha avec une moue boudeuse.

Je l'écoute en silence marchander avec le Dr Nath comme si elle avait fait ça toute sa vie. Le néphrologue finit par lever les mains.

— Où vous croyez-vous, dans une épicerie ? Deux lakhs, c'est mon dernier prix, et encore parce que j'ai pitié de vous. C'est à prendre ou à laisser.

— On prend, dit Neha précipitamment.

Me penchant vers son oreille, je chuchote rageusement :

— Mais comment va-t-on réunir une somme pareille ? Même Ma n'a plus de bijoux à vendre.

— Laisse-moi faire, répond-elle d'un ton assuré, se levant pour serrer la main du Dr Nath. Merci, docteur. Vous aurez l'argent d'ici une semaine.

— Dans ce cas, commençons les examens prélimi-naires tout de suite. Venez demain avec votre mère pour une prise de sang.

En sortant de la clinique, Neha lève brièvement la tête, semblant scruter le ciel. Je me dévisse le cou à mon tour, mais n'entrevois pas le moindre présage parmi les nuages qui flottent dans l'azur.

À mi-chemin de la maison, Neha me dévoile son plan.

— J'ai plein d'amis qui sont pétés de thunes. Ils me prêteront de l'argent. Deux lakhs, c'est du pipi de chat pour eux… Ils doivent dépenser plus en un mois pour nourrir leur caniche.

Je suis à deux doigts de lui demander où étaient ses amis quand nous avons failli nous retrouver à la rue, faute de pouvoir payer le loyer, mais je me retiens. C'est son rein, après tout. Qu'elle emprunte cet argent, qu'elle mendie ou qu'elle le vole, ce n'est pas mon problème.

*

De retour dans la cité, nous tombons sur un grand rassemblement dans la cour. J'apprends par Dhiman Singh que Mme Nirmala Mukherjee Shah, la plus célèbre des locataires, quitte son appartement B-25 pour aller s'installer à Gandhi Niketan, un centre communautaire dédié à la pratique des valeurs gandhiennes, situé dans un quartier huppé du sud Delhi.

Je ne suis pas surprise. Nirmala Ben n'est plus la femme simple au mode de vie sobre que j'ai connue. Elle a acquis la stature d'un véritable gourou. Impeccablement coiffée, elle a troqué ses *chappals* bon marché contre une paire de sandales griffées, et même son fameux sari paraît plus blanc. Elle est constamment entourée d'un essaim de disciples, d'admirateurs

315

et d'écornifleurs. Bien que son appartement se trouve à trois portes du nôtre, sa renommée a creusé un fossé entre nous, un fossé difficile à franchir.

— *Arrey,* Sapna *beti,* m'interpelle-t-elle. Comment vas-tu ?

Elle me serre affectueusement dans ses bras.

— Ça va. Mais pourquoi abandonnez-vous la cité ?

— Que veux-tu ? soupire-t-elle. Je n'avais pas envie de partir, mais mes camarades assurent que mon appartement est trop petit pour mes causeries quotidiennes.

— Vous allez me manquer, dis-je sincèrement.

— *Arrey,* je ne m'en vais pas bien loin. Vous viendrez me voir, ta mère et toi. Je vous ferai des *rasagullas* maison.

En la regardant s'engouffrer à l'arrière d'une élégante Hyundai Sonata, j'ai la nette impression que je ne la reverrai plus, sinon dans les pages des magazines ou à la télévision.

Son combat, cependant, continue à porter ses fruits. À en croire les médias, l'étau se resserre autour d'Atlas Investments. Les enquêteurs affirment détenir des preuves décisives en provenance de l'île Maurice, laissant entendre que les responsables de cette monumentale arnaque seront bientôt démasqués.

Chez nous, je trouve Ma en pleurs, effondrée sur la table. Le départ de Nirmala Ben l'a anéantie.

— Ma meilleure amie est partie, se lamente-t-elle. Si seulement je pouvais quitter ce monde, moi aussi !

— Tu n'iras nulle part, lui dis-je sévèrement.

— À quoi bon ?

Elle écarte les mains.

— Mes deux filles ne me disent rien. Elles font des choses derrière mon dos, comme si j'étais une enfant.

J'échange un regard désabusé avec Neha. Ma est dans sa période de déprime et voit des complots partout.

— Et qu'est-ce qu'on te cache, hein ? je lui demande.

— Je sais que vous manigancez quelque chose, Neha et toi. C'est en rapport avec mes résultats d'examens ? Racontez-moi au moins ce que vous a dit le Dr Mittal. Combien de temps me reste-t-il à vivre ?

Je sens que le moment est venu de se mettre à table.

— Le Dr Mittal dit que tu souffres d'une insuffisance rénale chronique. Du coup, tes reins fonctionnent moins bien. C'est pour ça que tu es fatiguée, que tu as perdu l'appétit et que tu as des crampes. Ce qu'il te faut, c'est un nouveau rein. Et nous sommes en train de nous en occuper.

— Comment ? Vous voulez me faire don d'un rein ?

Horrifiée, Ma plaque sa main sur sa bouche.

— Que Dieu me foudroie sur place si je fais du mal à mes enfants. Le rôle d'une mère n'est pas de prendre, mais de donner.

— Ce ne sera pas nous, dis-je, rassurante. Ce sera un autre donneur.

— Pourquoi priver quelqu'un d'un rein à cause de moi ? Personne ne sait le temps qu'il a à vivre. Peut-être que mon heure est venue, déclare-t-elle sur le ton las d'une vieillarde. Inutile de continuer à gaspiller de l'argent pour me soigner.

Les mères ont ce don incroyable de vous prendre en défaut. Dans notre esprit, Ma a toujours été indissociable de la cuisine. Juste parce qu'elle était une simple ménagère originaire de la bourgade de Mainpuri, qu'elle ne connaissait ni Camus ni les ordinateurs et ne parlait pas l'anglais, nous ne l'avons jamais vraiment prise au sérieux. C'est Alka qui était la plus proche d'elle. Papa la traitait de haut, et Neha et moi l'imitions inconsciemment. Même après sa mort, il ne nous est pas venu à l'idée de nous demander comment elle s'en sortait. Se sentait-elle seule ou écrasée par le poids des soucis ? Ses désirs et ses besoins passaient toujours après ceux des autres. Et voilà qu'aujourd'hui, elle est même prête à sacrifier sa vie pour nous.

Je me précipite et la serre dans mes bras. Le remords forme une grosse boule dans ma gorge.

— Tu n'as que quarante-sept ans ! Ton heure n'est pas venue et ne viendra pas de sitôt. Tu as rempli ton devoir de mère ; à nous maintenant de remplir notre devoir filial.

— Pas à *nous,* à moi, s'interpose Neha. C'est moi qui me charge de te faire greffer un rein dans le meilleur hôpital de la ville.

J'en reste bouche bée. Ce n'est pas tant ce qu'elle a dit que la façon dont elle l'a dit, comme pour me narguer ou me rabaisser.

— Mais ça doit coûter une fortune, gémit Ma.

— Tu n'as pas à t'inquiéter pour l'argent tant que moi, je suis là pour veiller sur toi, susurre Neha, jetant une pierre de plus dans mon jardin.

— Ma fille chérie !

Ma se tamponne les yeux et presse Neha sur son cœur.

Je me sens de trop, exclue de cette idylle familiale. Mais c'est un peu ma faute : en n'assumant pas ma responsabilité de sœur aînée, j'ai permis à Neha d'usurper ma place. Et elle en a profité pour me mettre à l'écart. Résultat, j'ai l'impression d'être une intruse sous mon propre toit.

Je vais me coucher avec ma mauvaise conscience, l'ego meurtri. Quand on a de l'argent, on peut se payer un rein, mais pas le respect des siens.

Le lendemain, au moment même où je vante les mérites d'un téléviseur Sony BX420 à un client, je reçois un appel du Dr Mittal.

— Que se passe-t-il ? Je croyais qu'on devait se voir hier.

Il a l'air agacé et quelque peu agité.

— Il y a eu un changement de programme, lui dis-je. Nous sommes en train d'étudier la possibilité d'obtenir un rein dans le cadre d'un don altruiste.

Après un silence à l'autre bout de la ligne, il demande finalement :

— Et qui est ce donneur altruiste ?

Je n'ai pas d'autre choix que de mentir :

— Un ami à nous.

— Alors amenez-le pour que je puisse l'examiner. La greffe doit impérativement être pratiquée dans un délai de cinq à sept jours. L'état de votre mère se dégrade. Chaque jour qui passe la rapproche un peu plus de la mort.

— Je comprends, docteur.

Secouée, je m'empresse de mettre fin à la communication.

Après cela, il m'est impossible de me concentrer sur mon travail, ce qui me vaut une réprimande du directeur, déjà contrarié par mon absence injustifiée d'hier.

*

Deux jours plus tard, Neha a réuni seulement dix mille roupies. Apparemment, ses petits camarades ne sont pas aussi généreux qu'elle le croyait. Mais elle ne s'avoue pas vaincue pour autant.

— J'ai des amis qui sont absents, en ce moment. J'attends qu'ils reviennent. Sois tranquille, je trouverai cette somme.

La seule bonne nouvelle nous vient du Dr Nath.

— C'est gagné ! déclare-t-il, triomphant, à Neha par téléphone. J'ai une excellente donneuse pour votre mère. Une fille jeune et en bonne santé. Tous ses paramètres correspondent parfaitement à ceux de votre mère. Quand viendrez-vous régler la facture ? Il nous faudrait la totalité du montant, et en liquide si possible.

— Bientôt, docteur, lui assure Neha. J'y travaille.

Le lundi 2 mai débute par l'annonce de la mort d'Oussama Ben Laden. Nous sommes stupéfaites d'apprendre qu'il a été tué dans une fusillade avec les membres d'un commando américain au fin fond du Pakistan.

Mais la mort d'Oussama est éclipsée le soir même par la déclaration que me fait Neha.

— Ça y est, *didi* ! J'ai les deux lakhs.

— C'est vrai ?

Elle attrape son sac à main, un faux Gucci. Et, imitant le son de la trompette, elle jette sur le lit deux grosses liasses de billets de mille roupies.

— Voilà, cent mille et cent mille.

Je lui tapote les épaules.

— Je suis fière de toi. Et qui est ce prêteur magnanime ?

— Je ne peux pas te dire son nom.

— Il s'agit donc bien d'un homme ?

Neha se ferme alors comme une huître.

— Écoute, on ne va pas s'embarrasser des détails. Peu importe qui me l'a donné… L'essentiel, c'est qu'on ait l'argent.

— Tu as raison. Ce qui compte, c'est que maintenant, on peut faire opérer Ma.

Ce soir-là, je me couche le cœur léger. Oussama Ben Laden est mort. Et notre mère vivra.

Le bureau du Dr Nath empeste une sorte de parfum écœurant quand j'y entre à 10 heures du matin, vêtue d'un *salvar kameez* blanc.

Le médecin m'accueille avec l'impatience frétillante d'un adolescent qui se rend à son premier rancard.

— Où est votre sœur ? demande-t-il en lorgnant la porte.

— Neha est en train de passer ses examens. Elle ne viendra plus à la clinique.

Presque involontairement, je rajuste la *dupatta* sur ma poitrine.

— Ah…

Le Dr Nath cache sa déception en prenant un air affairé.

— J'ai réservé le bloc pour après-demain. Vous devrez amener votre mère demain pour qu'on puisse surveiller son état.

— Entendu.

— Vous avez l'argent ?

— Oui, pile deux lakhs.

J'ouvre mon sac et je commence à sortir les liasses.

— Attendez, m'arrête-t-il. Je ne m'occupe pas des encaissements. Déposez-le à la caisse au rez-de-chaussée et rapportez-moi le reçu.

— J'ai quelque chose à vous demander.

— Oui ?

— J'aimerais rencontrer la donneuse pour la remercier personnellement. Vous pourriez m'arranger ça ?

— Écoutez, dans ce genre de situation, il vaut mieux en savoir le moins possible. Nous suivons la même politique d'anonymat qu'en matière d'adoption.

— La donneuse récupérera sans problème après l'opération, hein, docteur ?

— Mais oui. Un individu en bonne santé peut vivre facilement avec un seul rein.

— Dites-moi au moins son nom.

— Pour quoi faire ? Enfin, si vous tenez absolument à le savoir, elle s'appelle Sita Devi, comme l'épouse du seigneur Rama dans *Ramayana*. Alors, contente ? Bon, maintenant allez me chercher ce reçu à la caisse.

Je prends l'ascenseur pour redescendre au rez-de-chaussée. Le guichet de la caisse se trouve de l'autre côté de l'accueil. Au moment où je finis de payer, une dispute éclate à la réception.

— Je t'ai déjà dit de ne plus remettre les pieds ici, siffle une voix masculine. À quoi elle te sert, ta cervelle ?

— Comment je fais, *sahib* ? J'ai besoin d'argent rapidement. Mon fils est très malade, geint une voix féminine.

Je ne vois pas la femme, à cause du pilier qui nous sépare.

— Tu auras l'argent demain, après l'opération. Mais je te préviens, Sita, si tu reviens ne serait-ce qu'une fois, nous allons rompre toute relation avec toi. Tant pis si ta famille meurt de faim. Allez, retourne à la clinique.

Sita… Je dresse l'oreille et me penche pour jeter un œil derrière le pilier. Je m'attends à voir une jeune femme en pleine santé, or celle qui s'éloigne du comptoir, la mine défaite, doit frôler la quarantaine. Vêtue d'un sari vert en lambeaux, elle ressemble à un cadavre ambulant avec ses yeux enfoncés, son visage émacié et ses lèvres minces et gercées. Ses cheveux sont sales

323

et mal coiffés. On devine ses côtes sous le tissu, et sa peau fripée fait penser à un vieux parchemin. Elle marche lentement, en traînant les pieds, comme si elle sortait d'une grosse opération. Dans le décor feutré de l'Institut du rein, elle détonne autant qu'un plat de viande dans le menu d'un végétarien jaïn.

Non, me dis-je, ça ne peut pas être elle. Mais quelque chose chez elle pique ma curiosité, comme une histoire dont on voudrait connaître la fin. Je glisse le reçu dans mon sac et la suis tandis qu'elle franchit en titubant la porte à tambour.

Tête basse, elle boitille jusqu'à l'arrêt de bus proche de la clinique. Dix minutes plus tard arrive un bus à destination de Gurgaon, et elle monte dedans. Après une brève hésitation, je m'y engouffre à mon tour et m'assieds directement en face d'elle. J'en profite pour l'examiner de près. Un bandage dépasse dans son dos, et ses bras portent des traces de piqûre. J'ai d'autant plus envie de lui adresser la parole, mais elle fait à peine attention à moi, une inconnue dans un bus rempli d'inconnus. De temps à autre, elle se passe le pouce sur les yeux pour essuyer une larme.

Perdue dans mes pensées, je ne vois pas les minutes filer. Nous sommes déjà à Gurgaon, et ma proie se lève pour descendre.

Le bus s'arrête devant un centre commercial clinquant plein de boutiques de marques et de cafés branchés. À travers la paroi vitrée, j'entrevois l'immense aire de restauration à l'étage, grouillant de jeunes cadres dynamiques. Cet endroit est emblématique de Gurgaon, une ville tout en fric et frime avec de luxueux immeubles de bureaux, des multiplexes et des résidences haut de gamme. On dit que ça ressemble plus à Dallas qu'à Delhi. Sans doute est-ce la raison pour laquelle de nombreuses multinationales ont choisi d'y installer leur siège.

Sita jette un œil nostalgique sur les enseignes lumineuses des pizzerias et autres KFC et, l'air résigné de quelqu'un qui a accepté son sort, tourne le dos au centre commercial pour traverser la route.

Je lui emboîte le pas en prenant garde de ne pas me faire repérer. Elle s'engage finalement dans une rue latérale, et je me retrouve dans une zone résidentielle noyée dans la verdure, avec de grandes villas, des allées pavées et très peu de piétons. Après l'effervescence du centre commercial, c'est comme un havre de solitude ; la torpeur de midi n'est troublée que par le bourdonnement des climatiseurs, les rares voitures qui passent et un air de jazz qui s'échappe d'une fenêtre ouverte.

Sita s'arrête devant une modeste maison à étage, blanche avec des volets verts. La plaque en bois à l'entrée indique seulement le numéro, « 3734 ». Sans le nom de l'occupant. Tout aussi bizarre, une guérite avec un garde en uniforme.

Sita s'adresse au garde, qui lui ouvre le portail métallique. J'hésite, ne sachant trop que faire, quand j'aperçois une silhouette familière arrivant en face. Ce n'est autre que Tilak Raj, le garçon de salle de l'hôpital public. L'homme qui l'accompagne, à en juger par ses habits poussiéreux, doit être un journalier. Je me cache derrière un arbre en attendant qu'ils passent leur chemin. Mais Tilak Raj se rend lui aussi au n° 3734. Je le vois échanger quelques mots avec le garde, puis entrer dans la maison avec son compagnon.

Dévorée par la curiosité, je prends mon courage à deux mains et m'approche du garde.

— Oui ? Vous désirez ?

Il me dévisage d'un air soupçonneux.

— J'ai rendez-vous avec Tilak Raj, dis-je en tripotant nerveusement mon sac à main. Il m'a demandé de venir le retrouver ici.

— Oui, il vient d'arriver.

Le garde hoche la tête et déverrouille le portail métallique.

Je pénètre par une porte ouverte dans une pièce qui ressemble à une salle d'attente. Le journalier est là, assis sur un siège en plastique, avec deux autres hommes et Sita. Mais aucun signe de Tilak Raj.

Je ressors dans le couloir. La maison semble spacieuse. Il y a au moins deux autres pièces au rez-de-chaussée.

Je risque un coup d'œil dans la première et découvre un homme couché sur un lit en métal, relié à un appareil de perfusion.

— Dites, j'ai vraiment mal, gémit-il, me prenant pour une infirmière.

Je m'avance. Sur la fiche attachée au lit sont écrits son nom, Mohammad Idris, et son âge, vingt-neuf ans. Sauf qu'avec ses joues creuses et sa barbe grise emmêlée, il en fait dix de plus.

— Regardez, c'est là que c'est douloureux, murmure-t-il en soulevant un pan de sa chemise.

Je recule, horrifiée par le spectacle qui s'offre à mes yeux. Une vilaine cicatrice plissée, longue d'une vingtaine de centimètres, lui barre le flanc, grossièrement cousue de fil noir. On dirait un travail de rafistolage effectué par un chirurgien particulièrement peu scrupuleux.

— Si j'avais su que ça faisait aussi mal, j'aurais réfléchi à deux fois avant de vendre mon rein, dit-il, interrompu par une quinte de toux.

Dans la pièce d'à côté se trouve une femme à peu près dans le même état. Sunita, trente-huit ans, est reliée à des tuyaux qui se croisent sur ses bras et sa poitrine. Ses pommettes saillent sous sa peau foncée ; ses yeux sont cerclés de noir. Elle aussi a été incisée, exactement au même endroit qu'Idris. La plaie suinte encore, malgré le fil chirurgical qui réunit ses bords déchiquetés.

Mais, contrairement à son voisin, elle n'a aucun regret concernant l'opération.

— Le docteur-*babu* dit que le second rein ne sert à rien... Il prend juste de la place. Alors autant que ça rapporte.

— Combien vous paient-ils ? je demande.

— Ils m'ont promis trente mille, mais ils ne m'en ont donné que vingt. Enfin, ça suffira pour vivre au moins six mois.

Les deux patients ont donc donné leur rein et sont en train de se remettre de l'intervention. Mais qui les a opérés, et où ?

Le mystère s'éclaircit quand je monte à l'étage. Je franchis les portes battantes qui donnent sur un couloir. D'un côté, il y a les toilettes, et de l'autre, une porte métallique avec deux hublots. Une lumière rouge clignote au-dessus de la porte. Je jette un œil par le hublot et me fige. J'ai l'impression de voir une scène tirée d'un film gore. Un patient est allongé sur une table d'opération, et tout autour se tiennent des chirurgiens masqués en tenue verte et des techniciens en blouse de laboratoire. J'aperçois des réservoirs d'oxygène, des appareils d'anesthésie et tout un tas de machines que je ne connais pas. Les instruments chirurgicaux sont minutieusement rangés sur une table ; les étagères croulent sous le matériel médical. J'ai devant moi, à n'en pas douter, un bloc opératoire. Sauf qu'à l'intérieur, l'atmosphère, loin d'être stérile, sent la détresse et l'exploitation.

Je commence à y voir clair. Tout cela est le marché noir du rein, à l'origine du « tourisme de transplantation ». Le Dr Nath recrute de pauvres miséreux auxquels on extrait un rein ici même pour le greffer à de riches Indiens ou à des étrangers prêts à débourser une fortune pour un transplant. Et le député Anwar Noorani est le maillon final de la chaîne, le pivot central qui fournit une couverture politique à cet ignoble racket.

Écœurée, bouleversée, je tourne les talons et tombe nez à nez avec Tilak Raj.

— Qu'est-ce que vous faites ici ? demande-t-il, les yeux écarquillés.

— J'étais venue voir la personne qui doit donner son rein pour ma mère. C'était une erreur, je m'en rends compte maintenant. Je n'aurais pas dû venir.

— Tout à fait. Quand on aime la viande, on ne visite pas les abattoirs.

Son sourire lugubre me dégoûte. À l'évidence, il est mêlé à ce trafic d'organes au même titre que le Dr Nath.

— Sita sera opérée aujourd'hui, ajoute-t-il en me raccompagnant dans la salle d'attente. Et demain, votre mère aura un nouveau rein.

— Je n'en veux plus.

— Hein ?

Tilak Raj me dévisage, bouche bée.

— Vous ne voulez plus du rein de Sita ?

Il parle suffisamment fort pour que tout le monde l'entende.

— Non. Je ne peux pas faire ça. Le malheur des uns ne doit pas faire le bonheur des autres.

Se levant d'un bond, Sita se précipite vers moi.

— Vous avez dit quoi ? s'écrie-t-elle, une lueur démente dans l'œil.

— Je ne veux pas de votre rein. Ce serait péché de l'accepter.

Elle pousse un hurlement strident.

— Non ! Mon fils va mourir. Ils m'ont promis trente mille roupies. Où est-ce que je vais trouver cet argent ? J'ai déjà donné mon foie. Un rein, c'est tout ce que j'ai. S'il vous plaît, prenez-le.

— Je suis désolée.

— Désolée ?

Ramassée sur elle-même, elle se met à tourner autour de moi comme un prédateur autour de sa proie.

— Vous, les riches, croyez qu'il suffit de s'excuser pour s'en tirer à bon compte ? Je vais te tuer, *kutiya,* salope !

Et elle se jette sur moi comme une possédée, essayant de me griffer le visage.

Prise au dépourvu, je bascule en arrière, manquant de m'écraser sur une chaise.

Elle me plaque au sol et commence à me rouer de coups, les traits convulsés de rage. Je tente de me défendre, de la repousser, mais rien n'y fait. Le désespoir semble avoir décuplé ses forces.

Tilak Raj vient à mon secours en empoignant Sita pour la tirer en arrière.

— Tu es folle, ou quoi ?

Il l'attrape par la gorge et la gifle à deux reprises.

Elle continue à me fixer d'un œil torve comme une enfant punie, soufflant bruyamment par les narines.

Tilak Raj se tourne vers moi.

— Je peux vous poser une question ?

Je hoche la tête.

— Pourquoi refusez-vous de prendre le rein de Sita ? Il est parfaitement sain, je vous assure, garanti cent pour cent.

— Ce n'est pas une question de santé, mais de morale. J'ai été faible. C'est pour ça que j'ai opté pour la solution de facilité. Mais je me rends compte qu'on ne transige pas avec sa conscience.

— Tout ça me dépasse.

Tilak Raj agite la main.

— Répondez-moi clairement : avez-vous passé un accord avec une autre clinique ?

— Absolument pas.

— Et son rein à lui ?

Il tape sur l'épaule de l'homme qu'il a amené.

— Gyasuddin est peintre en bâtiment.

Il presse son biceps.

— Regardez, il est en pleine forme.

— Non, je ne veux pas de son rein non plus.

— Parce qu'il est musulman ? Mais il n'est pas écrit sur le rein s'il vient d'un hindou ou d'un musulman. Le rein appartient à celui qui paie.

— Vous ne comprenez pas, dis-je, un rien agacée. Je ne veux pas de rein qui provienne d'ici.

— Mais alors, où allez-vous en trouver un pour votre mère ?

— Je lui donnerai l'un des miens.

— Quoi ? Votre rein à vous ?

— Oui.

En fait, cela me pendait au nez depuis le début, sauf que je refusais de le voir.

Sita lève les yeux au ciel.

— Vous dites que je suis folle, lance-t-elle à Tilak Raj, mais la vraie folle, c'est elle. *Arrey,* qu'est-ce que je vais devenir maintenant ?

— Si elle ne veut pas de ton rein, on te trouvera quelqu'un d'autre, la rassure-t-il. Encore un peu de patience.

— Mais je ne peux pas attendre, se lamente-t-elle. Mon Babloo va mourir, s'il n'est pas soigné à temps. Oh, Babloo, Babloo, Babloo !

Et elle se frappe la poitrine comme si elle avait déjà perdu son enfant.

Je demande à Tilak Raj :

— Qu'est-ce qu'il a, Babloo ?

— Une loucémie, intervient Sita, marquant une pause pour bien enfoncer le clou. Il a une loucémie. L'hôpital privé exige dix mille roupies pour son traitement. Où est-ce que je vais trouver tout cet argent ? Qui me le donnera ?

— Moi, dis-je doucement.

Tilak Raj pointe le menton vers moi.

— Ne jouez pas avec les émotions des pauvres. Leurs malédictions ont la fâcheuse tendance de se réaliser.

J'ouvre mon sac et j'en sors l'enveloppe qui contient mon salaire d'avril. Je compte dix mille roupies, plie les billets en deux et les tends à Sita.

Elle me regarde, incrédule, n'osant pas bouger, comme un chat devant un bol de lait inconnu. Finalement, la nécessité faisant loi, elle m'arrache la liasse et se met à recompter en s'humectant le doigt de temps à autre.

— Ça fait bien dix mille.

Elle laisse échapper un grognement perplexe.

— C'est vrai, vous me donnez cet argent ?

— Oui.

Je m'efforce de sourire, mais ne parviens qu'à esquisser une pauvre grimace. En vérité, j'ai envie de pleurer face à cet océan de malheur et de misère humaine.

— C'est un miracle, glapit Sita avec, à nouveau, une lueur démente dans l'œil.

Pour moi, le miracle, c'est d'être sortie de la torpeur toxique dans laquelle j'étais plongée depuis huit jours.

Elle me dévisage, mi-méfiante, mi-reconnaissante, comme si elle craignait que je ne change d'avis. Puis elle fourre l'argent dans son corsage et prend ses jambes à son cou.

Tilak Raj secoue la tête, dépité. Je l'entends marmonner dans sa barbe :

— Mais d'où elle sort, celle-là, pour me carotter ma commission ?

Je sais bien qu'il parle de moi, et non de Sita.

Je quitte la clinique, la tête haute. Je me sens soudain plus légère, comme débarrassée de l'écrasant fardeau de la culpabilité. La vie est tellement plus belle quand on cherche non pas à nuire, mais à guérir !

Je reprends le bus pour retourner à l'Institut du rein et me rends directement à la caisse.

— J'ai changé d'avis concernant la greffe. J'aimerais récupérer mon argent.

Le caissier appelle illico le Dr Nath, qui m'invite dans son bureau.

— Que se passe-t-il ? Je vous ai fait une offre plus qu'avantageuse. Et tout est prêt pour l'intervention.

— Je ne veux pas du rein de Sita. Je viens juste de la rencontrer.

— Vous l'avez rencontrée ? Où ça ?

— Je reviens de votre clinique à Gurgaon.

— Vous êtes allée à Gurgaon ?

Son front se plisse d'inquiétude.

— Attendez un instant, je vous prie.

333

Il sort de la pièce. À travers la vitre, je le vois composer un numéro sur son téléphone portable.

Un peu plus tard, le député Anwar Noorani fait son apparition.

— Oui, quel est le problème ?

Il me gratifie d'un sourire vaguement condescendant.

— Il n'y en a pas. J'ai changé d'avis concernant la greffe pratiquée ici, et je veux me faire rembourser.

— Vous avez un reçu ?

Je le lui tends ; il l'examine et le glisse dans la poche de sa veste tissée à la main.

— Et pourquoi au juste ne souhaitez-vous pas que la greffe soit réalisée ici ? Nous avons le meilleur équipement de tout Delhi.

— Vous vous livrez au racket en dépouillant les pauvres gens de leurs organes. C'est ignoble.

— Nous ne faisons que fournir un service à des clients comme vous, répond-il sèchement. De toute façon, il est trop tard pour vous rembourser, que l'intervention ait lieu ou non.

— Vous plaisantez ?

— Pas du tout. Connaissez-vous un seul magasin à Delhi qui vous rendrait votre argent ? Nous sommes aussi une entreprise commerciale. Une fois le contrat signé, vous ne pouvez pas vous rétracter comme ça, sans aucune pénalité.

— Si vous ne me remboursez pas, je vais porter plainte.

— Nous nierons avoir jamais touché de l'argent de votre part. D'ailleurs, nous ne l'avons pas touché, n'est-ce pas ?

Il échange un coup d'œil avec le Dr Nath. Puis il sort le reçu de sa poche et le déchire sous mes yeux horrifiés.

— Vous ne pouvez pas faire ça. J'irai directement à la police.

— Allez-y, ne vous gênez pas. Qui croiront-ils, à votre avis : un homme politique respectable ou une petite vendeuse de rien du tout ? Suivez mon conseil, amenez-nous votre mère, et nous allons régler ça à l'amiable.

Derrière son sourire mielleux se profile clairement une froide menace. Il a tracé une ligne dans le sable et me défie de la franchir à mes risques et périls.

— Je vais y réfléchir.

Et je quitte la pièce, me sentant dégoûtée, flouée et furieuse.

Une fois dehors, je sors mon portable pour passer deux coups de fil. Le premier est pour le Dr Mittal.

— Navrée, docteur, de vous avoir mené en bateau. On n'a jamais eu d'ami prêt à donner son rein. La donneuse, c'est moi. Quand pourrez-vous pratiquer l'intervention ?

— Dès après-demain, répond-il.

Ce revirement a l'air de lui faire plaisir.

Le second appel est pour Shalini Grover, la journaliste d'investigation sur Sunlight TV.

— J'ai quelque chose pour vous, lui dis-je.

L'horloge murale indique 16 heures. Vêtue de l'informe blouse bleue, j'attends qu'on me conduise au bloc opératoire. Le Dr Mittal s'affaire dans la salle de préparation, interroge les infirmières, vérifie que tout est en ordre avant l'arrivée de l'anesthésiste.

— Tout sera terminé avant que vous ne vous en aperceviez.

Il me tapote l'épaule avec gentillesse.

— Vous êtes une fille courageuse.

Je ne suis pas inquiète, je n'ai pas peur, je me sens juste incroyablement vivante. J'ai un but, maintenant. Aujourd'hui, Ma va gagner un supplément de vie. Et moi un supplément de respect de la part des miens, de crédibilité dans mon rôle d'aînée.

Neha est à côté de moi. Elle s'est résignée à la perte des deux lakhs, mais pas à l'idée que je sois la donneuse.

— Mais pourquoi faut-il que tu joues les martyres ? s'écrie-t-elle en serrant ma main.

— Je ne joue pas les martyres. Je ne fais que remplir mon devoir.

— Je voudrais bien avoir ton courage.

— Le Dr Mittal m'assure que l'intervention ne présente aucun risque. C'est un peu comme si on te retirait cent cinquante grammes en trop.

— Karan voulait venir aussi, mais le Dr Mittal ne l'a pas autorisé. Seuls les membres de la famille sont admis.

— Comment va Ma ?

J'essaie de prendre un air détaché en priant pour que Neha n'ait pas remarqué mes joues en feu. Je n'ai pas vu Karan depuis plus d'une semaine, et je souffre d'une sévère carence en vitamine K.

— Elle continue à chanter tes louanges à qui veut l'entendre, répond Neha.

Ma a failli faire capoter notre plan en refusant tout net mon don de rein. Le Dr Mittal m'a dit qu'elle était arrivée en salle de préparation en hurlant et en se débattant, et il a fallu qu'il déploie des trésors de persuasion pour la convaincre des bienfaits d'une transplantation d'organes.

— Il est temps de partir, maintenant, rappelle-t-il avec douceur à Neha.

Le regard pensif, elle m'effleure le bras en un geste de réconfort, se lève et s'en va rapidement.

Une minute plus tard, l'anesthésiste, un homme encore jeune avec une épaisse tignasse brune et un regard baladeur, fait son entrée, un stéthoscope suspendu au col de sa blouse blanche.

Il allonge mon bras et y plante une aiguille. L'espace de quelques instants, j'oscille au bord du néant, vaguement consciente des bruits dans la pièce, du va-et-vient des infirmières autour de moi, de l'odeur d'antiseptique, jusqu'à ce qu'un engourdissement s'empare de moi et que je sombre enfin dans un sommeil artificiel.

À mon réveil, l'odeur astringente d'antiseptique est toujours là, mais la sensation d'engourdissement a disparu. Ma peau me démange ; j'ai l'impression d'avoir des fourmis partout sur le corps. Hébétée, j'ouvre les yeux et je découvre un homme en blanc penché sur mon lit. Je crois que c'est le Dr Mittal, mais à mesure que ma vision s'éclaircit, je laisse échapper un petit cri de surprise. Ce nez aquilin, cette crinière argentée appartiennent à l'industriel Vinay Mohan Acharya,

vêtu d'un pyjama *kurta* en soie blanc cassé, un pashmina blanc drapé sur les épaules. Cette tenue est celle
qu'il portait au moment de notre rencontre au temple
d'Hanuman, et pourtant je le trouve différent. Son
visage est plus pâle, plus émacié ; il a les yeux cernés
et semble avoir perdu du poids.

— Félicitations, dit-il en souriant et en s'asseyant
sur la chaise à côté du lit. Vous avez réussi la sixième
épreuve.

Je pousse un gémissement, maudissant le jour
où j'ai accepté son offre. Depuis, ma vie n'est plus
qu'un long examen orchestré par Dieu d'un côté et
par l'industriel de l'autre.

— C'était l'épreuve de la réactivité, poursuit-il.
Autrement dit, la faculté de prendre des décisions
même dans une situation complexe ou incertaine.
Un P-DG doit savoir faire des choix difficiles et en
assumer les conséquences. Vous avez fait preuve de
réactivité en décidant de donner votre rein. Cette
démarche est à la fois courageuse et juste de votre
part. Il n'y a rien de plus altruiste que de faire don
d'un organe de son vivant.

— Mais comment avez-vous su, pour mon histoire
de rein ?

— Par le Dr Mittal. Il travaille maintenant pour
moi, voyez-vous.

— Pour vous ?

Déconcertée, je me dresse sur le lit et cherche une
infirmière des yeux, mais il n'y a personne d'autre
dans la pièce.

— Et... l'opération ? Ça s'est bien passé ?

— Il n'y a pas eu d'opération. Vos deux reins sont toujours là, intacts.

Mes doigts cherchent le pansement recouvrant la cicatrice, mais ne rencontrent qu'une peau lisse. Mon abdomen n'a pas été incisé.

— Et Ma alors ? Qu'en est-il de sa greffe ?

— Votre mère va bien. Elle n'a pas besoin d'une greffe de rein. Elle ne souffre d'aucune affection rénale.

Je sens que ma raison vacille à nouveau.

— Donc tout cela est…

— Une mise en scène. Cela m'étonne que vous ne l'ayez pas pigé plus tôt.

— Et ça dure depuis combien de temps ? je demande faiblement.

— Depuis que votre oncle Dinesh a menacé de vous mettre à la porte de votre appartement. C'est moi qui lui ai demandé de le faire. Les gens sont prêts à tout pour de l'argent.

Je plisse le front, perplexe.

— C'est moi également qui me suis arrangé pour qu'on vous arrache votre sac à Connaught Place. Le sac avec les bracelets en or de votre mère.

— Non ! je souffle. Je ne vous crois pas. Vous me faites marcher.

— Eh bien, dans ce cas, jetez un œil là-dessus.

Et il sort deux paires de joncs en or de la poche de sa *kurta*. Ils brillent sous le néon ; les motifs qui les ornent sont clairement visibles. Pas de doute, il s'agit bien des bracelets de Ma.

— Mais c'est insensé ! Pourquoi auriez-vous fait une chose pareille ?

— Parce que je voulais à tout prix vous faire participer à mes sept épreuves. Je devais m'assurer que vous aviez les reins assez solides pour survivre dans le milieu des affaires.

— Donc, toutes les épreuves ont été organisées à l'avance ?

— Rien n'a été organisé. Je me suis borné à créer un contexte vous incitant à faire appel à vos ressources personnelles. Prenez la première épreuve, par exemple. Ma mission était de vous faire arriver à Chandangarh, ce bastion des crimes d'honneur. Une fois qu'on a su pour Babli et Sunil, il nous a été relativement facile de persuader Kuldip Singh de venir faire ses courses dans votre magasin.

— Et si jamais Babli ne m'avait pas donné cette lettre ?

— J'aurais trouvé un autre moyen de vous impliquer. J'avais une équipe de cinq personnes à Chandangarh depuis septembre. Mais je dois dire que vous avez surpris tout le monde en vous en prenant directement au *khap panchayat*.

— Et la deuxième épreuve ? C'est vous aussi qui avez concocté la visite de Priya Capoorr au magasin ?

— Ma foi, elle est actrice… il suffit de l'engager, non ? J'ai eu cependant un mal fou à la convaincre de planquer sa bague de fiançailles pour vous incriminer. Elle préférait utiliser une réplique bon marché. Le temps que vous lui rendiez la bague, elle a vécu l'enfer. Elle m'appelait tous les jours pour se plaindre. Elle était sûre qu'elle ne la reverrait plus.

— Si vous avez réussi le coup de la bague de Priya, ça n'a pas dû être bien compliqué d'ouvrir une fabrique clandestine pour y faire trimer des mineurs.

— Non, je n'ai rien à voir dans cette affaire. J'aimerais mieux mourir plutôt qu'exploiter des enfants. Mais bon, en effet, c'est Rana qui a alerté votre amie Lauren sur l'existence des Ferronneries Mirza.

— Et les voyous qui m'ont agressée, ils étaient aux ordres de Mirza ou aux vôtres ?

— C'est moi qui les ai embauchés, avoue-t-il, penaud. Leur tâche consistait à vous faire peur, c'est tout. Ils ne vous auraient pas touchée.

— C'est ainsi que vous appelez la tentative de viol dans le Parc japonais ?

— La tentative de viol ? Le Parc japonais ? De quoi parlez-vous ?

— Ne faites pas l'innocent. La même chose est arrivée à Neha.

— Je n'y suis pour rien. Je me suis seulement arrangé pour que votre sœur participe au concours et qu'elle soit admise dans l'équipe de Raoji. Tout le monde savait que c'était un coureur de jupons, mais personne ne soupçonnait qu'il feignait d'être aveugle.

— Savez-vous que Neha a bel et bien failli passer à la casserole ?

— Vous l'avez sauvée juste à temps, je le reconnais, mais dans certaines circonstances, voyez-vous, il est difficile d'éviter les dommages collatéraux.

— Et si Nirmala Ben était morte, vous l'auriez aussi considérée comme un dommage collatéral, hein ?

— Ah, Nirmala Ben ! J'avoue que c'était un challenge tout particulier. Mon rôle s'est limité à lui mettre cette idée en tête, vous savez : secouer le monde en douceur. Le reste a suivi.

Il se frotte les mains, me sourit.

— Mes épreuves n'ont fait de mal à personne, vous n'êtes pas d'accord ?

Son attitude désinvolte me fait grincer des dents. Quelle dinde j'ai été, vivant dans un monde d'illusions et de miroirs déformants. Acharya était le marionnettiste, et moi le pantin dont il tirait les ficelles.

Une rage froide, meurtrière monte en moi.

— Pour qui vous prenez-vous ? Pour Dieu ?

— Je ne prétends pas être Dieu, répond-il. Mais comme Dieu, j'ai créé votre univers, puis je vous ai laissée vous dépatouiller toute seule. J'ai enclenché le processus… Vous avez fait le reste.

— Vous êtes cinglé, vous le savez, ça ?

— Je ne suis pas cinglé, je suis juste différent.

— Karan avait raison. Je n'aurais jamais dû accepter de participer à votre projet tordu.

— Ah, vous avez donc discuté de notre arrangement avec une tierce personne ?

Il fronce les sourcils.

— Les termes du contrat l'interdisaient expressément, rappelez-vous.

— Allez au diable avec votre contrat. Je ne veux plus vous revoir, plus jamais. Vous êtes un grand malade, votre place est dans un asile d'aliénés.

— Je m'attendais à ce genre de réaction de votre part. Mais, croyez-moi, tout cela était nécessaire.

— Pourquoi ? Pour vos fantasmes sadiques ?

— Pour votre apprentissage. Le vrai visage d'un P-DG se révèle en situation de crise. J'en ai créé six pour vous, et vous vous en êtes sortie haut la main. Vous avez plus appris en cinq mois qu'en cinq ans d'études à la Harvard Business School. Et, une fois que vous aurez passé la septième épreuve, vous serez prête à prendre la tête du groupe ABC.

— Je n'ai pas l'intention de continuer. J'abandonne maintenant, tout de suite.

— Je regrette, mais vous ne pouvez pas abandonner en cours de route. L'échec est envisageable, pas l'abandon. D'ailleurs, pourquoi renoncer quand on est à deux doigts de diriger un groupe qui vaut dix milliards de dollars ?

— Arrêtez avec ça ! Vous me menez en bateau depuis le début.

— Vous êtes injuste. Le seul à vous mener en bateau, c'est Karan Kant, votre soi-disant petit ami.

Je lui décoche un regard perçant.

— Qu'entendez-vous par là ?

— Regardez ceci.

Il sort une enveloppe kraft, l'ouvre au-dessus de mon lit, et six grandes photos en couleurs sur papier brillant me dégringolent sur les genoux. Ma gorge se noue.

On ne sait pas toujours quand un amour commence, dit-on, mais on sait toujours quand il finit. Mon amour pour Karan est mort le vendredi 6 mai à 18 h 35.

Rien de ce qu'Acharya aurait pu dire ou faire n'aurait ébranlé ma confiance en Karan, mais un

343

appareil photo ne saurait mentir, et la demi-douzaine d'images sur mon lit crient trahison et duplicité. On y voit un couple enlacé dans ce qui ressemble à ma chambre dans l'appartement de Rohini. Les photos ont été prises en plein jour, au téléobjectif, en zoomant chaque fois un peu plus. Mon cœur se serre et finit par se briser à la vue du dernier plan rapproché, un baiser granuleux à pleine bouche entre ma sœur et mon meilleur ami.

Je retombe sur le lit en geignant comme un animal blessé.

— Reprenez-les ! Je ne supporte pas de voir ça.

— Il cache bien son jeu, ce Karan, dit Acharya en ramassant les photos pour les remettre dans l'enveloppe. Il y a quelque chose qui ne tourne pas rond chez lui. Il a battu comme plâtre le détective qui le filait à ma demande.

Je l'écoute à peine... J'en suis encore à essayer d'encaisser le choc. Pourquoi ce sont toujours ceux qu'on aime qui nous font le plus souffrir ? Et pourquoi Karan a-t-il choisi précisément Neha ? Les magouilles d'Acharya ne sont rien comparées à sa trahison monumentale et à la déloyauté révoltante de ma sœur.

L'industriel pose la main sur mon épaule, et je le laisse faire. J'ai trop besoin de chaleur humaine, de paroles de réconfort.

— Je regrette de ne pas avoir joué franc jeu avec vous, déclare-t-il. Mais il faut me croire quand je vous dis que tous vos rêves sont sur le point de se réaliser.

— S'il vous plaît...

Je scrute son regard pour tenter de lire en lui.

344

— Cessez de jouer avec moi. C'est encore une épreuve, ou quoi ?

— Non, mais cela viendra. La septième et dernière épreuve.

— Pourquoi ? Pourquoi ? Pourquoi ?

Je l'implore comme une bête aux abois à la fin d'une partie de chasse.

— Dites-moi, pourquoi m'avoir choisie comme cobaye ? Vous auriez pu prendre n'importe qui dans l'une de vos sociétés, n'importe qui dans cette ville. Il y a des millions de gens plus qualifiés que moi pour diriger votre groupe.

— La qualification importe peu. Je suis impressionné par votre dévouement, votre enthousiasme et votre soif d'apprendre. Vous vous en êtes sortie à merveille jusqu'ici, faisant preuve de facultés de leadership, d'intégrité, de courage, de clairvoyance, d'ingéniosité et de réactivité. Maintenant, il faut vous préparer à la septième épreuve.

Je secoue la tête avec lassitude.

— Je n'ai pas la force de subir une autre épreuve. Soyez gentil, mettez fin à notre contrat.

Il se lève abruptement, va à la porte et l'ouvre à la volée. La chambre particulière où je me trouve donne sur une salle commune, et mon odorat est aussitôt assailli par des effluves de maladie et de désinfectant. Aux gémissements solitaires des patients se mêlent les pleurs d'un enfant affamé.

— C'est ainsi que vous souhaitez passer le reste de votre vie...

Il désigne d'un geste l'océan de misère et de désolation à ma porte.

— ... parmi les pauvres et les crève-la-faim ?

— Il n'y a pas de honte à être pauvre, dis-je avec
véhémence.

— Épargnez-moi cette empathie mal placée vis-à-
vis des perdants, répond-il en ricanant. Vouloir les
aider est une chose, vouloir devenir comme eux en
est une autre. Je vous offre une position largement au-
dessus de la médiocrité ambiante. Mais si vous préférez
vivre comme eux et mourir comme eux, le choix vous
appartient. Rappelez-vous simplement ceci, il y a trois
choses qui n'attendent pas : le temps, la mort et la
chance. Si vous ne saisissez pas cette chance-ci, elle
ne se reproduira plus. La balle est dans votre camp.

Incapable d'affronter son regard narquois, je ferme
les yeux.

— Même à supposer que j'accepte, dis-je après
un long silence, quelle explication donnerai-je à Ma
et à Neha pour cette opération qui n'a pas eu lieu ?

— Le Dr Mittal s'en chargera, répond-il. Tout ce
que je vous demande, c'est que notre accord reste
confidentiel jusqu'à ce que vous ayez passé la septième épreuve. Vous allez le faire, n'est-ce pas ?

C'est le moment de vérité ; je ne peux continuer
à me dérober plus longtemps. Je réfléchis au désert
qu'est devenue ma vie. Je n'ai rien à attendre, personne à qui faire confiance, pas de travail qui me
passionne. J'entrevois un futur dénué de couleur et
de joie. Bref, je n'ai plus rien à perdre.

Je réponds en soupirant :

— OK, je suis votre homme. Alors, quelle est la dernière épreuve ?

— Je ne peux pas vous le dire.

Il secoue la tête.

— Ce serait tricher. Sachez seulement qu'elle sera la plus difficile de toutes.

— Dites-moi au moins ce qui m'attend.

Il réfléchit soigneusement avant de répondre :

— L'inattendu.

Les formalités de sortie prennent moins d'une heure. Le Dr Mittal convoque Neha dans son bureau et lui monte un bateau à propos d'un nouveau remède miracle appelé Immunoglobuline X.

— Ce médicament a été mis sur le marché hier seulement. Si quelques comprimés suffisent à améliorer l'état de votre mère, pourquoi pratiquer une greffe, n'êtes-vous pas d'accord ?

Il n'a même pas le courage de m'affronter. Au moment de quitter l'hôpital avec Ma, je le vois passer furtivement derrière la porte. Il a au moins la décence de se sentir coupable de ce qu'il m'a fait à l'instigation d'Acharya.

Neha, de son côté, ne semble pas manifester le moindre remords. De retour à la maison, elle va même jusqu'à esquisser un pas de danse.

— C'est ce qui s'appelle avoir le beurre et l'argent du beurre, exulte-t-elle. Nous avons sauvé ton rein et Ma aussi. Vive l'Immunoglobuline X !

— Sinon, tu n'as rien à me dire ?

Je darde un regard noir sur elle.

— Comme quoi ?

Son impudence me laisse sans voix.

Rester dans la même pièce qu'elle m'est soudain insupportable. La vue de la fenêtre me fait grimacer : n'est-ce pas là, à cet endroit précis, qu'elle a embrassé Karan ? Tout ici semble respirer la perfidie et les cachotteries.

Avec Karan, je me sens encore plus mal à l'aise. Lui non plus, visiblement, ne se sent guère coupable… Le parfait hypocrite, en somme. Désormais, je fais mon possible pour l'éviter. Et je ne descends plus le soir au jardin.

Sans la sœur à qui parler, sans l'ami vers qui me tourner, je sombre peu à peu dans la mélancolie. Je suis partagée entre la colère et le dépit, mais l'abattement, surtout, m'enveloppe tel un voile noir.

Je me réfugie dans le travail. Je m'y jette à corps perdu, ce qui me vaut des félicitations de la part de Madan. Je passe mes journées à trimer au magasin, et mes nuits à rêver du pont d'or promis par Acharya. Jusqu'ici, ses épreuves avaient un caractère abstrait. Mais maintenant qu'il n'en reste plus qu'une, je ressens une montée d'adrénaline à la perspective d'une récompense réelle et tangible. Dix milliards de dollars ! Rien que d'y penser, j'en ai la chair de poule. Un soir, en rentrant du travail, j'achète un livre à un colporteur pour la modique somme de quatre-vingt-quinze roupies. L'auteur est américain, un expert en management du nom de Steven Katzenberg. Et l'ouvrage s'intitule *Comment devenir P-DG : cinquante secrets pour arriver au sommet et y rester.*

Septième épreuve

Pluie acide

Le premier secret pour devenir P-DG est de savoir que la réussite n'a pas de secret. Elle est le fruit d'un travail acharné, de la concentration, d'une planification minutieuse et de la persévérance. La réussite n'est pas une loterie, mais un système, et cet ouvrage vous enseignera les cinquante secrets glanés à travers des heures d'entretien avec les plus grands patrons du monde pour vous aider à appliquer ce système dans votre vie quotidienne et ainsi parvenir au sommet.

La journée est calme au magasin et, pour tuer le temps, je m'imprègne de la sagesse de Steven Katzenberg, expert en management.

Prachi tapote le livre que je tiens à la main.

— Depuis quand lis-tu des bouquins sur la gestion et la finance ?

— C'est mieux que de faire la chasse aux mouches, non ?

— Tu n'as pas l'intention de préparer un master de gestion ?

Elle me décoche un regard soupçonneux.

— Un master à mon âge ?

Je pousse un soupir et tente de changer de conversation.

— Et toi ? Tu t'es encore fait draguer par notre ami commun, Raja Gulati ?

— Cet abruti était là hier, dit Prachi. Il m'a promis une augmentation. La boîte a fait un bénéfice record, cette année.

— Eh bien, j'espère que je serai augmentée aussi.

— Au fait, tu as des nouvelles de Neelam ?

J'ouvre la bouche pour demander : « Qui ça ? » quand je comprends qu'elle fait allusion à notre ancienne collègue. Presque trois mois se sont écoulés depuis son mariage. Mais, comme on dit, loin des yeux, loin du cœur.

— Non, pourquoi ?

— Parce que j'ai reçu une lettre d'elle, hier. De Suède.

— Qu'est-ce qu'elle raconte ? Elle est heureuse, là-bas ?

— Heureuse ? Elle est aux anges. Sa maison à Stockholm est un hôtel particulier, avec cinq chambres. Elle dit que c'est la ville la plus propre du monde. Elle conduit une Jaguar. Et son mari gagne l'équivalent de six lakhs par mois. Tu imagines ? Six cent mille roupies par mois ! Soit vingt mille roupies par jour !

— Tant mieux pour elle.

— J'aimerais bien qu'un jeune et beau millionnaire débarque au magasin et me déclare sa flamme, souffle

Prachi, mélancolique. Parfois, je me sens piégée ; je me demande si je vais finir mes jours ici. Tu ne rêves pas, toi, de devenir riche ?

Je songe à sa réaction si je lui annonçais que je serai bientôt à la tête d'une société valant dix milliards de dollars. Au lieu de quoi, je me contente de répondre par un cliché :

— L'argent ne fait pas le bonheur.

— Qui parle de bonheur ? persifle Prachi. Ce que je veux, c'est le sac Bottega Veneta que j'ai vu à l'Emporio.

Dans l'allée voisine, Madhavan, l'un des vendeurs, passe d'une chaîne à l'autre sur un LG Pentouch connecté à une antenne satellite quand soudain j'aperçois fugitivement Shalini Grover.

— Stop, stop, stop ! je crie.

Madhavan est tellement surpris qu'il en lâche presque la télécommande.

C'est bien Shalini Grover sur Sunlight TV, devant une maison anonyme, blanche aux volets verts.

— Pour en revenir à notre sujet d'actualité, voici le n° 3734 où se déroulait l'abominable trafic d'organes, dit-elle. Dans un monde où tout va très vite, le Dr J.K. Nath – ou faut-il l'appeler le Dr Rein ? – a été arrêté par la police de Delhi. Il est accusé d'avoir pratiqué plus de cinq cents ablations illégales de reins, essentiellement sur des travailleurs pauvres. L'Institut du rein, où ces organes étaient vendus à de riches patients, a été fermé, et un mandat d'arrêt a été émis à l'encontre du député Anwar Noorani, l'homme à l'origine de ce racket.

Elle marque une pause et pointe l'index vers la caméra.

— N'oubliez pas, ce reportage inédit, c'est Sunlight, la chaîne qui traque la vérité avec insistance, constance et persévérance.

*

Je ne résiste pas à la tentation d'appeler Shalini durant la pause déjeuner.

— Bravo pour le scoop. Mais pourquoi avoir mis si longtemps à divulguer l'info ?

— Après votre coup de fil, je suis allée enquêter sur le terrain, en caméra cachée. J'ai interviewé une bonne vingtaine de victimes. Cela a pris du temps, mais maintenant les escrocs sont faits comme des rats, répond-elle.

— Ce député m'a arnaquée de deux lakhs. J'espère qu'il va pourrir un bon moment en prison.

— Il n'a pas encore été épinglé. Faites attention à vous, Sapna. Il sait que c'est vous qui m'avez informée, et ce type est dangereux.

— Ne vous inquiétez pas. Lui avait le Dr Rein, et moi j'ai le Dr Mirchi pour me défendre.

— Le Dr Mirchi ? Qui est-ce ?

— Comment, vous ne connaissez pas le Dr Mirchi ? C'est le meilleur ami de la femme, également connu sous le nom de « spray au poivre ».

En rentrant du déjeuner, je tombe sur Raja Gulati qui traîne devant la porte de service, l'allure mi-clown mi-voyou avec son pantalon moulant et sa chemise de soie violette ouverte sur le torse. Il me barre le passage en allongeant le bras en travers de la porte.

— Laissez-moi passer, dis-je froidement.

— Pourquoi es-tu toujours si distante avec moi, Reine des neiges ?

Il m'enveloppe d'un regard lubrique.

— Même la glace fond en été.

— Mais un crétin reste un crétin, je rétorque sans sourciller.

— C'est qui, le crétin, salope ? s'emporte-t-il en m'empoignant par le bras.

— Ne me touchez pas.

Je me tortille pour me dégager.

— Excuse-toi d'abord.

— Espèce d'ordure !

Je pivote sur mes talons et le gifle à la volée.

Il lâche mon poignet ; sa mâchoire s'affaisse de stupeur.

— Tu me le paieras, siffle-t-il.

Je le repousse et pénètre dans le magasin.

Juste avant la fermeture, Madan me convoque dans son bureau.

— On n'a pas terminé l'inventaire. J'aurai besoin de toi dimanche, annonce-t-il sans me regarder.

— Dimanche, on sera le 12 juin, n'est-ce pas ? Je ne pourrai pas venir. C'est l'anniversaire de la mort de mon père.

— Non mais pour qui tu te prends ? éructe-t-il. Pour une altesse qui décide quand elle doit venir ou

353

pas ? J'en ai soupé de tes anniversaires. Si tu n'es pas au magasin dimanche, tu es virée.

Déjà excédée par l'attitude arrogante de Raja, je n'hésite pas une seconde.

— Allez au diable avec votre magasin ! je hurle en retour. Je démissionne, et tout de suite.

— Eh bien, bon débarras ! En plus, ça nous épargnera de payer la période de préavis, réplique-t-il en essayant de dissimuler sa jubilation.

La vraie valeur d'un travail se mesure au temps qu'il vous faut pour le quitter. J'ai investi si peu dans le mien que cela me prend vingt minutes à peine pour débarrasser le plancher. La plupart de mes collègues sont contents de me voir partir ; maintenant, ils pourront briguer le poste de vendeur principal. Seule Prachi est triste que je m'en aille.

— Tu as eu tort de réagir comme ça, me dit-elle. Si tu veux, je peux parler à Madan, essayer d'arranger ça.

— J'en ai assez de Gulati & Fils. Ne t'inquiète pas, je trouverai du boulot plus vite que Raja Gulati trouve de quoi se pinter.

En sortant du magasin pour la dernière fois à 19 h 45 le mercredi 8 juin, je suis calme et j'ai les idées claires. Je ne me suis jamais sentie aussi légère, aussi libre qu'en cet instant. Car mon lieu de travail était devenu une prison. Je détestais le trajet pour me rendre au magasin, la cohue quotidienne dans le métro bondé, le vacarme de Connaught Place, les clients exaspérants, l'insupportable patron, les collègues apathiques… C'était comme aller au bagne jour après jour, et je suis contente de m'en échapper.

Sur le chemin du retour, je sors le bouquin de Steven Katzenberg et l'ouvre au hasard. Je tombe sur une citation de l'industriel Ram Mohammad Thomas :

> J'ai plus appris dans la vie que dans les livres, et la leçon que j'en tire, c'est qu'il faut trois choses pour être véritablement heureux dans ce monde : quelqu'un qu'on aime, un travail qui vous plaît et un rêve qui donne un sens à votre existence.

Je médite ces paroles de sagesse. D'après ses critères, j'ai peu de chances de connaître le bonheur. Je n'ai personne à aimer, pas de travail, et le seul rêve qui pourrait donner un sens à ma vie serait de me retrouver à la tête du groupe ABC.

D'ailleurs, cela commence à tourner à l'obsession. Toutes les nuits, couchée dans mon lit, je songe à la promesse mirifique d'un salaire à sept chiffres.

Je n'ai pas eu de nouvelles d'Acharya depuis plus d'un mois. Peut-être est-il toujours en train de concocter la septième épreuve. La septième. Plus j'y pense, plus je suis convaincue qu'elle a déjà débuté. Il a dit qu'elle serait la plus difficile de toutes. Et s'il avait orchestré cette altercation avec Raja Gulati, histoire de me confronter à une nouvelle crise ?

Je sens des gouttes de sueur froide perler sur mon front. Ai-je eu raison de claquer la porte ? Les enjeux sont si cruciaux qu'échouer maintenant serait une catastrophe.

En désespoir de cause, je me replonge dans le bouquin de Katzenberg que je feuillette jusqu'au chapitre 27, intitulé « Secret n° 25 : comment gérer une crise ».

Quand j'arrive à la maison, Neha se pavane dans le salon perchée sur des stilettos, se déhanchant comme un top model sur un podium.

— Qu'est-ce qui lui prend ? je demande à Ma.

— Neha ne t'a pas dit ?

Ma me tend une enveloppe.

— C'est arrivé ce matin.

L'enveloppe contient une lettre de Nova Talent, une agence de Mumbai qui propose d'engager Neha comme mannequin.

— Tu sais ce que ça veut dire, *didi* ?

Neha noue les bras autour de mon cou en un geste exagérément affectueux.

— Que j'ai enfin trouvé ma voie. Tu verras, on n'a pas fini de parler de moi.

— Tu es sûre que c'est une bonne agence ? dis-je en dénouant ses mains.

— L'une des meilleures. Ils travaillent même avec Ford Models à New York. Ils disent que je pourrai défiler dès le mois prochain, pour la semaine de la haute couture de Delhi. Et que j'ai toutes mes chances de gagner le concours de Miss Inde !

Mon visage s'assombrit presque malgré moi. Je viens de perdre mon boulot, et Neha se voit offrir un contrat alléchant sur un plateau. Depuis quelque temps, entre ma sœur et moi, c'est un peu le principe des vases communicants. Chaque tuile qui me tombe dessus s'accompagne d'un jackpot équivalent pour Neha.

— Et tes études ? lui dis-je froidement.

— Qu'est-ce que c'est, une licence ? lance-t-elle, désinvolte. Une fois que je serai mannequin, je pourrai toujours prendre des cours par correspondance.

Après le dîner, je me replonge dans le chapitre 27, mais Neha tourne autour de moi comme un chat qui réclame de l'attention, jusqu'à ce que je perde patience.

— Oui, quoi ? je demande, agacée.

L'air indolent, elle enroule une mèche de cheveux autour de son doigt.

— Comment se fait-il que tu ne descendes plus au jardin ?

— Pourquoi ? C'est obligatoire, la promenade après le dîner ?

— Karan dit que tu le snobes, depuis quelque temps.

— Il dit ce qu'il veut, je m'en moque.

— Il voulait te prévenir qu'il allait quitter la cité.

— Bon débarras.

— Franchement, je te trouve ingrate.

— Ingrate ? Tu es gonflée de me dire ça après ce que tu as fait avec Karan.

Neha se raidit.

— Que veux-tu dire par là, *didi* ?

— Arrête de jouer les saintes nitouches.

Je prends un ton sarcastique, mais ma voix vibre de colère.

— Je ne vois toujours pas à quoi tu fais allusion, persiste Neha, avec l'air d'une petite fille perdue.

Amère, meurtrie, je finis par exploser :

— Je sais que tu fricotes avec Karan derrière mon dos. Vous vous êtes bien payé ma tête, tous les deux.

Neha me dévisage, bouche bée. Sa stupeur semble authentique, mais très vite elle cède la place à l'agressivité.

— Explique-toi, *didi,* exige-t-elle avec l'aplomb du voleur surpris la main dans le sac.

— J'ai vu des photos de vous deux, prises dans cette même pièce.

— Des photos ? Quelles photos ?

— Ne fais pas l'innocente. As-tu, oui ou non, embrassé Karan ici, devant la fenêtre ?

— Ah, ça !

Elle baisse les yeux, l'air enfin contrit.

— J'ai eu tort, je l'avoue. Mais ce n'est pas ce que tu crois. Je ne suis pas amoureuse de Karan. Il est tout à toi. Ce baiser, c'était spontané... Juste pour le remercier.

— De quoi ?

— Je ne devrais pas te le dire, mais c'est Karan qui m'a prêté les deux lakhs pour la greffe du rein.

— Quoi ?

— C'est vrai, je t'assure. Mes amis m'ont tous lâchée. En désespoir de cause, je me suis tournée vers Karan. Il a été épatant. Tout d'abord, il est allé voir le Dr Nath pour offrir son propre rein à Ma, mais son crossmatch s'est révélé positif. Du coup, il a vendu la moitié de ses affaires et contracté un prêt à son boulot pour réunir cette somme. Je voulais t'en parler, mais il me l'a interdit. Nous lui sommes éternellement redevables. Je te le dis, *didi,* tu as une chance folle d'avoir un ami...

Sans attendre la fin de sa phrase, je sors en trombe de l'appartement et grimpe l'escalier quatre à quatre, submergée par la honte et le remords. Je frappe à la porte du B-35 tel un voyageur pris dans la tempête qui cherche un refuge pour la nuit. Karan met tant de temps à ouvrir que je suis presque réduite au désespoir. L'idée qu'il soit parti définitivement me fend le cœur.

Au moment même où, malheureuse comme les pierres, je tourne les talons, j'entends le bruit d'un verrou, et Karan passe la tête par l'entrebâillement de la porte.

— Oui ?

Il se tient devant moi, les mains sur les hanches, l'air méfiant, comme s'il avait affaire à une inconnue.

— Je suis venue te demander pardon, dis-je dans un murmure.

— Pardon pour quoi ?

— Pour t'avoir traité comme un moins que rien après ce que tu as fait pour nous. Neha m'a tout raconté.

Il continue à me regarder avec une réprobation muette. Je retiens mon souffle, m'attendant à une explosion de colère quand, soudain, il lève la paume droite.

Je le dévisage, totalement déboussolée.

359

— Le salut est gratuit, jeune fille, mais un don de cent roupies serait le bienvenu, entonne-t-il avec la solennité d'un gourou officiant sur la chaîne Aastha.

Puis il s'esclaffe bruyamment et m'ouvre ses bras comme une forteresse inexpugnable ouvrirait ses portes.

Son rire me met du baume au cœur. Titubante, je me blottis contre lui. Lovée sur sa poitrine, je me sens tellement bien, tellement en paix que j'en oublie tout le reste. Mes yeux débordent, et les larmes balaient sur leur passage la douleur, la honte et ce qui subsiste de culpabilité.

Karan m'a pardonné. Rien d'autre n'a d'importance.

Plus tard dans la soirée, nous nous retrouvons au jardin, et je lui narre ce qui m'est arrivé avec Acharya.

— Mon Dieu !

Il m'écoute avec une stupéfaction croissante.

— C'était donc un coup monté, comme je le soupçonnais depuis le début.

— Oui, dis-je avec un sourire gêné. J'étais l'héroïne d'un feuilleton confidentiel, écrit et réalisé par Acharya.

— Ce type mérite d'être fusillé ! Il vous a placées sous surveillance, toi et toute ta famille. Il a même essayé de me coller un détective privé aux basques, mais j'ai surpris ce salopard en train de fouiner et je lui ai flanqué une raclée telle qu'il n'ose plus s'approcher de moi.

— Oui, Acharya m'en a parlé. De toute façon, c'est bientôt fini. J'ai le pressentiment que la septième et dernière épreuve a déjà commencé.

Interloqué, Karan fronce les sourcils.

— Tu es en train de me dire qu'après tout cela, tu n'as pas mis le holà à ce jeu de massacre ?

— Au point où j'en suis, ça vaut le coup d'aller jusqu'au bout, non ?

— Je n'y crois pas !

Il tape, dépité, sur le banc en bois.

— Tu t'imagines toujours que ce cinglé fera de toi sa P-DG ?

— Il n'est pas cinglé. C'est juste un vieil homme qui cherche à assurer sa succession. Et il pense que j'ai les qualités requises pour reprendre sa société.

— Il est fou !

— Mais il n'est pas méchant. Il a une certaine éthique.

— Alors c'est toi qui es folle.

Il me lance un regard noir.

— Je ne te savais pas aussi âpre au gain.

— Ça n'a rien à voir ! je rétorque avec force, surprise par ma propre virulence. L'homme ne vit pas seulement de pain. On a tous besoin d'une étincelle dans notre vie quotidienne. On a besoin de rêver, de s'émerveiller, d'espérer. Même si l'offre d'Acharya n'est qu'une chimère, je suis heureuse de l'avoir entrevue.

— Tu as peut-être raison, dit Karan lentement. On a tous besoin de choses extraordinaires dans notre vie. Et puis c'est ta vie ; tu es la mieux placée pour savoir ce que tu dois faire. Moi, je veux juste que tu sois heureuse.

Nos yeux se rencontrent, et une étrange sensation s'empare de moi. Comme si une compréhension nouvelle naissait entre nous, une douce complicité forgée dans le creuset de la souffrance et de la réconciliation.

Est-ce la pleine lune, est-ce quelque chose dans l'air, la brise fraîche qui a soudain pompé l'humidité à la manière d'un buvard, mais je suis prise d'une envie irrésistible de l'embrasser. Malgré la distance qui nous sépare, je sens la chaleur de sa peau et j'ai chaud à mon tour, j'ai les mains moites et le souffle court.

Karan a dû capter les signaux fiévreux émis par mon corps car il change abruptement de sujet.

— Neha t'a dit que je partais ?

Je hoche la tête.

— C'est vrai, tu quittes la cité ?

— Ce n'est qu'une partie de la vérité. Je ne quitte pas seulement la cité, je quitte le pays.

— Le pays ? Mais… pourquoi ?

— En Inde, on ne manque pas d'ambition, Sapna, dit-il en regardant droit devant lui. Ce qui manque, ce sont les occasions. J'ai décidé d'aller là où il y en a. En Amérique.

— En Amérique ? Comme ça, tout d'un coup ?

Je dois avoir l'air hagard de quelqu'un qui vient de se prendre un mur en pleine figure.

— J'ai un ami en Californie qui m'a appelé pour m'offrir le boulot du siècle. Une chance pareille, ça ne se refuse pas.

— Tu fais fausse route. Le monde entier vient en Inde, et toi, tu prends le chemin inverse ?

Il laisse échapper un rire amer.

— Je vais te dire une chose, Sapna. Il n'y a pas d'avenir en Inde pour les gens comme toi et moi. Seuls les très riches et les très pauvres peuvent s'en sortir ici. Les autres, personne ne se soucie d'eux. Même pas en période électorale.

Une main de glace m'enserre le cœur. Intérieurement, je hurle : « Ne t'en va pas, je t'aime, je mourrai sans toi ! » Tout haut, je dis :

— Et quand est-ce que tu pars, au juste ?

— Demain. J'ai déjà mon visa. L'avion décolle à 8 h 45.

Il marque une pause, inspire profondément.

— Maintenant que je m'en vais, j'ai un aveu à te faire.

À l'expression rêveuse de ses yeux bruns, à la façon dont sa pomme d'Adam tressaille quand il déglutit, je déduis qu'il est sur le point de me révéler quelque chose d'important, d'intime même. Je rougis à l'idée que notre relation va prendre un tournant décisif. Karan est enfin prêt à m'avouer ses véritables sentiments. Je me sens gagnée par l'émotion dans l'attente des trois mots magiques que je rêve d'entendre depuis si longtemps.

Ses lèvres frémissent, mais les trois mots qui s'en échappent sont très différents de ce que j'espérais :

— Je suis gay.

Je manque de le pousser du doigt pour qu'il cesse de me faire marcher, mais sa grimace torturée m'arrête net. Je comprends qu'il dit la vérité et qu'il lui en coûte d'en parler.

En un sens, cela explique tout : son étrange répugnance à entamer une relation sérieuse avec moi, son incapacité à me rendre mes baisers, sa discrétion quant à sa vie privée, son désir de quitter l'Inde. Et en même temps, cette révélation est si inattendue que je suis abasourdie.

— J'espère que ça ne nous empêchera pas d'être amis, marmonne Karan, vaguement honteux, se tassant sur lui-même.

Il a l'air si fragile en cet instant qu'un mot de travers risquerait de le casser complètement.

Mon cœur se serre de compassion.

— Tu seras toujours mon ami, mon meilleur ami, je réponds en lui étreignant la main.

Cependant, je sens comme une distance entre nous. Comme si la terre s'était ouverte en deux pour nous séparer. La pensée qui m'obsède est que Karan n'est plus à moi. À supposer qu'il l'ait jamais été.

Le silence se prolonge, teinté d'embarras.

— Eh bien, bonne chance pour ta nouvelle vie, dis-je avec un sourire forcé.

Puis je me lève et regagne mon appartement.

Une fois dans la chambre, j'enfouis mon visage dans l'oreiller pour étouffer mes sanglots. Dans chacun de mes rêves, il y avait Karan, et d'un seul coup tous ces rêves ont été balayés, pulvérisés, broyés. J'ai retrouvé Karan uniquement pour le perdre à tout jamais.

Karan part pour l'aéroport à 5 h 45 précises. Je l'observe du balcon : vêtu d'un tee-shirt blanc avec le logo d'Indus et d'un jean râpé, il traîne une vieille valise jusqu'au portail. Dhiman Singh, le gardien, a déjà hélé un auto-rickshaw. Karan s'installe sur la banquette sans un regard en arrière. Mais, au moment où le véhicule démarre, il se penche au-dehors et cherche des yeux le balcon au deuxième étage du bâtiment B. M'apercevant, il lève timidement la main en un geste d'excuse ou d'adieu, avant qu'un cahot le projette sur le siège.

Je regarde l'auto-rickshaw disparaître au loin dans un nuage de poussière. Exactement comme j'ai assisté au départ de Nirmala Ben, il y a tout juste un mois. Un à un, mes amis m'abandonnent, allant chercher le bonheur ailleurs.

Papa disait que dans la vie, il faut toujours aller de l'avant. Mais je suis incapable d'effacer Karan de ma mémoire comme on efface une tache d'encre. Chaque fois que je passe devant sa porte, le gros cadenas en laiton semble me rire au nez.

Même la météo s'y met, la chaleur accablante virant à un temps insupportable, lourd et humide. Bien que la mousson arrive dans un mois seulement, l'air moite est chargé d'une promesse de pluie.

Sans travail et sans Karan, je ressens un vide dévorant. Pour le combler, je me tourne vers Neha. Sa passion pour le mannequinat est contagieuse, juste l'étincelle qu'il me faut pour ne pas plonger dans le gouffre noir des souvenirs et des regrets. Je décide donc de me vouer corps et âme à sa nouvelle carrière. Nous passons une journée entière à étudier les magazines de mode et les chroniques de Bollywood pour choisir ses tenues et son maquillage. Mais Neha ne se contente pas de cela. Elle, ce qu'elle veut, c'est un relooking. Et, pour commencer, une nouvelle coiffure.

— Les cheveux, c'est très important pour un mannequin, *didi*. Il faut qu'on aille chez le meilleur coiffeur de la ville.

— Justement, il y en a un à côté de chez nous. Je te recommande chaudement l'institut de beauté Sweety.

— Je suis sérieuse !

Elle m'adresse une grimace.

— J'ai besoin d'un vrai pro, pas d'un coupe-tif à la petite semaine.

Le samedi 11 juin à 16 heures, nous voici donc au centre commercial récemment ouvert dans le Secteur 10. Je suis vêtue d'un *churidar* blanc avec une *kurta* brodée assortie. Neha porte son jean habituel avec un tee-shirt rose Hello Kitty.

Le centre commercial grouille de monde : les gens sont prêts à dépenser des fortunes en articles de marque, d'autant que la plupart des boutiques affichent une remise de dix pour cent.

Normalement, ce n'est pas le genre d'endroit où j'irais faire mes courses, mais Neha tient absolument à se faire coiffer chez Naved Habib, dont le salon se trouve au deuxième étage. L'intérieur est design et branché, mais un coup d'œil sur les prix, et je manque de m'étouffer. Une simple coupe-brushing coûte la somme exorbitante de mille cinq cents roupies. Moi, je me fais couper les cheveux chez Sweety pour cent soixante-quinze roupies. Mais pour une fois, je ne regarde pas à la dépense. Une chance fabuleuse s'offre à Neha, et il faut tout faire pour qu'elle puisse la saisir.

Pendant que ma sœur se fait coiffer à prix d'or, j'explore une boutique de luxe et, lorsque je vois ce que coûtent un fard à paupières L'Oréal, un rouge à lèvres Revlon et un mascara Max Factor, je commence à redouter ses exigences cosmétiques. Mes réserves fondent comme neige au soleil et, pour renflouer mes finances, il ne faut pas que je tarde à retrouver du travail.

Neha sort à 17 heures, et force est de reconnaître que sa nouvelle coupe est très réussie. Ses mèches dégradées mettent en valeur son visage ovale et ses beaux yeux. Je vois bien comment les hommes la lorgnent quand nous quittons le centre commercial. Ils la prennent déjà pour un mannequin.

Un essaim de rickshaw-*wallahs* nous encercle aussitôt.

— Venez avec moi, venez avec moi ! s'égosillent-ils à qui mieux mieux.

Je repère un type plus âgé drapé dans une étoffe de coton, dont les muscles saillants luisent de sueur.

— Pouvez-vous nous conduire à la cité HLM dans le Secteur 11 ?

— Ça fera trente roupies, *memsahib,* répond-il en s'épongeant le front avec un chiffon.

— *Arrey,* vous nous prenez pour des touristes, ou quoi ? Nous avons payé vingt roupies à l'aller.

— C'est bon, *didi,* m'interrompt aussitôt Neha en grimpant dans le rickshaw.

Après un moment d'hésitation, je la suis. À quoi bon chipoter pour dix roupies quand on vient d'en claquer mille cinq cents pour une coupe de cheveux ?

Comme nous sommes samedi, la circulation est fluide, et le rickshaw n'a pas de mal à se frayer un chemin jusqu'au Secteur 11. Tandis que nous nous engageons dans Rammurti Passi Marg, j'entends une moto pétarader derrière nous. L'instant d'après, elle nous rattrape, chevauchée par deux jeunes en jean moulant et casque à visière teintée. Sûrement deux chenapans se livrant à leur passe-temps favori : draguer les filles. Le conducteur se rapproche du rickshaw au point de pouvoir presque toucher Neha. J'ouvre la bouche pour l'engueuler lorsqu'il s'écarte, et la moto nous double en un éclair, faisant voler les cheveux de Neha devant mon visage. Le passager lève le poing en un geste de salut moqueur.

Je marmonne :

— Bande d'abrutis !

Deux minutes plus tard, j'entends une autre moto derrière nous. Je me retourne : ce sont les deux mêmes. L'engin accélère ; son vrombissement se fait de plus en plus fort.

Leur présence a quelque chose d'inquiétant. Saisie d'un mauvais pressentiment, je m'apprête à sortir mon spray au poivre quand la moto parvient à notre hauteur.

Du coin de l'œil, je vois le passager dévisser le bouchon d'une bouteille qu'il tient à la main. Une sonnette d'alarme retentit immédiatement dans ma tête. Je m'écrie :

— Neha ! Attention !

Le voyou lance la bouteille au visage de ma sœur. Un liquide foncé et huileux en jaillit, et Neha pousse un hurlement de douleur.

Pendant qu'elle se tord sur la banquette du rickshaw, la moto s'éloigne en trombe et disparaît au loin.

— Je brûle, je brûle, *didi* ! crie-t-elle. Je t'en supplie, fais quelque chose ! Sauve-moi !

Alors seulement, je comprends que c'était de l'acide.

Le corps de ma sœur se convulse. L'acide s'insinue dans ses cheveux, ruisselle sur son visage et dans sa bouche. Quand elle tente de l'essuyer, des filets coulent sur ses doigts et ses avant-bras.

Je la prends sur mes genoux, assistant totalement impuissante à la lente désintégration de son visage. Ses cheveux se consument ; sa peau fond comme de la cire. Elle doit souffrir le martyre : je frémis rien que d'y penser.

— Appelez une ambulance ! je hurle à l'intention du tireur de rickshaw tétanisé.

Par chance, un fourgon de police passe par là. Ils nous embarquent, Neha et moi, et foncent à l'hôpital Shastri situé dans le Secteur 5.

*

Trois heures plus tard, je suis toujours à l'hôpital, à faire les cent pas devant le bloc opératoire où les chirurgiens luttent pour sauver ma sœur.

Dedans, Neha oscille entre la vie et la mort ; dehors, Ma et moi oscillons entre l'épouvante et l'hystérie.

— Qu'avons-nous fait pour mériter tous ces malheurs, Ishwar ?

Ma lève les yeux au plafond, apostrophant ses divinités, avant d'éclater en sanglots.

— Pourquoi Dieu ne m'a-t-il pas prise, moi, à la place de ma jolie petite fleur ? se lamente-t-elle en m'agrippant par le bras.

Je n'ai pas de réponse à lui donner. Je ne suis que rage et désir de vengeance. Je voudrais retrouver les sauvages qui ont fait ça à Neha et leur régler leur compte tout aussi sauvagement. Je me vois leur arracher les yeux, leur couper les oreilles, leur écraser le nez, leur trancher les doigts un par un et, alors qu'ils imploreraient ma pitié, leur fracasser la tête avec une grosse pierre.

Comme je regrette de ne pas avoir Karan à mes côtés ! Lui seul pourrait me sauver du gouffre de haine qui menace de m'engloutir. Mais Karan est à des années-lumière d'ici, et je n'ai aucun moyen de le contacter.

L'agression à l'acide contre Neha est devenue une affaire criminelle, et c'est un inspecteur adjoint du commissariat de Rohini, un type autoritaire du nom de S.P. Bhatia, qui est chargé de mener l'enquête. Ses questions incessantes ont fini par me filer la migraine.

— Avez-vous reconnu les deux motards ?

— Non. Ils portaient des casques, je n'ai pas vu leurs visages.

— Quelqu'un aurait-il voulu se venger de votre sœur ?

— Non. Seul un fou furieux est capable de faire une chose pareille.

— Vous en connaissez, des fous furieux, à Delhi ?

— Non. Et vous ?

— Votre sœur a-t-elle un petit ami ?

— C'est possible. Je n'en sais rien, en fait.

— Pensez-vous que cela pourrait être l'œuvre d'un ex-petit ami ?

— Aucune idée.

— On dirait que vous ne savez pas grand-chose de votre sœur.

— Peut-être bien.

Il se frotte le menton, l'air pensif.

— Et si c'était vous qui étiez visée ?

Sa question me prend au dépourvu.

— Moi ? Mais qui en aurait après moi ?

— À vous de me le dire. Vous n'avez aucun cadavre dans vos placards ?

— Aucun.

— Ça m'étonnerait. Tout le monde en a. Chacun de nous est un criminel en puissance. Et la frontière est mince entre raison et folie.

Je hoche la tête.

— Je sais. C'est là que je me trouve actuellement. Si vous n'arrêtez pas celui qui a fait ça, je vais devenir folle.

— La ville entière est devenue folle, soupire-t-il. Les partisans d'Anwar Noorani ont tout cassé sur le marché du Secteur 7, cet après-midi, pour protester contre son arrestation.

— Mon Dieu !

Ma conversation avec Shalini Grover me revient brusquement. Elle m'a mise en garde : Anwar Noorani est un homme dangereux. Et une attaque à l'acide serait tout à fait son genre.

— Noorani, je suis sûre qu'il est derrière ça !

J'attrape l'inspecteur adjoint par la manche.

— Mais il a été mis au frais à la prison de Tihar.

— La prison n'a pas empêché Babloo Tiwari de diriger son affaire de racket et d'enlèvements. Allez interroger Noorani. Je suis convaincue qu'il a orchestré cette agression contre Neha parce que j'ai aidé à percer à jour son trafic d'organes.

L'inspecteur ajoint Bhatia m'écoute patiemment, mais à sa tête, je devine qu'il a l'impression de perdre son temps. Finalement, il referme son calepin et se tourne vers Ma.

— Je vais devoir interroger votre fille, si jamais elle reprend conscience.

Ma le dévisage, choquée, et redouble de larmes. Le policier s'empresse de rectifier le tir.

— Je veux dire quand elle aura repris conscience.

Le spécialiste des grands brûlés à l'hôpital Shastri est le Dr Atul Bansal, un homme placide à lunettes, quarante ans et quelques, l'expression lasse et stoïque d'un détenu dans le couloir de la mort. Je ne lui en veux pas. De tous les services de l'hôpital, celui des grands brûlés est le plus sinistre, marqué en permanence du sceau de la tragédie. Les victimes arrivent à toute heure. Les causes diffèrent – explosion due au gaz, aspersion d'acide, brûlures électriques –, mais le résultat est toujours le même : visages atrocement défigurés, chair pendante, peau couverte de cloques. À entendre les cris de douleur résonner dans le couloir, on en vient presque à regretter de ne pas être sourd.

— Neha a eu beaucoup de chance, dit le Dr Bansal en nous accompagnant, Ma et moi, vers les soins intensifs où ma sœur a été transportée après son opération. Elle n'a été brûlée qu'à quarante pour cent, essentiellement sur le côté droit du visage, du cou et de la poitrine. Elle aurait pu facilement perdre ses yeux et ses oreilles.

Un brancard arrive à notre rencontre. Je jette un œil sur le patient et recule, effarée. La peau de son visage a été entièrement arrachée, comme si muscles, tissus et os n'avaient pas fini de se former, que le processus avait été interrompu en cours de route, avant l'apparition de la dernière couche : l'épiderme qui aurait recouvert le tout. Le résultat est une masse de chair d'une curieuse teinte écarlate. Le peu de peau qui subsiste forme de petites bulles transparentes ; on dirait que toute la tête a été plongée dans de l'eau bouillante.

— Pas très joli à voir, hein ? observe le Dr Bansal, l'air détaché de quelqu'un qui est confronté tous les jours à ce genre de spectacle.

— Qui lui a fait ça ?

— Sa femme, au bout de trente ans de mariage.

Je hausse les sourcils, stupéfaite.

— Je sais, c'est surprenant. Quatre-vingts pour cent des victimes qui arrivent ici sont des femmes. Les cas habituels de harcèlement à la dot. Celui-ci est une exception. Un mari violent qui battait son épouse tous les jours. Hier, elle a pris sa revanche. Elle a aspergé son visage d'acide sulfurique pendant qu'il dormait, l'aveuglant et le défigurant à vie.

J'imagine quels tourments a subi cette femme pour en arriver à commettre un acte aussi radical.

— Et que va-t-elle devenir, maintenant ?

— Elle finira certainement ses jours en prison, dit le Dr Bansal en se frayant un chemin entre les patients, leurs familles et les infirmières.

Le service des soins intensifs ressemble à un champ de bataille où gisent des corps mutilés plus ou moins rafistolés. Le lit de Neha se trouve tout au fond, contre un mur blanc craquelé dont la petite fenêtre carrée donne sur la cour centrale.

Je m'approche, la gorge nouée. Avec son bandage qui ne laisse voir que les yeux, ma sœur ressemble à l'Homme invisible. Je lui prends la main et la presse doucement en un geste de réconfort. Elle se dégage vivement, comme si elle avait touché un lépreux, et se cramponne à la main de Ma. Mon cœur se serre de plus belle.

La froideur de Neha à mon égard frise l'hostilité. Peut-être m'en veut-elle de ne pas l'avoir suffisamment protégée. Ou peut-être me tient-elle pour responsable de ce qui lui arrive.

Je prends le Dr Bansal à part.

— Une fois qu'on lui aura enlevé ses bandages, à quoi faudra-t-il s'attendre ?

— À un visage marqué à vie, réplique-t-il. Ce sera un moment douloureux, pour elle comme pour vous.

Un sanglot convulsif s'échappe de ma poitrine. Le Dr Bansal grimace, compatissant.

— La Neha que vous avez connue n'est plus. Plus vite vous accepterez cela, mieux ça vaudra.

— N'y a-t-il pas un moyen de lui rendre son visage d'avant ?

— Bien sûr que si. Mais cela demandera des années de chirurgie plastique et reconstructrice, et beaucoup d'argent.

— Je vais arranger ça, je réponds avec une farouche détermination en sortant mon téléphone portable.

Je m'éclipse dans le couloir et compose le numéro d'Acharya.

Il décroche presque immédiatement.

— N'est-il pas un peu tard pour me téléphoner, Sapna ?

— Je ne vous ai rien demandé jusqu'ici, mais aujourd'hui j'ai besoin de votre aide. Il me faut de l'argent pour soigner ma sœur.

— Qu'est-ce qu'elle a ?

— Elle a reçu de l'acide en plein visage. À l'heure qu'il est, elle est à l'hôpital, entre la vie et la mort.

— Tss, tss. Voilà qui est malheureux. A-t-on arrêté ceux qui ont fait ça ?

— « Ceux » ?

Je marque une pause.

— Comment savez-vous qui a fait ça ? Et qu'ils étaient plusieurs ? Je ne vous ai rien dit là-dessus.

Il se tait longuement. Puis répond :

— Je… je me doute que l'auteur de cette agression n'était pas tout seul.

— Mon Dieu ! C'est vous qui avez tout manigancé ! Je m'étrangle de stupeur.

— C'était encore une de vos épreuves à la noix ?

— Restons calmes, vou...

— Qu'avez-vous fait ? je crie en serrant les poings. Vous n'êtes qu'un malade mental.

— Je ne vois pas de quoi vous parlez.

— Cessez de me mentir. C'est bien vous qui êtes derrière cette attaque à l'acide, non ?

— Absolument pas. Mais je vous ai prévenue, la dernière épreuve sera la plus dure.

— Mais pourquoi mêler ma sœur à tout ça ?

— Ce n'est pas moi, mais Dieu qui l'a décidé. Ne vous ai-je pas dit également qu'il risquait d'y avoir, euh... des dommages collatéraux ?

— Défigurer quelqu'un, vous appelez ça un « dommage collatéral » ?

— Il y a une expression japonaise, *shikata ga nai,* qui signifie : « On n'y peut rien. » Il faut savoir faire face à l'adversité.

Son prêchi-prêcha pontifiant me rend encore plus hystérique. Il n'y a plus rien à dire. Toutes les illusions dont je me berçais depuis cinq mois ont volé en éclats. Karan avait raison depuis le début. Acharya est un pervers sadique, et moi la reine des pommes pour m'être prêtée de mon plein gré à son jeu diabolique.

Folle de rage, je regagne le service en hurlant dans le téléphone :

— Vous êtes un monstre ! Je vous tuerai !

Des têtes se tournent dans ma direction. Une infirmière fronce les sourcils et pose un doigt sur ses lèvres.

— Silence, je vous prie.

— Vous vous énervez pour rien, dit Acharya. Passez donc me voir à Prarthana, et je vous expliquerai tout.

— J'arrive tout de suite. Vous ne perdez rien pour attendre, espèce d'ordure !

Je coupe la communication et sors en trombe du service.

Dehors, le temps a changé du tout au tout. La chaleur humide a fait place à une pluie battante. Une pluie hors saison, donc d'autant plus inquiétante. Un éclair déchire le ciel d'un noir d'encre, suivi d'un coup de tonnerre qui fait trembler l'abribus de l'autre côté de la route. Sans parapluie, je me retrouve trempée comme une soupe en quelques secondes. Mais cela n'a aucune importance. Tout comme le fait que je n'ai rien avalé depuis midi. Je ne pense qu'à une chose : me venger.

Il me faut dix minutes pour trouver un auto-rickshaw. Je donne l'adresse d'Acharya au chauffeur.

— Ça va vous coûter deux cents roupies, madame, annonce-t-il sans sourciller.

Autrement dit, le double du tarif normal.

— Je vous en donnerai trois cents. Vite, on y va.

Nous progressons sous des trombes d'eau accompagnées d'un vent violent. Pendant les quarante-cinq minutes que dure le trajet, je ne desserre pas les dents. Je ne cesse de penser aux cris déchirants de Neha et à son corps qui se tordait entre mes bras. Son visage bandé flotte devant mes yeux. Mon monde s'est écroulé, et bientôt celui d'Acharya connaîtra le même sort.

À l'approche du 133-C, mon cœur se met à battre la chamade. Je serre les poings.

Deux vigiles avec oreillettes et talkie-walkie m'arrêtent devant l'imposant portail de Prarthana.

— Vous êtes Sapna Sinha ? demande l'un d'eux, braquant une lampe torche sur mon visage.

— Oui.

Il me fait signe d'avancer jusqu'au poste de contrôle, où deux gardes en uniforme se disputent à mon sujet.

— *Jaane de na.* Laisse-la passer, dit le premier. Le patron nous a prévenus de son arrivée.

— Non, répond le second. Personne n'a le droit d'entrer sans l'autorisation expresse du patron.

Il décroche l'interphone.

— Monsieur, Sapna Sinha est là.

J'entends la voix bourrue d'Acharya :

— Envoyez-la-moi.

Le garde hoche la tête et m'apporte un parapluie. Je le fusille du regard.

— Il pleut des cordes, et vous voulez que j'y aille à pied ?

— Désolé, m'dame, les auto-rickshaws ne sont pas autorisés dans Prarthana. On a des ordres très stricts là-dessus. Vous allez devoir marcher. Ça ne vous prendra que cinq minutes.

Je secoue la tête, atterrée, et me tourne vers le chauffeur.

— Attendez ici, je n'en ai pas pour longtemps.

Il regarde le ciel. La pluie n'a pas l'air de vouloir cesser. Il scrute la rue déserte. Ce n'est pas dans le quartier qu'il trouvera un nouveau client.

— Pas de problème, dit-il en fourrant une chique de bétel dans sa bouche. Je rajouterai cent roupies au prix de la course.

J'ouvre le parapluie et je m'engage dans l'allée sinueuse. Le vent redouble de force, sifflant à travers les haies taillées au cordeau comme une berceuse lancinante. L'eau du ciel tambourine sur le parapluie et tombe en cascades ininterrompues des bords en toile noire. J'avance péniblement ; mes chaussures couinent à chaque pas, mes vêtements mouillés collent à mon corps comme une seconde peau.

À mi-chemin, l'allée tourne à droite, et je tombe nez à nez avec deux chiens à l'aspect féroce qui m'accueillent par de sourds grognements. Ce sont les dobermans. Leurs yeux luisent telles des braises incandescentes dans la nuit ; leur robe noire et lisse brille comme de la roche humide. Bien qu'ils soient attachés à un tronc d'arbre, je fais un grand détour pour les éviter. Un nouvel éclair zèbre le ciel, illuminant la villa comme un négatif surexposé, et une rafale de vent manque de retourner le parapluie.

Quand j'arrive enfin au portique, j'ai le sentiment d'avoir remporté une grande victoire. Je referme le parapluie, m'ébroue et presse la sonnette.

Je patiente deux bonnes minutes, mais personne ne vient ouvrir. Je sonne une nouvelle fois. Toujours pas de réponse. Je m'aperçois soudain que la porte est entrebâillée. Je pousse le battant et, par réflexe, m'essuie les pieds sur le paillasson design.

— Monsieur Acharya ?

Ma voix résonne dans le hall de marbre.

Un silence inquiétant règne dans la maison. La dernière fois que je suis venue, elle grouillait de serviteurs. Ce soir, on se croirait dans un château hanté. Les pièces vastes et vides ont l'air lugubres ; les ombres aux murs semblent guetter chacun de mes gestes, échangeant des murmures furtifs à chaque crissement de mes baskets sur le sol.

Je traverse le salon et la salle à manger et pénètre dans le cabinet de travail. Vide lui aussi. J'ouvre doucement la porte qui donne sur la chambre et je risque un coup d'œil à l'intérieur.

Un spot d'ambiance éclaire faiblement le portrait du père d'Acharya. Le reste de la pièce est plongé dans l'obscurité. Pensant qu'il est peut-être dans la salle de bains, j'appelle à nouveau :

— Monsieur Acharya ?

N'obtenant pas de réponse, j'entre à pas de loup et je cherche un interrupteur à tâtons. Mes doigts finissent par rencontrer un panneau en plastique, et j'actionne tous les interrupteurs. La soudaine explosion de lumière me fait cligner des yeux.

La chambre est telle que je l'ai vue la dernière fois : même lit en acajou aux draps violets, même miroir en onyx noir, même console avec les vieilles photos de famille. Seul changement, l'écran Sony de 65 pouces sur le mur en face du lit.

— Monsieur Acharya, où êtes-vous ?

Je commence à perdre patience. Visiblement, il cherche à m'éviter. Je fais un pas vers la porte en chêne massif de la salle de bains quand j'entends un bruit mouillé sous la semelle de ma basket. Je baisse les yeux et recule, horrifiée. Je viens de marcher dans une petite flaque rouge. Je devine aussitôt que c'est du sang, du sang frais, coagulé sur le sol comme une tache d'huile. Ma semelle en est trempée.

Je regarde fébrilement autour de moi pour voir d'où il vient. La traînée rouge fait le tour du lit. Et je m'arrête net, pétrifiée. Un corps gît de l'autre côté. Celui d'un homme en pyjama *kurta* blanc cassé. Son visage est caché, mais il est mort, pas de doute là-dessus, un couteau à manche en bois planté dans son ventre comme une bougie sur un gâteau d'anniversaire.

Un hurlement monte et meurt dans ma gorge. Je viens d'assister au premier meurtre de ma vie. Prise de nausée, je me plie en deux, manquant de rendre mon déjeuner. Un scénario jadis évoqué par Karan me revient soudain. Acharya me convoque chez lui tard dans la soirée. Je ne l'y trouve pas, mais je découvre un cadavre… et c'est moi qu'on accuse d'assassinat. Dans le pitch imaginé par Karan, le corps était celui de la femme d'Acharya. Ici, c'est un homme qui est mort, et je n'ai ni le courage ni la curiosité de voir de qui il s'agit. Acharya m'a tendu un piège. D'une minute à l'autre, les vigiles vont faire irruption dans la maison et lâcher les chiens sur moi. Rien qu'à l'idée de ces deux fauves plantant leurs crocs acérés dans ma chair, j'ai les cheveux qui se dressent sur la tête. Non, je ne peux pas courir le risque de me faire surprendre sur une scène de crime.

Sans réfléchir, j'enlève mes baskets et, les tenant à la main, je me glisse hors de la chambre. Prudemment, je rebrousse chemin jusqu'à la porte d'entrée, je me rechausse sur le perron, j'ouvre le parapluie et, essayant de marcher normalement, je retourne au portail.

Un grondement menaçant me fait sursauter et me rappelle que je m'approche des chiens. En me voyant, ils se mettent à aboyer frénétiquement, comme si quelque sixième sens les avait avertis du meurtre commis dans la villa. Je passe devant eux sur la pointe des pieds.

Au sortir du tournant, ma tension est à son comble. Je tente de me calmer en respirant plus lentement.

— C'était rapide, observe le garde au poste de contrôle quand je lui rends son parapluie.

Je souris faiblement et grimpe dans l'auto-rickshaw.

— Ramenez-moi à Rohini.

Je pousse du coude le chauffeur qui s'est assoupi au volant.

— Vite.

Il me regarde en plissant les yeux.

— Vous êtes sûre que ça va ? On dirait que vous avez vu un fantôme.

— Taisez-vous et démarrez, lui dis-je entre mes dents.

Il hausse les épaules avec indifférence, crache du jus de chique et met le moteur en marche. L'engin refuse d'obéir. Mes nerfs, déjà à fleur de peau, menacent de lâcher. J'ai les mains moites et glacées ; mon cœur cogne violemment dans ma poitrine, et mon estomac tourne sur lui-même comme une bétonnière. Finalement, le moteur vrombit, mais je ne tiens plus. Nous avons parcouru cinquante mètres à peine quand je vomis sur la banquette.

L'hôpital brillamment éclairé m'apparaît comme un havre de paix comparé au cauchemar auquel je viens d'échapper. Même la vue des patients défigurés dans le service des grands brûlés est préférable à celle du cadavre à Prarthana.

Bien qu'il soit plus de minuit, Ma est toujours assise au chevet de Neha.

— Où étais-tu passée ? me demande-t-elle.

— Je suis allée consulter un chirurgien plastique, je réponds sans sourciller.

— Et alors ? Il serait possible de reconstruire le visage de Neha ?

— Oui, mais ça coûte une fortune.

Ma s'y attendait.

— Je parlerai à Nirmala Ben. Elle nous aidera peut-être à trouver de l'argent.

— Si tu rentrais à la maison ?

Je pose la main sur son épaule.

— Je resterai ici avec Neha.

— Je suis chez moi à l'hôpital, me dit-elle. Vas-y, toi. Va te reposer.

Je jette un œil par la fenêtre. La pluie a cessé, mais l'air est toujours chargé d'électricité. Le nuage noir de la mort flotte tel un linceul au-dessus de la ville.

Je m'assieds sur la chaise à côté du lit de Neha. Fermant les yeux, j'essaie de remettre de l'ordre dans mes idées. Acharya a engagé deux jeunes pour jeter de l'acide au visage de Neha. Puis il a liquidé quelqu'un sous son propre toit. Il s'est arrangé pour me faire porter le chapeau, sauf que j'ai réussi à déjouer ses plans. N'empêche, la police va sûrement m'interroger, et j'ai décidé de tout lui dire. Je révélerai le véritable visage de Vinay Mohan Acharya et dénoncerai la nature perverse de ses sept épreuves. Je tairai juste mon incursion dans sa chambre et la découverte du cadavre.

Je me rends aux toilettes pour inspecter mes vêtements. Il n'y a aucune tache de sang sur le tissu. Je retire mes baskets et les lave soigneusement pour éliminer toute trace sur les semelles. Puis je retourne sur ma chaise et j'essaie de dormir, mais la vision du corps inerte me hante comme un rêve fiévreux. Le couteau est là qui me nargue, pas tout à fait à portée de main. Impossible de dormir, impossible de trouver le repos, impossible de faire comme si de rien n'était.

Affamée, ivre de fatigue, je finis par sombrer dans un sommeil agité vers 4 heures du matin, pour être réveillée au bout d'une demi-heure par un policier qui me pousse avec sa matraque.

— Vous êtes Sapna Sinha ?

Il est accompagné de cinq ou six autres agents.

384

Je hoche la tête, encore à moitié endormie. Ma se raidit aussitôt ; son instinct maternel lui souffle qu'il y a danger.

— Vous êtes en état d'arrestation, m'annonce le policier.

— Pour quelle raison ?

— Le meurtre de Vinay Mohan Acharya.

Je me redresse d'un bond.

— C'est une plaisanterie ?

— Vous trouvez que ça y ressemble ?

Et il brandit un mandat d'arrêt à mon nom.

— Il doit s'agir d'une er...

Ma mère ne me laisse pas finir ma phrase. Elle pousse un cri de détresse et s'évanouit.

Il n'y a probablement rien de plus perturbant, de plus déstabilisant dans la vie que d'être arrêté par la police. Votre monde se divise subitement en deux : un avant et un après. Arraché à votre quotidien, à votre famille et à vos amis, vous voilà projeté dans un milieu totalement inconnu.

Je suis conduite au poste de police de Vasant Vihar et inculpée pour homicide. On prend mes empreintes digitales, on me photographie, on prélève mon ADN. Mon appartement est fouillé et mon ordinateur saisi, ainsi que mon journal intime. Les vêtements que je portais hier sont confisqués, tout comme mes chaussures et mon téléphone portable. On m'amène devant un juge qui me refuse la mise en liberté sous caution et me remet entre les mains de la police pour une garde à vue de sept jours.

À présent, je me trouve à la merci du commissaire adjoint I.Q. Khan, un homme de haute taille au visage anguleux orné d'une moustache soignée, qui ressemble à tout sauf à un fonctionnaire de police. Il a le port militaire d'un soldat et la distinction d'un vieil aristocrate.

Une policière nommée Pushpa Thanvi me suit partout comme mon ombre. Corpulente, avec une grosse poitrine, un teint brouillé et une voix de canard enroué, elle ne me quitte pas des yeux et a la manie déconcertante de me pousser du doigt pour solliciter mon attention.

Plus déconcertant encore est le regard immobile du commissaire adjoint Khan quand je m'assieds face à lui. La fatigue de la nuit, ajoutée à toute cette effervescence autour de moi, m'a complètement vidée. La seule pensée cohérente qui me vient à l'esprit est que tout cela est un cauchemar et que je vais bientôt me réveiller.

Nous avons rendez-vous dans le bureau du commissaire adjoint, une grande pièce morne rendue plus étouffante encore par de lourds rideaux en velours. Sur les murs blanchis à la chaux s'alignent les photos encadrées de Gandhi, Nehru et Subhash Chandra Bose, ainsi que des citations d'Einstein et de Khalil Gibran. Le téléviseur mural Philips est éteint, mais l'horloge à côté égrène bruyamment les secondes jusqu'à 15 h 55.

— Êtes-vous prête à passer aux aveux ? demande-t-il en me fixant droit dans les yeux.

Je détourne le regard, me recroquevillant pour échapper à cet examen implacable.

— Je n'ai rien à avouer.

— Vous niez vous être rendue au domicile de M. Acharya, hier soir ?

— Je suis allée chez lui, mais je ne l'ai pas tué. Plus précisément, je ne l'ai même pas vu. J'ai sonné plusieurs fois, mais personne n'a répondu. Je suis donc retournée directement à l'hôpital.

— Vous n'avez pas découvert son corps dans sa chambre ?

— Non. Je n'ai pas mis les pieds dans sa chambre. Pour ne rien vous cacher, j'ai même du mal à croire qu'il soit mort.

— Eh bien, jetez un œil là-dessus, dit-il en poussant vers moi un cliché sur papier glacé.

C'est la « photo officielle » de l'homme assassiné, prise par le photographe de la police. Je vois un visage pâle et cireux surmonté d'une crinière argentée. Cela ressemble à Vinay Mohan Acharya. Vêtu d'un pyjama *kurta* en soie blanc cassé, il est étendu dans une mare de sang. Ses yeux sont ouverts, mais il est bien mort, les traits figés en un masque d'agonie, un couteau à manche en bois fiché dans son abdomen ensanglanté.

En le regardant, je ne peux réprimer un frisson. J'ai beau avoir vu le corps de mes propres yeux, la mort d'Acharya me semble irréelle ; j'ai l'impression qu'il va débarquer au poste de police d'un moment à l'autre pour m'annoncer : « Vous avez raté la septième épreuve ! »

En revanche, je n'éprouve pas le moindre regret : Acharya a commis un crime odieux et il méritait de mourir. Mais qui l'a tué, et pourquoi ? Le mystère reste à éclaircir.

Je rends la photo au commissaire adjoint.

— Qui a découvert le corps ?

— Le Dr Kabir Seth, médecin personnel de M. Acharya. Ce dernier a passé huit jours à l'hôpital Tata Memorial de Mumbai. Il est rentré à Delhi hier seulement. À 22 h 50, il a téléphoné au Dr Seth pour lui dire qu'il ne se sentait pas bien et lui a demandé de venir à Prarthana. À son arrivée, juste avant minuit, le Dr Seth a trouvé M. Acharya baignant dans son sang et il a aussitôt donné l'alerte… Chose que vous auriez dû faire, si ce n'est pas vous qui l'avez assassiné.

— Et qu'est-ce qui vous fait croire que c'est moi ?

— Voyons voir. Une bonne vingtaine de personnes à l'hôpital Shastri vous ont entendue, vers 22 heures, hurler à M. Acharya au téléphone que vous alliez le tuer. Vous êtes arrivée chez lui sous une pluie battante à 22 h 58. Le garde au portail a personnellement parlé à M. Acharya et a reçu l'ordre de vous faire entrer.

— Oui, je m'en souviens.

— Donc, vous confirmez qu'il était en vie à 23 heures. D'après le médecin légiste, le décès est survenu entre 22 heures et 23 h 15. Or, puisque M. Acharya était bien vivant à 23 heures, cela signifie qu'il a été tué entre 23 heures et 23 h 15. Vous étiez seule dans la maison pendant ce laps de temps. Par conséquent, vous seule avez pu assassiner M. Acharya.

— Comment savez-vous que j'étais toute seule ? Si ça se trouve, le véritable assassin se cachait quelque part dans la villa.

— Prarthana est une forteresse. Même un oiseau n'oserait pas survoler la propriété sans autorisation. Le samedi 11 juin, il n'y a eu que deux visites. Celle de Rana, l'assistant de M. Acharya, qui est venu à 19 h 30, a passé une heure avec M. Acharya et est reparti à 20 h 35. L'autre, c'était vous.

Il marque une pause pour consulter ses notes.

— Après son retour de Mumbai à 10 heures, M. Acharya n'a pas quitté son domicile de toute la journée. Il a déjeuné comme à son habitude à 13 h 30 et dîné à 19 heures. Puis il a congédié tous ses domestiques pour la nuit, disant qu'il ne voulait être dérangé sous aucun prétexte. Les domestiques sont partis à 20 h 30. Rana a pris congé cinq minutes plus tard, à 20 h 35. Après quoi, personne n'a pénétré dans la maison jusqu'à votre arrivée. Les agents de sécurité au portail sont catégoriques. Autrement dit, quand vous êtes entrée à Prarthana, vous et M. Acharya étiez les seules personnes à l'intérieur. Dix minutes après, il était mort, et vous vous échappiez à bord d'un véhicule à moteur.

Il s'interrompt à nouveau et me dévisage sans ciller.

— Pourquoi avez-vous tué M. Acharya ? D'après ce que je sais de lui, c'était un homme bon et généreux. Un philanthrope comme on n'en fait plus.

— C'était un monstre, je siffle entre mes dents. Vous ne savez rien de lui. Il a brisé la vie de Neha.

Et il m'a détruite, moi. Tout ça à cause de ces sept épreuves à la noix.

— Quelles épreuves ?

J'inspire profondément et je me jette à l'eau.

— Tout a commencé quand il m'a abordée au temple d'Hanuman, un après-midi de l'hiver dernier…

Pendant plus d'une heure, je déballe tout, depuis cette rencontre fatidique jusqu'à l'attaque à l'acide contre Neha.

Le commissaire adjoint Khan m'écoute avec la plus grande attention, prenant des notes sur un mince carnet. Quand j'ai terminé, il soupire, se frotte pensivement l'arête du nez et cite un vers en ourdou :

— Je suis l'homme assassiné autant que le coupable / Mon crime est d'avoir été amoureux de mon propre assassin.

— Acharya n'était pas amoureux de moi, ni moi de lui.

— C'est ce qu'on va voir.

Un de ses inspecteurs entre dans la pièce et le salue vivement.

— *Jai Hind,* monsieur. Les médias sont dehors. Qu'est-ce que je leur dis ?

Le commissaire adjoint pousse un soupir exaspéré et hoche la tête.

— Dites-leur que j'arrive.

Il se lève de son fauteuil, se tourne vers Pushpa Thanvi.

— Surveillez-la.

Et il quitte son bureau à longues enjambées.

Restée seule avec moi, Pushpa sourit d'un air satisfait, s'approche de la fenêtre et soulève le rideau.

— Ils sont tous là, dit-elle avec un petit rire.

— Qui ça ?

— Aaj Tak, Zee News, Star, IBN-7, NDTV, Sunlight, ITN… Je vais enfin pouvoir réaliser mon rêve : passer à la télé.

Elle sort un miroir compact et inspecte rapidement ses dents.

Le commissaire adjoint s'absente une bonne heure. À son retour, son attitude a changé du tout au tout.

— J'espère que vous avez profité de ce temps de pause pour vous repentir, déclare-t-il, me dominant de sa haute taille.

Songeuse, je contemple le sol en ciment en tirant sur les fils de mon *salvar* bleu ciel. Le commissaire adjoint sourit un peu tristement et cite un autre vers ourdou :

— Qui sont les chanceux qui s'offrent le luxe du repentir / Je n'ai même pas le temps de commettre un péché.

Il se rassoit et reprend d'un ton énergique :

— Nous venons de mettre la main sur le testament de M. Acharya.

— Et ?

— Il a légué toute sa fortune personnelle aux bonnes œuvres. Dommage pour vous, si vous espériez hériter.

— Acharya était contre la culture de l'héritage. Il a promis de faire de moi sa P-DG, pas son héritière.

— Malheureusement, j'ai une autre mauvaise nouvelle à vous annoncer.

— Quoi encore ?

— Le labo vient de confirmer que le sang sur vos baskets est bien celui de M. Acharya. Vous avez pris la précaution de les laver, mais vous n'avez pas remarqué le sang qui s'est infiltré dans une fissure entre la semelle et la tige. Nous, nous l'avons trouvé.

Mon cœur bondit violemment ; mes tempes se mettent à palpiter. J'ouvre la bouche pour répondre, mais il m'arrête d'un geste.

— Attendez, il y a pire. Le labo a également établi que les empreintes digitales sur le couteau qui a servi à tuer M. Acharya correspondent aux vôtres.

— Impossible ! Je n'ai pas touché le couteau.

— Ceci pourrait peut-être vous rafraîchir la mémoire.

Et il brandit l'arme du crime conservée dans un sac en plastique. De près, l'objet me semble étrangement familier. Je distingue l'inscription KK Thermoware sur le manche en bois, et cela me revient soudain : j'ai l'impression de recevoir un coup de poing à l'estomac. C'est le couteau que j'ai acheté au jeune colporteur, le soir où j'ai été agressée devant le Parc japonais.

— Voici ce qu'on appelle dans notre jargon une « affaire transparente », observe le commissaire adjoint en refermant son carnet d'un coup sec. Alors épargnez-vous un interrogatoire fastidieux et signez la reconnaissance des faits.

Il m'encourage du regard.

Je secoue la tête.

— Je n'ai pas tué Acharya. Mais je sais maintenant qui est le coupable.

— Eh bien, allons-y, je vous écoute.

— C'est Rana. Lui seul a eu accès à ce couteau avec mes empreintes digitales.

— Comment ça ?

— Vous ne voyez pas ? Ces trois voyous qui m'ont agressée devant le Parc japonais sur les ordres d'Acharya dans le cadre de la troisième épreuve. Ils ont pris mon couteau, qu'ils ont dû rendre à Acharya ou à Rana. Le même couteau a servi à assassiner Acharya. Donc, c'est forcément Rana qui l'a fait.

— Mais il a quitté Prarthana à 20 h 35 et n'est pas revenu avant minuit.

Je réfléchis au problème quand une autre idée me vient à l'esprit.

— Et si ce n'était pas un meurtre, mais un suicide ?

Il me scrute attentivement.

— Vous avez décidé de plaider la folie, ou quoi ?

Je répète :

— Et si c'était un suicide ? Rappelez-vous la septième épreuve. Acharya m'a dit qu'elle serait la plus difficile de toutes. Eh bien, c'est le cas.

— Vous dites n'importe quoi.

— Voyons, Acharya a dépêché ces trois voyous pour se procurer un couteau avec mes empreintes digitales. Puis il m'a attirée chez lui à la suite de l'attaque à l'acide contre Neha. Pendant que je me dirigeais vers la maison, il s'est poignardé avec le couteau en question pour qu'on m'accuse de sa mort. Tout cela

393

est largement la plus grosse épreuve de toute ma vie. Donc l'épreuve finale. CQFD.

— Vous pourrez toujours faire part de ces théories fumeuses à l'avocat commis d'office, répond le commissaire adjoint en ricanant et en faisant signe à la policière. Emmenez-la en cellule de garde à vue.

— *Jai Hind,* monsieur.

Pushpa salue mollement et m'enfonce son doigt dans le front.

— *Chalo.* Allons-y.

Elle m'escorte dans le couloir. Nous passons devant la cellule des hommes avec deux quidams dépenaillés et mal rasés affalés derrière la porte. Ils m'observent avec une vague curiosité. Je me pince le nez, incapable de supporter l'odeur d'alcool qui émane d'eux, forte comme de la fumée d'encens.

La cellule pour femmes, qui, par chance, est vide, se trouve tout au fond du couloir. Pushpa ouvre la porte massive, me fait entrer et la claque si violemment que l'écho métallique résonne à mes oreilles à la façon d'un coup de tonnerre. Je fixe, immobile, la lumière blafarde qui filtre par les barreaux d'acier, en ravalant mes larmes : il faut que je digère le fait d'être privée de liberté.

Sur le papier, la garde à vue est une détention provisoire au poste de police dans l'attente du jugement. En pratique, je me retrouve enfermée dans une cellule fétide et oppressante qui empeste la misère humaine. Les murs sont couverts de graffitis, de moisissures et de couches de crasse. Le sol est en ciment rugueux. Il n'y a pas de fenêtre, pas de soleil, si bien qu'il y fait sombre même en plein jour. Le matelas bosselé est infesté de puces. Mais le pire de tout, c'est que les toilettes ne sont pas séparées du reste de la cellule. Ce sont des toilettes à l'indienne derrière un muret, sans broc d'eau ni eau courante, sans papier. Elles dégagent la puanteur rance d'urine et d'excréments laissée par les dernières occupantes. Le seau métallique dans un coin en est tout maculé. L'odeur est si pestilentielle qu'elle me monte à la gorge.

Si j'ai tenu bon pendant l'arrestation et l'interrogatoire, rester dans cette horrible cellule nauséabonde est au-dessus de mes forces. J'ai envie de mourir. Je sens que si je passe vingt-quatre heures dans ce cachot, je vais devenir folle.

Les murs sales se referment sur moi. J'ai du mal à respirer. Je me traîne jusqu'à la porte et m'accroche aux barreaux métalliques.

— Au secours ! je hurle comme une démente dans un asile. Sortez-moi de là ! S'il vous plaît, je vous en supplie !

— *Kya hai ?*

Pushpa Thanvi refait une brève apparition.

— Pourquoi tout ce vacarme ?

— Je ne peux pas rester ici.

— Vous vouliez quoi, le Sheraton ?

— Je... Il faut que j'aille aux toilettes.

— Eh bien, allez-y, aboie-t-elle. C'est là, juste derrière vous.

— Je ne peux pas. S'il vous plaît, emmenez-moi dans de vraies toilettes à l'extérieur.

— Non, répond-elle, catégorique. Ceux qui sont en cellule doivent utiliser les toilettes à l'intérieur.

Je me mets à pleurer.

— Je vous en prie. S'il vous plaît, je vous demande juste un peu de considération.

En entendant mes cris plaintifs, le commissaire adjoint Khan arrive à grands pas dans le couloir. Voyant mon visage baigné de larmes, il hoche la tête en signe d'assentiment.

— OK, exceptionnellement je vous autorise à utiliser les toilettes réservées aux femmes agents de police. Pushpa, dit-il à ma geôlière, accompagnez-la et prenez bien soin de l'enfermer.

— Oui, monsieur, répond Pushpa avec raideur, visiblement contrariée.

Elle me conduit dans une cour rectangulaire avec un grand goyavier au milieu. Une dizaine de portes donnent sur la cour. Je lis les inscriptions sur les plaques en bois : Caserne, Salle d'informatique, Salle d'interrogatoire, Enquêteur, Radio, Pièces à conviction…

Les toilettes pour femmes se trouvent à l'arrière du bâtiment, face à la salle de repos où cinq policières sont assises devant la télé. Pushpa ouvre la porte des toilettes avec une clé et me pousse brutalement à l'intérieur.

— Tapez sur la porte quand vous aurez fini. Je serai en face, à regarder *Ladies Special* avec mes amies.

Pendant que la clé tourne dans la serrure, je suis submergée par un indicible sentiment de honte et d'humiliation. Comment en suis-je arrivée là ? À être obligée de supplier même pour aller faire pipi !

Je m'assieds sur la cuvette fissurée, je ferme les yeux et j'essaie de m'imaginer ailleurs qu'ici. Un dimanche après-midi ensoleillé, des nuages vaporeux voguant dans un ciel idéalement bleu. Au loin, la brume se lève sur les montagnes couvertes de pins. Je suis pelotonnée sous un chêne avec un recueil de poésie. Derrière moi, Ma et Pa bavardent et rient, assis dans des fauteuils en osier. Alka et Neha se prélassent dans l'herbe, se dorant au soleil. C'est un monde sans peur, sans tristesse, sans la police. Je me perds dans la vision de ce passé depuis longtemps révolu jusqu'à ce que des coups frappés à la porte me tirent de ma rêverie. La voix grinçante de Pushpa Thanvi me ramène brutalement sur terre :

— *Arrey,* vous êtes en train de couler un bronze ou de vous pomponner pour le bal ? Ça fait une demi-heure !

De retour dans ma cellule, je trouve un panier repas : galouti kebabs et poulet biryani. Pushpa m'apprend que cela vient de chez le commissaire adjoint.

— Quel sort lui avez-vous jeté pour qu'il soit aussi gentil avec vous ? ajoute-t-elle, acerbe.

Le geste du commissaire adjoint m'émeut aux larmes, me rendant la détention un peu moins insoutenable. Cependant, je passe la nuit assise dos au mur plutôt que de m'allonger sur le matelas infesté de puces.

Le lendemain matin, je reçois une visite inespérée, celle de Ma. Nous nous retrouvons au parloir, sous l'œil vigilant de Pushpa.

— Comment vas-tu, *beti* ?

Ma a l'air tellement inquiète que je n'ai pas le cœur de lui dire la vérité.

— Ça va, Ma. Tout va bien. Et Neha, comment est-elle ?

— Ta sœur récupère bien. Elle t'embrasse.

Une larme coule sur ma joue. L'instant d'après, je me retrouve à sangloter convulsivement. Ma me prend dans ses bras, me caresse la tête. Nous restons ainsi dix bonnes minutes, sans paroles ni gestes inutiles. Ce matin-là, pour la première fois, je prends conscience de la nature profonde du lien mère-fille, de son intensité, de sa force indestructible et, par-dessus tout, de son pouvoir rédempteur.

L'avocat commis d'office arrive peu avant midi. Petit homme fluet en pardessus noir mal ajusté, Trilok Chand a l'air aussi fiable qu'une serviette hygiénique faite maison.

— J'ai vu votre dossier, me dit-il en chuchotant comme un conspirateur, et ça se présente mal.

— Pour moi ou pour la police ? ne puis-je m'empêcher de demander.

— Pour vous. Tout vous accable : le sang de la victime sur vos chaussures, vos empreintes digitales sur le couteau qui a servi à l'assassiner. Vous avez menti à la police en disant que vous n'aviez pas mis les pieds dans la maison. Vous aviez le mobile, les moyens et l'occasion, les trois éléments qui suffisent à vous faire inculper pour homicide.

— Vous parlez plus comme un procureur que comme un avocat de la défense.

— Vous n'avez pas besoin d'avocat, réplique-t-il en humectant ses lèvres gercées. Ce qu'il vous faut, c'est un magistrat véreux.

Mais le meilleur reste à venir. À 15 heures, le commissaire adjoint Khan me convoque dans son bureau, où il garde un œil sur son téléphone fixe et l'autre sur l'écran LCD réglé sur la chaîne Sunlight TV. Shalini Grover se tient devant l'Espace Kyoko cerné par des véhicules de police.

— Voici assurément le scoop de l'année, déclare-t-elle, essoufflée, dans le micro. Deux jours après l'assassinat spectaculaire de l'industriel Vinay Mohan Acharya, en fouillant le siège luxueux du groupe ABC à la recherche d'indices sur ce crime sordide, la police a fait une découverte totalement inattendue. Dans le coffre-fort qui se trouve dans le bureau de M. Acharya, les enquêteurs sont tombés sur une cachette avec des documents confidentiels à côté desquels les révélations de WikiLeaks ressemblent à une blague de potache.

La caméra zoome sur un enquêteur de la section criminelle qui manie parfaitement la langue de bois.

— Nous sommes toujours en train d'examiner les données extraites du coffre, mais une analyse préliminaire laisse à penser qu'il existe un lien entre Acharya et Atlas Investments.

Je souffle :

— Non !

— Eh bien, oui, répond Shalini comme si elle s'adressait à moi. Sunlight peut affirmer avec certitude que Vinay Mohan Acharya était le cerveau derrière Atlas, l'insaisissable société écran au cœur des plus gros scandales financiers de ces derniers temps.

Le commissaire adjoint éteint la télé à l'aide de la télécommande.

— Incroyable, non ?

Il se tourne vers moi.

— Cet homme lègue toute sa fortune aux bonnes œuvres, et maintenant on apprend qu'elle provient d'activités illégales. Acharya, qui se faisait passer pour un parangon de vertu, est en réalité le plus grand escroc de toute l'histoire de notre pays.

Et, dans la foulée, il cite un autre vers édifiant :

— Ô toi, le vertueux, que j'idolâtrais / Je te découvre plus grand pécheur que je ne l'ai été.

— Y aura-t-il des répercussions sur mon affaire ?

— Un meurtre est un meurtre, fait-il remarquer, placide. Qu'on tue un bandit ou une bonne sœur, le châtiment est le même.

— Et que va-t-il arriver à son groupe industriel ?

— Je ne sais pas. Il pourrait être mis en liquidation si le fisc décide de taxer lourdement ses revenus occultes. Ou bien les administrateurs le revendront à une autre société. J'ai entendu dire qu'Ajay Krishna Acharya, le frère jumeau de M. Acharya, voulait à tout prix mettre la main sur le groupe ABC. Il finira probablement par y arriver.

— Ce serait le comble de l'ironie. Acharya haïssait son frère. Il m'a même confié qu'il soupçonnait AK d'être à l'origine d'Atlas.

J'ai comme une illumination soudaine. Le souffle coupé, je lève les yeux sur le commissaire adjoint.

— Mais bien sûr ! AK a fait liquider Acharya pour faire main basse sur sa société.

Il secoue lentement la tête.

— J'ai déjà envisagé cette hypothèse. Le soir du meurtre, AK était au Grand Regency.

— Et que faisait-il là-bas ?

— Il intervenait dans un congrès sur les services de santé devant un millier de participants. Il n'a donc pas pu assassiner Acharya.

— Moi, je continue à penser que c'est Rana, la clé de l'énigme. Ne croyez-vous pas qu'il serait temps de l'interroger ?

— Je l'ai déjà convoqué. Il devrait être là d'ici cinq minutes.

Lorsqu'il entre dans le bureau du commissaire, Rana a l'air différent. Peut-être est-ce dû à sa tenue – polo, pantalon kaki et chaussures stylées –, qui lui confère une touche d'élégance décontractée.

— J'espère que vous irez rôtir en enfer, marmonne-t-il furieusement en s'asseyant à côté de moi.

Le commissaire adjoint l'interroge avec la brusque efficacité d'un investigateur chevronné :

— Quelle était la nature de vos relations avec M. Acharya ?

— J'étais son premier assistant. Son secrétaire particulier, si vous préférez.

— Est-il vrai que M. Acharya a choisi Mlle Sapna Sinha pour éventuellement lui succéder à la tête de son groupe ?

Rana hoche la tête en grimaçant.

— C'était une erreur. Je l'ai dit au patron.

— Pourquoi le choix de M. Acharya s'est-il porté sur Mlle Sapna ?

— Aucune idée. Je n'étais pas dans la confidence. J'ai l'impression qu'il était attiré par elle pour une raison ou une autre. C'est pour ça qu'en septembre dernier, il a secrètement racheté Gulati & Fils.

— Mais c'était avant qu'on se rencontre ! interviens-je.

— Poursuivez, le presse le commissaire adjoint. Donc, M. Acharya a acheté l'entreprise qui employait Mlle Sapna. Puis il a fait sa connaissance et lui a offert de la nommer à la tête de son groupe si elle réussissait ses sept épreuves, c'est bien ça ?

Rana acquiesce.

— Et vous avez aidé M. Acharya à mettre ces sept épreuves au point ?

— Pas sept. Six seulement.

— Comment ça ?

— M. Acharya était très malade, dernièrement. Il n'a pas eu le temps de penser à la septième épreuve.

— Mensonge ! je m'interpose à nouveau.

— Commissaire *sahib,* vous pouvez interroger le Dr Chitnis à l'hôpital Tata Memorial de Mumbai, dit Rana posément. Il vous montrera le dossier médical de M. Acharya prouvant que le patron souffrait d'un cancer du pancréas. En phase terminale. Il allait mourir bientôt, de toute façon. Mais cette femme…

Il marque une pause et me toise avec mépris.

— … elle était trop pressée pour attendre.

— Il affabule, je déclare sans ambages.

Le commissaire adjoint m'adresse un regard sévère avant de reprendre l'interrogatoire :

— Vous saviez que M. Acharya était le cerveau d'Atlas ?

— Absolument pas. Cela a été un choc pour moi.

— Vous étiez son bras droit. Comment se fait-il qu'il vous ait caché l'existence de ses comptes secrets ?

— Il y a des secrets qu'on garde pour soi. Mais je vais vous dire une chose : M. Acharya était un homme bon, pas le monstre dépeint par les médias.

Je m'émerveille de ses talents de comédien… Rana, le confident, le serviteur fidèle.

— Puis-je vous demander quand vous avez vu M. Acharya vivant pour la dernière fois ?

— Quand j'ai quitté Prarthana dimanche, peu après 20 h 30.

— Où êtes-vous allé en sortant de chez lui ?

— Je suis rentré chez moi.

— Et où est-ce, chez vous ?

— Vasant Kunj, Secteur C-1, appartement 4245.

— Vous n'êtes plus ressorti de toute la soirée ?

— Si. À 22 h 30, je suis allé à l'Infra Red, un bar à Basant Lok.

— Vous y êtes resté combien de temps ?

— Jusqu'à minuit, quand j'ai reçu un appel des agents de sécurité sur mon portable m'informant de la mort du patron.

— Et qu'avez-vous fait ensuite ?

— Je me suis immédiatement rendu au domicile de M. Acharya, où j'ai trouvé le Dr Seth. La police est arrivée tout de suite après.

L'interrogatoire dure encore un quart d'heure, sans résultat probant, et je commence à m'impatienter.

— Si ce n'est pas Acharya qui a orchestré l'attaque à l'acide contre Neha, alors qui est-ce ?

Je foudroie Rana du regard.

— Qu'est-ce que j'en sais ? rétorque-t-il. C'est à la police de le découvrir.

— Et nous le découvrirons, soyez-en sûr, dit le commissaire adjoint.

L'après-midi, je reçois la visite de Lauren, accompagnée d'un grand adolescent brun.

— Tu te souviens de lui ?

Je jette un œil sur le garçon, et soudain ça me revient.

— Guddu, hein ? Le pro de la serrurerie.

Guddu sourit timidement.

— Oui, madame. Je travaillais aux Ferronneries Mirza jusqu'à ce que vous et Mme Lauren veniez à ma rescousse.

— Et qu'est-ce que tu fais maintenant ?

— J'apprends l'informatique à la Fondation.

— Haut les cœurs, dit Lauren. « S'il n'y avait pas d'hiver, le printemps ne serait pas si plaisant. Si nous ne goûtions pas à l'adversité, la prospérité ne nous réjouirait pas autant. »

Elle est en train de citer la poétesse Anne Bradstreet.

Si grand est mon abattement que je lui réponds par une citation de *La Ballade de la geôle de Reading* d'Oscar Wilde :

— « En prison on sait seulement / Que le mur est infranchissable ; / Que chaque jour est une année / Dont les jours sont interminables[1] ».

À 18 heures, le commissaire adjoint Khan me fait revenir dans son bureau. Il me regarde d'un air grave, tandis que je prends place en face de lui.

— Ça s'annonce mal, déclare-t-il. Je viens de parler au Dr Chitnis de l'hôpital Tata Memorial à Mumbai. Il confirme les dires de Rana. M. Acharya était atteint d'un cancer métastatique du pancréas. Le pronostic moyen de survie est de trois à cinq mois. L'état de M. Acharya s'était dégradé à tel point que le Dr Chitnis ne lui donnait guère plus de deux semaines à vivre.

J'écarquille les yeux de surprise.

— Acharya ne m'a jamais soufflé mot de son cancer !

— J'ai également visionné les vidéos des caméras de surveillance à l'Infra Red. Effectivement, Rana y était entre 22 h 45 et 23 h 55. Il dispose donc d'un alibi en béton.

— Dans ce cas, il a dû trafiquer les caméras. Je suis presque sûre qu'il était chez Acharya quand je

1. Traduction de Jean Guiloineau. (*N.d.T.*)

suis arrivée. Il l'a tué et s'est éclipsé en déjouant la sécurité à l'entrée.

— Mais pourquoi Rana aurait-il tué son patron ?

— Pour une raison élémentaire : il haïssait Acharya parce qu'il n'avait pas été choisi pour le poste de P-DG. Et il me haïssait parce que j'étais l'élue. Il a assassiné Acharya et orienté les soupçons sur moi… D'une pierre deux coups, quoi.

— Et si vous aviez réussi la septième épreuve ? Croyez-vous qu'Acharya vous aurait réellement nommée à la tête de son groupe ?

— Je n'en sais rien, dis-je en me mordant la lèvre.

— À mon avis, il comptait faire de vous son bouc émissaire. C'est vous qui auriez porté le chapeau dans l'affaire Atlas.

Je hoche lentement la tête.

— Oui, il était beaucoup plus retors qu'il n'en avait l'air.

Joignant l'extrémité de ses doigts, le commissaire adjoint me fixe droit dans les yeux.

— Alors, vous êtes prête à passer aux aveux ?

Je soutiens son regard sans ciller.

— Vous pensez vraiment que j'ai assassiné Acharya ? Que c'est aussi simple que ça ?

Il soupire.

— Un crime de sang, ce n'est jamais simple. Mais nous sommes obligés de nous en tenir aux faits. Et les faits sont contre vous. Quoi qu'il en soit, je ne suis plus responsable du dossier. Il est devenu trop lourd pour notre commissariat. L'affaire a été confiée à la section criminelle. À partir de maintenant, ce sont eux qui vont vous interroger.

*

Mon premier rendez-vous avec la criminelle est fixé à 20 heures, le soir même.

— On vous demande en salle d'interrogatoire, annonce Pushpa.

Je frissonne nerveusement. J'imagine déjà un local au sous-sol, faiblement éclairé par une ampoule qui pend au-dessus d'une table, avec des hommes à la mine lugubre, le visage masqué par des volutes de fumée.

Mais on m'introduit dans une pièce accueillante qui rappelle une salle de classe. Il y a une table en bois entourée de robustes chaises métalliques, et même un tableau noir. Les trois hommes assis autour de la table ne ressemblent cependant guère à des enseignants. Tous vêtus de sahariennes, ils ont l'allure impersonnelle de limiers au service du gouvernement.

Ils me demandent de m'asseoir sur l'unique chaise face à eux, me signifiant clairement que c'est eux contre moi – trois contre une.

Et l'interrogatoire commence. Au début, poliment, ils me questionnent sur ma famille, mon travail chez Gulati & Fils, mes rapports avec Acharya. Puis, progressivement, le ton change. Les questions se font plus précises, suggestives, voire carrément humiliantes. « Avez-vous eu des relations sexuelles avec Acharya ? » « Combien de fois vous a-t-il convoquée dans sa chambre ? » « Étiez-vous au courant de ses liens avec Atlas ? »

Trois heures durant, les enquêteurs de la section criminelle me cuisinent sans relâche pour me forcer à admettre que j'ai assassiné Acharya. Comme je ne cède pas, ils hurlent et tempêtent, cherchant à m'intimider.

— On vous pendra pour meurtre, si vous n'avouez pas.

— Eh bien, pendez-moi, je réponds avec défi. Mais je n'avouerai pas un crime que je n'ai pas commis.

Faire l'objet d'une enquête de police, c'est un peu comme marcher sur des sables mouvants. Vous avez beau vous débattre pour en sortir, vous vous enfoncez de plus en plus profondément. Bribe par bribe, les limiers de la criminelle accumulent des preuves à charge menant tout droit à l'inculpation. D'après ce que j'ai compris, le dossier s'articule comme suit : j'étais la maîtresse d'Acharya, qui m'avait promis le poste de P-DG si je réussissais ses sept épreuves ; au bout de la sixième, j'ai perdu patience et voulu mettre le grappin sur sa fortune. À la suite d'un incident fortuit – l'attaque à l'acide contre Neha –, je me suis rendue chez Acharya, convaincue qu'il en était le commanditaire, pour le faire chanter. Il a rejeté mes exigences et, folle de rage, je l'ai tué à coups de couteau.

Je dois reconnaître que leur version tient la route. En fait, au bout de la troisième séance d'interrogatoire musclé, je suis à deux doigts d'y croire moi-même.

Peut-être ai-je réellement tué Acharya : l'expérience a été si traumatisante que je l'ai enfouie dans le tréfonds de ma mémoire, un endroit auquel je n'ai pas accès.

Pour me faire parler, les hommes de la criminelle ont recours à toutes sortes de tactiques. On me prive de sommeil et de nourriture. On me réserve le même traitement qu'aux criminels détenus dans les quartiers de haute sécurité. La nuit, un maton monte la garde devant ma cellule, comme si j'étais une sorte de Houdini capable de m'évader d'un cachot aveugle et fermé à clé.

L'intérêt des médias à mon égard ne faiblit pas non plus. Il y a plus de camions de télévision stationnés devant le commissariat de Vasant Vihar que devant la résidence du Premier ministre. Mon arrestation fait les gros titres de tous les journaux. Un réalisateur célèbre projette de tourner un biopic sur ma vie. Selon ses propres termes, « au cœur de tout gros scandale, on trouve l'argent, le sexe ou le crime. Et quand on a les trois réunis comme dans le cas de Sapna Sinha, le succès est garanti ! ».

Nirmala Ben vient me voir le cinquième jour de ma détention. L'annonce de sa visite provoque des remous au commissariat.

— Quoi, vous connaissez Big Ben ? demande Pushpa Thanvi, impressionnée, me considérant avec un respect tout neuf.

Nirmala Ben arrive à 13 heures, mais je ne la rencontre pas tout de suite. D'abord, on l'emmène boire un thé dans le bureau du commissaire adjoint Khan.

Puis il l'accompagne pour une tournée d'inspection du poste de police. Elle jette un œil dans les différentes salles qui bordent la cour, pose pour des photos et signe même des autographes.

— Big Ben, Big Ben !

J'entends des cris, des acclamations et des rires. Mon impatience est à son comble lorsque Nirmala Mukherjee Shah fait son entrée au parloir, qui a été balayé et orné d'une composition florale pour la circonstance.

Elle a l'air élégante et détendue dans son simple sari blanc. Une meute de cameramen et de photographes surgit derrière elle à la façon d'un tsunami. Les reporters se prennent les pieds dans les câbles et se cognent les uns aux autres pour essayer de capter un bout de phrase. Ce n'est pas tous les jours qu'ils ont la chance d'assister à un entretien entre l'opposante à la corruption la plus célèbre de l'Inde et sa plus célèbre détenue.

Pushpa se pavane auprès de moi tandis que je me fais mitrailler de tous les côtés. Les journalistes se rapprochent, braquant leurs micros comme des poignards. Je lève les mains pour me protéger des lumières crues et des voix criardes de tous ces gens qui semblent se repaître de mon malheur.

Le commissaire adjoint tente de les faire partir après la séance photo, mais personne ne l'écoute. Il n'y a plus que Nirmala Ben pour rétablir un semblant d'ordre.

— Allons, ceci est une visite privée, dit-elle, les mains jointes. S'il vous plaît, permettez-moi de voir ma filleule seule à seule, après quoi je viendrai m'entretenir avec vous dehors. *Barobar chhe ne ?*

C'est comme un magicien pratiquant l'hypnose collective. La foule reflue instantanément, me laissant avec Nirmala Ben, le commissaire adjoint et Pushpa.

Nirmala Ben me regarde dans le blanc des yeux et trouve la vérité qu'elle cherchait. Comme un médecin qui diagnostique la nature du mal rien qu'en prenant le pouls du patient, elle comprend ce que je suis en train de vivre et mesure l'étendue de ma détresse.

— Sois courageuse, ma fille, dit-elle. Rappelle-toi, le courage n'est pas une qualité physique, mais le propre de l'âme.

Puis elle me prend dans ses bras et me presse contre son épaule. Je me cramponne à elle, à sa chaleur, en quête de la compassion, de la compréhension que j'ai connues auprès de Ma. J'ai beau lutter, l'abîme de tristesse et de désespoir logé dans mon cœur déborde, et j'éclate en sanglots comme une enfant perdue. Elle me caresse les cheveux.

— Ne t'inquiète pas, tout va s'arranger. Et j'ai promis à ta mère de faire mon possible pour Neha.

Vingt minutes plus tard, Nirmala Ben s'apprête à partir.

— Clos la journée par une prière afin de passer une nuit paisible, sans rêves ni cauchemars, me conseille-t-elle en guise d'au revoir en me prenant la main.

Je sens quelque chose de froid au creux de ma paume et, instinctivement, je referme les doigts dessus. Elle baisse la tête en signe de *namaste* et quitte la pièce.

411

— Quelle femme remarquable, commente le commissaire adjoint en m'escortant dans ma cellule.

— Je me suis fait prendre en photo avec elle, jubile Pushpa, ce qui lui vaut un froncement de sourcils.

J'ouvre ma main et je découvre une petite clé.

Nirmala Ben est partie en me laissant aux prises avec une énigme. Quelle est cette clé, qu'ouvre-t-elle et pourquoi me l'a-t-elle donnée ?

Je la tourne entre mes doigts. C'est une clé ordinaire en métal, rien de particulier. Le genre qui sert à fermer un placard ou une armoire. Mais il n'y a ni placard ni armoire dans ma cellule. Ce doit encore être le résultat de la kleptomanie de Nirmala Ben, me dis-je en glissant la clé dans la poche de mon *kameez*.

Plus tard dans la journée, un médecin arrive pour m'examiner. Les interrogatoires incessants de la section criminelle ont fini par avoir des répercussions sur ma santé, à la fois physique et mentale. Le mélange indigeste d'angoisse, de tristesse, de désespoir et d'impuissance pèse sur mon estomac. Il en résulte une crise de diarrhée si aiguë qu'elle m'oblige à me précipiter aux toilettes même en pleine nuit, au grand dam de Pushpa.

Il est minuit passé, mais je n'ai pas sommeil. Abattue, je l'étais déjà, mais ce soir j'ai vraiment le moral à zéro. Il est question de me transférer à la prison de Tihar, où l'on enferme les criminels les plus endurcis. La perspective de finir ma vie derrière les barreaux s'ouvre devant moi tel un hiver sibérien, morne, aride et tout en désolation.

J'ai foi dans le commissaire adjoint Khan, sauf qu'il a été réduit au statut de simple spectateur. Les hommes de la criminelle font la pluie et le beau temps, et tout leur sera bon pour me faire inculper. Je sens toutes les portes se fermer devant moi. « Seul un miracle peut vous sauver maintenant », dit mon avocat. Mais même la déesse Durga semble m'avoir abandonnée.

Perdue dans mes pensées, j'entends à peine la porte de la cellule s'ouvrir. C'est Pushpa Thanvi, la mine hargneuse comme à son habitude.

— J'en ai marre de vos amis, déclare-t-elle.

— Pourquoi, que se passe-t-il ?

— Cette fois, il y a un appel pour vous.

— D'où ?

— De Kochi.

— Kochi ? Mais je ne connais personne dans le Kerala.

— Eh bien, dites à ce fichu oiseau de nuit de cesser de nous déranger à des heures pas possibles.

Et elle me propulse vers la salle de réunion, où trois agents sont massés autour d'un vieux téléphone à cadran comme des chiens autour d'un os.

Je prends le combiné.

— Allô ?

— C'est toi, Sapna ? grésille une voix lointaine.

Une voix que j'aurais reconnue à un million d'années-lumière de distance.

— Karan ? je murmure, stupéfaite et ravie. D'où appelles-tu ?

413

— De Coachella en Californie.

L'entendre ainsi, en direct, me met du baume au cœur et rend l'éloignement moins réel.

— Je suis vraiment désolé, poursuit-il. Je viens juste d'apprendre, pour Acharya. Je suis en train de racler les fonds de tiroirs pour rentrer à Delhi le plus vite possible.

— Ne t'embête pas. Tu as des choses plus importantes...

— Le plus important pour moi, c'est toi, me coupe-t-il. Je viens de commencer un nouveau boulot ici, mais ça peut attendre. Avant tout, il faut que je te sorte de ce pétrin.

— Tu ne peux rien y faire, Karan.

— Je n'ai pas attendu, Sapna. J'ai demandé à mes amis chez Indus de me communiquer la dernière facture détaillée de Rana. Devine à qui il téléphone tous les jours depuis la mort d'Acharya.

— Qui ?

— Ajay Krishna Acharya. Je suis convaincu qu'il a comploté avec Rana pour orchestrer cet assassinat. AK et son frère se ressemblent comme deux gouttes d'eau. AK parle comme lui. Imagine qu'il se soit trouvé à Prarthana, le soir du meurtre.

Je chuchote :

— Mon Dieu ! Je n'ai jamais envisagé cette hypothèse.

— Je vais tirer toute cette affaire au clair. Attends-moi, Sapna. J'arrive, dit-il avant que de nouveaux grésillements sur la ligne mettent fin à la communication.

Je regagne ma cage en ayant repris courage et espoir. Karan est peut-être gay, mais malgré ça, malgré la distance qui nous sépare, il reste ma force, et avec lui à mes côtés, j'ai encore une chance de prouver mon innocence.

En même temps, j'ai soudain la certitude que je dois prendre les choses en main et fuir ce cachot suffocant.

Pendant les deux heures qui suivent, j'arpente la cellule en me creusant la cervelle pour mettre au point un plan d'évasion, quand mon estomac se contracte à nouveau. Les spasmes m'arrachent un cri de douleur. Je me traîne jusqu'à la porte et j'appelle le maton qui somnole sur une chaise.

— Il faut que j'aille aux toilettes. S'il vous plaît, allez chercher Pushpa.

Celle-ci arrive au bout de quelques minutes en frottant ses yeux ensommeillés.

— Même les sorcières ne veillent pas aussi tard dans la nuit, marmonne-t-elle en déverrouillant la porte. Une vraie purge, voilà ce que vous êtes.

Un silence de mort règne dans la cour, si bien qu'on entend les ronflements provenant de l'une ou de l'autre salle. Pushpa me pousse en grognant dans les toilettes pour femmes.

Je bafouille :

— Je n'en ai pas pour longtemps.

— Vous pouvez moisir ici toute la nuit, pour ce que j'en ai à faire, répond-elle en fouillant dans ses poches à la recherche de la clé.

Comme elle ne la trouve pas, son irritation ne fait que croître.

— Mais où est-elle donc passée ? maugrée-t-elle en plongeant la main dans la poche de son pantalon. Sarla a déjà perdu la sienne. Qui est l'enfoiré qui nous pique nos clés ?

Elle finit par l'extraire de sa poche de poitrine.

— Ça y est, je l'ai ! clame-t-elle, triomphante, l'exhibant comme si c'était un objet précieux trouvé sur un chantier de fouilles archéologiques.

Je fixe la clé, hypnotisée.

— Chiez tout ce que vous voulez, maintenant. Je vous donne trente minutes. Et après ça, ne vous avisez plus de me déranger encore cette nuit, vous entendez ?

Elle me lance un regard assassin, claque la porte et tourne la clé dans la serrure.

Je glisse la main dans ma tunique et sors la clé que Nirmala Ben m'a donnée. C'est la copie exacte de celle de Pushpa.

Je comprends enfin le but de la manœuvre. Il y a cinq policières dans ce commissariat, et chacune a une clé des toilettes. Nirmala Ben a dû la chiper à l'une des cinq.

Je me mets à trembler à l'idée de toutes les possibilités qui s'offrent à moi. Cette clé n'est pas seulement celle des toilettes ; c'est celle de ma liberté. J'en oublie toute notion de prudence. J'attends que les pas de Pushpa s'éloignent dans la cour, puis je compte jusqu'à deux cents et j'insère la clé dans la fente. Elle s'ajuste parfaitement. Je dis une rapide prière et fais pivoter la clé avec précaution. Le bruit que j'entends est le son le plus doux à l'oreille d'un prisonnier : le déclic de la porte qui s'ouvre.

Je sors furtivement, referme les toilettes à clé et scrute les environs. Aucun signe de Pushpa Thanvi, et pas un murmure provenant de la salle de repos des gardiennes.

À pas de loup, je m'engage dans le couloir. Je viens de dépasser la salle de radio quand une porte claque derrière moi. Je sursaute et manque de perdre l'équilibre. Néanmoins, j'ai la présence d'esprit de me réfugier derrière un pilier. Risquant un coup d'œil hors de ma cachette, je vois un homme émerger du bureau de l'enquêteur, vêtu seulement d'un gilet et d'un caleçon rayé. Il s'arrête quelques secondes, hébété de sommeil, avant de lâcher un pet retentissant. Puis, grattant son postérieur velu, il bifurque sur la gauche pour se rendre probablement aux toilettes des hommes.

Je suis à peine remise de ce premier choc quand un nouveau bruit me parvient du couloir, un léger tapotement, comme une canne frappant le sol. Ce ne peut être que le gardien de nuit qui effectue sa ronde. Je me fige tel un cambrioleur pris sur le fait, persuadée qu'il m'a vue. Mais, par miracle, il marque une pause : il vient sans doute de croiser l'homme au caleçon rayé. J'entends des voix étouffées, des rires. C'est probablement ma seule chance. Je pousse la porte entrebâillée du bureau de l'enquêteur et me précipite à l'intérieur.

Accroupie dans la semi-obscurité, j'attends que le gardien passe. Il marche sans hâte, comme quelqu'un qui a tout son temps. À mesure que ses pas se

417

rapprochent, je sens la sueur couler de mon front. Tout à coup, il s'immobilise, presque face à la porte. Ma respiration se bloque. Un ventilateur bourdonne au plafond, mais mes oreilles perçoivent seulement le sang qui palpite sourdement dans mes veines. Le gardien se racle la gorge et crache par terre. Puis il poursuit son chemin, ses bottes crissant sur le sol dallé comme une porte sur des gonds rouillés.

Une vague de soulagement me submerge. Entre-temps, ma vue s'est adaptée à la pénombre qui règne dans le local exigu. J'aperçois une table, un lit pliant et une table de nuit avec un broc d'eau couvert. À l'évidence, la pièce sert de chambre à coucher à l'un des inspecteurs. Je m'apprête à me glisser dehors quand mon regard tombe sur un uniforme suspendu à un cintre. Et sur la table, je vois un holster en cuir.

Une autre idée audacieuse germe dans mon esprit. Le cœur battant, je tends la main vers le cintre.

Lorsque je sors du bureau de l'enquêteur, j'ai l'air de quelqu'un qui se rend à une soirée costumée. La chemise est deux fois trop grande pour moi. Le pantalon, trop long, tire-bouchonne autour de mes chevilles. Mais je me dis que mieux vaut ressembler à un clown qu'à un détenu évadé de prison.

Je longe le couloir en surveillant chaque porte, mais au lieu de tourner à gauche, du côté de la cellule des femmes, et de risquer de tomber sur le gardien, je prends à droite. Le bureau du commissaire adjoint est fermé à clé, mais il y a un petit groupe d'agents dans la salle de réunion. Occupés à jouer aux cartes, ils me prêtent à peine attention tandis que je passe devant la fenêtre ouverte, direction le portail.

— Eh, Pushpa ! crie l'un d'eux. C'est encore cette *chhori* qui t'empêche de dormir ?

Les autres éclatent d'un rire rauque.

Les nerfs en pelote, je progresse vers la sortie, terrorisée à l'idée qu'on remarque mon uniforme d'homme mal ajusté et qu'on donne l'alerte. Je m'attends à ce que, d'un instant à l'autre, la sirène retentisse et qu'on m'agrippe par le col. Mais personne ne m'arrête, et je franchis le portail sans obstacle, en traînant les pieds.

Le commissariat se trouve à un jet de pierre du complexe Priya dans Vasant Vihar, célèbre pour ses nombreux bars et restaurants. C'est là que mes pas me mènent. De temps en temps, je me pince pour m'assurer que je ne suis pas victime d'une hallucination. J'ai du mal à croire que je suis enfin libre. Désormais, mon sort est entre mes mains.

Malgré l'heure tardive, l'endroit grouille de vie. Les fêtards circulent de bar en bar, et il y a du trafic dans les rues. Je repère un auto-rickshaw en train de décharger un jeune couple et grimpe prestement sur la banquette arrière.

— Conduisez-moi à Vasant Kunj, Secteur C, vite.

— Réglez-moi d'abord cent cinquante roupies, répond le chauffeur sans même prendre la peine de me regarder.

— Depuis quand la course est payable d'avance ? j'aboie.

Le chauffeur se retourne. Il a la peau foncée et le visage marqué par la petite vérole. À la vue de l'uniforme, il change radicalement d'attitude.

— Désolé, madame. Vous paierez la somme affichée au compteur, dit-il docilement en allumant le taximètre digital.

Je souris, contente d'avoir réussi l'exploit de rabattre le caquet à un conducteur d'auto-rickshaw.

Nous venons de nous engager dans Nelson Mandela Marg quand une sirène de police semblable à un cri perçant trouble le silence de la nuit. Le chauffeur s'anime.

— Sûrement un voleur qui s'est échappé, observe-t-il.

J'acquiesce gravement.

— Ça y ressemble. Je me demande qui cela peut bien être.

L'artère à huit voies qui relie Vasant Vihar à Vasant Kunj abrite un hôtel cinq étoiles, plusieurs institutions prestigieuses et deux des plus grands centres commerciaux de Delhi. Mais elle passe également pour être mal famée après la tombée de la nuit, en raison du manque de surveillance, d'un faible éclairage et d'une végétation touffue de part et d'autre, sans aucune habitation, ce qui m'arrange plutôt.

Les premiers signes inquiétants surgissent dans la partie qui enjambe la crête proche de l'université Jawaharlal Nehru. J'aperçois plus loin des barrières métalliques qu'on dresse au milieu de la chaussée pour établir un barrage. Je suis prise de panique. Je ne pensais pas que la nouvelle de mon évasion ferait aussi vite le tour de toutes les patrouilles de police.

— Stop ! Arrêtez-vous !

Je tire le chauffeur par le col.

— Je vais descendre ici.

— Ici ?

Il tourne la tête à droite et à gauche.

— Mais il n'y a rien ni personne, dans ce coin. C'est complètement désert.

— Vous voyez ça ?

Je désigne une cabane en tôle sur le bord de la route, qui a dû probablement servir d'échoppe à thé.

— On m'a envoyée pour l'inspecter.

— Comme vous voulez.

Il hausse les épaules et coupe le moteur.

— Ça vous fera cinquante-deux roupies, madame, dit-il avec un coup d'œil sur une grille imprimée.

Cela représente le prix affiché au compteur plus les vingt-cinq pour cent du tarif de nuit.

Je descends et fouille dans les poches de l'uniforme en espérant trouver un peu de monnaie. Sans succès.

— Vous demandez de l'argent à un agent de police dans l'exercice de ses fonctions ?

Je bombe le torse en imitant de mon mieux le ton bourru des policiers.

— C'est écrit où que la police ne doit pas payer ? rétorque-t-il. Un inspecteur nous a fait le coup, le mois dernier, et notre syndicat est allé direct chez le préfet, menaçant de se mettre en grève.

Je secoue la tête.

— Je n'ai pas d'argent à vous donner. Mais une balle, ça oui.

Je tire aussitôt le revolver de la poche du pantalon et le vise au front avec l'intensité dramatique d'un bandit de Bollywood.

Il écarquille les yeux, terrifié, quand soudain son regard s'éclaire.

— *Arrey baap re !* Vous êtes la fille que j'ai vue à la télé, la meurtrière !

Maladroitement, j'agite le lourd revolver sous son nez.

— C'est ça ! Et je n'aurai aucun scrupule à vous descendre, vous aussi.

— Non… s'il vous plaît, non. J'ai une femme et trois filles. Elles vont mourir sans moi.

— Dans ce cas, partez immédiatement. Faites demi-tour. Et pas un mot à quiconque, compris ?

— Je ne dirai rien, promis. Je m'en vais… je m'en vais.

Il redémarre en tremblant, passe la marche arrière et accélère en direction de Vasant Vihar.

Je le suis des yeux jusqu'à ce que l'auto se transforme en un point sur l'horizon. Puis je me précipite vers la cabane en tôle et me laisse tomber derrière elle, le corps broyé par la fatigue et l'insomnie. J'ai besoin de souffler, de reprendre mes esprits pour savoir où je vais. En bas, la forêt se dresse, sombre et impénétrable, en fait un éperon de l'ancienne chaîne des Aravalli.

Je suis là depuis dix minutes à peine quand le hurlement strident des sirènes déchire la nuit. Me penchant, j'aperçois cinq ou six véhicules de police venant de

Vasant Vihar, les lumières clignotantes des gyrophares semblables aux signaux d'un OVNI. Je me retourne : un cortège similaire arrive de la direction de Vasant Kunj. Et tous semblent converger vers la cabane.

Le chauffeur a dû me dénoncer, et maintenant ils viennent m'arrêter. Il n'est plus question de rester sur la route. Le seul refuge qui me reste, c'est la forêt.

Je scrute la pente escarpée qui descend jusqu'au ravin en contrebas. Elle m'a tout l'air d'un précipice rocheux, mais aux grands maux les grands remèdes. Je retrousse mon pantalon volé et j'entame la périlleuse descente. Brindilles et épines se plantent dans mes chevilles, mes chaussures se remplissent de terre, et les pierres aux bords acérés m'entaillent les genoux. Je continue cependant à avancer, lentement mais sûrement, jusqu'au moment où je trébuche et dégringole le long du talus. Je m'écorche douloureusement le genou, puis ma tête heurte un rocher, et je perds connaissance.

Lorsque je reviens à moi, je suis affalée sur le sol comme un pantin désarticulé. J'ai de la terre dans la bouche et des feuilles dans les cheveux. Gémissante, je me relève et regarde autour de moi.

Au-dessus de ma tête, les grands arbres forment une voûte compacte. Le sol est tapissé de ronces et d'épineux qui recouvrent des débris de grès. La forêt primitive bruit de la vie nocturne de ses habitants. Les chouettes hululent, les insectes crissent. Quelque chose rampe à ma gauche, et je bondis en arrière, priant pour que ce ne soit pas un serpent.

Ce que j'entends alors me glace le sang : des chiens aboient avec frénésie. Me plaquant contre un gros tronc d'arbre, je lève la tête et vois des faisceaux lumineux fouillant le ciel. La police n'est pas venue les mains vides, mais avec projecteurs et chiens pisteurs.

Pour la première fois, je réalise que je suis en cavale. Les images des féroces dobermans d'Acharya surgissent devant mes yeux, et je détale.

Les branches basses me cinglent le visage ; les ronces s'accrochent à moi comme des barbelés ; les feuilles caoutchouteuses me fouettent les joues, tandis que je m'enfonce à l'aveuglette dans la forêt. Je ne sais pas où je vais. Mon seul but est de mettre un maximum de distance entre ces chiens et moi.

Je titube et tombe à plusieurs reprises ; ma chemise est en lambeaux, j'ai des bleus et des éraflures sur le visage et sur les bras, mais je poursuis ma route. Mon corps est trempé de sueur, mes muscles raides, ma respiration haletante, mon cœur bat à grands coups, toutefois je ne ralentis pas. Je ne sens que l'odeur fraîche des bois, les branchages qui craquent sous mes pieds et le vent qui souffle à travers le feuillage. Plus que par l'instinct, plus que par la panique, je suis mue par la volonté pure. Une voix dans ma tête me pousse à continuer coûte que coûte. Cette nuit, ma liberté est en jeu, et rien ne pourra m'arrêter.

Au bout de trois heures de course acharnée, l'air commence à s'éclaircir, tout comme la forêt autour de moi. Les premières lueurs de l'aube trouent les frondaisons, chassant l'obscurité. Les oiseaux se mettent à gazouiller, et j'entends quelque part le doux gargouillis d'un ruisseau. Mais tous ces sons se noient dans le vacarme discordant du trafic sur une voie rapide toute proche.

Je me dirige vers le bruit sur une centaine de mètres, puis m'immobilise tout à coup. Je me trouve à la lisière de la forêt. Devant moi, il y a une gravière. D'énormes tuyaux en béton jonchent le sol, sans doute destinés à la construction d'un nouveau palace ou d'un centre commercial tape-à-l'œil.

Au-delà, j'aperçois l'arrière d'un édifice couronné d'un dôme étincelant qui m'a l'air familier. Je fouille dans ma mémoire, et ça me revient : c'est le complexe Emporio. Cela veut dire que je suis arrivée à Vasant Kunj.

Je connais assez bien la topographie des lieux : Papa a enseigné brièvement au lycée international Ryan dans le Secteur C.

L'horizon m'attire comme un aimant magique. L'adrénaline continue à couler dans mes veines. Mes jambes sont tellement engourdies que je ne ressens même plus ni douleur ni fatigue.

J'enlève l'uniforme de policier qui n'est plus qu'une guenille et je le fourre à l'intérieur d'un tuyau. Je soupèse le revolver dans mes mains et le glisse dans la poche intérieure de mon *kameez*. Je lisse mon pantalon, frotte mon visage et tire mes cheveux en arrière. Puis j'aspire une grande goulée d'air et je repars en courant.

Vers la route, vers le Secteur C, vers Rana.

Le Secteur C est le premier secteur de Vasant Kunj quand on arrive de Vasant Vihar. La résidence de

Rana donne sur l'artère principale, et la cacophonie du trafic dans Abdul Gaffar Khan Marg prouve au moins que la nouvelle de mon évasion n'a pas encore perturbé le train-train quotidien.

Le vigile d'allure juvénile qui monte la garde à l'entrée de la résidence me jette un coup d'œil soupçonneux.

— *Nayi aayi kya ?* Tu es nouvelle ici ?

Son ton est familier, comme s'il s'adressait à quelqu'un de condition plus modeste.

Au début, je ne comprends pas. Puis je me rends compte qu'il me prend pour une employée de maison.

Je ne lui en veux pas. Avec mon physique passe-partout, la poussière dans mes cheveux et mes habits sales, je passerais facilement pour une domestique. Une Bela, une Champa, une Phoolmati ou une Dharamwati... une de ces filles sans visage qui sillonnent par milliers les rues de Delhi.

Je hoche la tête avec empressement.

— Oui, je commence aujourd'hui.

— Chez qui ?

— Rana *sahib,* au 4245.

— Mais il n'y a pas déjà Putli qui travaille pour lui ?

— Elle est repartie hier dans son village, dis-je en improvisant. Je la remplace jusqu'à son retour.

— Ah, tu es donc une intérimaire. Tu as ton attestation de la police ?

— Non, qu'est-ce que c'est ?

— Demande à Rana-*babu.* C'est une condition obligatoire, exigée par l'association des copropriétaires pour tout le personnel de service.

— Ça veut dire que je ne pourrai pas travailler tant que je ne l'ai pas ?

— Mais si, voyons. Il faut bien qu'on se serre les coudes entre nous, non ?

Il m'adresse un clin d'œil et me fait signe d'entrer.

— Au fait, tu ne m'as pas dit ton nom.

— Pinky.

— OK. À plus, Pinky.

Je pénètre dans la propriété. Les appartements du rez-de-chaussée ont tous un jardin avec des haies impeccablement taillées. Sur les toits, les antennes satellites voisinent avec les citernes de récupération d'eau. Presque toutes les fenêtres s'ornent de suspensions et de plantes en pot. Des SUV et des berlines de luxe sont garés à l'ombre. Un îlot de confort et de prospérité version classe moyenne.

L'appartement de Rana se trouve dans le premier bâtiment à ma gauche, accolé à la clôture. Tandis que je grimpe les marches jusqu'au quatrième étage, je sens ma poitrine se contracter. Discrètement, je sors le revolver de ma poche et sonne au 4245.

J'imagine la tête de Rana quand, en ouvrant la porte, il va se retrouver face au canon de mon arme. Je le pousserai brutalement à l'intérieur, le mettrai à genoux et l'obligerai à raconter par le menu comment il a assassiné Acharya avec la complicité d'AK, et le piège qu'il m'a tendu. Puis j'appellerai le commissaire adjoint Khan pour qu'il enregistre la confession de Rana, et le cauchemar que je vis depuis mon arrestation prendra fin.

Cinq minutes passent, mais personne ne vient ouvrir. Je tourne la poignée : la porte est fermée à clé. Je continue à appuyer sur la sonnette. Après dix minutes d'efforts infructueux, force m'est d'admettre que ma proie n'est pas là. Mon cœur se serre à la pensée que Rana a peut-être quitté Delhi, prenant la poudre d'escampette. Voilà une possibilité que je n'avais pas envisagée une seule seconde.

Découragée, je tourne les talons quand quelque chose attire mon regard. Un éclair bleu du côté de la grande route. Je scrute Abdul Gaffar Khan Marg et, entre les vagues du trafic matinal, j'aperçois un groupe de joggeurs en baskets et survêtement trottinant en direction du Secteur C. C'est là que j'ai entrevu la tache bleue. Mais elle n'y est plus. Ah, si... la voilà. C'est un coureur en jogging bleu roi qui évolue avec une grâce fluide. En le suivant des yeux, je ressens un picotement dans ma nuque. Cet homme-là n'est autre que Rana.

Mon abattement fait place à la sombre satisfaction du chasseur dont la patience a été enfin récompensée. Oui, Dieu existe, et il y a une justice ici-bas.

Le groupe de joggeurs est maintenant presque à la hauteur du portail, de l'autre côté de la route. Je vois Rana se détacher du peloton et adresser un signe de la main aux autres, qui poursuivent leur chemin. Il fléchit les genoux au bord du trottoir tel un sportif épuisé cherchant à reprendre son souffle et attend une brèche dans la circulation pour traverser.

Finalement, il se redresse, sort un téléphone portable de sa poche et le colle à son oreille, comme s'il venait de recevoir un appel. Au même moment, il s'engage sur la chaussée. Il n'a pas encore atteint le terre-plein quand une camionnette surgie de nulle part fonce à toute vitesse sur lui. Trop occupé à parler au téléphone, Rana n'a même pas le temps de la voir arriver. J'entends le choc terrifiant de la chair contre le métal. Le téléphone jaillit de sa main. Son corps est catapulté et retombe sur le bitume dans un bruit mat. Au lieu de s'arrêter, le chauffeur de la camionnette accélère, comme s'il était pressé de quitter le lieu de l'accident.

Tout se passe si vite que je peux seulement assister à la scène, horrifiée et impuissante. Mais déjà mon cerveau m'envoie des messages urgents : si Rana meurt, ma dernière chance de prouver mon innocence disparaît avec lui. Je hurle :

— Nooooon !

Et je dévale l'escalier en trombe.

Je me précipite dans la rue, j'esquive les voitures sans me soucier du danger et je réussis à atteindre l'autre côté. Quand je le rejoins, Rana est tout juste vivant. Il y a du sang sur la chaussée, et le côté droit de son visage est réduit en une bouillie informe mêlée d'éclats de cervelle. À quelques pas de là, on aperçoit les débris de son téléphone. Je m'agenouille sur le bitume et prends sa tête dans mes mains.

— Rana… Rana, je chuchote d'un ton pressant. C'est Sapna.

— Sapna ? répète-t-il dans un murmure rauque.

Il tousse, crache du sang. Sa respiration est courte, saccadée. Le pouls dans son cou bat de façon chaotique. Je sais qu'il n'en a plus pour longtemps.

— Que… comment est-ce arrivé ? Qui vous a fait ça ?

— Il… me… m'a eu, bredouille-t-il, incohérent.

— Qui ? Dites-moi, dites-le-moi maintenant.

— Je suis désolé, soupire-t-il.

Il me regarde comme s'il venait de comprendre, et dans ses yeux je lis le remords. Soudain, ils se révulsent ; le pouls dans son cou ralentit et s'arrête complètement.

Entre-temps, une foule de curieux s'est massée autour de nous.

— *Arrey,* vite, appelez une ambulance ! crie quelqu'un.

— Pas la peine, dit un autre. *Khatam ho gaya.* Il est mort.

— C'est votre mari ? me demande un troisième.

Je secoue la tête.

— Non. Je… je le connaissais, c'est tout.

Étonnamment, les voitures continuent à circuler dans Abdul Gaffar Khan Marg comme si de rien n'était. Rana n'est qu'un numéro sur la longue liste des accidentés de la route. Un mort anonyme dans une ville dangereuse.

Néanmoins, sa mort est du ressort de la police. Une sirène se rapproche, couvrant le vacarme : il est temps que je parte. Je me relève et découvre que mes vêtements sont tachés de sang. Il y a des fragments de viscères jusque sur mes baskets.

— Il faut que j'y aille, dis-je en cherchant des yeux une ouverture dans le cercle compact des badauds.

— Mon Dieu ! Vous n'êtes pas Sapna Sinha ? La fille qui a assassiné Vinay Mohan Acharya ? s'écrie une voix aiguë.

Les spectateurs reculent instinctivement.

Paralysée par la panique, je me fige sur place. Sauve-toi ! Cette injonction résonne dans ma tête comme le son clair d'une cloche. Sauve-toi, vite ! Je fonce tête la première dans la foule, réussissant à me frayer un passage. Sans trop savoir où je vais, je prends mes jambes à mon cou et manque de me faire renverser par un bus.

— Attrapez-la ! rugit un homme.

Tout à coup, je me souviens du revolver. Je le tire de ma poche, m'arrête et pivote sur moi-même.

— Le premier qui s'approche, je lui mets une balle dans la tête !

À la vue de l'arme, mes poursuivants s'égaillent comme une volée de moineaux. Je les regarde s'enfuir et ne vois pas l'homme qui arrive subrepticement par-derrière, une batte de cricket dans la main droite. Le temps que je me retourne, il est trop tard. Proférant une obscénité, il me frappe avec la batte et m'atteint à l'estomac. Le souffle coupé, je m'écroule sur le trottoir. Le revolver s'échappe de mes doigts et finit dans le caniveau.

Je parviens toutefois à me relever et repars en titubant, étourdie, le cœur au bord des lèvres. L'homme avec la batte essaie de me contourner ; je lui rentre dedans de toutes mes forces et l'envoie valdinguer dans le caniveau, lui aussi.

L'instinct de chasse reprenant le dessus, une dizaine d'individus s'élancent à ma poursuite. Je cours sans me retourner, passe devant des petites maisons coquettes, devant l'échoppe du crémier, la meute déchaînée sur mes talons.

Plus vite ! ordonne la voix dans ma tête, mais mes jambes n'obéissent plus. Mon cœur est sur le point d'éclater, et mon cerveau menace de se fendre en deux.

Je ne suis pas loin de m'effondrer quand une Maruti Swift rouge freine à ma hauteur. La portière arrière s'ouvre, et une voix de femme m'ordonne :

— Montez !

Sans réfléchir, je m'engouffre dans la voiture, qui redémarre en trombe. Je me redresse : une femme en tee-shirt bleu me scrute depuis le siège passager. Elle ressemble à Shalini Grover de Sunlight TV. Le conducteur – un gringalet aux cheveux en bataille – m'est totalement inconnu.

— Ça va, Sapna ? demande la femme.

Soulagée, je me laisse tomber sur la banquette. C'est bel et bien mon amie Shalini.

— Comment… comment avez-vous fait pour me retrouver ?

— Voilà deux jours que je surveille le domicile de Rana pour essayer de prouver son lien avec le meurtre d'Acharya. Je l'ai vu se faire écraser. Et tout à coup je vous vois, vous, en train de brandir un revolver et de détaler comme un lièvre. Quand je me suis rendu compte que la foule voulait vous lyncher, j'ai dit à mon cameraman et chauffeur, D'Souza, de vous embarquer fissa.

— Bonjour, fait celui-ci en m'adressant un petit signe de la main.

Shalini allume une cigarette et m'offre une taffe. Je remarque alors les taches de nicotine incrustées dans l'habitacle de la voiture. Elle doit fumer comme un pompier.

— Non, merci, dis-je.

Mon cœur continue à palpiter après ma course folle.

— Je suppose que vous vous êtes évadée de votre cellule ? reprend Shalini au bout d'un moment.

Je hoche la tête avec appréhension.

— Vous allez me livrer à la police ?

— Il faudrait être cinglée ! répond-elle en riant. J'ai un meilleur plan pour la plus précieuse de mes sources. Je vous emmène dans notre planque à Daryaganj.

— À quoi bon ?

Je sens le goût amer de la bile dans ma gorge.

— La mort de Rana a anéanti tous mes espoirs.

— Au contraire, cela prouve que vous n'êtes qu'un pion dans un jeu qui vous dépasse. Cette camionnette qui a foncé sur Rana… ce n'était pas un accident. C'était un meurtre, déclare-t-elle en me soufflant la fumée au visage.

— Quelqu'un l'a appelé juste avant sur son portable.

— Oui. Et je crois savoir qui.

— AK ?

— Non, probablement le patron d'Indus Mobile, Swapan Karak.

— Qu'est-ce qui vous fait dire ça ?

— Ces deux-là étaient en train de manigancer quelque chose. Je l'ai vu débarquer chez Rana hier et y rester deux bonnes heures.

— Mais que pourrait vouloir le patron d'Indus à Rana ?

— C'est ce que j'ai l'intention de découvrir. Allez, détendez-vous maintenant et tâchez de dormir.

Shalini allume l'autoradio. Les accents sereins du raga Khamas chantés par le Pandit Jasraj apaisent le tumulte qui m'agite et, pour la première fois en vingt-quatre heures, je ferme les yeux. La présence rassurante d'une amie, le mouvement de la voiture qui me berce me plongent peu à peu dans un sommeil bienfaisant, jusqu'à ce qu'une sirène stridente me réveille en sursaut.

— Merde, merde, merde ! peste D'Souza. J'ai trois voitures de police aux fesses.

— Quelqu'un a dû noter le numéro de notre plaque, marmonne Shalini avec un coup d'œil dans le rétroviseur.

— Vous m'avez fichu dans ce pétrin, à vous de m'en sortir, gémit D'Souza.

— Calmez-vous, le rabroue Shalini en rallumant une cigarette.

Je cille plusieurs fois pour essayer de reprendre mes esprits et comprendre ce qui se passe. Nous arrivons à un feu rouge à proximité, semble-t-il, de la Porte de l'Inde.

— Je fais quoi, maintenant ? interroge D'Souza.

— Commencez par griller le feu, répond Shalini tranquillement.

— Hein ?

— Allez, foncez !

D'Souza traverse le carrefour dans un concert de klaxons.

— Cette fois-ci, vous allez avoir des ennuis, dis-je, alarmée, à Shalini.

— Ne vous inquiétez pas. On dira à la police que vous nous avez pris en otages.

Juste au moment où je pense que nous avons réussi à semer les policiers, les sirènes se rapprochent, assourdissantes.

D'Souza quitte l'artère principale et s'engage dans une rue peu fréquentée. La main sur le klaxon, il zigzague à travers le dédale de petites ruelles, changeant de direction comme une boussole déréglée. Malgré ça, nous n'arrivons toujours pas à semer la Gypsy de la police qui nous a pris en chasse. En désespoir de cause, D'Souza coupe à travers trois files de voitures et plonge dans le chaos de la circulation à l'heure de pointe dans Janpath.

Mal lui en a pris. Une fois bloqués dans l'océan de véhicules autour de Connaught Place, nous nous rendons compte que nous n'arriverons jamais à destination.

— Arrêtez-vous, ordonne Shalini à son cameraman.

D'Souza hoche la tête et freine brusquement devant le cinéma Regal.

— Il vaudrait mieux que vous descendiez ici et que vous vous trouviez une cachette, me conseille Shalini. Nous allons rouler encore deux ou trois kilomètres, jusqu'à ce que la police nous rattrape. Au moins, ça vous donnera une longueur d'avance.

J'ouvre la portière à la hâte. Instinctivement, Shalini se penche et me saisit la main en un geste de solidarité.

— Continuez à vous battre, Sapna. N'abandonnez jamais. Tenez, prenez ceci.

Elle ramasse un sac à bandoulière en cuir brun à ses pieds.

— C'est mon kit de voyage. Il y a un peu d'argent liquide, des vêtements de rechange, du papier toilette, une lampe torche, un canif et même du scotch.

J'attrape le sac et je lui souris faiblement.

— Comment vous remercierai-je pour tout ça ?

— Facile. Une fois que vous aurez prouvé votre innocence, vous m'accorderez une interview exclusive. Allez maintenant, filez ! lance-t-elle pendant que D'Souza se faufile à nouveau dans la circulation.

L'espace d'un instant, je reste sans bouger, comme quelqu'un qui vient de réchapper d'un accident de voiture. Je ne connais aucune cachette à Connaught Place, aucun lieu où me réfugier dans le cœur animé, grouillant de la ville.

Je sens déjà monter la panique quand mon regard tombe sur des posters religieux qu'un vendeur de rue a étalés sur le trottoir. La déesse Durga m'apparaît tel un phare à un navire pris dans la tempête. Et je me dis qu'il existe un refuge pour moi à Connaught Place.

Remontant mon *chunni* sur ma tête pour me dissimuler partiellement le visage, je me mêle au flot des passants et, après avoir tourné à gauche dans Baba Kharak Singh Marg, je gagne le temple d'Hanuman.

Malgré l'heure matinale, l'enceinte du temple déborde d'activité. Tatoueurs et spécialistes du dessin au henné, vendeurs de bracelets et astrologues ont déjà dressé leurs éventaires. Je suis accostée par un homme âgé – « maître spirituel lisant les lignes du front » – qui offre ses services pour la modique somme de cent une roupies.

— Vous voulez connaître votre avenir ? me demande-t-il.

Dieu lui-même ne connaît pas mon avenir, ai-je envie de lui rétorquer.

Je laisse mes baskets à la vieille dame à l'entrée du temple et gravis les marches quatre à quatre. Quelques secondes plus tard, je me retrouve en présence de Durga Ma. La seule vue de sa face divine m'apporte un tel sentiment de paix que j'en oublie tous mes tourments. Il y a sûrement une coïncidence cosmique dans le fait que nous sommes vendredi, le jour de la déesse. Peut-être que Durga Ma m'appelait depuis tout ce temps et que j'avais rendez-vous avec elle aujourd'hui.

Un groupe de femmes vêtues de saris rouges et chargées d'offrandes de fleurs et de fruits est en train de prendre place sur le sol en marbre pour écouter les *bhajans* chantés par une adepte en sari blanc. Discrètement, je me glisse parmi elles, baissant la tête pour éviter qu'on ne voie mon visage.

La magie des chants aidant, les femmes se mettent à se balancer doucement à l'unisson, touchées par la ferveur et l'authenticité du message. Je me sens baignée d'une grâce divine qui me lave et me régénère.

La sensation de nausée et la douleur qui me martelait le crâne disparaissent comme par enchantement.

Je reste dans le temple pendant près de neuf heures. Jusqu'à ce que la faim me pousse dehors en quête de ravitaillement.

Quand je sors, le crépuscule tombe sur la ville, l'habillant d'une clarté bleu pâle. Les réverbères s'allument, projetant des ombres sinistres sur les trottoirs. Le sac de Shalini contient la confortable somme de trois mille roupies, et j'achète un *puri aloo,* pain frit et curry de patates, au premier vendeur de rue.

Assise sur un banc, j'observe la marée humaine autour de moi. Employés de banque et petits fonctionnaires se hâtent vers la bouche de métro pour rentrer chez eux après une journée harassante. Sur le banc d'à côté, deux amoureux échangent des adieux déchirants. Un vendeur de flûtes s'approche et se met à jouer une chanson triste. Mais la mélodie est couverte par le son strident de sirènes de police.

Bientôt, chaque coin de rue grouille d'hommes en uniforme. On dresse des barrages aux carrefours pour intercepter les voitures. À l'entrée du parking, un inspecteur interroge le gardien, lui montre une photo. Une photo de moi, à tous les coups. Mon souffle s'accélère. J'ai les mains moites. D'un côté, j'ai envie d'en finir. De me rendre. Vivre dans la peur permanente, en se cachant, est pire que la mort. Mais la vieille détermination refait aussitôt surface. Il ne faut pas que je baisse les bras, sinon pour moi, du moins pour Ma et Neha.

Pendant deux heures, je louvoie et me faufile à travers la foule qui se presse dans le bazar. Peu après 21 heures, je me retrouve sur le boulevard extérieur face à l'agence de voyages Jain. Une affichette sur la vitrine propose des tarifs spécial été à destination de Gangotri, Kedarnath, Badrinath, Almora et Nainital.

Nainital. Tant de souvenirs sont liés à ce nom que j'en ai presque les larmes aux yeux. Ma décision est prise sur-le-champ.

Le guichetier, un vieil homme à l'air blasé, est occupé à feuilleter un magazine télé quand je lui demande un billet pour Nainital.

— Huit cents roupies, lâche-t-il sur le ton las de quelqu'un qui serait beaucoup mieux chez lui à regarder une série télévisée. Ni échangeable ni remboursable. L'autocar part à 10 h 30, juste devant.

Je découvre alors que mes compagnons de voyage sont des étudiants, en jean et tee-shirt, chargés de valises et de sacs à dos. Tête basse, je m'installe tout au fond du car et cache mon visage derrière les pages d'un magazine.

Quand on s'arrête au barrage de police, je ne suis plus qu'une pitoyable boule de nerfs. Le temps qu'un agent en sueur grimpe dans le car, mon cœur est prêt à bondir hors de ma poitrine. Son regard balaie les visages juvéniles et, d'un geste du poignet, il nous fait signe de poursuivre notre route.

Tous ces contrôles routiers ont provoqué des embouteillages monstres à la sortie de la ville, et l'autocar met deux heures juste pour rejoindre l'autoroute nationale 24. Ma tension retombe seulement quand nous quittons avec succès les limites administratives de Delhi.

Le reste du trajet est un méli-mélo de chants discordants, de blagues grivoises, d'incessants bavardages et de joyeux chahut caractéristique des jeunes qui partent en vacances. Je les observe sans rien dire. Eux aussi me laissent tranquille. Absorbés dans leur univers fait de gaieté et d'insouciance, ils ne se rendent même pas compte qu'ils voyagent avec la femme la plus recherchée d'Inde.

L'air conditionné, le ronronnement régulier du moteur et le doux balancement de l'autocar me bercent jusqu'à ce que je m'endorme. Lorsque j'ouvre les yeux, la chaleur du soleil filtre par les interstices entre les rideaux. Je jette un œil par la vitre : le paysage plat et jauni des plaines poussiéreuses a fait place aux contreforts verdoyants de l'Himalaya. La vision des montagnes lointaines nimbées de brume me met en transe.

La route serpente, tortueuse, ponctuée de virages en épingles à cheveux. Nous faisons halte à Haldwani pour prendre le petit déjeuner dans une gargote. La nourriture est délicieuse, et l'air frais revigorant. Le restaurant possède une petite boutique qui vend toutes sortes de colifichets. J'essaie une grosse paire de lunettes de soleil et je constate, satisfaite, qu'elles me cachent une bonne partie du visage. Puis mon regard tombe sur l'écran de télévision, et j'apprends avec consternation que Shalini Grover a été arrêtée pour complicité avec une criminelle en fuite. Vite, je remonte dans le car pour éviter qu'on ne remarque ma mine défaite.

Les quarante derniers kilomètres défilent derrière un rideau de larmes. Et, à 7 heures du matin, me voici de retour dans la ville qui m'a vue grandir.

À la lumière matinale du cœur de l'été, Nainital ressemble à une gare ferroviaire bondée. Les jeunes mariés en voyage de noces voisinent avec les bruyants Penjabis. Les vélo-rickshaws sillonnent le bazar en faisant tinter leur sonnette pour écarter les passants.

Le lac miroite devant moi, roulant ses eaux indolentes. Les sept collines qui le bordent offrent un contraste majestueux avec la joliesse factice de Delhi. Je contemple le panorama, et les images de ma vie d'antan affluent à ma mémoire.

Quelqu'un me tape sur l'épaule. Je sursaute, affolée, mais ce n'est qu'une famille du sud de l'Inde : le père, la mère et leurs deux fillettes. Drapé dans une étoffe immaculée, un signe de caste jaune sur le front, le père s'adresse à moi :

— Pardon, madame, auriez-vous l'amabilité de nous indiquer la pension Rosy ?

Les doigts crispés sur la poignée d'une grosse valise noire, il a l'air hésitant d'un touriste.

— Désolée, dis-je en rajustant mes lunettes de soleil, moi-même je suis nouvelle ici.

Je lui tourne le dos, et mon regard se pose sur le Grand Hôtel de l'autre côté du lac, côté Mallital – une bâtisse de style colonial avec de longues galeries qui courent tout autour. Lentement, je lève les yeux vers un point derrière l'hôtel, dissimulé par des nuages bas. C'est là que se trouvait jadis la Windsor Academy.

Comme propulsée par une main invisible, je me mets en marche dans cette direction. La route sinueuse me fait passer devant des boutiques de souvenirs bon marché, des agences de voyages à bas coût, devant l'église méthodiste et l'institut universitaire. Quand j'arrive à l'entrée de l'Academy, je suis hors d'haleine.

Le portail en fer forgé avec le blason bleu et blanc de l'école m'ouvre grand les bras. L'école doit déjà être fermée pour les vacances car il n'y a pas de surveillance à l'entrée. J'emprunte l'accès piétons et je longe le chemin pavé bordé de cèdres sacrés jusqu'à la bifurcation au sommet de la colline : l'une des branches mène au bâtiment principal et au bureau du proviseur, et l'autre aux résidences du personnel.

Je prends à gauche, vers ce que nous appelions le quartier des profs, composé de bungalows aux murs chaulés, soigneusement alignés et séparés par de larges allées pavées. Alka trouvait sinistre cette disposition ordonnée, mais pour moi, c'était un havre de paix qui permettait d'échapper aux hordes de touristes à l'extérieur.

L'endroit est inhabituellement silencieux. Il n'y a pas âme qui vive dehors ; c'est le week-end, et les habitants doivent faire la grasse matinée. Les numéros défilent, et chaque fois un nom me vient automatiquement à l'esprit. N° 12, M. Emmanuel ; n° 13, Mme Da Costa ; n° 14, M. Pant ; n° 15, M. Siddiqui ; n° 16, Mme Edwards. Et soudain, je me retrouve face à notre ancienne maison.

L'état du n° 17 me cause un choc. Ce n'est même plus une maison, c'est une porcherie à l'abandon. La magnifique pelouse que j'arrosais consciencieusement s'est transformée en une jungle de mauvaises herbes et de buissons qui poussent dans tous les sens. Les murs verdâtres sont couverts de moisissures. La terrasse que nous décorions de lumignons pour la fête de Diwali est jonchée de détritus. La cheminée en encorbellement qui surplombe la toiture basse à la manière d'une tourelle abrite maintenant un nid d'oiseau.

J'en veux aux occupants actuels qui ont laissé le n° 17 se dégrader aussi lamentablement. Mes plus beaux souvenirs sont liés à cette maison, souvenirs de mangues au goût de miel et de veillées au coin du feu, souvenirs d'une famille heureuse, avant que le malheur vienne la frapper.

Plus je la regarde, plus les images se bousculent, comme si c'était hier. D'un instant à l'autre, Neha va sortir par la porte de la cuisine, répétant le raga appris avec le vieux maître bougon. Je vois Papa assis dans le fauteuil en osier : il pose son journal et me contemple avec une affection austère. Et Alka, notre adorable Alka, qui surgit de derrière le grand chêne en piaillant : « *Kamaal ho gaya, didi !* »

Chacune de ces visions nostalgiques provoque une nouvelle vague d'émotion. Les voix familières résonnent dans ma tête. Cette maison fait toujours partie de moi, et je me demande ce que j'ai gagné – et perdu – en déménageant à Delhi.

Le tintement d'une sonnette me tire de ma rêverie. Je me retourne et découvre un petit garçon sur un tricycle qui réclame qu'on le laisse passer.

Je lui souris.

— Tu peux me dire qui habite dans cette maison ?

— *Bhoot*. Un fantôme, répond-il, laconique.

— Pardon ?

— Personne n'habite ici, à part le fantôme de la fille qui s'est tuée. Si vous restez trop longtemps, elle viendra sucer votre sang. C'est ce que dit ma maman, me confie-t-il avec une gravité enfantine.

Et il s'éloigne en pédalant sur son tricycle.

La maison est donc vide. J'en déduis qu'elle est restée inhabitée depuis notre départ. Me frayant un passage à travers la végétation, je la contourne et constate que le jardin a été transformé en décharge pour les ordures du voisinage. Il s'en dégage l'odeur fétide d'une fosse d'épandage. Des meubles cassés et des ustensiles hors d'usage s'entassent pêle-mêle devant la porte de la cuisine. J'enjambe un réservoir de chasse d'eau et je jette un œil par le panneau vitré. La lumière qui filtre faiblement à travers la couche de poussière baigne la cuisine d'une clarté fantomatique.

Je remarque soudain que l'une des vitres de la porte est fissurée. Une chiquenaude, et elle vole en éclats. Je passe la main par l'ouverture et soulève le verrou.

L'intérieur de la maison, lugubre, est à l'image de ce que je ressens. L'odeur d'humidité et de moisi me saisit à la gorge, me fait éternuer. Je titube jusqu'à la salle à manger et j'ouvre les stores. Les grains de poussière dansent dans la colonne de lumière qui troue la pénombre. La pièce tout entière est tapissée d'une fine couche grisâtre. Des toiles d'araignée tombent du haut plafond comme des stalactites. Le plancher est parsemé de déjections de rats. Si le cadre ne m'était pas aussi familier, je me croirais dans une scène de film d'horreur.

Je me risque à inspecter le reste de la maison. Le salon où nous regardions la télé en grignotant des cacahuètes. Le bureau qui a servi de décor à l'ultime rébellion d'Alka. La suite parentale avec l'alcôve que Ma avait transformée en un petit temple privé. La fenêtre en saillie dans la chambre de Neha d'où nous espionnions les voisins du 18. Et pour finir, ma propre chambre où, adossée à mon oreiller, je griffonnais dans mon journal intime en rêvant de devenir écrivain. La chambre d'Alka est la seule pièce de la maison où je n'ai pas le courage de pénétrer.

Je me sens soudain comme une intruse dans un lieu inconnu. Dépourvues de meubles, les vastes pièces ressemblent à des coquilles vides et sans âme. Il y a des souvenirs qu'il vaut mieux garder enfouis dans un recoin de sa mémoire. Car, au contact de la réalité, ils se désagrègent à la lumière du jour et tombent en poussière.

Après avoir fait le tour de la maison, je décide d'en faire mon refuge temporaire. Sa réputation de lieu hanté tiendra les curieux à distance. Et me terrer quelques jours ici me permettra de recharger mes batteries avant de partir en campagne contre AK. Mais tout d'abord, il faut que je pense à changer mon apparence.

Le kit de voyage de Shalini se révèle, une fois de plus, utile. Je me glisse dans la salle de bains et me regarde dans le vieux miroir fêlé, encore émaillé d'éclaboussures de dentifrice. Je me revois ici même chaque matin en train de me brosser les dents… Rien que d'y songer, j'en ai les larmes aux yeux.

En même temps, je sens la moutarde me monter au nez. Qu'ai-je fait pour mériter ce sort, cette vie d'animal traqué ? En proie à une rage presque primitive, j'attrape les ciseaux et, tout en pleurant, je m'attaque à mes cheveux.

En quelques minutes, mes longues mèches ont disparu, remplacées par une coupe ultracourte. Après avoir séché mes larmes, je retire également mon *salvar kameez* malodorant et j'enfile le jean moulant et le tee-shirt noir trouvés dans le sac de Shalini.

Quand je mets les lunettes de soleil, la glace me renvoie le reflet d'une élégante inconnue. Ça tombe bien, compte tenu de ce que je suis devenue : une étrangère dans ma propre maison.

Par chance, l'eau n'a pas été coupée, et la bouteille de gaz dans la cuisine n'est pas entièrement vide. Je passe le reste de la journée à faire le ménage, à dépoussiérer ma chambre, à décrasser la salle de bains. C'est exactement ce qu'il me faut pour m'empêcher de replonger dans la déprime.

À la tombée du jour, je m'enhardis suffisamment pour m'aventurer hors du campus. Prenant soin de rester à l'ombre, je me rends à l'épicerie Thapa qui se trouve juste à côté du portail.

Thapa lui-même est un vieux Népalais rabougri aux cheveux en brosse et au sourire édenté. Il me scrute avec ses yeux chassieux.

— C'est la première fois que je vous vois ici. Vous n'êtes pas Mlle Nancy, la nouvelle prof de biologie ?

— Non, dis-je en m'efforçant de parler d'une voix neutre. Je suis Mme Nisha de Nagpur.

J'ai fait mes courses chez Thapa pendant plus de dix ans, et pourtant il ne m'a pas reconnue. Fière de cette petite victoire, je me lance dans une série d'emplettes.

Une demi-heure plus tard, je regagne discrètement le n° 17 avec des provisions pour une semaine : du thé, du lait, du sucre et une miche de pain pour le matin ; des bougies et des allumettes pour éclairer mes soirées ; des nouilles et des plats cuisinés, quelques articles de toilette.

Après un dîner hâtif et peu appétissant, je sors dans le jardin par la porte de derrière. L'air est frais, et malgré le *kameez* drapé sur mes épaules, je me sens frissonner.

Je m'assois sous le grand chêne et contemple le lac. Sous le ciel semé d'étoiles, ses eaux noires scintillent, reflétant les lumières brillantes du club nautique et les enseignes clignotantes du centre-ville. C'est tellement beau que c'en est presque triste.

Mes pensées vont spontanément à ma famille et à mes amis. Je me demande comment va Neha, comment Ma s'en sort toute seule. J'aimerais tant pouvoir parler à Shalini, et j'ai envie de croire que Karan est dans l'avion pour l'Inde. Être coupée de tous ceux qui me sont chers est un déchirement.

Finalement, épuisée, je retourne dans la maison, m'allonge sur le sol froid de mon ancienne chambre et sombre dans le sommeil.

À Rohini, je me réveillais au son des klaxons stridents des camions qui passaient en bringuebalant devant la cité. Sur le campus de l'école, je suis réveillée par le chant d'un oiseau. Par la fenêtre de ma chambre, j'aperçois un rouge-queue à tête bleue confortablement perché sur une branche de pin. L'air est d'une pureté cristalline, et les cimes enneigées des montagnes dessinent une ligne irrégulière à l'horizon. Des nuages délicatement rosés flottent au-dessus des collines, semblables dans la clarté de l'aube à des touffes de barbe à papa. La brise murmure dans les tournesols sauvages, scintillants de rosée. Ce paysage grandiose et serein m'apaise et m'emplit de gratitude. Après la grisaille du béton, c'est comme revenir dans un cocon de couleur et de douceur.

Je remarque également un exemplaire roulé du journal d'aujourd'hui sur le perron du n° 16. Prise d'une envie irrésistible de connaître les dernières nouvelles, je me glisse jusqu'à la maison voisine et subtilise le quotidien.

Le journal regorge malheureusement d'informations inquiétantes à mon sujet. La police parle de la plus importante chasse à l'homme depuis les attentats terroristes du 26 novembre et promet deux cent mille roupies de récompense pour tout renseignement qui conduirait à mon arrestation. Même si je n'ai plus le revolver, on me décrit comme « armée et dangereuse ». On essaie même de me coller la mort de Rana sur le dos. Seule consolation, l'agent Pushpa Thanvi a été suspendue, et Shalini a obtenu la liberté conditionnelle.

J'apprends par ailleurs dans les pages économiques que le conseil d'administration du groupe ABC a approuvé son rachat par Premier Industries. Il y a même une photo d'Ajay Krishna Acharya, un grand sourire aux lèvres, à l'entrée de l'Espace Kyoko.

J'arrache la page et je crève les yeux d'AK, lui lacère la bouche, puis le déchire en mille morceaux, déchargeant ma révolte et ma frustration sur un inoffensif bout de papier.

Le temps s'écoule entre l'ennui et la peur. Mes heures de veille se passent dans l'attente paranoïaque d'une descente de police. Mes heures de sommeil sont un manège fantasmagorique de rêves, de cauchemars et de réminiscences. Cloîtrée dans cette maison sombre et froide, j'ai l'impression de devenir folle. Aurais-je troqué une prison contre une autre ?

Chaque soir, j'échafaude un nouveau plan pour démasquer AK... Plan qui en plein jour m'apparaît invariablement comme futile, irréalisable ou carrément stupide. Je ne sais même pas où il habite. Et sans arme, sans aide, sans élément de surprise, j'ai autant de chances de confondre mon adversaire que d'escalader l'Everest en tongs.

Vers la fin du quatrième jour, une lassitude paralysante s'empare de moi. Je n'ai pas envie de manger, pas envie de dormir et, surtout, pas envie de penser.

L'unique espoir qui me reste, c'est Karan. Lui seul saurait trouver la solution miracle, la pièce maîtresse permettant de percer à jour le funeste complot d'AK et de me rendre ma liberté.

Il est 20 heures, et je suis assise dans la salle à manger. Une bougie solitaire fixée au plancher avec de la cire fondue éclaire une partie de la pièce. Dans sa lueur dorée, j'essaie de me blinder en vue d'une bataille contre AK. Mais j'ai beau me creuser la tête en quête d'un nouveau plan, n'importe lequel, je suis totalement à court d'idées.

Pour me distraire, j'entreprends de compter l'argent liquide dont je dispose. Mes emplettes à l'épicerie m'ont laissée avec un capital de mille quatre cent vingt roupies. Je retourne le sac de Shalini pour m'assurer qu'il n'y a rien d'autre. Une pièce de cinq roupies en dégringole et, tel un enjoliveur mal ajusté, roule sur le plancher. Je la suis des yeux tandis qu'elle poursuit sa trajectoire, bifurque soudain à droite, traverse l'étroit couloir et disparaît sous la porte de la chambre d'Alka.

Je me lève en gémissant et détache la bougie de son socle de cire. J'hésite un instant devant la porte d'Alka, comme si elle emprisonnait toujours un esprit malin qu'on ne doit pas laisser s'échapper. Je crois entendre d'étranges murmures de l'autre côté de la porte, des voix parlant une langue inconnue. Puis je perçois nettement une sorte de raclement, comme si quelque chose ou quelqu'un se déplaçait à l'intérieur. Je recule, terrifiée.

L'espace de quelques secondes, le seul bruit qui résonne à mes oreilles est celui de ma respiration saccadée, ponctué par les battements désordonnés de mon cœur. Finalement, je prends mon courage à deux mains et, bien décidée à affronter mes démons réels et imaginaires, je pousse hardiment la porte. Un rat détale en couinant, et je réprime un haut-le-corps.

Les murmures se font plus distincts. La flamme de la bougie jette des ombres grotesques sur le mur, rendant le décor plus irréel encore. La chambre est vide, mais dans ma tête je vois le lit en bois d'Alka. Presque involontairement, je lève les yeux vers le plafond, et le corps de ma sœur surgit devant moi, comme une scène nocturne brièvement illuminée par un éclair. Je vois clairement son visage, sa tête inclinée sur le côté, la *dupatta* jaune autour de son cou. L'image est si nette, si réelle que je laisse échapper un cri.

Il faut toute la force de ma volonté pour chasser cette terrible vision de mon esprit. J'aimais être ici autrefois, me dis-je. On riait, on plaisantait avec Alka ; le soir, elle se lovait contre moi dans son pyjama, et je lui inventais des histoires de rois sagaces et de méchants sorciers.

Une fois remise de mes émotions, je me concentre sur ma mission du moment : retrouver la pièce de cinq roupies. À la lueur vacillante de la bougie qui fume, je regarde partout, j'inspecte chaque recoin, mais la pièce semble s'être volatilisée.

Comme je ne crois pas aux fantômes, j'en déduis qu'elle a dû tomber dans une fente entre les lattes du plancher. Je m'accroupis et finis par trouver l'endroit, en plein milieu de la pièce, à l'ancien emplacement du lit d'Alka. Le bois est usé, décoloré, et ça sonne creux quand on tapote dessus.

J'essaie de soulever la latte, mais l'interstice n'est pas assez large pour y glisser les doigts. Nullement découragée, je vais chercher le canif dans le sac de Shalini et m'en sers comme levier jusqu'à parvenir à détacher l'extrémité de la latte.

Je la retire et j'inspecte la cavité en dessous. La pièce de cinq roupies brille sur un monticule de poussière. Mais il y a autre chose là-dedans : une petite boîte en carton.

Plus consternée qu'intriguée, je la sors de sa cachette. L'odeur de moisi qui s'en dégage me chatouille les narines. Je l'ouvre d'une main tremblante et découvre une liasse de lettres. Dans un premier temps, je me sens coupable, tel un voyeur surpris en train de regarder par le trou de la serrure. Puis la curiosité prend le dessus, et j'entreprends de feuilleter la pile. Remplies de déclarations enflammées et de mots d'amour délirants, toutes les lettres sont adressées à « Mon Alka chérie » et signées simplement « Hiren ».

Hiren. Ce prénom-là me dit vaguement quelque chose, mais je n'arrive pas à trouver quoi. Plus inquiétant, certaines missives semblent avoir été écrites avec du sang, et d'autres sont ornées de symboles sataniques. L'une d'elles proclame, terrifiante : « Tu es ma lumière dans les ténèbres. Je retrouverai et détruirai quiconque se mettra en travers de notre amour immortel. »

Sous la pile de lettres, je découvre une carte d'anniversaire, une seule, qu'Alka a dû recevoir le jour de ses quinze ans. Je l'ouvre, et une poignée de photos en couleurs s'en échappent. J'y jette un œil, et la pièce se met aussitôt à tanguer autour de moi.

On y voit un beau garçon, grand et bien bâti, aux cheveux noirs et raides qui lui tombent sur le front ; une moustache fournie apporte une touche de virilité à l'ensemble de sa personne. Seuls ses yeux le trahissent. Des yeux que je reconnaîtrais n'importe où.

Non, c'est impossible, me dis-je, mais au fond de moi, je sais que c'est lui. Une inscription au dos de l'une des photos me révèle son nom complet. « ALKA SINHA + HIREN KARAK = LA PLUS BELLE HISTOIRE D'AMOUR DU MONDE. »

L'amoureux d'Alka était donc Hiren Karak. Mon esprit est un volcan d'émotions contradictoires traversé de bribes d'images et de souvenirs. Shalini évoquant un lien entre Rana et Swapan Karak, le patron d'Indus Mobile. Le copain de Lauren disant avoir aperçu Karak junior au rassemblement de soutien à Nirmala Ben. Et les derniers mots de Papa se répercutant dans ma mémoire comme un écho dans une grotte. Lauren avait cru l'entendre dire *hiran* – cerf –, mais je sais maintenant qu'il disait « Hiren ».

Mon sang se glace dans mes veines. Tout devient noir dans ma tête, et je dois poser une main sur le plancher pour ne pas m'écrouler.

Puis, en un éclair, la vérité se fait jour dans mon esprit, et je sais instantanément ce que je dois faire.

Je fourre les lettres et les photos dans le sac de cuir brun, rassemble tout mon argent et quitte la maison. Je n'ai plus le moindre doute sur les raisons qui m'ont conduite ici. C'est là que tout a commencé, qu'un événement tragique a déclenché une réaction en chaîne de destruction sauvage et calculée. Et aujourd'hui, la boucle est bouclée.

Je me rends à l'agence de télécom Rawat, où l'on trouvait des téléphones publics avant l'avènement de la téléphonie mobile. L'agence existe toujours. J'entre dans une cabine en bois aux murs noircis d'innombrables numéros de téléphone et j'appelle Lauren sur son portable.

Elle répond à la cinquième sonnerie.

— Lauren, c'est Sapna, dis-je en prenant soin de parler à voix basse.

— Sapna, est-ce vraiment toi…

Mais je la coupe tout net.

— Je n'ai pas le temps, Lauren. Tu veux bien me rendre un service ? Dis à Guddu de me retrouver à l'entrée de ma cité demain à 6 heures du matin.

— Pourquoi as-tu besoin de lui ? D'où appelles-tu ?

— Il vaut mieux que tu ne le saches pas.

Je raccroche et, en allant payer, demande au jeune employé :

— Savez-vous à quelle heure part l'autocar de nuit pour Delhi ?

— À 22 heures, répond-il. Vous êtes de l'Academy, *didi* ?

454

Je hoche la tête.

— Il paraît que le fantôme de la fille est revenu hanter le n° 17.

— Ah oui ?

— Le technicien du labo a vu la lumière d'une bougie à l'intérieur. Et un prof a entendu de drôles de bruits venant de la maison.

— Je ne crois pas aux fantômes.

Je lui souris tristement.

— Mais même s'il y en a un, quelque chose me dit qu'il sera exorcisé demain.

C'est la saison des pluies.

Arrivée avec cinq jours d'avance, la mousson enveloppe toute la ville dans son étreinte mouillée. Le crachin intermittent qui m'a accueillie à ma descente du car s'est mué en véritable orage. Des nuages noirs enflent dans un ciel ardoise avant d'exploser au-dessus des rues et des bâtiments. La pluie tombe sans discontinuer, accompagnée d'éclairs aveuglants.

Je m'arrête devant la porte de l'appartement B-35 verrouillée par un solide cadenas.

— Vas-y, je souffle en poussant Guddu du coude. Tu as dit que tu pouvais ouvrir n'importe quel cadenas. À toi de jouer.

Il sort un gros trousseau de clés et se met au travail. Guddu est vraiment un expert : le cadenas saute en moins de trois minutes. Pour le remercier, je lui donne cinq cents roupies, presque tout ce qui me reste de la réserve en cash de Shalini. Je n'en aurai plus besoin. Mon voyage s'arrête là.

— Tu peux partir maintenant, dis-je à Guddu. Je m'occupe du reste.

Il s'en va, et je pénètre dans l'appartement, un antre typique de célibataire, avec très peu de meubles, une grosse télé, une PlayStation 3 et une cuisine qui n'a pas servi depuis des lustres. Je traverse le salon et j'entre dans la première chambre, qui est vide, à l'exception d'une *almirah*. La seconde est plongée dans le noir, et il y règne une odeur douceâtre, écœurante.

J'allume, et une lumière jaune dispensée par une ampoule blafarde inonde la petite pièce. Je regarde autour de moi et manque de m'évanouir. La chambre est un sanctuaire dédié à Alka. Des photos démesurées de ma sœur tapissent les murs. Une écharpe jaune est drapée dans un coin à la manière d'une guirlande. Elle ressemble étonnamment à la *dupatta* avec laquelle Alka s'est pendue. Il y a aussi des images morbides de sang et de mort, de crânes, de serpents et de bêtes démoniaques. La preuve que je me trouve dans la tanière d'un psychopathe.

Pendant la demi-heure qui suit, je fouille la pièce, j'ouvre des tiroirs, j'inspecte les placards, allant jusqu'à retourner le matelas. Je découvre des quantités d'argent liquide, autant de cocaïne et une dizaine de lettres d'Alka à Hiren.

Leur lecture me transporte dans le passé, dans l'univers idyllique d'une enfant de quinze ans avec des étoiles dans les yeux et des rêves plein le cœur. Bon nombre de ces lettres parlent de moi, de l'adoration qu'Alka me vouait, de sa confiance totale en moi. Je m'affaisse sur le sol en serrant ces ultimes reliques de ma sœur, et les larmes qui ont refusé de couler le jour de sa mort jaillissent enfin librement.

Pleurer me fait du bien : je me sens comme lavée de l'intérieur. Retranchée dans ma bulle, je n'entends même pas la porte qui s'ouvre. Mais tout à coup, je sens le contact froid du métal au creux de mes reins.

Je me retourne. L'homme qui tient le revolver est vêtu d'un jogging Adidas blanc. Il a une allure débraillée ; ses cheveux sont à nouveau longs et raides comme sur la photo. Même la moustache a repoussé, plus épaisse et légèrement plus foncée.

— Salut, Karan, dis-je en me frottant les yeux. Ou dois-je t'appeler Hiren ?

— Une sorte de sixième sens m'a averti que tu reviendrais dans la cité. Mais je ne pensais pas te trouver chez moi, chuchote-t-il, incrédule. Je croyais avoir tout fait pour brouiller les pistes.

— C'est vrai, mais une pièce de monnaie porte-bonheur m'a menée jusqu'à toi. Dis-moi, est-ce que tu es seulement allé en Amérique ?

— Je n'ai jamais quitté Delhi.

Il m'adresse un sourire éclatant.

— Et quel âge as-tu, au juste ?

— Vingt ans. Assez pour savoir ce que signifie perdre l'être qui vous est le plus cher au monde.

— Moi aussi, j'ai perdu une sœur. Alka était…

— Je t'interdis de prononcer son nom ! hurle-t-il, outragé.

Et, m'empoignant par les cheveux, il me tire en arrière. Une douleur fulgurante me transperce le cuir

457

chevelu et le cou. De sa main libre, il écarte mon tee-shirt et le déchire, exposant mon soutien-gorge.

— Juste pour voir si tu n'as pas un micro sur toi.

Il attrape mon sac, le retourne.

— C'est bon. Pas de magnéto là-dedans non plus.

— Je n'ai pas été envoyée ici par la police.

— Je m'en doutais. Ça veut dire que personne ne connaît mon secret. À part toi.

— Et que comptes-tu faire de moi ?

Au moment même où je prononce ces paroles, un éclair illumine la chambre, tel un œil furieux qui surveille tout.

— Te supprimer, évidemment, déclare-t-il d'une voix atone en braquant son arme sur moi, tandis qu'un violent coup de tonnerre fait trembler les murs. Personne n'entendra la détonation, avec cet orage. Et je n'aurai aucun mal à me débarrasser de ton corps.

— Tue-moi s'il le faut, je réponds calmement, mais d'abord explique-moi pourquoi tu as fait tout ça. Et pour une fois, tâche de dire la vérité.

— La vérité, hein ? rétorque-t-il en ricanant. Tu as toujours eu ce côté bien pensant, comme ton père.

— Tu le détestais, n'est-ce pas ?

— Détester est un mot trop faible. Je le haïssais pour ce qu'il a fait à Alka. Pour ce que vous lui avez tous fait.

Je désigne l'endroit où se trouve la *dupatta* jaune.

— D'où elle vient, cette écharpe ?

— C'était un pacte avec Alka.

Sa voix se teinte de mélancolie.

— La nuit de sa mort, je suis entré dans sa chambre par la fenêtre. Nous avions décidé de nous enfuir pour nous marier au temple Arya Samaj. Le tissu jaune représentait le lien du mariage, un bout pour elle, un bout pour moi. Elle m'a demandé de lui laisser deux heures pour faire ses valises. J'ai attendu à l'arrêt du car, mais Alka n'est pas venue. Elle aimait trop sa famille, une famille qui ne méritait pas son amour. Plutôt que de partir avec moi, elle a choisi de mourir. Et son écharpe nuptiale a fini nouée autour de son cou.

Il darde sur moi un regard hostile avant de poursuivre :

— Vous m'avez pris la seule chose qui comptait pour moi. Je suis mort en même temps qu'Alka. Le monde n'était plus que ténèbres. J'ai abandonné mes études. Je n'avais plus qu'un seul but : me venger.

Il reprend son souffle et change de ton. L'amant éploré a cédé la place au psychopathe.

— J'aurais pu anéantir toute votre famille en un clin d'œil. Mais ç'aurait été trop facile. Je voulais vous faire souffrir, comme moi je souffrais depuis la mort de ma bien-aimée.

— Tu nous as donc suivis à Delhi ?

— Oui. Pour commencer, j'ai réglé son compte à cette vermine de Pramod Sinha. C'est moi qui l'ai attiré au parc aux Cerfs. Quelle jouissance, quand le camion lui est passé dessus !

— Et Neha ? Qu'avait-elle à voir avec ton plan tordu ?

— Alka ne s'est jamais entendue avec elle. Neha était trop imbue d'elle-même, trop obsédée par son apparence. J'aurais bien voulu me la faire, mais elle a refusé. Je n'ai eu droit qu'à un baiser. Alors j'ai décidé de lui donner une leçon. C'est moi qui lui ai balancé de l'acide.

Ses lèvres s'incurvent en une moue méprisante.

— Elle l'aura bien cherché, la salope.

Convaincue maintenant de me trouver en présence du mal absolu, je reste momentanément sans voix. Durant cette pause irréelle, le seul bruit qu'on entend est le martèlement régulier de la pluie.

— Mais ma plus grosse revanche était réservée à celle qui avait trahi Alka... Toi.

Son visage n'est plus qu'un masque grotesque de fureur et de haine.

— C'est toi qui as soufflé à Acharya l'idée de me faire passer les sept épreuves ?

— Non. Je n'ai rien à voir avec ce tocard. D'ailleurs, je ne comprends toujours pas pourquoi il t'a choisie pour diriger sa boîte.

— Mais tu as bien joué un rôle dans sa mort, non ?

— Je veux. Puisque je n'ai pas réussi à te dissuader de participer à son petit jeu, je m'y suis associé à ma façon. Après la deuxième épreuve, j'ai rencontré Rana et je lui ai fait une offre qu'il n'a pas pu refuser.

— Les trois voyous qui m'ont agressée au Parc japonais, c'était toi ?

— Qui d'autre ? Il me fallait ce couteau avec tes empreintes digitales.

— Le couteau dont tu t'es servi pour assassiner Acharya et me faire accuser de ce crime.

— Tout a marché comme sur des roulettes. Après m'être occupé de Neha, je me suis fait conduire chez Acharya, caché dans la voiture de Rana. On a attendu qu'il ait fini de dîner, puis on est allés dans sa chambre. Je lui ai montré mon flingue, lui disant de la boucler. Le pompon, c'est quand j'ai appelé ces crétins de domestiques en me faisant passer pour lui. Une fois qu'on s'est débarrassés d'eux, Rana est parti, et moi j'ai tenu compagnie à Acharya avec mon flingue sur sa tempe. C'est moi qui ai répondu quand tu lui as téléphoné de l'hôpital. Il a une voix si particulière que l'imiter a été un jeu d'enfant.

— À quel moment l'as-tu tué ?

— Juste après ton coup de fil. En te rendant à Prarthana, tu as signé son arrêt de mort. Tu l'aurais entendu couiner, le vioque, quand je lui ai planté mon couteau dans le ventre. Après ça, j'ai simplement remplacé ce couteau par l'autre, avec tes empreintes digitales. Et j'ai attendu que tu viennes te jeter dans la gueule du loup.

— Tu étais donc à Prarthana quand je suis arrivée ?

— Bien sûr. C'est moi qui ai répondu à l'interphone. Je suis même resté après ton départ, planqué dans le garage. Rana est repassé après minuit, et je suis reparti comme j'étais venu, plié en deux dans sa voiture. Reconnais que c'était ingénieux, comme plan !

Je me tais, essayant de digérer ce que je viens d'apprendre.

— Si tu veux, je peux te raconter aussi l'aspect Atlas de cette histoire.

— Je crois savoir. Le groupe Indus servait de couverture à Atlas, c'est ça ?

— Tout à fait. Sauf que mon père me l'a révélé bien plus tard. Si j'avais su, jamais je n'aurais fait le coup de Salim Ilyasi.

— Non seulement tu as tué Acharya, mais tu l'as aussi piégé.

— C'était mon cadeau à papa. Mon père m'a toujours préféré Biren, mon frère aîné. Quand j'ai laissé tomber mes études, il m'a pratiquement renié. Mais lorsque l'étau d'Atlas a commencé à se resserrer autour de lui, il est venu me voir, paniqué. J'ai réglé ça pour lui. Il a suffi que Rana dépose les documents confidentiels de papa dans le coffre d'Acharya. Ce qui s'appelle faire d'une pierre deux coups.

— Et ensuite, tu as éliminé Rana.

— Il devenait trop gourmand. Il en voulait toujours plus. Papa et moi, on a dû s'occuper de lui. Et maintenant, je vais m'occuper de toi.

Il me semble inconcevable que j'aie naguère aimé cet homme. À présent, je n'éprouve que de la haine, une haine dévorante. Et je ne supporte pas l'idée qu'il s'en sorte impuni. Mon regard fait le tour de la pièce et se pose sur un presse-papiers en verre avec le logo d'Indus, juste à portée de main. Je serre toujours les lettres d'Alka entre mes doigts. Dans un moment de hardiesse aveugle, je les lui jette au visage, le prenant au dépourvu. Simultanément, j'attrape le presse-papiers. Je vise la tête, mais il l'atteint à la poitrine, le faisant seulement trébucher. Je me relève, mais Hiren lance sa jambe, et je m'affale sur le plancher.

J'ai mal, et encore plus quand il enfonce son pied dans mon ventre.

— Tu as du culot, mais question précision…, chuchote-t-il en montrant les dents.

— Il y a encore une question que je…

— Assez parlé, me coupe-t-il. Maintenant j'ai hâte d'en finir.

Il lève le revolver et le pointe sur ma tête.

Un froid glacial se répand dans mon corps, accompagné d'une impression de déjà-vu. Je scrute son visage figé, ses yeux brillants d'un éclat fanatique, et je comprends qu'il ne m'épargnera pas.

Au découragement de ne pas avoir accompli ma mission jusqu'au bout se mêle un autre sentiment, plus abstrait. Laissons la justice, la vengeance, la rétribution aux dieux du karma. Je vais rejoindre Alka et Papa, le cœur léger. En cet instant, je vide mon esprit de toute pensée, y compris la pensée de Dieu. Je renonce aux regrets, à la rancœur, à l'amertume ; il ne subsiste plus qu'une vague tristesse à l'idée de n'avoir pas su veiller correctement sur Ma et Neha.

— Allez, vas-y, dis-je au moment où un nouveau coup de tonnerre retentit au-dehors.

Hiren enfonce le revolver dans ma bouche. Je sens le goût métallique de la mort sur mes lèvres. Au moins, ce sera rapide.

La suite se passe comme dans un mauvais rêve. Hiren lâche une obscénité et presse la détente. Le coup de feu part. Je tressaille. Mais, au lieu de m'effondrer, je le vois qui titube ; incrédule, il porte la main à son épaule gauche, où une énorme fleur de sang s'épanouit sur la veste de son jogging.

Le commissaire adjoint Khan fait irruption dans la chambre, une arme à la main. Le canon de son revolver fume encore. L'âcre odeur de cordite emplit mes narines.

— Arrêtez-le, ordonne-t-il aux policiers qui surgissent derrière lui.

Et Shalini Grover ferme la marche.

Elle me prend dans ses bras.

— Dieu merci, vous n'avez rien.

Je la dévisage avec l'air hagard d'un patient qui vient de sortir du coma.

— Qu'est-ce qui se passe ? Qui a prévenu le commissaire ? Et vous, que faites-vous ici ?

— C'est une longue histoire, mais disons que vous pouvez remercier ceci.

Elle ramasse par terre le sac en cuir brun.

— Mon kit de voyage est également un parfait kit d'espionnage, avec une caméra dans la boucle, un mini-enregistreur audio cousu dans le rabat et un transmetteur sans fil dans le fond. Je vous suis à la trace depuis que vous avez quitté Delhi pour Nainital. Mais quand j'ai découvert que vous étiez rentrée à Delhi, j'ai alerté le commissaire adjoint. Le moindre mot proféré par Hiren Karak a été enregistré. Ce coup-ci, il n'est pas près de s'en sortir.

Le hurlement des sirènes et le grésillement des radios m'accompagnent dans la cour détrempée tandis que je me faufile entre les voitures de police, les agents et les ambulanciers.

Je m'arrête et lève les yeux vers le ciel. La pluie a cessé ; l'air commence à s'éclaircir. La journée promet d'être belle. Après tout ce que je viens de vivre, cette simple perspective rallume une étincelle dans mon cœur, quelque chose que je n'ai pas ressenti depuis longtemps. L'espoir.

J'ai réglé mes vieux comptes avec le passé. Celui-ci est maintenant mort et enterré. L'avenir est en train de poindre à l'horizon, encore auréolé de brume, mais de plus en plus lumineux.

Épilogue

Il fait gris, le temps est couvert, et il pleut par intermittence. Assise à la fenêtre de ma nouvelle maison à Saket, je bois du café en écoutant les gouttes d'eau tomber en cascade du flamboyant qui jouxte le mur d'enceinte. L'arbre, en pleine floraison, forme une tache de couleur éclatante sur la grisaille du ciel.

C'est à cause de lui que j'ai choisi cette maison, de son ombre écarlate qui offre refuge et protection au milieu du tumulte de la ville.

Trois mois ont passé depuis les événements traumatisants de juin. Les premières semaines, les médias m'ont traquée sans relâche. J'ai fait la couverture de magazines, l'objet de discussions sur Twitter, sans parler des passages obligés sur les plateaux de télévision.

Grâce à ma notoriété, on m'a offert un job de rêve en tant qu'éditrice de fiction chez Publicon, une petite maison mais réputée. Je suis bien payée, mais surtout heureuse de pouvoir enfin exercer un métier que j'aime.

Par ailleurs, je suis en train d'écrire ma propre histoire. Un grand éditeur britannique m'a commandé une autobiographie retraçant principalement ces six mois mouvementés de ma vie.

L'avance conséquente qu'il m'a versée m'a permis de lancer le processus de chirurgie reconstructrice pour Neha. Chaque jour, elle retrouve un peu plus le sourire ; les médecins disent que, bientôt, elle pourra reprendre une vie normale.

Ma a rejoint Nirmala Ben et vit maintenant avec elle à Gandhi Niketan. Cette existence austère faite de foi, de simplicité et de charité lui convient, et son état de santé s'est amélioré de façon spectaculaire.

Shalini Grover fait la une du journal d'aujourd'hui : elle vient de recevoir un prix d'excellence qui récompense le courage en journalisme. J'en suis fière pour elle. Tout compte fait, elle n'a pas eu besoin de cette interview exclusive de ma part. Je lis également sur la première page que la demande de mise en liberté conditionnelle de Swapan et Hiren Karak a été rejetée une fois de plus. Khan, nouvellement promu directeur adjoint de la police, m'a dit que, même s'ils échappaient à la peine de mort, le père et le fils risquaient vingt ans d'emprisonnement minimum. Le groupe Indus (baptisé « Le butin d'Atlas » par les médias) a été mis en liquidation, et ses avoirs ont été gelés.

Je viens de reposer la tasse de café quand on sonne à la porte. Je laisse échapper un gémissement. Encore un reporter importun ! Je me lève et vais ouvrir, l'air aimable d'un fonctionnaire à l'heure de la fermeture des bureaux. Et là, je manque de tomber à la renverse. Car un fantôme se dresse devant moi : Vinay Mohan Acharya vêtu d'un pyjama *kurta* en soie blanc cassé, un pashmina blanc drapé sur les épaules et un *tika* vermillon sur le front. Exactement comme le jour de notre rencontre.

— Ce... ce n'est pas possible...

La tête me tourne violemment, mes genoux fléchissent, et seul le réflexe rapide de mon visiteur qui me cueille dans ses bras m'empêche de tomber.

— Désolé de vous avoir fait peur, dit-il en m'aidant à me redresser. Je suis Ajay Krishna Acharya, le patron du groupe ABC.

— Vous voulez dire AK ? Le frère de Vinay Mohan Acharya ? je réponds faiblement.

Il hoche la tête.

— Je peux entrer ?

J'ai l'impression de rêver en le regardant s'asseoir sur le canapé en osier dans mon salon.

— Vous êtes très différent de la fois où je vous ai entrevu chez M. Acharya.

— J'ai changé, confesse-t-il. La mort de mon frère m'a poussé à faire mon examen de conscience et à revoir mes méthodes de travail.

— Rana était votre taupe au sein du groupe ABC, n'est-ce pas ?

— Oui, soupire-t-il. Rana était un vaurien prêt à vendre son âme au plus offrant. Je lui versais un salaire depuis 2009. Mais quand il a aidé Hiren Karak à assassiner Vinay Mohan, quelque chose s'est réveillé en moi. C'est triste, mais j'ai découvert mon frère seulement après sa mort. Et j'ai aussi découvert Dieu. Vous serez satisfaite d'apprendre que je viens de remettre un chèque de deux *crores,* vingt millions de roupies, à la fondation de votre amie Lauren.

— Et alors, que me voulez-vous ?

— Je veux que vous lisiez ceci.

469

Il me tend une feuille de papier pliée.

— Qu'est-ce que c'est ?

— Un message de mon frère qui vous est adressé. Je ne l'ai trouvé qu'hier, en rangeant les papiers de Vinay Mohan. Vous devriez y jeter un coup d'œil.

Je déplie la feuille et découvre une lettre écrite sur du papier vélin monogrammé. Datée du 10 juin, la veille de la mort d'Acharya, la voici, calligraphiée avec soin :

> *Ma chère Sapna,*
>
> *Si vous lisez ceci, c'est donc que je ne suis déjà plus de ce monde. La tumeur du pancréas m'aura emporté un peu plus tôt que prévu.*
>
> *Je vous écris de ma chambre particulière à l'hôpital Tata Memorial, juste avant de passer au bloc opératoire. Je ne suis pas sûr de survivre à l'opération. Mais même si je m'en sors, les médecins ne me donnent plus que trois semaines à vivre. Mon cancer, qui s'est d'abord propagé aux ganglions lymphatiques entourant le pancréas, touche à présent le foie et les poumons. Même avec une chimiothérapie agressive, mes chances de survie sont inférieures à cinq pour cent. Dans ces circonstances, j'ai refusé le traitement, préférant mourir avec dignité. Comme disait ma fille Maya, c'est la qualité de la vie qui compte, pas la quantité.*
>
> *J'ai eu beaucoup de regrets ces dernières années, mais mon plus grand regret est de ne pas pouvoir passer du temps avec vous, comme je l'aurais voulu. Vous me faites beaucoup penser à ma fille.*

Quand nous nous sommes rencontrés par ce froid après-midi du 10 décembre, je vous ai parlé de l'étincelle que j'avais surprise dans votre regard, mais ce n'est pas toute la vérité. Il y a autre chose chez vous : une générosité d'esprit, si rare de nos jours.

Je me demande si la date du 23 août vous dit quelque chose. Pour vous, c'était probablement un jour comme un autre, mais pour moi, il marque une renaissance.

Je possède un groupe sanguin rarissime, le phénotype Bombay. Le 23 août dernier, j'ai dû subir une intervention en urgence. J'étais dans un état critique ; il me fallait cinq unités de sang, mais aucune banque de sang de la ville n'avait de quoi me transfuser. Les médecins étaient sur le point de capituler quand vous vous êtes proposée pour donner le vôtre.

Ce jour-là, vous m'avez sauvé la vie. Et ce même jour, j'ai décidé de vous nommer à la tête de ma société. Je vous ai dit que vous étiez la septième candidate, mais ce n'est pas vrai. Il n'y avait personne d'autre que vous.

Vous avez dû me prendre pour un monstre de cruauté quand je vous ai fixé ces sept épreuves. Mais hériter une position est facile ; le plus dur est de la garder. Le monde des affaires est un panier de crabes, semé de dangers et d'embûches. Je voulais m'assurer que vous aviez les qualités nécessaires non seulement pour prendre ma suite, mais encore pour faire prospérer mon groupe.

Surtout, je voulais que ce poste de P-DG soit une récompense, et non un cadeau.

Les six premières épreuves vous ont enseigné les bases du leadership, de l'intégrité, du courage, de la clairvoyance, de l'ingéniosité et de la réactivité. Je ne serai malheureusement pas là pour mener à bien la septième épreuve, mais par le biais de cette lettre, je vous transmets mon ultime leçon.

Plus on a de pouvoir, moins on maîtrise les choses : c'est l'un des paradoxes de la réussite. Ni la clairvoyance ni la réactivité ne suffiront à vous préserver des aléas du monde extérieur. Les performances du passé ne sont pas la garantie de résultats futurs. Vous êtes peut-être au top aujourd'hui, mais il y aura toujours des rivaux, dedans comme dehors, pour essayer de vous faire tomber. Et lorsque cela arrive, vous devez faire appel à cette qualité cruciale chez un leader : la sagesse.

Beaucoup de gens pensent que la sagesse vient avec l'âge. C'est faux. Seuls les cheveux blancs et les rides viennent avec celui-ci. La sagesse provient d'un mélange d'intuition et d'éthique, de la faculté de faire des choix et d'en tirer des leçons. Chacune de mes six épreuves vous a appris quelque chose d'essentiel. Mais faire confiance à notre voix intérieure est ce que la vie nous enseigne de plus précieux. Connaître le monde, c'est de l'intelligence. Se connaître soi-même, c'est de la sagesse.

*Alors, quoi que vous fassiez, soyez vous-même.
Écoutez votre cœur, suivez votre ligne de conduite
et défendez les valeurs auxquelles vous croyez.
Tout le reste suivra.*

*Pour vous prouver que j'applique mes propres
principes, je vous nomme par la présente P-DG
du groupe ABC. Je laisse ma société entre les
mains de la plus valable des candidates : vous.*

*À vous maintenant de définir les futures orien-
tations du groupe et de faire fructifier mon héritage. Mes meilleurs vœux vous accompagnent.*

Bonne chance, et que Dieu vous bénisse.

Affectueusement,

Vinay Mohan Acharya

Les larmes aux yeux, je replie la lettre. Derrière
sa façade austère, Acharya a été un père aimant et
un professeur obstiné, cherchant à transmettre ses
connaissances jusqu'à son dernier souffle. Jusqu'à
donner son ultime leçon depuis le tombeau.

— Merci, dis-je à AK en m'essuyant les yeux. Je
suis contente que vous me l'ayez montrée.

— Je ne suis pas venu juste pour vous montrer cette
lettre. Je suis venu vous faire la même proposition
que mon frère.

— Désolée, je ne comprends pas.

— Acceptez de prendre la direction du groupe
ABC. Il n'y aura pas d'épreuves, cette fois. Vous
avez déjà largement fait vos preuves.

Je me tais, les yeux mi-clos : les images des épreuves d'Acharya défilent dans mon esprit comme dans un film qu'on passe en accéléré.

— Que diriez-vous d'un salaire annuel d'un *crore* ?

Un *crore*. Dix millions de roupies. Rien que d'y penser, j'en ai la gorge sèche.

Passé le premier choc, j'examine son offre de manière impartiale. Tous ces zéros me sont montés à la tête ; à présent, j'essaie d'écouter mon cœur.

La réponse me vient instantanément, et je sais que cette décision est la bonne.

— Je dis non.

Il fronce les sourcils.

— Pardon ?

— Je ne veux pas diriger le groupe ABC. Je ne suis pas faite pour le milieu des affaires.

— Je pense que vous vous sous-estimez, dit-il. Vous pouvez apporter beaucoup à la société.

— Je me fie à ma voix intérieure. Comme le souhaitait M. Acharya. J'aime mieux vivre de ma plume plutôt que brasser des millions.

— Il n'y a rien qui puisse vous faire changer d'avis ?

— Non, dis-je fermement.

— Très bien. Je respecterai votre volonté, Sapna.

Il soupire et se lève.

Je regarde l'industriel remonter dans sa Bentley avec chauffeur sans le moindre regret. Le bonheur n'est pas une question d'argent. Moi, ce qui m'importe, c'est l'affection et le soutien des miens, la

474

générosité des amis, la compassion des étrangers et les petits miracles que Dieu accomplit chaque jour.

Il y en a un, justement, qui se produit devant mes yeux. Les nuages noirs s'écartent soudain, laissant passer le soleil. Et un magnifique arc-en-ciel apparaît, qui transforme le ciel en un spectacle féerique et m'emplit d'émerveillement et de joie.

Il faut parfois l'épreuve du feu pour surmonter nos peurs, savoir qui on est réellement. Des épreuves, j'en ai passé sept, mais je sais qu'il y en aura d'autres. Je suis prête à les affronter. Car Acharya m'a appris la plus importante des leçons.

Je ne crois pas au loto. Je crois en moi-même. La vie ne nous donne pas toujours ce que nous désirons, mais elle finit par nous donner ce que nous méritons.

Remerciements

Ce livre est né de l'image qui m'est venue inopinément à l'esprit, il y a quelques années : celle d'un milliardaire âgé au temple d'Hanuman à Connaught Place, en quête de quelqu'un.

À partir de cette graine, une histoire s'est mise à germer tandis que j'essayais d'imaginer comment et pourquoi il s'était trouvé là. Cette piste m'a finalement mené à Sapna Sinha. Durant les dix-huit mois qu'il m'a fallu pour tracer son itinéraire, Sapna est devenue plus qu'un simple personnage : une voix en elle-même, une voix que j'ai appris à écouter et à respecter.

J'ai eu la chance de pouvoir faire appel à ma famille et à mes amis pour la conception des sept épreuves. Mon père m'a aidé pour certaines ficelles juridiques. Sheel Madhur et le Dr Harjender Chaudhary ont fourni des apports inestimables en matière d'écriture. Le Dr Kushal Mital et le Dr Edmond Ruitenberg ont contribué par leurs vastes connaissances médicales. Varuna Srivastava a été ma première lectrice et ma plus grande fan.

L'un des vers cités par le commissaire adjoint Khan est de Markandey Singh, alias Shayar Aadin.

Ma femme Aparna m'a donné de précieux conseils en matière d'univers féminin. Mes fils Aditya et Varun ont été à la fois des critiques féroces et de formidables tables d'harmonie.

Le livre a bénéficié des suggestions faites par mes agents Peter et Rosemarie Buckman.

Suzanne Baboneau, directrice éditoriale chez Simon & Schuster UK, a gagné mon respect et ma reconnaissance en réservant au livre un accueil enthousiaste. J'ai eu la chance d'avoir une éditrice comme Clare Hey, dont la sagacité a permis de peaufiner le texte final.

Ce livre a été écrit pendant que j'étais en poste à Osaka-Kobe. J'ai beaucoup appris de la bonté, de l'honnêteté, de la générosité et du courage du peuple japonais. L'ordre et la sérénité qui règnent dans ce pays apaisent l'esprit créatif et le stimulent à proportion égale.

Pour finir, un grand merci à mes lecteurs pour leur patience, leur fidélité et leurs encouragements. C'est un carburant qui me nourrit en tant qu'écrivain.

Achevé d'imprimer par CPI
en mars 2015
pour le compte de France Loisirs,
Paris

N° d'éditeur : 80678
Dépôt légal : février 2015
Imprime en Espagne

Composition et mise en pages
Nord Compo à Villeneuve-d'Ascq